皇帝之死

從皇帝的生死看中國歷代王朝的興衰起落

張緯良 著

目錄

自序

一筆綜敘兩千年中華歷史，從皇帝的生死交替看歷代王朝的興衰起落，從帝位的取得傳承梳理延綿交錯的中華歷史。

「職業災害」是企業管理學域中一個重要的研究議題。在蒐集相關資料時讀到一篇很有趣的文章，指出古往今來人人稱羨的皇帝，其實是一個高危險的工作，職業災害死亡率特高。

該文章對我國自秦朝到清朝的二百二十三位皇帝做了統計，結論指出二百二十三位中國古代皇帝中正常死亡的有一百二十六人，非正常死亡九十七人，非正常死亡率高達四三．五％。正常死亡指病死，非正常死亡包含被殺害、被毒死、自殺等，還有四人死因不明。基於對職業災害的關注，加上對歷史的興趣，筆者開始對這些皇帝的死亡做進一步的探索，結果是越看越有趣，引發了撰寫本書的動機。

那一篇文章在多個網站中出現，嘗試找出原作者，只有騰訊網站中的文章有掛一個名字：單單吳莎，但無法確定是不是就是作者本名，僅提供連結網址，以供有興趣的讀者查詢。https://xw.qq.com/cmsid/20201031A00TNS00，文章名稱是「我统计了中国历史上二百二十三位皇帝死因，得出《中国皇帝死法大全》」。

網路上還有許多和皇帝相關的各種資料，不同的資料來源對皇帝的人數呈現出不同的數字，有的多達四五百位，少的則在兩三百位之間（詳見楔子）。影響各種資料中皇帝人數差異最主要的因素，是對朝代的取捨和對皇帝身分的認定。

本書以二十六部史書（二十四史加上《新元史》和《清史稿》）為基礎，整理出十三個時期的三十三個王朝，再就這些王朝中，列出以帝冑宗室身分曾經坐過龍椅、統治過天下的，計有二百五十六位皇帝，開始對他們的生與死進行研究。

這些選擇和正史（指二十六部史書）中的記錄並不完全一致，因為史書的寫作多由後代依據前朝留下的資料加以編撰，其中有許多的人為判斷和選擇。或許是受到前朝留下資料的影響，或許是編撰者本身的價值取向，會出現不同的結果。

例如二十四史中名列第一，司馬遷所撰寫的《史記》中，有項羽本紀和呂后本紀（本紀是記錄皇帝的資料），但大家都知道項羽和呂后都沒有當過皇帝。王莽建立的新朝也沒有記入正史，但新莽的存在是一個事實，硬生生的將西東兩漢分割成兩個部分，如果不計入，則歷史會出現一個缺口斷點。

其他還有一些不同朝代對皇帝的認定有不同的處理方式，比較明顯的是一般將元軍攻下南宋首都臨安，宋恭帝趙㬎出城投降時，便被認為是南宋的結束，但《宋史》中還是把之後逃往福建被擁立稱帝的趙昰和趙昺都列入本紀。雖然不用帝號而用就帝位前的爵位（建國公趙昰、永國公趙昺），但顯然是承認其帝位的。但《明史》中則將李自成攻入京城、明思宗崇禎皇帝在煤山自縊視為明朝的終結，其後企圖延續明朝稱帝的南明四個皇帝（弘光帝朱由崧、隆武帝朱聿鍵、紹武帝朱聿鐭、永曆帝朱由榔）則沒有得到相同的對待。

看起來對皇帝的認定，是會具有主觀判斷選擇，這也是不同文獻會有不同結果的重要原因之一。本書對皇帝的認定採「以具帝王宗室身分曾經坐過龍椅、統治過天下的皇帝」為基礎，主要排除了大多數死後追封的皇帝，以及異姓（非皇帝宗室）自行稱帝的皇帝。絕大部分追封的皇帝因為沒有坐過龍椅統治天下，所以不納入計算（元朝和清朝有少數例外）。非皇帝宗室自行稱帝的在中國歷史上人數還不少，但如果沒有能真正建立可以傳承的王朝，一代而亡，本書也加以排除，例如三國時期的袁術、唐朝的安祿山和黃巢、明末的李自成和張獻忠等。但有一個例外，就是介於兩漢之間的新朝王莽。

反過來說，有些皇帝宗室內成員自立為帝或被擁立為帝，而正史不記的，則會盡量納入，以呈現較完整的面貌和較豐富的資料。例如西漢和東漢中間存在過的更始帝劉玄和建世帝劉盆子、元朝和忽必烈同時存在相爭帝位的阿里不哥、西晉時期短暫稱帝的趙王司馬倫，南北朝時期有更多這種短暫稱帝、同時存在、彼此相爭的皇室成員。他們的存在突顯了皇帝這個位置拚鬥爭奪的殘酷本質，可以更清楚看到皇帝的苦難和艱辛，也是本書重要的素材，所以納入統計。

經過這樣的處理，本書列出從秦朝秦始皇開始，到清朝末代皇帝溥儀為止共有二百五十六位皇帝，再來看他們的生與死。

所謂皇帝的「生」指的是他們的身世和登基過程，他們的「死」看的不止是表面的死亡原因，還看死亡的前因和後果。單單吳莎的文章中將死因分成病死、被殺害、被毒死、縱欲過度而死、憂憤而死、自殺等。本書則再進一步檢視，找出死亡的背景因素。

「職業災害」指因工作導致的傷殘或死亡，我國現行職業災害統計中將職業災害的原因分為直接原因、間接原因和基本原因。皇帝的死亡也有其前因後果，例如病死還可以再分為壽終正寢的一般自然死亡、因戰傷導致病死、抑鬱之下染病而亡、誤用藥物致死等。誤用藥物有的出自無心、有些出於特定原因，還有些是迷信方術死於丹藥。唐高祖李淵和唐玄宗李隆基都是病死，但是都是在交出皇位後鬱悶的死在太上皇的位置上；宋欽宗趙桓記錄上也是屬於病死，但被俘至金國，身死異域，也不宜和一般的病死相同看待。

被殺（包含被毒死）的皇帝有些死於外敵之手，有些被權臣所殺，還有不少是被親人所殺，各有不同的故事。有的末代皇帝國滅被殺或被篡位後被殺，有的禪位後還活了很久。明思宗朱由檢在煤山自縊當下國亡、晉恭帝司馬德文讓出帝位後便遭殺害、漢獻帝劉協被篡位後還活了一陣子才病死、蜀漢安樂公劉禪投降後不但活了很久還相當快樂，留下「樂不思蜀」的名言。宋少帝趙昺由宰相陸秀夫背著跳海而死結束宋朝，但宋朝滅亡的責任絕對不是他的，帳要記在宋度宗趙禥頭上才合理；金末帝完顏承麟只當了一個時辰不到的皇帝大金就被滅了，但真正亡國的不是他而是金哀宗完顏守緒。如何被滅、如何被篡、王朝為何會在他們手中滅亡，當然也有故事值得討論。

還有讓位給後代自居太上皇的，沒有死在皇帝任上，讓位也有主動被動之別，其間意義大不相同。還有幾位死因不詳，最知名的當屬宋朝開國君主趙匡胤和明朝的建文帝朱允炆，死因至今乃被視為世紀之謎。其中的故事都不相同，也是了解皇帝死亡背景因素中有趣的部分。

討論到死亡的背景因素（間接原因）時，難免會追究這些因素的形成過程（基本原因），例如清朝的光緒皇帝是被慈禧毒死的（被毒死已獲證實，下手的是慈禧則出於推論），但慈禧為什麼要毒死光緒皇帝，當然還有許多前因（恩怨、權勢）後果（清朝滅亡、中華民國建立）要交代。

每一個朝代的興替，都不是一日造成的，秦始皇滅六國一統天下是累積前人數百年的努力才得以水到渠成，但立國十五年就滅亡了。其實通常一個朝代的滅亡，也是累積好幾代的衰敗而致，這些因素的探討，對了解歷朝歷代的興替更有意義，這也是本書的主要目的之一。

經由對二百五十六位皇帝的資料整理分析，得出的結論是皇帝一職顯然不如一般人想像的光彩亮麗、揮灑如意。本書特別設計了一個皇帝幸福指數，依指標：能夠活得夠長、死得安詳、在位期間依據自己的意志治國不受他人操控的，居然只有很少部分的皇帝能夠享有。皇帝這個職位的悲慘程度，遠遠超過單單吳莎文章的描述，恐怕更出乎一般人想像。

有些人一生以追求帝位為目標；也有人自艾自怨為何生在帝王家，心不甘情不願的被迫坐上龍椅；還有人在有機會選擇的時侯，打死不願接皇帝的位置。就讓我們一起來欣賞這些豐富的史料，從皇帝生與死的角度，來看歷朝歷代的興衰起落，了解我國歷史的發展和演變。

近年來我國歷史在正規教育中所占的分量越來越少，許多年輕人對我們國家的發展根源認識不足，本書希望能提供一個讓大家接觸中華民族歷史、了解我國四千年文化的機會。沒有根的樹木無法長大，中華文化源遠流長，了解我們的根源，有助於放眼我們的未來，希望我們能珍視這些先祖留下的文化遺產。

筆者沒有受過正規的歷史訓練，有許多資料來源取材自網路，品質不一，雖經多方查證，疏漏之處在所難免，尚乞專家先進不吝指正。

楔子

朝代與皇帝

中國到底有多少位皇帝？單單吳莎在騰訊網站中的文章統計了二百二十三位皇帝的死因，但文中指出中國有四百零八位皇帝，而維基百科提供的中國皇帝壽命列表中列出了三百零五位皇帝，同樣的維基百所科提供的中國皇帝在位時間列表卻列出了三百六十一位皇帝，而中國大陸作者李翰之寫的《中國皇帝全傳》介紹了中國的四百九十四位皇帝，嘻嘻网中則有人列出中國有五百五十九位皇帝，其他還有不同的資料來源都有不同的數目。到底中國有多少位皇帝？要看你怎麼算。

每一份統計所持的基礎不一樣，上述的資料大多沒有說明統計的基礎，但觀察其內容可以得到一些脈絡。首先一個最基本的差異是要把哪些朝代或國家納入計算。我國的歷史從傳說中的三皇五帝開始，之後有夏、商、周、秦、漢、三國、晉、南北朝、隋、唐、五代十國、宋、元、明、清到民國（參考維基百科：中國朝代），總計十六個時代。但正史的記載還不完全是這樣。

談到正史，一般都以二十四史為代表。二十四史是中國古代各朝各代撰寫的二十四部史書的總稱，記載逾四千年的中國歷史，上起傳說中的黃帝，一直到明朝崇禎十七年（一六四四年），計三二一三卷，約四千萬字。

「正史」一詞始見於《隋書・經籍志》：「世有著述，皆擬班、馬，以為正史。」班指編寫《漢書》的班固，馬指寫《史記》的司馬遷，二十四史的第一部是《史記》、第二部是《漢書》，他們定下了史書撰寫的規格和標準。主要以「本紀」記錄皇帝、「世家」記錄諸侯權貴、「列傳」記錄其他重要人物，再輔以「表」（大事年表）、「志」（或稱書，記錄社經文化制度等）。之後各代史書或稍有變化，但大致以此為基礎。二十四史的存在讓中華民族成為全世界唯一一個擁有持續四千年歷史記錄的民族，它是中華民族乃至全人類極其珍貴的文化資產，當然也是研究歷史最重要的依據。

二十四史依時間先後順序包含有：《史記》、《漢書》、《後漢書》、《三國志》、《晉書》、《宋書》、《南齊書》、《梁書》、《陳書》、《魏書》、《北齊書》、《周書》、《隋書》、《南史》、《北史》、《舊唐書》、《新唐書》、《舊五代史》、《新五代史》、《宋史》、《遼史》、《金史》、《元史》、《明史》。「二十四史」的名稱由清高宗乾隆皇帝弘曆在編纂四庫全書時所欽定，從此「正史」一稱就由「二十四史」所專有，取得了史書中的正統地位。

各代史書基本上是由後代王朝來記錄前朝事蹟，各王朝會責成史官來負責這項工程。二十四史是清朝所欽定，所以其中沒有清史。中華民國政府建立後在一九一四年成立清史館，開始編撰清史的工作，但由於內亂外患不斷，加以資料太多，一直沒完成。一九二七年負責主持纂修工作的清史館館長趙爾巽見全稿已經初步成形，擔心時局多變且自己病重時日無多，遂決定將各卷以《清史稿》的名稱刊行，以示其為未定本。《清史稿》出刊後不久趙爾巽先生便過世了。

另外明代編纂的《元史》被評為過於草率，錯誤百出，歷代學者皆呼籲重修元史。遜清遺老柯劭忞曾參與清史的編纂，期間並收集元朝史料，獨力撰寫了《新元史》，補充了許多新內容，糾正了不少錯誤，獲得極高評價。一九一九年民國政府大總統徐世昌明令將《新元史》列入正史，是為第二十五史，加上《清史稿》，總共二十六部史書，成為我國歷史的正宗典範。

我國歷史上還有些朝代或國家沒有被納入二十四史，例如夾在西漢和東漢之間的新朝、武則天建立的武周、五胡十六國，以及五代十國中的十國。這些朝代或國家是否納入統計，會使皇帝人數的資料呈現不同的結果。

新朝是王莽篡漢建立的，為時甚短（十四年），不被漢朝承認，《漢書》將它寫在列傳中（不是記錄皇帝的本紀）、《後漢書》也僅在光武帝紀中片斷的提到，沒有完整的記錄。但它是實實在在存在我國歷史中的王朝，將西漢和東漢硬生生的切成兩段，如果不把它納入統計，會在中國歷史上形成一個缺口。為了完整的呈現歷史傳承，本書將它納入統計資料中，放在兩漢的中間，但獨立統計。

武則天建立的武周在《新唐書》和《舊唐書》中都有記載，而且都是記在本紀中，但記的都是則天皇后，而不是武周的皇帝。但實際上她曾經登上皇帝大位，本書以統計皇帝為主，也將她納入。但她死前又歸政李唐王朝，所以依她統治的基礎把她視為唐朝的皇帝之一。

五胡十六國是西晉滅亡之後中原北方的一個混亂時期，一般稱為「五胡亂華」，在正史中沒有專著，其內容大多在二十四史的《晉書》中以「載記」而非「本紀」來記錄，各個國家被視為偏促一方的地方政權。但這個時代和新朝一樣是個確實的存在，而且時間長達一百三十五年。雖然和它同時存在的還有東晉和南朝的劉宋，在正史中都有記載，不會形成歷史缺口，但這個時期有它的重要性，不容忽略。這個時代紛擾不斷、各國起落頻仍，甚至有些資料都不太完全，且各國君主有的稱王、有的稱帝，比較難以處理。本書的處理方式是對這個時代做一個簡要的介紹，但參考正史不納入統計。

五代十國在正史中有《舊五代史》和《新五代史》，所以五代都被納入正統，但十國則都列在「列傳」中，而且和五胡十六國時期相同有資料認定的問題。本書同樣依據正史的記錄，將五代納入統計，對十國則僅做簡要的介紹，而沒有將君主納入統計。

另外還有兩個國家可以提一下，那就是大遼和大金。它們是北方的少數民族所建立的國家，以中原華夏的角度常被視為異族，都沒有完整的統一華夏疆土，而是長時間和宋朝對峙。但在正史中都有它們的地位：《遼史》和《金史》。既然被正史納入，自然不能忽略，本書會加以介紹並納入統計。

但和宋朝同時存在、性質相似的還有大夏（西夏）、大理等國。西夏和大理都在《宋史》的列傳中有記錄，而且還不只這兩個國家，《宋史》列傳中還有五代十國中的十國，以及其他邊陲地方政權，例如高麗、交阯、高昌、回鶻、流求、吐蕃、渤海國、日本等，記在列傳的外國篇中。依據正史，這些國家就不納入本書統計了。

另外，由於本書以介紹並統計皇帝的死亡為主要議題，而皇帝這個稱謂始自秦朝終於清朝，故秦朝之前不計、清朝之後不計。經過這樣的整理，本書將秦朝到清朝的歷朝歷代整理出十三個時代、劃分三十三個王朝，資料如下表。

本書以這些時代和王朝為基礎，從各種史料中找出在各朝皇帝宗室內，真正坐過龍椅、統治過天下的皇帝。不含死後追封的皇帝、不含皇族之外異姓自行稱帝的皇帝、不含項羽和呂后等本紀中非皇帝身分的特例。得到的資料計有二百五十六位皇帝，便是本書的主角。

這邊想提一下皇族之外異姓自行稱帝的皇帝。本書記錄的三十三個王朝都有創建者，有的是滅了別人的國家建立了自己的王朝，例如秦、漢、隋、大元、大明、大清等。有些是篡了別人的政權建立自己的王朝，例如新莽、曹魏、西晉、唐、宋等。也有些在別人的王朝之外建立自己的王朝，例如蜀

時代	包含國家	註記
秦		
漢	西漢、東漢①	
新		時序上新朝介於西東漢之間
三國	曹魏、蜀漢、東吳	
晉	西晉、東晉①	
南北朝	五胡十六國 北魏、東魏、西魏、北齊、北周 劉宋、南齊、南梁、西梁、南陳	
隋		
唐		
五代十國	後梁、後唐、後晉、後漢、後周	
宋	北宋、南宋①、大遼、大金	
大元		
大明		
大清		
①西漢、東漢、西晉、東晉、北宋、南宋可視為個別時代分開計算，則有16個時期		

表0.1：我國自秦到滿清歷朝歷代國家列表

漢、東吳、大遼、大金，以及南北朝和五代十國中的大多數王朝。

但也有許多人有心建立自己的王朝，或篡他人、或自立稱帝。雖然坐過皇帝的龍椅，但並沒能真正統治過整個中原領土，且為時甚短，旋起旋滅，沒有能傳承到後代，成功的建立王朝。這樣的皇帝還不少，較為知名的如三國時期的袁術，從孫堅手中搶了傳國玉璽，覺得非做一下天子不可，結果兩年而亡（國亡、人亡）。其他類似的占據一隅的一朝一帝還有東晉的桓玄（桓楚）、隋朝末年的宇文化及（許）、唐朝的朱泚（大秦）以及安祿山（大燕）和黃巢（大齊）、宋朝的張邦昌被金人封為皇帝（楚）、元朝最多有五位（張士誠的大周、韓林兒的大宋、徐壽輝的天完、陳友諒的漢、明玉珍的明夏）、明朝末年有兩位（李自成的大順和張獻忠的大西）、清初的吳三桂（周）等，五胡十六國時代這種皇帝更多，就不一一詳列了。這方面的看法，在不同的文獻中倒是呈現較為一致，除非有特別說明，否則在各種統計資料中都被排除，當然本書也不納入統計。

從「王」到「皇帝」

在那麼多的朝代和政權中，「皇帝」成為一個正式的職稱始自秦王朝的創立者秦始皇，秦朝也是中國歷史上第一個真正大一統的朝代。秦朝之前的周天子尊號為「王」，包含滅商立周的周武王姬發，追封其父姬昌為周文王（原為商朝的西伯），西周亡國之君姬宮涅稱周幽王。東周各君主也都各自有王的稱號，從周平王姬宜臼開始，到周赧王姬延為止。但周朝開始時只有周天子稱王，平王東遷後進入春秋戰國時代，許多擁有不臣之心的各封國國君也開始稱王（韓王、趙王、魏王、齊王、楚王、燕王、秦王等），當時還沒有皇帝的稱號。

中國歷史上最早的封建朝代為夏朝，夏王朝的君主在史書上並沒有給予王的尊號。夏王朝的創立者是禹，之後也是夏禹傳位給啟、啟傳位太康、少康復國、夏桀失國等，都直呼其名，而沒有稱某某王。

在維基百科的中國君主列表中，從商朝開始有「王」的稱號，但也只有兩位，商朝的開國君主太祖武王成湯和末代君主紂王帝辛。而且是諡號，換句話說，並非生前稱王，而是死後被賦予王的稱號，以此為準，大致可以認定「王」這個稱號始於周朝，向前追諡到商朝。

到了周朝，用「王」來稱呼君主已成定則。西周從文王姬昌、武王姬發、成王姬誦到末代君主幽王姬宮涅，都是以王來稱呼。在《詩經》中有「普天之下，莫非王土，率土之濱，莫非王臣」的說法。《詩經》是中國最早的詩歌總集，收錄自西周初年至春秋中葉（約公元前十一世紀到前六世紀）的詩歌，可見對當時的君主不但以王相稱，更表明了王是天下的最高統治者，天下所有土地都屬於王所有，天下任何人都是王的臣民，君主稱「王」，又稱天子。

周平王姬宜臼東遷之後進入了春秋戰國時代，也開始出現了周天子以外其他的王。春秋戰國是一個混亂的時代，歷史記載中的春秋五霸，有的稱王、有的稱公。關於春秋五霸，不同的資料至少有四種不同的說法。

不論何種說法，都有公有王，為何平平都是五霸，稱謂卻不相同？這要從中國的爵位制度，以及春秋的亂象談起。

五霸	出處
齊桓公、晉文公、秦穆公、楚莊王、宋襄公	趙岐：孟子注疏
齊桓公、晉文公、秦穆公、楚莊王、越王勾踐	王褒：四子講德論
齊桓公、晉文公、秦穆公、楚莊王、吳王闔閭	班固：白虎通
齊桓公、晉文公、楚莊王、越王勾踐、吳王闔閭	荀子：荀子

表0.2：春秋五霸

按照唐代杜佑所著《通典》記載，堯帝、舜帝以及夏朝時期，置爵五等：公、侯、伯、子、男。商朝置爵三等：公、侯、伯，沒有子、男二等。周王朝自武王立國之後，設立了更嚴謹的爵位等級制度，分封諸侯。最初設公、監、侯、伯、子五等爵，三監之亂（周武王逝世，成王年幼即位，周公攝政，管叔與蔡叔不服，聯合武庚起兵謀反，後為周公平定）後改回為公、侯、伯、子、男五等爵位，各有封邑，享受不同水準的待遇，是可以世襲的爵位。被封的諸侯必須服從王室的命令，定期朝見，繳納稅賦。

周朝的分封始於公元前一〇四六年，周滅商後，周王分封天下，將土地連同人民分別授予王室宗親、功臣和前朝遺民，讓他們建立自己的領地，拱衛王室。《荀子・儒效》記載：「兼制天下，立七十一國，姬姓獨居五十三人」。姬是周朝的國姓，五十三個姬姓國便是宗室親族。

姬姓封國主要為文王和武王的兄弟和子嗣，有虞國、虢國、宋國等封為公爵；魯國、管國、蔡國等封為侯爵；其他還有伯爵、子爵等。非姬姓的包含帝辛（商紂王）的兒子武庚封為殷伯、顓頊的後代封為陳公、夏禹的後代封為杞公，以及幫助周王得天下的姜尚（姜太公）被封為齊侯。東周各諸侯大都是這些封國的後代，包含春秋五霸和後來的戰國七雄的前身。

當初最早封的爵位最高是「公」這一級，只有周天子稱王。這些諸侯什麼時候開始稱王的呢？最早稱王的是楚國的國君熊渠。注意，是自行稱王，而非周天子封的王。南方的楚國君主原來是子爵的等級，熊渠不滿周王室對其貶抑，認為給的爵位太低，謀求進爵沒有成功。當時的君主熊渠在公元前八八六年自行稱王，並仿照周王室封自己的三個兒子為王，公開表明與周王室分庭抗禮。公元前八五三年周厲王姬胡即位，以暴虐著稱，熊渠擔心受到討伐自行取消王號，恢復周朝封的子爵爵位。

但楚國稱王的野心一直沒有消失，公元前七〇四年熊通自立為楚王，從此以後楚國的君主都稱

「王」，開啟諸侯僭號稱王的先河。當時周王室實力式微，面對這種情況，除了不予承認之外也無可奈何。熊通死後諡號為楚武王，傳了五代到熊侶，就是春秋五霸中的楚莊王。

隨後地處東南的吳國和越國君主也自行稱王，各代君主中較有名的是吳越之爭中的吳王夫差（從他的祖父壽夢開始稱王）和越王勾踐（自行稱王，父親允常為越侯），二者相鬥演出臥薪嘗膽、勾踐復國的故事。此後各國紛紛稱王，周王朝設定的制度遭到嚴重破壞，後世稱為「禮崩樂壞」。

進入戰國時期（韓趙魏三家分晉之後）周王室衰弱，諸侯僭越稱王越演越烈。不但自行稱王，還互相締約會盟承認彼此的王位。更有甚者，封王典禮還邀請周王室派代表出席封爵賜胙（豬肉），變相的要求周王室承認其王位。

其中最有名的是「龍門相王」，西元前三二五年秦惠文公嬴駟邀請齊魏兩國會盟，見證秦惠文公稱王，成為秦惠文王。《戰國策．秦策》：「秦惠文公龍門相王，周天子遣使賜秦惠文公『文武胙』，與秦盟，係為秦惠文王。」封王儀式中作為周天子代表的昭文君在事後發出感嘆：連秦國都已稱王，戰國的王已經多到擠不下了，還有人記得蜷縮在洛東的天子嗎？

在此之前，公元前三三四年齊國的齊威王和魏國的魏惠王也在徐州會盟，互相承認對方的王位。秦惠文王稱王同年，魏惠王也尊韓宣惠王為王，一時之間各國紛紛稱王，甚至一些二線小國如中山國、宋國也不甘示弱的同聲稱王。公元前三二三年，在魏國大將公孫衍的斡旋下，魏國、韓國、趙國、燕國和中山國結成聯盟，以對抗秦、齊、楚等大國，各國國君都稱王，至此天下到處都是王。雖然有些國家（例如楚國和齊國等）不滿別的國家稱王，出兵討伐想要逼迫其他國家放棄王位的稱號甚至滅國，但也起不了太大作用，到戰國後期，幾乎所有的國君都以王自稱。

但這些君主還都是「王」，而不是「皇帝」，那麼皇帝的稱號是怎麼開始的呢？緣自有千古一帝之稱的秦始皇。

戰國末期，秦王嬴政攻滅六國統一天下，認為自己的地位在各國之上，稱號不能再用王。於是從古代「三皇五帝」中各取一字，創造出「皇帝」這個頭銜，自稱「始皇帝」，並取消皇帝死後追封諡號的習慣，規定以代數來定名皇帝。例如他的兒子接位後應稱二世帝，再後為三世帝、四世帝以至永世無疆。秦始皇雖然順利居皇帝位，但他的萬世帝王夢想並沒有實現，不過從此之後凡統一全中國的君主，就延續了此一稱謂，紛紛稱皇帝了。

由此看來，皇帝的稱謂來自三皇五帝。但三皇五帝年代久遠，當時尚無文字記載，主要來自傳說，而且不同的傳說有不同的記載。從維基百科中查找，三皇五帝至少有下列不同的說法：

另外還有「天皇、地皇、泰皇」，

三皇	
伏羲、神農、燧人	尚書大傳、禮緯含文嘉
伏羲、神農、女媧	史記・三皇本紀、春秋運斗樞、春秋元命苞
伏羲、神農、黃帝	尚書・序、帝王世紀
伏羲、神農、祝融	白虎通義
伏羲、神農、共工	通鑑外紀
五帝	
黃帝、顓頊、嚳、堯、舜	史記、世本、大戴禮記、易傳、禮記、春秋、國語
少昊、顓頊、嚳、堯、舜	尚書・序、白虎通義
黃帝、伏羲、神農、堯、舜	戰國策
黃帝、顓頊、太昊、少昊、炎帝	禮記・月令、呂氏春秋、淮南子
黃帝、顓頊、嚳、堯、少昊	資治通鑑外紀
青帝、赤帝、白帝、黑帝、黃帝	史記正義

表0.3：三皇五帝

或「天皇、地皇、人皇」的說法，不一而足，其內容稍嫌複雜，有興趣的讀者可以自行參閱相關文獻。

其實在秦始皇之前，公元前二八八年秦昭襄王嬴稷曾和齊湣王田地（或稱田遂）相約稱帝，秦昭襄王為西帝、齊湣王為東帝，後來因故取消，但這是比照五帝稱「帝」而不是「皇帝」。從秦始皇開始，「皇帝」一詞才被正式的訂定為王朝君主的稱謂，並一直流傳後世，直到清朝末年專制王朝結束為止。

對皇帝的稱謂

有那麼多的王或皇帝，歷史上如何稱呼這些王或皇帝，也是一門學問。在朝堂上一般皇帝會自稱「寡人」、「朕」、「孤」等，臣下百姓等則稱皇帝為「萬歲」、「聖上」、「陛下」、「皇上」、「官家」、「大家」等，但這些都是通稱，不足以識別是哪一位皇帝。且讓我們來討論一下後世或史書上如何稱呼歷朝歷代皇帝，這也是本書撰寫過程所要處理的一個大問題。

一般可用來稱呼皇帝的有姓名、字、號、謚號、廟號、尊號和年號等。例如三國蜀漢開國皇帝，姓劉名備字玄德，謚號昭烈皇帝，廟號烈祖，年號章武，又稱劉皇叔。比較嚴謹的作法是全書在講到這些皇帝時應有一致的對待，最直接的就是用姓名。但皇帝的名字是被忌諱的，不可以隨便稱呼，在史書中要另行處理。更麻煩的是經常有許多皇帝會基於各種理由改名字，甚至改了不止一次。唐朝皇帝尤其流行改名，唐肅宗李亨，原名李嗣升、後改李浚，再改李璵，一生用了四個名字，如果在文章中依不同時間不同段落用不同名字，恐怕讀者會產生混淆。另外元朝和一些北方民族進入中原稱帝，名字用音譯非常拗口，甚至名字長達五、六、七個字，像是耶律阿保機、完顏阿骨打、脫古思帖木兒、愛育黎拔力八達，一段文字中如果同時會涉及好幾個人，或君臣、或親室，相互攻訐、相互支持，連筆者自己沒事都會弄混，要再三檢查驗證以免錯誤，恐怕也會影響讀者的理解與吸收。

其他的作法是用諡號、廟號或年號，先說諡號。諡號系統建立於周朝，主要在用以標記各代君王和重要人物。在此之前，各代君主在世時只有姓名，稱王稱侯只在國名之後加上爵位，例如魏王、秦王、宋公、魯侯等。但各代各傳之後會有一大堆的周王（東周十三王、西周二十三王，合計三十六王）、楚王（不計熊渠二十七王）、魏王（八王），而君王的名諱一般都是禁忌不能直呼，後代要如何稱呼他們，得有些規範。因此會在君王死後，依其生平功過與品德修養，另行給予稱號以資區別，是為諡號。諡號的應用後來擴大到其他重要人物（諸侯、大臣、后妃、權貴等），也會視情況給予諡號，但仍以國君為主。

諡號制度的建立傳說是周穆王（周第五代君主，公元前九九二年至前九二二年）時期，《史記》則稱是周公旦和太公望（姜子牙）所建，《史記正義．周書諡法解》中記載：「周公旦、太公望開嗣王業，建功於牧野，終將葬，乃制諡，遂敘諡法。」但也有人說夏商兩朝末代君主便已使用，例如有文獻記載商朝開國之君履的諡號為武王，所以存在的年代可能更久遠，但也有可能是在周朝才為他們上諡號。一般是在君王死後由禮儀官根據其生前的功過擬出諡號，由繼任者予以確定，並鐫刻於墓碑之上，可視作蓋棺定論，並供後世引用。但也有隔多代或多朝之後才為前人上諡號的作法。

最早的諡法分為三類，褒揚、貶責和同情。褒揚的有「文」、「武」、「景」、「宣」等，「文」彰顯經天緯地道德博厚，如周文王姬發、漢文帝劉恆、隋文帝楊堅；「武」喻其威強睿德開疆拓土，如周武王姬昌、漢武帝劉徹、梁武帝蕭衍等。貶責的有「靈」、「紂」、「煬」、「厲」等，亂而不損曰靈（漢靈帝劉宏）、好內遠禮曰煬（隋煬帝楊廣），暴慢無親為厲（周厲王姬胡）。同情的有「哀」、「愍」、「恭」、「順」等，恭仁短折曰哀（漢哀帝劉欣），在國遭憂曰愍（晉愍帝司馬鄴）等。對於謚號如何用法是有嚴格規定的，早期都是一個字或兩個字，再配上王朝名稱。漢朝皇帝的謚號中都會加上一個孝字，但後世簡稱都會去掉孝字，例如漢武帝劉徹的正式謚號是「孝武皇帝」，後世多簡稱他為漢武帝。

但是從唐朝開始皇帝的謚號越來越長，而且為了美化先人的功德，幾乎把所有道德文章中的用字都堆上去，覺得不夠好還可以改，以顯後世孝道。例如唐高祖李淵的謚號從「太武皇帝」改為「神堯皇帝」，再改為「神堯大聖皇帝」，最後改為「神堯大聖大光孝皇帝」；宋朝的開國皇帝趙匡胤的謚號為「啟運立極英武睿文神德聖功至明大孝皇帝」，清太祖努爾哈赤的謚號是「承天廣運聖德神功肇紀立極仁孝睿武端毅欽安弘文定業高皇帝」，長達二十七個字，有點像作文比賽，看誰比較會編。

更嚴重的是，到了後期更幾乎無法從謚號中看出一個皇帝的評價，完全喪失了謚號的本意。例如行為荒誕不經的宋光宗趙惇謚號是「循道憲仁明功茂德溫文順武聖哲慈孝皇帝」；縱欲過度死亡、一生無重大作為的明穆宗朱載坖謚號是「契天隆道淵懿寬仁顯文光武純德弘孝莊皇帝」；和慈禧爭端不斷、最後變法失敗、斷送大清王朝的光緒皇帝載湉謚號是「同天崇運大中至正經文緯武仁孝睿智端儉寬勤景皇帝」，又仁又孝、又睿智，還有和天地一樣的命運（同天崇運），完全不符合我們對光緒皇帝的印象。

廟號是另一個常被引用的帝王稱謂，廟號指皇帝在家廟中被供奉時所稱呼的名號，起源於重視祭祀與敬拜的商朝。商朝當初設立廟號制度時，對廟號的賦予也有嚴謹的規定。當時廟號只有四種，創基立業曰「太」（太祖、太宗）、功高者曰「高」（高祖、高宗）、世代祭祀曰「世」（世祖、世宗）、中興者曰「中」（中宗）。而且必須按照「祖有功而宗有德」的標準，給予祖或宗的稱號。在這種嚴謹的要求下，並不是每一位皇帝都有廟號，西漢十五帝只有四位有廟號、東漢十四帝只有三位有廟號，有幾位皇帝原來有上廟號，後來還被取消。

從唐朝開始（又是唐朝），原本慎重嚴謹的廟號制度大為放寬，除了部分亡國之君和短命皇帝之外，以後朝代幾乎每位皇帝都有廟號。搞到原有的四種廟號不夠用了，開始參考諡法訂出新的廟號。不過各朝開國的前幾代君王，其廟號大多仍使用傳承自商朝的原始四個廟號，其他則參考其平生由後代上廟號，有點像諡號的用法。

諡號和廟號的使用曾一度中斷，因為秦始皇嬴政統一天下後，認為諡號是臣議君、子議父的情形，不太適宜，因此廢諡法，同時也不用廟號。嬴政創造「皇帝」一詞，並自稱為始皇帝，後世按數字順序稱二世皇帝、三世皇帝……萬世皇帝等，後來他的夢想並未實現，秦朝歷三代而亡，皇帝更只傳了兩位。

漢朝時期諡號和廟號又告恢復，直到清朝末年，而且除了漢朝之外，幾乎所有的皇帝都有廟號和諡號。由於諡號越來越長、越來越不具意義，一般多以廟號來作為對去世皇帝的稱號。例如唐高祖李淵、唐太宗李世民、金太祖完顏阿骨打、明太祖朱元璋等。有一個例外，漢朝的皇帝劉邦，廟號太祖、諡號高皇帝，一般習慣的漢高祖其實是廟號和諡號混用。漢高祖的稱號是司馬遷在《史記》中使用的，因為他的影響力太大，為後世沿用。但漢朝不是每一位皇帝都有廟號，所以也沒有辦法統一用廟號來稱呼所有皇帝。

最後一個是年號，用年號來稱呼皇帝始自明朝，清朝沿用。我們一般熟知的乾隆下江南、嘉慶遊台灣、萬曆怠政、崇禎煤山自縊等，乾隆、嘉慶、萬曆和崇禎都是當時皇帝的年號。為何始自明清呢？

因為前面有許多朝代的皇帝喜歡改年號，漢武帝劉徹在位五十四年用了十一個年號、漢宣帝劉詢和漢成帝劉驁各自用了七個年號，晉惠帝用了九個年號，到了唐朝更是厲害，唐高宗李治用了十四個年號，改得最多的是則天大聖皇后武曌，總共改了十八次，不但令人嘆為觀止，也使要用年號來代表其人產生困難。明清之後幾乎都是一個皇帝用一個年號，用年號來代表皇帝就不致造成困擾了。

其實用來稱呼皇帝的還有一個叫「尊號」。不同於諡號、廟號都是死後追封的，尊號是君主、后妃在世時的稱呼，一般用於外交、禮儀、祭祀等。尊號通常由臣下擬定，呈請帝后接受，由臣下擬定當然拍馬屁的成分比較高，而且也是可以改的。例如唐玄宗李隆基在天寶年間尊號為「聖賜靈府天寶皇帝」，安史之亂後退位為太上皇時的尊號為「太上至道聖皇天帝」，唐玄宗為他的兒子唐肅宗李亨上尊號為「光天文武大聖孝感皇帝」。元世祖忽必烈的尊號先是「大元仁明神武皇帝」後改「憲天述道仁文義武大光孝皇帝」。尊號字數通常不少，不宜在平常用來稱呼皇帝，故很少使用。唯一一個被人們經常引用的尊號，是秦朝創建者、皇帝一詞的發明人嬴政，「始皇帝」便是他的尊號。

基於嚴謹的態度，全書最好使用一致的方式來稱呼歷朝歷代的皇帝，本書也嘗試朝這個方面努力，但顯然不容易做到。名字、諡號和年號會改，廟號和尊號有的皇帝有、有的皇帝沒有，都沒有辦法全書一貫使用。

為了讓讀者便於了解和閱讀，本書中稱各皇帝時會視情況混合採用各種稱謂，以筆者所了解一般讀者可能比較熟悉的稱謂來稱呼。例如劉備、曹操、孫權的名字幾乎是所有人都聽過，如果稱其為蜀漢昭烈皇帝、魏武皇帝或魏太祖、東吳大帝或吳太祖，可能讀者還要想一想，那就用他們的名字；漢武帝和桓靈二帝比劉徹和劉志、劉宏知名度高，那就稱諡號；徽欽二帝是大家耳熟能詳的，趙佶和趙桓反而沒什麼人知道，那就稱其廟號；康熙皇帝、乾隆皇帝應該也是大家熟悉的，清聖祖玄燁和清高宗弘曆大家反而沒有那麼熟悉，那就用其年號。初次提到時，盡量以慣稱（廟號、謚號、年號）和姓名一併稱之，之後就用大家可能比較熟悉的稱呼。

配合一般史書的習慣，本書在列表時，仍以廟號為主，漢朝有許多皇帝沒有廟號，就用謚號，都沒有的會考察一般慣例採用適當的稱呼，加註姓名。如果多次改名，則以登基時的名字為主。

交代完王朝和皇帝，以及對王和帝的稱呼，讓我們一起進入主題，看看歷朝歷代皇帝的生死接替、歷朝歷代的興衰起落，以及皇帝生死對歷朝歷代興衰的影響。

第一章　秦

秦朝的創建者為秦始皇，嬴姓，趙氏，名政，後世通稱嬴政。在談他的死亡之前先談他的出生。他的身世是個引人入勝的話題，司馬遷在《史記》一書中對嬴政的出生有不同的記載。《史記・秦始皇本紀》中記載嬴政的父親是秦莊襄王嬴子楚（《戰國策》記為秦公子異人），但在《史記・呂不韋列傳》卻暗指他是呂不韋之後。嬴政的母親趙姬原來是濮陽商人呂不韋的女人，後來被公子異人看上，呂不韋將趙姬送給異人，不久後生下了嬴政。《史記・呂不韋列傳》中記載：「姬自匿有身，至大期時，生子政。子楚遂立姬為夫人。」指趙姬是在帶有身孕的情況下嫁給異人，因此嬴政很有可能是呂不韋的兒子，但後人考證多認為是傳言，嬴政應該是異人的親生兒子。

嬴政出生在戰國時期，當時天下大亂。原列名春秋五霸中前四強的齊、晉、秦、楚四國持續擴張，曾名列五霸中的另外三強中越國滅了吳國，之後又被楚國所滅，宋國則為齊國所滅。公元前四〇三年晉國被三位異姓大夫瓜分，成立了韓、趙、魏三國，齊國也被田氏篡位取代了原有的姜姓王室（姜子牙的後代），仍稱齊國，三家分晉和田氏代齊標記了從春秋時期進入戰國時期，春秋五霸變成戰國七雄，剩下韓、趙、魏、齊、楚、燕、秦七國在場上繼續比賽。

嬴政的曾祖父秦昭襄王嬴稷雄才大略，在位期間滅了東周，多次攻打韓、趙等國，取得多座城池，秦國國勢不斷壯大，奠定了統一天下的基礎。公元前二七一年他採用范雎「遠交近攻」的戰略，結好較遠的趙國，共同攻伐鄰近的韓國和魏國。秦趙兩國約定互換人質以示誠信，秦國派到趙國的質子便是嬴政的父親秦公子異人，也就是後來的秦莊襄王。

異人的父親，嬴政的祖父，安國君嬴柱（秦孝文王）是秦昭襄王的太子。安國君有二十多個兒子，異人是庶出，而且他的母親夏姬並不受安國君寵愛，故而出質趙國。由於秦趙兩國曾多次發生軍事衝突，異人在趙國的待遇並不好。後來被在趙國經商的濮陽商人呂不韋相中，願意出力幫助異人回國取得國君的位置，異人也承諾如果成功願意和呂不韋共治秦國，因而上演「奇貨可居」大戲，最終還真的實現了。就在這段時間，呂不韋將趙姬送給異人，於公元前二五九年在邯鄲生下了嬴政。後人用嬴政出生的時間推算趙姬懷孕的日子，確認嬴政應該是異人的親生兒子。

當時身為秦國太子的安國君嬴柱的正妻華陽夫人一直沒有子嗣，原長子秦悼太子也在魏國去世，在諸庶子之中以公子子傒最具接班優勢。呂不韋透過關係向華陽夫人的弟弟陽泉君遊說，子傒繼位對華陽夫人和陽泉君不利，不如找一個王子領養並培植成王，可安享天年。而且最好找一個原來根本沒有機會的庶子，成功後對華陽夫人的感恩之情就會更深，而在趙國為質的公子異人為人賢能且孝順，最為合適，華陽夫人於是要呂不韋將異人弄回國。

公元前二五七年，秦昭襄王派大將王齕攻打趙國首都邯鄲，趙孝成王想要殺了異人。呂不韋通過賄賂守城官吏帶著異人逃出趙國，回到秦國。妻兒則滯留在趙國，陷於危難之中。

華陽夫人是楚國王族宗親，呂不韋安排要異人面見華陽夫人時身著楚國服裝。結果華陽夫人大為感動，收他為義子，改名子楚，最後成功的被安國君立為太子。在華陽夫人的主導下，異人娶了韓國宗氏女子為妻，並生下兒子嬴成蟜，是嬴政的異母弟弟。

公元前二五一年秦昭襄王去世，安國君嬴柱繼位，是為秦孝文王。趙國為了示好，將趙姬和嬴政送回秦國。嬴柱先守孝一年，即位改元後僅三天便病逝了，嬴子楚接位，是為秦莊襄王。秦莊襄王繼位後大赦天下，立趙姬為王后，尊生母夏姬為夏太后，養母華陽夫人為華陽太后，任命呂不韋為丞相，封文信侯，當時仍是戰國七雄爭戰時期。秦莊襄王在位三年而逝，公元前二四七年嬴政繼位，三十五年後滅了其他六國，統一天下，成為千古一帝的秦始皇。

嬴政即位時才十三歲，由母后趙姬聽政，但大權掌握在相國呂不韋手中。嬴政登基後並不是一帆風順，除了由相父呂不韋輔政之外，還有三股外戚勢力在鬥爭，分別是嬴政生母趙姬為代表的趙系外戚、嬴政的養祖母華陽夫人為代表的楚系外戚，以及嬴政祖母夏姬為代表的韓系外戚。但真正具實力的是華陽夫人代表的楚國芈姓勢力，有能力和呂不韋抗衡，嬴氏宗親則是另一股潛在力量。

在嬴氏宗親中，嬴成蟜被視為對嬴政的王位有威脅，《史記・秦始皇本紀》中記載：「八年，王弟長安君成蟜將軍擊趙，反，死屯留，軍吏皆斬死，遷其民於臨洮。」在歷史上成蟜的資料相當有限，在《戰國策》和《東周列國志》略有記述，大致和《史記》相同。由於資料不多，他的身分和死因留給後世許多想像空間，傳說紛紜。主要記載是他被陷入幾股權力鬥爭之中，用來抗衡嬴政。先因為其母韓氏宗女的身分由韓國讓利給他五座城池，建功後封長安君，再受命（或說自請）領兵攻趙。中間有人流言挑撥，指嬴政非莊襄王親生，成蟜才是正宗嬴氏後代，應該成為王位的繼承人，故而謀反。但也有一種說法認為嬴成蟜和嬴政關係不錯，不至於謀反，是呂不韋為了鞏固嬴政的地位而加以設計謀害。還有人認為成蟜兵敗並未身死，甚至有傳聞秦朝的第三任君主秦王子嬰是嬴成蟜的後代。但他在歷史中很快消失，沒有對嬴政形成重大威脅，也沒有足夠的證據說明何者較為正確。

伐滅成蟜的過程中成就了另一位反派人物嫪毒，這位嫪毒是嬴政生母趙姬的男寵。趙姬原來是呂不韋的女人，被送給秦公子異人，生了嬴政，異人後來接了王位是為秦莊襄王。莊襄王死後趙姬年輕守寡，意圖和呂不韋重燃舊情。呂不韋怕惹禍上身，將有超凡性能力的嫪毒假扮成宦人送進後宮照顧趙姬。嫪毒受到趙姬寵幸，在平定嬴成蟜之亂中有戰功獲封長信侯，擁有封地。他積極發展實力，《戰國策》中描寫嫪毒的勢力幾乎可以和呂不韋比肩，但徵諸史料，應該有一大段差距。嫪毒和趙姬生了兩個兒子，嬴政發現後大為憤怒。嫪毒擔心之餘先發制人，乘嬴政離開皇宮前往舊都雍城行加冠禮時發動叛亂，嬴政早有準備，派兵平亂滅了嫪毒。嫪毒之亂牽扯出呂不韋和趙姬的複雜關係，嬴政罷免了呂不韋的相國之位，最後逼他自殺，從此嬴政掌握實權，成為秦國真正的君主。

從公元前二三〇年開始，嬴政接續前人的努力征戰天下，在大將蒙驁、蒙武、蒙恬、王翦、王賁、李信、王齕等率兵攻伐下，花了十年的時間先後滅掉戰國七雄中的其他六國，在公元前二二一年統一天下。

統一天下之後，嬴政認為自己滅了各國，地位在諸王之上，不願繼續用「王」的稱號，以李斯為首的秦朝官員提出仿三皇中的「泰皇」來稱呼他。但幾經思量後，嬴政認為自己「德兼三皇，功蓋五帝」，取三皇的「皇」和五帝的「帝」創造了「皇帝」這個稱號，作為君主的稱謂，被後世沿用，直到滿清王朝。

另外，嬴政嫌傳統「諡號」有「子議父、臣議君」以下評上的含義，廢除了諡法，自稱「始皇帝」，後世接位則指明按數字順序稱二世皇帝、三世皇帝……期望到萬世皇帝。但秦始皇萬萬沒有想到秦王朝只傳了三代，帝號更只傳了兩代，到秦二世胡亥就結束了。

除了發明皇帝這個稱謂之外，秦始皇最主要的政治制度設計是「廢封建、設郡縣」。封建指封土建國，天子把天下的土地分封給諸侯，並授予他們各級爵位，諸侯再分封卿大夫，諸侯和卿大夫各自管理自己的領地。爵位可以世襲，諸侯在領地內擁有人事權（任命官員）和財政權，自組軍隊。分封的目的是以各諸侯來協助君主管理全國龐大的領土，並鞏衛中央。

但周朝的封建是失敗的，所封各國最後大多不服周王的命令，非但無法鞏衛中央，還和中央政府唱反調，最後弄垮了周王室。秦始皇不再分封諸侯，將天下分為郡、縣二級，全國劃分為三十六郡，郡下設縣，再下設鄉、里、亭。郡守和縣令由皇帝指派，定時考察輪調，不能傳給後代。在中央設三公九卿，協助皇帝管理天下，把權力集中在中央，實現真正的中央集權。

滅了六國之後，秦始皇並沒有停止征伐，他繼續派兵北逐匈奴、南收百越，大幅擴張了秦朝的領土，並連接舊時秦、趙、燕等國的城牆，構築起後世所稱的萬里長城，以防禦匈奴。當時秦的邊境「東至海暨朝鮮，西至臨洮、羌中，南至北嚮戶（今越南中部），北據河為塞，並陰山至遼東」。比起西周時的邊境最少要超過五倍，底定了秦國的疆域。

秦始皇其他的重要政績有統一全國的文字、車道設計（書同文、車同軌）、建立度量衡的標準、統一貨幣、修築馳道、開鑿運河，這些措施使整個華夏真正成為一個大一統的國家，秦始皇也被稱為千古一帝。

但在歷史上秦始皇所獲得的評價卻大多被視為暴君，那又是為什麼呢？當然攻伐過程中殺人無數是一個原因，最重大的問題是焚書坑儒和嚴刑峻法。但焚書坑儒爭議甚多，後世有不同的解釋，一般認為焚燒的是民間的書籍，特別是原六國典籍和非議秦朝的文字，坑殺的是江湖術士，並沒有對儒家思想進行滅絕性的剷除，但箝制言論也是不爭的事實。加上建長城、修馳道、鑿運河，還修築阿房宮、驪山陵等，民眾負擔過重，在嚴刑峻法之下激起民變，種下秦朝短命而亡的種子。

就本書主題皇帝之死而言，秦始皇是在第五次出巡途中死於沙丘，年五十，壯年而逝。史書記載是病死，非他殺，但之前也曾多次面臨過他殺的威脅。秦始皇滅了六國，六國舊屬志士心懷怨憤，屢屢圖謀刺殺秦始皇。歷史上眾人熟知的就有三次，前兩次是還沒有統一天下時有燕太子丹派荊軻獻秦叛將樊於期首級以謀刺秦王，以及荊軻友人高漸離化妝入宮演奏時擊筑刺秦王，第三次是登帝位後出巡時，韓國貴族張良買通力士在博浪沙以巨石襲擊天子座駕，但都未得逞，最後是病死於沙丘。

秦始皇嬴政死時年五十歲，擔任秦王二十六年、秦帝十一年，依照他的意志，無謚號、無廟號，尊號始皇帝，史稱秦始皇。

歷史上記載秦始皇身體一向很健壯，沒聽說有過什麼宿疾，五十壯年而逝也有陰謀論傳出。受懷疑最深的，便是伴隨著秦始皇出巡的近臣中車府令趙高（《史記》載趙高是宦人，被誤為宦官，但其實不是閹人），陰謀論指出有可能是趙高在食物中下毒害死秦始皇。雖然這種傳說一直無法證實，但趙高卻在秦始皇死後扮演了影響秦朝盛衰的關鍵角色。

秦始皇滅了六國之後多次出巡，巡閱天下，檢視江山子民並展現威望。在第五次出巡歸途中到平原津時染病，再走到沙丘的時候感覺到自己恐怕不行了，於是下詔召駐守邊境的長子扶蘇回咸陽主持葬禮，並繼承帝位。但趙高長期與扶蘇及其親信秦軍主力大將蒙恬、蒙毅兄弟不和，認為扶蘇即位後對自己不利，於是勸隨行的秦始皇次子胡亥取代扶蘇繼位。胡亥原來表示秦始皇傳位扶蘇的意圖很明顯，不願竊取帝位，同行的丞相李斯也表示反對，但最終還是被趙高動之以利害所說服。巡行隊伍暫不發喪，繼續行程，百官奏事如故，由李斯和趙高出面處理，並偽造秦始皇詔書賜死扶蘇、蒙恬。扶蘇接詔後自殺，蒙恬下獄，是為「沙丘之變」。待車隊回到咸陽，然後發喪，胡亥襲帝位，為二世皇帝。

二世即位後以消除奪位的後患為主要工作，此外則是縱情遊樂，將朝政大事交由趙高代為處理。為阻止議論及意外，殺了秦始皇的其他子女和宗室二十餘人，還殺害了蒙毅、蒙恬等一干大將，最後害死李斯，自此趙高專權壟斷朝政，甚至欺瞞二世帝胡亥。在趙高手裡秦朝晚期實行殘暴統治，激起民變，公元前二〇九年陳勝、吳廣在大澤起義，迅速蔓延至全國，包含公元前二一〇年漢高祖劉邦在芒碭山斬白蛇起義，戰國六雄舊臣宗室也乘機各自復國，天下大亂，其中以劉邦和原楚國貴族項羽的勢力最大。

公元前二〇七年秦大將章邯投降西楚大王項羽，漢王劉邦攻下武關，局勢對秦不利。趙高感到不安，動亂中趙高支使女婿閻樂強逼胡亥自殺，胡亥臨死前表示願讓出帝位，只求做一位萬戶侯或平民百姓，閻樂不准，最後胡亥自殺身亡，史稱「望夷宮之變」。胡亥的自殺是被迫而為，視為被殺。

胡亥死時年二十四歲，在位近三年，尊號為二世皇帝，史稱秦二世。趙高原想自立為帝，但百官不服，還傳出上天有異象示警，於是作罷。

胡亥死後，趙高派人向劉邦表示，願意投降劉邦分治天下，但遭到劉邦拒絕。趙高於是召集秦朝群臣和諸公子，打算立公子子嬰為君主。當時原來的六國有些已經復國，秦朝控制的疆域日益縮小，趙高認為稱帝徒有虛名，主張改回稱王。子嬰假意同意，即位前先設計殺了趙高，在群臣擁立下登基，為秦王子嬰，滅了趙高三族。

子嬰的身分有多種不同說法，有人說是扶蘇的兒子，或是秦始皇的弟弟，或是胡亥的哥哥，或是長安君成蟜之子，各種說法並無定論。子嬰即位後未久，劉邦攻破武關陳兵灞上，子嬰獻出咸陽，率臣民投降，秦國亡。當時項羽的力量勝過劉邦。劉邦於是回軍灞上，項羽進入咸陽，殺死子嬰和秦宗室諸人，火燒咸陽，使秦皇室統一天下後辛苦建立的所有檔案毀於一旦，以至於秦朝以前華夏文明數千年的記錄幾乎不存，是為文明浩劫，嚴重程度遠勝於秦始皇焚毀民間書籍。

子嬰出生日期不詳，有人推算他的年齡在三十五歲到四十歲之間，在秦王的位置僅四十六天，南朝時代學者陶弘景曾為其上諡號為殤皇帝，但沒有被普遍採用，也有人稱他為降王，沒有廟號，後世多稱他為秦王子嬰，秦王朝至此結束。

從秦始皇稱帝到子嬰亡國歷時十五年（公元前二二一年到前二〇七年），傳三代，二人稱帝一人為王。其中秦始皇病死沙丘，不列入異常死亡。胡亥和子嬰都是被人所殺，死於青壯之年，秦朝君主死於非命的比例為三分之二。若傳說中的秦始皇帝被趙高所害為真，則被殺比例高達百分百。無論何種算法，非正常死亡比例在屬歷朝歷代中都居高位無疑。

秦始皇一統天下有其偶然性，也有其必然性。嬴政得以接秦王的位置是一個偶然，他的四世先祖秦武王嬴蕩在周都王城和力士比賽舉鼎脛骨折斷身亡，沒有兒子。繼位候選人之一的武王弟弟嬴稷當時身在燕國，接位機會不大，但幾經轉折後回到秦國，得到重臣魏冉支持，在眾多反對聲中接下王位，是為秦昭襄王。嬴稷死後太子安國君嬴柱繼位，三天便過世，嬴子楚公子異人接位，三年後死亡傳位嬴政。嬴政十三歲接位、二十二歲親政、四十六歲滅六國統一天下。幾個關鍵時間點的轉折，包含嬴稷輾轉得位和呂不韋認定公子異人為可居的奇貨，塑造了嬴

皇帝	終年	在位	直接死因	死亡背景因素
秦始皇　嬴政	*50	*11年	病死	年紀與操勞
			疑被殺	趙高下毒偷換繼位人
秦二世　嬴胡亥	*24	2.9年	被殺	趙高逼宮派閻樂殺害
秦王　嬴子嬰	*40	46天	被殺	項羽入咸陽時殺害
有星號 * 表示資料不全，為推估值				

表1.1：秦朝皇帝死因

政成為秦王的契機，他也沒有辜負歷代先祖的努力攻滅六國一統天下，開啟中央集權的專制王朝，創造「皇帝」這個稱謂，傳到滿清末年。

但秦滅六國一統天下也是必然，秦朝累積了歷代先祖的努力，成為戰國時期的強國之一，逐步提升國力，終至凌駕在各國之上。打下天下的是嬴政手下的諸多將領，即使不是嬴政，別人接位，統一天下可能也只是遲早的事，是為秦滅六國有其必然性。但如果不是嬴政而是他人，之後是不是會廢封建設郡縣、會不會創造「皇帝」這個稱謂，那又另當別論了。

西漢著名文學家賈誼在《過秦論》中說秦始皇是「奮六世之餘烈」，指的是秦始皇藉著累積從秦孝公嬴渠梁開始到其父秦莊襄王嬴子楚六代的功業，才取得天下，其實秦王朝的發展，更遠不止此。

秦國先祖為顓頊（三皇五帝中的五帝之一）之女，傳至伯益時輔佐大禹治水，又助舜訓練鳥獸，舜賜姓嬴。數代之後傳到蜚廉，蜚廉和兒子惡來長期為商紂王效力，為紂王手下大將，結果在周武王滅商時和紂王一起被殺。惡來的子孫被流放到隴西蠻荒之地。

惡來五世孫叫非子，擅長養馬，得到周孝王賞識，讓他為周孝王養馬，分封到秦地（五十里地，為周附庸），為嬴秦，正式有領地，秦的名稱也是由此而來。在維基百科中秦國君主列表便從非子開始，時約公元前九百年。傳了五代到了秦襄公嬴開，因為輔佐周平王遷都洛邑有功，受封為伯（一說為子爵），是秦國被正式封為諸侯擁有爵位的第一代君主，並允諾如果攻下西戎之地，便歸秦所有，時約公元前七七一年。再九傳到秦穆公嬴任好，在賢臣百里奚、蹇叔、丕豹等的輔佐下，開地千里，稱霸西戎，成為春秋五霸之一。公元前三六一年傳至秦孝公嬴渠梁，任用商鞅變法，國勢日強，站穩了與戰國群雄一爭長短的地位。之後孝公的兒子秦惠文公嬴駟重用樗里疾、嬴華和張儀等以連橫破合縱，龍門稱王，再五傳到嬴政，才有秦始皇滅六國統一天下的結果。

中國古話「富不過三代」，政治上也一樣，要連續七代出明君得賢臣，相當難得。而始皇帝死後僅僅一代的昏君秦二世胡亥加上亂臣趙高，就斷送了累積七世（六世加上秦始皇）的奮烈，再看看戰國時期其他六國的敗亡，明君賢臣委實不易。

遠的不算，從公元前七七一年秦襄公立國到公元前二二一年秦始皇稱帝，到公元前二〇七年秦王子嬰身死國滅，累積五百五十年的努力、三十一代君主的辛勞創建的大一統帝國，卻在十五年間灰飛煙滅消失無形，都是因為秦始皇死得不是時候，傳位雖有安排，卻未得實現，給奸小可乘之機。在孫皓暉所著的《大秦賦》中，列出了一系列二十個偶發因素，包含始皇帝年五十而太子未立、親信重臣趙高和李斯的變節、扶蘇被派北上監軍、蒙毅被遣回洛陽不在身邊、王翦、王賁父子早於始皇帝而逝等，那麼多的偶發因素集在一起，導致秦王朝中央結構全毀，千古一帝秦始皇所建立江山，被奸臣趙高搞垮，讀之令人不勝唏噓。

第二章　漢：西漢、新、東漢

秦末天下大亂，群雄並起，在楚漢相爭中劉邦滅掉項羽之後得天下，於公元前二〇二年統一中國建立漢朝。漢分兩朝，劉邦建立的是西漢，中間有王莽篡漢建立新朝，一代而亡，接下來光武帝中興建立東漢，到漢獻帝劉協被曹魏所篡終結。分開計算西漢歷二百一十年傳十五代、新朝王莽一代十六年、東漢一百九十五年十四帝，三者合計長達四百二十六年，加計王莽有三十位皇帝。

西漢

漢朝開國皇帝是漢高祖劉邦，出生在公元前二五六年戰國時代楚國的沛縣，家世並不顯赫，秦始皇統一天下後劉邦在沛縣泗水亭擔任亭長（十里設一亭，大約相當於現在的村長或鎮長）。公元前二一〇年劉邦奉命押解犯人到驪山，途中有犯人逃亡。依照秦朝律法，犯人逃脫，押解的官員要判死罪，劉邦索性放走其餘犯人，自己也開始逃亡。當時逃犯和押運官員中有十餘人願意跟隨他一同逃亡，劉邦夥同眾人在長亭斬白蛇起義，避居於芒碭山中，後來成為眾多起義反秦勢力的一支。

公元前二〇九年陳勝和吳廣在大澤鄉起義抗秦，天下大亂。劉邦占據沛縣，招募兵勇，漸成羽翼。

在各路英雄中，原以楚國遺民項梁和項羽叔侄的勢力最大，劉邦一度投入項梁帳下。項梁為爭取民心，擁立楚懷王熊槐的孫子熊心為共主，也稱「楚懷王」。楚懷王熊心和各方勢力約定：先入關中者王之，結果劉邦率先進入關中，接受秦王子嬰的投降，秦朝滅亡。但進入咸陽後，在張良、蕭何等的力勸下退出咸陽，陳兵灞上，和項羽對峙。項羽陣營謀士范增建議設下鴻門宴圖謀殺掉劉邦，但項羽一時心軟，再加上各方周旋之下劉邦逃過一劫。之後項羽占領咸陽，殺了秦王子嬰，一把火燒了咸陽。項羽自稱西楚霸王，定都彭城，並自詡為天下共主，開始分封諸王。項羽分封各王一憑個人好惡，許多受封者感到不公，彼此征伐，天下再度陷入混亂。劉邦被封為漢王，領有巴、蜀、漢中三郡，劉邦不服，但在蕭何勸阻下還是領軍進入漢中，在張良、蕭何和韓信的輔佐下實力日漸壯大，和項羽互別苗頭，展開楚漢相爭大戲。

項羽勇武雄豪，戰力一流，迷信武力，以殺伐爭取天下。劉邦善於用人，張良運籌帷幄、決勝千里；蕭何掌管土地、人民、錢財、後勤，使劉邦無後顧之憂；韓信領兵作戰，替劉邦打天下，再加上驪山和沛縣的一些舊部，最終成為和項羽爭天下的主要對手。公元前二〇三年楚漢兩軍對峙，約定以鴻溝為界，以東歸項羽，以西屬劉邦，互不侵犯。項羽退兵，劉邦發動偷襲，項羽兵敗逃到垓下，韓信、彭越、英布等領軍加入漢軍對項羽的包圍，最後項羽在烏江邊自刎，劉邦統一天下，建立了漢朝，定都洛陽，後遷長安。

劉邦得天下之後分封功臣，包含韓信、彭越和英布等滅楚的主力大將都被封為王，各賜領地。但他又擔心異姓王（非劉氏家族而稱王的）會是漢朝劉家天下的威脅，先後透過誘捕或爭戰殺了韓信和彭越等多位異姓王，英布在壓力下起兵造反。劉邦抱病御駕親征滅了英布，但在戰場上為流矢所傷，回到長安後病危，加上年事已高，在公元前一九五年病逝。劉邦一大把年紀還要親征，是因為他認為只有他才能處理掉英布，所以要趕在死前完成，不要把問題留給後代。

劉邦死時年六十二歲，居漢王四年、登皇帝位六年餘，諡號為高皇帝，廟號太祖。劉邦是中國第一個採用諡號的皇帝（周朝之前有諡號系統，但都是王而不是皇帝，秦廢諡號，到漢恢復）。後世多稱他為漢高祖，其實是諡號和廟號的混合，因為司馬遷在《史記》中這樣稱呼他，被後世沿用。

劉邦晚年寵愛戚夫人疏遠元配皇后呂雉，多次想廢黜呂后所生的太子劉盈，但為眾臣勸阻。劉邦死後劉盈即位，年十六歲，是為漢惠帝。漢惠帝個性溫和敦厚，呂后則非常強悍，干預政事，成為實際統治者。司馬遷在《史記》沒有惠帝的本紀，反而有呂后本紀，可見一斑。

呂后因擔心戚夫人的兒子趙王劉如意爭搶皇位，先將戚夫人貶為奴，囚禁剃髮，到後來更斷其手腳，再弄到又瞎又啞，做成「人彘」，並令劉盈觀看（一說無意間看見），劉盈憂憤之下大病，公元前一八九年病死。

劉盈死時年僅二十三歲，在位六年餘，諡號孝惠皇帝，無廟號。之後的漢朝皇帝諡號中都有一個「孝」字，但一般習慣中會簡化稱呼省略孝字，劉盈便稱漢惠帝。

劉盈在位期間呂后主政，他的事蹟不多，評價也不高。有人認為看到戚夫人受虐是造成劉盈病死的遠因，認為他是憂憤而死。但實際上事隔前後五年，即使受到影響，最多只能說是因憂憤成疾，導致身體虛弱，最終病死。

劉盈死後，太子劉恭繼位，為少帝，但因前後有兩個少帝，所以稱前少帝。呂雉極富心計，圖謀掌權，漢惠帝的一個妃子懷孕，呂雉要惠帝的皇后張氏也假裝懷孕，再收養妃子所生的嬰兒為張皇后的孩子，就是劉恭。呂雉殺了劉恭的生母，再將劉恭立為太子，在惠帝死後承接帝位。

劉恭在位期間呂雉以太皇太后的身分臨朝聽政，大封呂姓子弟為異姓王，建立外戚勢力。公元前一八四年劉恭發現生母被呂后所害的真相，揚言等年長了定要報殺母之仇，呂后得知後把劉恭囚禁宮廷監獄中，對外聲稱皇帝重病，斷絕外人接觸，沒過多久就廢黜了劉恭並且將他殺害。歷史上前少帝的資料並不多，連姓名劉恭都被認為有誤寫之疑。劉恭出生日不詳，故不知其歲數，在位四年餘，無謚號、無廟號，史稱少帝。

前少帝劉恭死後，呂后立劉恭的弟弟常山王劉義為帝，改名劉弘，為後少帝，仍由呂雉主掌朝政，劉弘是她的傀儡。

公元前一八〇年，呂雉去世，周勃、陳平等漢朝開國大臣合力剷除了呂氏勢力，並昭告天下，劉弘以及漢惠帝名下數子，包含梁王劉泰、淮陽王劉武、恆山王劉朝等，都不是漢惠帝的親生兒子，應當廢黜，在確認新皇帝漢文帝劉恆身分後將劉弘四兄弟加以殺害，以除後患。

前後兩位少帝出生均不詳，無從得知其年齡，估計都沒成年。兄弟二人加上前任皇帝劉盈，三人中兩人被殺、一人抑鬱而死，都不得善終，且死因都和呂雉有關，雖沒有影響到漢朝的興衰，但禍亂多年，對國家絕非好事，可見皇帝選皇后，得相當慎重。

呂后死後，陳平、周勃等議論繼位人選，最後找了漢高祖劉邦的第四子劉恆即帝位，是漢朝的第五位皇帝，是為漢文帝。劉恆的母親薄姬原是秦末諸侯之一魏豹的妻室，魏死後被劉邦納為妾，但不受劉邦寵愛。劉恆遠封代國，將代國治理得不錯，又為人孝順，受到青睞。劉恆是漢惠帝劉盈的庶弟，雖是高祖劉邦的兒子，但並不是劉邦選定的接班人，大哥劉肥和三哥劉如意早死，二哥劉盈（漢惠帝）在呂后的壓抑之下當了六年的皇帝後死了，排班輩分占有優勢，經眾大臣討論後推舉為帝，算是中國歷史上第一位經由推選出來的皇帝。

漢文帝即位後，輕薄徭稅，勵精圖治，興修水利，減省刑罰，使漢朝進入強盛安定的時期。當時百姓富裕，天下小康。面對眾多諸侯王，採取以德服人的作法，深得人心。對北方匈奴採和親與用兵雙管齊下，也獲得不錯的成果。任內發生緹縈救父的故事，文帝因而廢除了肉刑，也為人稱道。文帝本身恭行仁孝，曾為生病的母親薄氏親自試嘗湯藥，故事寫入元代郭居敬所編錄的《二十四孝》中。公元前一五七年文帝因病去世，死時年四十七歲，在位二十二年餘，諡號孝文皇帝，廟號太宗。

文帝死後傳位給嫡長子劉啟，是為漢景帝。景帝即位後擔心諸侯的勢力坐大，在御史大夫晁錯的建議下開始削藩，引發七國之亂，七國諸侯要求殺晁錯並停止削藩。晁錯無法解決問題，甚至提出請景帝親征的建議。景帝因勢利導殺了晁錯，但七國之亂仍然沒有停止，最後派周亞夫、竇嬰鎮壓，才得以平息。從此以後「請誅晁錯，以清君側」成為下屬諸侯叛亂攻擊君主的通用標準藉口。

景帝在母親竇皇后的影響之下，崇尚黃老學說，主張無為而治，平定七國之亂後，開始安撫人心，省刑少罰，減免賦稅，降低徭役，興修水利，提倡農業。百姓安居樂業，生活富裕，天下太平，呈現出盛世景象，和他的父親漢文帝開創了漢朝史上的第一個盛世，史稱「文景之治」。

公元前一四一年景帝去世，死時年四十八歲，在位十六年餘，諡號孝景皇帝，無廟號。景帝死後由太子劉徹即位，是為漢武帝。

依諡法，一般「武」字多用於開國皇帝，漢武帝並非開國之君，而是因為他開疆拓土有功故諡為武皇帝。在前兩任文景之治所累積的基礎上，漢朝國力大增，有能力開疆拓土。漢武帝雄才大略兼好大喜功，一改高祖對匈奴的和親政策，多次發動對匈奴的戰爭，雖未能盡除北方邊患，但對西南方征戰則頗有所獲，消滅夜郎和南越國，將兩廣地區和海南島納入中國版圖。在東方也派兵消滅了衛氏朝鮮，設郡管轄。同時兩次派遣張騫出使西域，開闢絲綢之路，遠征大宛，使漢帝國的影響力和控制力遠播中亞，為漢朝武功的極盛時期，漢武帝並且和千古一帝秦始皇帝並稱「秦皇漢武」。

除了武功之外，武帝在文治方面一改漢朝初期諸帝以黃老思想為主，他崇尚儒學，並壓抑其他學派，被後世稱為「罷黜百家，獨尊儒術」。武帝期間大量引進儒家學者入朝為官，從此奠定了儒家在中國哲學思想的主流地位。然而長年累月對外用兵，給人民造成了重大負擔，幾乎耗盡前兩代的蓄積，最後下輪台詔罪己，重回文景之治的與民生息政策，漢朝得以稍事喘息。

漢武帝晚年發生巫蠱之禍，太子劉據被誣陷以巫蠱咒武帝，為自保作亂，兵敗自殺，改立第六子劉弗陵為太子。但擔心子幼母壯會重蹈外戚專權之禍，於是賜死劉弗陵的生母鉤弋夫人，令霍光（名將霍去病同父異母弟）、金日磾、上官桀、桑弘羊等四重臣為輔臣，輔佐劉弗陵。公元前八七年武帝因病去世，死時年七十歲，在位近五十四年，諡號孝武皇帝，廟號世宗。

武帝死後，年僅八歲的劉弗陵在眾臣擁護下登基，是為漢昭帝。昭帝延續武帝晚期與民生息的政策，百姓生活改善，漢朝呈現中興穩定的局面。公元前七四年昭帝病死，年僅二十一歲，在位十三年餘，諡號孝昭皇帝，無廟號。

雖然史書中稱劉弗陵是因病去世，但年紀輕輕身體也不錯，背後是否有隱情，也有傳言。傳言中霍光獨攬輔政，對劉弗陵多方壓抑，包含在政治上政事全部聽命於霍光，連要封金日磾的兒子為侯都因霍光不同意而未成。在生活上也受霍光操控，不但讓霍光的外孫女嫁給劉弗陵作為皇后，而且為了要讓她獲得專寵，懷上龍種，不許後宮其他妃嬪進御，使其抑鬱一生。甚至有人認為是霍光以慢性毒藥害死了劉弗陵，雖無法證實，不過後世多認為劉弗陵的短命早逝霍光是要負責的。

劉弗陵沒有留下後代，死後霍光立漢武帝的孫子、昌邑哀王劉髆的兒子、十八歲的昌邑王劉賀即位，霍光十五歲的外孫女上官氏就成了太后。劉賀只當了二十七天的皇帝，《漢書》記載他「荒淫迷惑，失帝王禮誼，亂漢制度」，霍光率領群臣奏請上官太后將他廢黜，史稱漢廢帝。劉賀被廢後回到故地昌邑，降為海昏侯。

《漢書》還記載劉賀「受璽以來二十七日，使者旁午，持節詔諸官署徵發，凡一千一百二十七事」，指他接到玉璽後迫不及待的趕赴都城就帝位，即位後亂發詔書，似乎是一個典型的昏君。但是後人從二〇一一年出土的海昏侯墓，卻提出不同的看法。海昏侯墓中物品的規模不是一般失位侯爵的等級，而類同於君王，其中有許多文物典籍，顯示主人喜讀書，應該是知書達禮的人。懷疑論指出，又是霍光的問題。

昭帝劉弗陵死後，霍光選十八歲的劉賀即位，一則是沒有太多人選，一則是看劉賀年輕可欺。但劉賀上任後，連續拉拔多位昌邑舊臣，使霍光心生疑慮，有意將他剷除，但要廢帝總要有原因。史書記載其二十七天發出一千一百二十七詔命，平均一天發出四十餘道詔書，如果以現代工作時間每天八小時計算，每小時要發五道詔命，十二分鐘一道，很難想像。懷疑論者認為以霍光的權勢，要影響史官的寫法，是很有可能的，到底像董狐那樣的史官不是每朝都有。劉賀在位二十七天內的不良記錄，以及前往即帝位途中的不當言行，會不會是霍光指使內廷編出來的呢？歷史上的疑問從來沒有少過。

劉賀被廢後回到故地昌邑，生活遭到監視，公元前五九年病逝，死時年三十四歲，在位二十七天，被廢了之後還活了十五年，無謚號，無廟號，史稱漢廢帝。

昌邑王的被廢讓眾大臣們對於擁立新的皇帝都十分謹慎，最後找到漢武帝流落在民間的曾孫劉詢（原名劉病已），經查證認為合宜，被擁立為帝，史稱漢宣帝。

宣帝的身世有些曲折，漢武帝晚年發生巫蠱之禍，原太子劉據遭陷害，身為劉據孫子的劉詢也遭到牽連，但幸運逃過一死，躲到民間。在劉賀被廢後因血緣關係被找回立為皇帝。

劉詢十分聰明，他吸收劉賀的教訓，韜光養晦，對霍光十分尊崇，得以保住皇位。一直耐心的等到霍光死後，才設法先將霍光的後代逐步調離軍事系統，削減霍氏的兵權，最後誅滅霍氏一族，取回政權。霍光死前，漢宣帝劉詢什麼都聽霍光的，唯有立后之事他堅持己見，立在民間時結髮之妻許平君為后，而不願立霍光的小女兒霍成君。但最後許平君遭到霍光夫人勾結醫生謀殺，霍成君還是得以立為皇后。

大將軍霍光作為西漢權臣，家族勢力極為龐大。漢武帝原擔心皇帝年幼被外戚所欺，特託霍光輔佐（保護）漢昭帝劉弗陵，沒想到反為霍光欺壓，憂鬱致死。之後立了劉賀又廢掉劉賀，再扶持皇曾孫劉詢為帝，一人影響三代帝王的命運，其威力不輸漢高祖劉邦的皇后呂雉。

劉詢曾在民間生活過，體察民間疾苦，勤儉治國，善待百姓。歷史上記載漢宣帝統治期間，四海安平，政治清明，百姓守禮，國富民強之景象超過了當年的文景之治。對外關係上，漢宣帝時期更是取得了重大突破。在西方打敗匈奴，受降後建立西域都護府，將西域納入中國版圖之中，天山南北廣袤之土、雄闊之地，終屬中華之域，漢朝的疆域在漢宣帝的時期達到最大。公元前四八年漢宣帝去世，死時年四十四歲，在位二十五年餘，諡號孝宣皇帝，廟號中宗。《漢書》稱他：「功光祖宗，業垂後嗣，可謂中興」。

宣帝死後太子劉奭即位，為漢元帝。劉奭是父皇劉詢元配許平君所生，八歲便被立為太子，傳說繼母霍成君試圖毒死他，但未能成功，宣帝死後登基。元帝任內多次出兵打敗匈奴，匈奴呼韓邪單于入朝求親，劉奭以宮女王嬙（王昭君）嫁給他作為妻子，演出昭君出塞的故事，讓漢朝和匈奴之間維持了多年的和平。

元帝崇尚儒術，在儒臣的要求下多所改革，但許多復古的政策似乎不符當時社會習俗，加上豪強大地主兼併之風盛行，社會危機日益加深。元帝性情柔弱缺乏主見，儒臣、宦官、外戚爭權，輪流掌控朝政，死後外戚掌權，最終造成元帝皇后王政君的侄子王莽代漢稱帝。公元前三三年元帝病死，死時年四十三歲，在位十五年餘，謚號孝元皇帝，廟號高宗，後除廟號。

元帝死後太子劉驁即位，為漢成帝。成帝即位後，花費了大量金錢和人力，建造各式宮殿供自己淫樂，鎮日沉溺於美女之中，結果造成國家財政陷入困難，使得百姓怨聲載道，民不聊生。更麻煩的是太后王政君專權，任用族人，「群弟世權，更持國柄，五將十侯，卒成新都」講的就是王政君外戚一家。

成帝劉驁的荒淫無道在野史中是排得上名次的，稱他迷戀酒色，不理朝政，大權掌握在皇太后王政君手中。成帝後宮嬪妃逾十人，包含著名的趙飛燕與趙合德姐妹，甚至他被認為是死在趙合德的「溫柔鄉」中。

公元前七年成帝突然去世，死時四十五歲，在位近二十六年，謚號孝成皇帝，廟號統宗，後除廟號。成帝死於壯年，嬪妃成群，貪戀美色，但無子嗣，也令人好奇。傳說趙家姐妹為掌握帝室，謀害了其他嬪妃所生的皇子（掖庭中御幸生子者輒死，又飲藥傷墮者無數），而趙氏姐妹本身也無子，故成帝本人沒有男性子嗣。《漢書》說「帝素強無疾病」，成帝死得突然，群眾讙譁，眾人歸咎趙昭儀（趙合德）。皇太后王政君命王莽領導一眾官員調查成帝日常生活及病發經過，最後以強迫趙昭儀認罪自殺結案。

漢成帝在位時，他的舅舅王鳳（太后王政君的哥哥）以及許皇后的堂弟許嘉並立為大司馬車騎將軍。後來趙飛燕趙合德姐妹入宮、許皇后失寵，王政君和王鳳一族逐漸控制了政權，王鳳堂兄弟四人和侄子王莽相繼為大司馬或大將軍，從成帝開始，西漢大權幾乎完全落入王氏手中。

漢成帝無子，立弟弟定陶恭王劉康的兒子劉欣為太子。元帝時期，曾有意廢劉驁改立定陶恭王劉康為太子，但因故沒有實現。成帝死後，劉康的兒子劉欣繼位，是為漢哀帝，聽其謚號為「哀」，便知不詳。

哀帝在位六年，說得出的政績不多，傳世最知名的是與男寵董賢的「斷袖之癖」的故事。董賢姿容端麗、長相柔媚，被哀帝召為近侍，並升任大司馬。傳言漢哀帝與董賢白晝相擁而眠，哀帝醒時董賢尚未醒，哀帝割斷衣袖而起身，以免驚醒董賢，「斷袖之癖」因而成為男同性戀的代名詞。

公元前一年在位僅六年的哀帝去世，死因為縱情聲色把身子掏空，也有人說是服用春藥而死。二十五歲而亡，諡為哀帝，廟號憲宗，後除廟號。

哀帝在位時，祖母太皇太后傅昭儀（定陶恭王劉康之母，元帝的妃子）和漢成帝劉驁之母王政君（元帝的皇后）對爭奪朝政大權曾有一番爭鬥，最後是王氏勝出，在哀帝死後掌握朝政大權。太皇太后王政君任命他的侄兒王莽為大司馬，掌握軍權，奉中山王劉衎即帝位，是為漢平帝。

哀帝早逝無子，劉衎為哀帝的族弟（同為漢元帝劉奭的孫子，父親是中山孝王劉興），在太皇太后王政君的主導下，十二歲的平帝娶了王莽七歲的女兒王嬿為妻，並封為皇后。平帝時期，王政君臨朝稱制，外戚王氏一族當權，王莽主政，百官大都聽命於王莽。身為外戚，王莽為防止平帝母親衛姬家族的勢力坐大，不但阻止其家族入京，還誅殺衛氏族人，引起平帝不滿意圖報復。王莽先發制人，以藥酒毒死了漢平帝。平帝死時年僅十五歲，在位五年餘，諡號孝平皇帝，廟號元宗，後除廟號。

平帝死後王莽立年僅二歲的劉嬰為皇太子，自己擔任「攝皇帝」。劉嬰是漢宣帝劉詢的玄孫，號孺子，世稱孺子嬰，父親是廣戚侯劉顯。當時因年紀太小暫時沒有接位，稱皇太子。還來不及登基，王莽便公然篡漢建立新朝，改封劉嬰為定安公。之後朝中大臣有人起兵反新，迎孺子嬰至臨涇擁立為天子。公元二四年王莽為更始帝劉玄所敗，次年更始帝派兵進攻臨涇，劉嬰死於亂軍之中，年二十歲，在位近三年，未有諡號，西漢終。

皇帝	終年	在位	直接死因	死亡背景因素
漢高帝　劉邦	61.5	6.7年	其他	高齡+戰傷
漢惠帝　劉盈	22.5	6.7年	病死	受到母后呂雉壓抑憂憤成疾
漢前少帝　劉恭	不詳	4.3年	被殺	太后呂雉不容，廢帝位後被殺
漢後少帝　劉弘	不詳	3.6年	被殺	眾臣平反，廢帝位被殺
漢文帝　劉恆	46.5	22.6年	病死	
漢景帝　劉啟	47.5	16.4年	病死	
漢武帝　劉徹	69.5	53.9年	病死	
漢昭帝　劉弗陵	20.5	13.2年	病死 被毒死	權臣霍光專權壓抑，抑鬱而終 疑被霍光毒死
漢廢帝　劉賀	33.5	27天	病死	
漢宣帝　劉詢	43.5	25.3年	病死	
漢元帝　劉奭	42.5	15.5年	病死	
漢成帝　劉驁	44.5	25.7年	病死	縱欲過度致病
漢哀帝　劉欣	25.5	6.3年	病死	荒淫過度縱欲致病
漢平帝　劉衎	14.5	5.3年	被毒死	王莽爭權害死
定安公　劉嬰	20.5	2.7年	被殺	被廢後又被擁立，更始帝派兵殺 於亂軍之中

表2.1：西漢皇帝死因

漢朝由漢高祖劉邦建立，王莽篡位建立新朝，到劉嬰被殺漢朝中斷。之後漢光武帝劉秀中興，恢復漢朝，建都洛陽，史稱東漢。從劉邦到劉嬰這一段因都城在長安，稱為西漢。

西漢二百一十年歷十五位皇帝，其中病死的十位，五位被殺（含被毒死）。但病死的十位中，一位因憂成疾而死、一位遭壓抑抑鬱而死、一位因荒淫過度縱欲致病，都不算善終。這三位加上被殺的五位，非正常死亡八位，在十五皇帝位中超過一半。就死亡年齡而言，扣除兩位資料不全的之外，平均年齡三十八歲，低於中國皇帝的平均壽命。活得最長的是漢武帝劉徹（七十歲），最短命的是漢平帝劉衎（十四歲），總體而言西漢皇帝的命不算太好。

高祖劉邦去世，呂后專權，惠帝劉盈在母后威懾之下憂憤成疾而卒，呂后立劉恭再廢劉恭（前少帝）、立劉弘（後少帝），死後被大臣推翻並殺害，一人害死三個皇帝，威力驚人，不知高祖是否應該要為他妻子的行為負責。

漢武帝劉徹開疆拓土功在國家，和秦始皇並稱「秦皇漢武」，但死後令霍光等輔佐劉弗陵，為防止外戚干政賜死其生母鉤弋夫人，結果權臣霍光比外戚更厲害，毒死（或壓抑至死）劉弗陵、立劉賀再廢劉賀（漢廢帝）、再立劉詢，好在漢宣帝劉詢夠聰明能忍，熬到霍光死後，架空其家族勢力才一手剷除，武帝應為其用人不當感到抱歉。霍光和呂后相互輝映，雖然沒有造成漢室傾倒的威脅，但王室受到殘害、朝政混亂，可見接班輔政安排的重要性，足為王者警惕。

元帝劉奭的皇后王政君就更厲害了，身居后位長達六十一年，掌握西漢晚期朝政。劉奭死後，成帝劉驁即位，王政君以皇太后身分掌控朝政；劉驁死後，哀帝劉欣即位，以太皇太后身分繼續掌控朝政。在王政君的主導下，平帝娶了王莽的女兒為皇后，最後導致王莽篡漢，建立新朝，中斷了漢朝大業。所幸後來高祖九世孫劉秀演出中興戲碼，否則漢室江山就斷送在她的手中了。

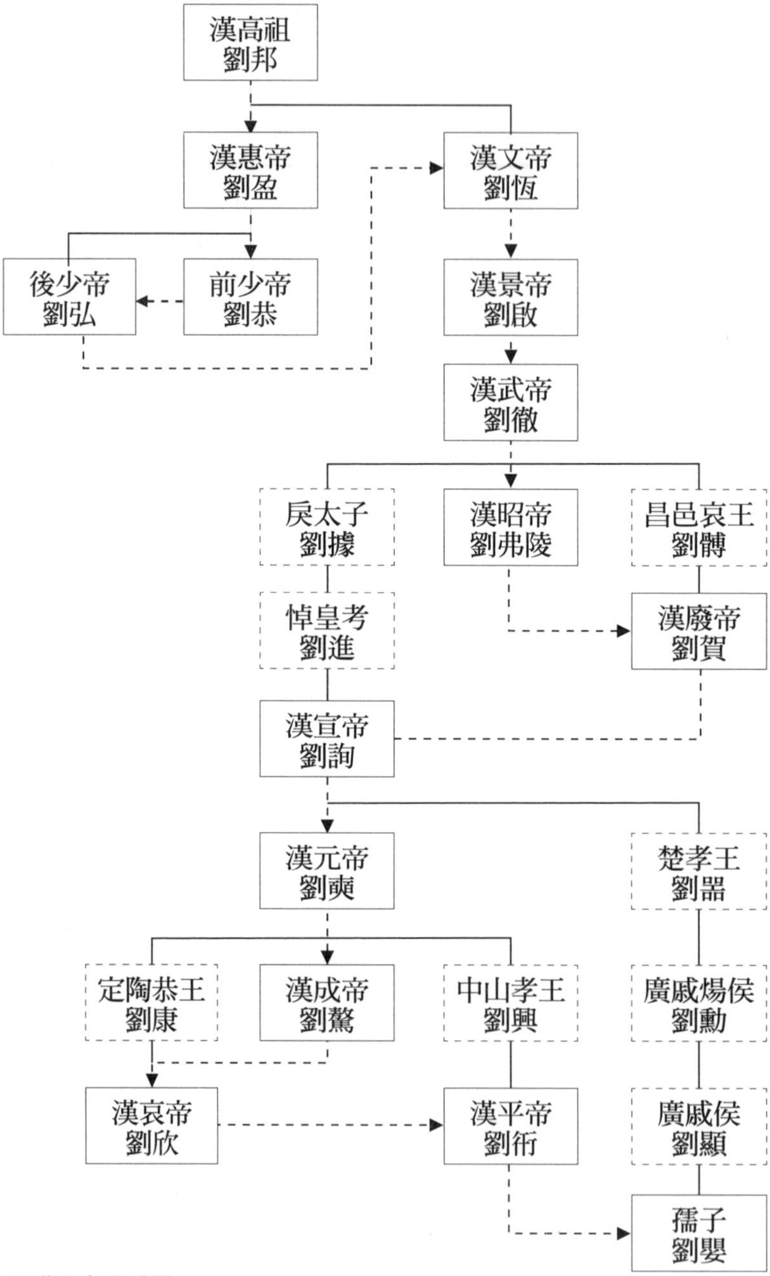
漢高祖
劉邦
漢惠帝
劉盈
漢文帝
劉恆
後少帝
劉弘
前少帝
劉恭
漢景帝
劉啟
漢武帝
劉徹
戾太子
劉據
漢昭帝
劉弗陵
昌邑哀王
劉髆
悼皇考
劉進
漢廢帝
劉賀
漢宣帝
劉詢
漢元帝
劉奭
楚孝王
劉囂
定陶恭王
劉康
漢成帝
劉驁
中山孝王
劉興
廣戚煬侯
劉勳
漢哀帝
劉欣
漢平帝
劉衎
廣戚侯
劉顯
孺子
劉嬰

西漢皇帝世系圖

新朝（新莽）

西漢之後是新朝，新朝是夾在西漢和東漢之間，硬生生的將漢朝分割成兩段。有些歷史學者不承認新朝的歷史定位，但它到底是一個獨立統治中華疆域十四年的朝代，並非和漢朝同時並立的偏疆政權，不應被忽略。

王莽的爸爸王曼是漢元帝劉奭皇后王政君的弟弟，因為年輕早死，沒有趕上王家拜將封侯的風光列車。王莽哥哥也早逝，王莽年幼時孝母尊嫂，生活儉樸，飽讀詩書，結交仕紳，聲名遠播。當時掌權的是王莽的伯父大司馬王鳳，王莽在王鳳生病時殷勤照顧，衣不解帶，親侍湯藥，比王鳳的親兒子還要認真，得到王鳳的好感。王鳳臨死前交代王政君要特別照顧，王莽因而得以入朝為官，逐步升遷，公元前八年接著他的幾位叔叔之後出任大司馬，

漢哀帝劉欣時期，傅太后壓制王政君一度得勢，王莽遭到免官。在野期間，他曾因自己的次子王獲誤殺了一名家奴，硬逼兒子自殺，博得好評，賢名遠播。哀帝去世後，王政君再次掌權，起用王莽為大司馬，最後演出廢立和篡漢的戲碼。

王莽篡漢前被譽為當代大儒，表現在外博學、勤奮、節儉、謙虛，深受人民愛戴。公元三年王莽的女兒嫁給漢平帝劉衎並成為皇后，公元四年王莽再加號宰衡，位在諸侯王公之上。他並大力宣揚禮樂教化，得到儒生的擁戴，加九錫（皇帝賞給臣下的九種禮器，為最高等級的賞賜）。

漢平帝死後王莽立年僅二歲的劉嬰為皇太子，自己擔任「攝皇帝」。公元八年不斷有人勸進，王莽廢了劉嬰，正式稱帝，改國號為「新」，西漢終。王莽篡漢自立，是臣子奪取君主地位的首例，開創

文人革命不經刀兵、沒有流血而奪取政權的先河。

王莽崇尚儒學，當上皇帝後，大力推行崇古改制，仿照周朝的制度推行新政，恢復井田制，將土地國有化，再由中央來分配。另外改幣制、修官制，將鹽、鐵、酒、幣制、五均賒貸及山林川澤收歸國有，由政府來控制物價以防止商人炒作，還廢除奴隸制度。但多項政策制度太過理想化，不合當時社會環境。各項資產收歸公有，使辛勤努力的人無法獲得相當的報償，奴隸被釋放後沒有一技之長無處謀生，官員既得利益受損大感不滿，百姓也未蒙其利，反受其害，背上了沉重的賦稅和徭役負擔。結果貴族和平民都不滿意，社會更加動盪不安，王莽所宣傳的美好社會並未實現。

對外關係上，王莽也夢想承繼周朝「普天之下莫非王土、率土之濱莫非王臣」的思想，將原本臣服於漢朝的匈奴、高句麗、西域諸國和西南夷等屬國統治者由原本的「王」降格為「侯」，導致各國反彈，邊境戰爭不斷。

更不幸的是，王莽在位期間中原發生了三次大瘟疫，上天也出現異象示警。公元一七年天災再加人禍，民生困苦，各地紛起反叛，其中又以赤眉及綠林的規模最大。

公元一八年赤眉軍在山東起事，首領為琅邪人樊崇，以農民為主，大多不識字，因起事者將眉毛染紅，示其別於政府軍，故稱作赤眉軍。綠林軍是由湖北新市的饑民王匡、王鳳等聚眾起義，以綠林山為基地，聲勢漸漸高漲，公元二一年擊敗了王莽派來鎮壓的軍隊。漢朝宗室後代劉玄加入綠林軍，因其身分關係被推為領袖，並在公元二三年自立稱帝，改元更始，是為更始帝。公元二三年赤眉會合綠林軍攻入長安，王莽死於亂軍之中，死時六十八歲，新朝一代而亡。

新朝十四年一代一人，王莽死時六十八歲，未得諡號，死於兵刀，使本朝皇帝非善終比例達百分之百。

王莽的賢名是演出來的、還是真的賢能呢？年幼時照顧王鳳的殷勤、退居在野期間維護家奴生命價值的賢德，連漢平帝劉衎賜安漢公的爵位都再三謙辭才受，所謂「周公恐懼流言日，王莽謙恭下士時」，還沒當上皇帝的王莽真可以說是道德楷模，但「向使當時身便死，一生真偽有誰知？」其實是後人感嘆他善於隱藏，以表演博取名聲。看他追求權勢過程中和得勢後對待政敵的手段，迫害平帝和母親衛姬家族致死，很難和謙恭兩字相連結，世人普遍認為他的謙恭是演出來的，藉此建立名聲以求加官進爵，終於篡漢自立。

他即位後崇古改制、食古不化、違反時勢，終至一代而亡。著名學者如錢穆、傅樂成、黃仁宇等都認為王莽完全是書生治國，迷信復古，脫離現實，又缺乏賢臣輔佐，更兼猜疑部下。其敗也，固然矣。

東漢

新朝之後劉氏重新獲得天下，恢復漢世，史稱東漢。史書記載漢光武帝劉秀為東漢中興復國皇帝（繼西漢大統，故稱中興(不稱開國)），其實在劉秀之前還有兩位皇帝更始皇帝劉玄和建世帝劉盆子，但不為東漢所承認，未列入帝紀（記錄皇帝生平，又稱本紀）而歸為列傳（記錄大臣或重要人物生平）。

劉玄是漢景帝劉啟的後代，祖父是蒼梧太守，到父親時已無爵位。早年有案在身出外避逃，後來參加對抗王莽的綠林軍。綠林軍是公元一七年由王匡、王鳳（和王莽的伯

皇帝	終年	在位	直接死因	死亡背景因素
王莽	68	14.7年	被殺	綠林軍攻入長安死於亂軍中

表2.2：新朝皇帝死因

父大司馬王鳳同名但不同人）等在新市發起的反抗軍，公元二三年綠林軍諸部合兵擊破新莽將領甄阜、梁丘賜，聲勢大振。因為劉玄具有漢室宗親的身分被擁立為帝，改元更始，後世稱他為更始帝，定都洛陽，後遷長安，設立朝廷分封官員對抗王莽。

原來奉更始帝之命的赤眉軍勢力也慢慢坐大，想要推出自己的領袖來對抗綠林軍。西漢遠支皇族劉盆子也因為具有漢室宗親的身分，被推為皇帝，改年號建世，後世稱建世帝。劉盆子在赤眉軍中原來的工作是養牛，雖然牛養得不錯，但大字不識幾個，當上皇帝時年十五歲，完全不知所措，在哥哥劉茂的協助下，將政事交給擁立他的徐宣和樊崇，自己躲在宮中。赤眉軍和綠林軍的關係時分時合，最後翻臉。

劉玄稱帝雖然以恢復漢室為口號，但登基後沉湎於奢華生活，將政事都委託於自己的岳父趙萌，放任外戚專權，造成內部變亂。公元二五年赤眉軍攻入長安，更始帝逃走，後被赤眉軍所殺。劉玄謚號為武順王，更始為其稱帝時所使用之年號，在位二年有餘，死時年齡不詳。

同樣擁有帝冑身世的劉秀（漢高祖劉邦九世孫，景帝之後，與劉玄為同族遠房兄弟）和哥哥劉縯早年曾參與綠林軍，是更始帝劉玄手下的大將。但因軍功遭到劉玄猜忌，哥哥劉縯被劉玄所殺，劉秀也遭猜忌。劉秀忍辱負重，隻身進京，當面向劉玄請罪，重新獲得劉玄的信任，拜為大將，封武信侯。劉玄死後，劉秀於鄗城稱帝，改元建武，史稱東漢。但當時天下仍是眾家勢力割據，包含赤眉軍擁立的劉盆子，到公元三六年劉秀掃平天下統一中國，最後也投降了劉秀。劉盆子受到劉秀的善待，最後病死。

劉秀即位後勤於政事，「每旦視朝，日仄乃罷，數引公卿郎將講論經理，夜分乃寐」。政治上裁併郡縣，精簡官員。經常發糧救濟，減少租稅傜役，興修水利，發展農業生產，民生富足，史稱「光武中興」。公元五七年劉秀病逝，死時六十三歲，在位三十一年餘，謚號光武皇帝，廟號世祖。

光武帝死後由第四子劉莊繼位，是為漢明帝，基本上一切遵從光武帝的制度。明帝熱心儒學，注重刑名文法，總攬權柄，親力親為。為防止外戚作亂，明帝嚴令后妃之家不得封侯參與政事，對貴戚功臣也多方防範。在對外關係上致力修補因王莽而破壞的周邊蠻夷關係，恢復與西域各國的往來，絲綢之路得以暢通。明帝之世吏治清明，民生安定，人口增加，國勢強盛。公元七五年明帝去世，死時年四十八歲，在位十八年餘，謚號孝明皇帝，廟號顯宗。

明帝死後漢章帝劉炟繼位。劉炟是明帝第五子，生母為賈氏，但由馬貴人收養，後來馬貴人被封為皇后，劉炟也被立為太子。明章兩帝都是明君，章帝基本上是在明帝鋪好的軌道上繼續向前行進，採取寬鬆治國和息兵養民的政策，二者共同造就了東漢歷史上最為吏治清明、經濟發展蓬勃、社會相對穩定的時期，史稱「明章之治」。

章帝晚年寵幸竇皇后，放縱外戚竇氏，死後竇氏專權，埋下了東漢晚期外戚專權和宦官干政的遠因。公元八八年章帝崩，死時年三十一歲，在位十二年餘，謚號孝章皇帝，廟號肅宗。

章帝死後太子劉肇繼位，是為漢和帝。章帝原來立三子劉慶為太子，後來受到竇太后的誣陷被廢。劉肇為章帝皇后竇氏的養子，即位時僅十歲。和帝繼位後，竇太后聽政，引進竇氏家族人馬，由哥哥竇憲掌大權，一家人專橫跋扈，引起和帝不滿。公元九二年和帝聯合宦官勢力將竇氏一網打盡，外戚雖除，卻造成宦官勢力抬頭的局面。

在掃平了外戚竇氏集團的勢力之後，漢和帝開始親理政事。每天早起臨朝，深夜批閱奏章，從不荒怠政事，有「勞謙有終」之稱，但卻因而積勞成疾，加上和帝本身體弱多病，所以年僅二十八歲便英年早逝，在位十七年餘，謚號孝和皇帝，廟號穆宗，後除廟號。

漢和帝在位時期，在科技、文化、軍事、外交上也有不少建樹，主要的有蔡倫改進造紙術，班固編修《漢書》，竇憲擊破北匈奴、班超平定西域。從他的政績而言，後人評論他不失為一代賢君英主。

和帝死後由劉隆繼位，是為漢殤帝。和帝在世時，生了許多皇子大都夭折，死前僅剩下劉勝和劉隆存活，但身體狀況都不好。和帝懷疑是宦官、外戚謀害他的兒子，便將所生皇子交由民間扶養，劉隆就是其中之一。和帝死後，鄧皇后因長子劉勝久病在身，從民間迎回劉隆承續大統。殤帝即位時出生僅百餘日，未及長大，在位二百天便生病夭折。虛歲二歲，實歲未滿足歲，是中國歷史上即位年紀最小的皇帝和壽命最短的皇帝，諡號為孝殤皇帝，無廟號。

殤帝早夭無子，漢和帝劉肇的皇后鄧綏擁立殤帝劉隆的族兄劉祜即位，為漢安帝。劉隆的父親清河王劉慶原來是漢章帝劉炟的太子，被廢後謹言慎行，與漢和帝劉肇友愛相處，並在平定竇氏外戚中有功。劉祜即位時也只有十二歲，由鄧太后聽政。

其實和帝還有一個兒子平原王劉勝，年紀較長，鄧氏執意立劉祜而不立劉勝，引起部分大臣不滿，但都被鄧太后殺了，鄧太后和她哥哥車騎將軍鄧騭總攬大權。安帝劉祜成年後，鄧太后卻遲遲不肯還政於皇帝，再度引發一些大臣不滿，同樣遭到鄧太后的殺害。直到公元一二一年鄧太后去世，安帝才親政。鄧太后從安排劉隆和劉祜接位都充滿了陰謀論，去世後，安帝的乳母王氏舉告鄧氏家族曾有二心，安帝大怒，下令滅了鄧氏一族。

安帝滅了鄧氏，但本身沉湎於酒色，不理朝政，昏庸不堪，大權落入皇后閻氏一族手中。在位期間天災人禍不斷，內憂外患並至，東漢王朝更形衰落。

公元一二四年安帝乳母王氏協眾構陷太子，太子劉保被廢為濟陰王。隔年漢安帝在外巡遊途中出現身體不適，死在乘輿上，年三十一歲，在位十八年餘，實際掌權不過四年，諡號孝安皇帝，廟號恭宗，後除廟號。

漢安帝去世後，皇后閻氏和哥哥長社侯閻顯迎立北鄉侯劉懿為帝，接續大統。劉懿是安帝劉祜的堂兄弟，是漢章帝的孫子，父親齊北王劉壽。劉懿繼位後閻顯為車騎將軍輔政，閻氏兄弟掌權，劉懿在位僅七個月便病逝，年齡不詳，以諸侯王的規格下葬，亦未獲謚號，史稱東漢少帝。

少帝死後，宦官孫程等十九人合謀迎回濟陰王劉保為帝，是為漢順帝。劉保為漢安帝劉祜的兒子，因安帝乳母王氏構陷被廢太子位，安帝死後，在鄧太后安排下由少帝劉懿接位，少帝死後，再被迎立回朝，接了帝位。

順帝即位封賞有功宦官，誅殺閻顯兄弟及其黨羽，閻太后被罷黜並遭幽禁於離宮。孫程等一眾宦官自恃有功，有擁權坐大的趨勢，順帝有所警覺，或逐或殺，盡皆失勢。順帝寵幸梁妃，其父梁商因而得勢，宦官雖除，外戚勢力又再坐大。順帝雖有心振衰起弊，但又在英年早逝，公元一四四年年僅三十便病逝，在位近十九年，謚號孝順皇帝，廟號敬宗，後除廟號。在位十九年其實不算少，但早期年幼受制於人，晚期雖然成功壓制宦官，但卻讓外戚坐大，留下朝政不穩的隱患。

順帝死後其子劉炳即位，經過三次跳接之後，又回復到父死子繼的局面。無奈順帝死得太早，劉炳即位時才二歲（虛歲），又是母后聽政。更不幸的是，劉炳在位一百四十八天就死了，實際年齡還不滿二歲，又一個短命皇帝，謚號孝沖皇帝，無廟號。

劉炳為漢順帝獨子，沒有兄弟，梁太后和哥哥大將軍梁冀合謀，立年僅七歲的劉纘承繼大統，是為漢質帝。劉纘是漢章帝劉炟的四代孫，屬千乘貞王劉伉一支，父親為勃海孝王劉鴻。其實劉伉有另一支後代清河王劉蒜是劉纘的堂兄，較為年長，梁冀故意略過不用，選擇看起來年幼可欺的劉纘。

質帝即位後，梁冀一家專權橫行恣意而為，朝政腐敗，吏治不修。質帝雖然年幼，但聰明伶俐，見梁冀專橫跋扈，曾在眾大臣面前以「跋扈將軍」來稱呼梁冀。梁冀大為反感，便命令手下下毒弒君，公元一四六年，八歲的質帝食用毒餅後死亡。年紀輕輕，皇帝龍椅還沒坐熱便遭橫死，諡號孝質皇帝，無廟號。

質帝死後劉志繼位，是為漢桓帝。劉志為章帝三代孫（曾孫），屬河間王劉開一支，論輩分還高了沖帝、質帝一輩。雖然有人再次推薦劉蒜，但中常侍曹騰不買帳，劉志因娶了梁冀的妹妹梁女瑩停留在京城，被曹騰推舉為帝，即位時十五歲。曹騰是順帝幼年時的侍讀宦官，受到順帝的特別眷顧，一人侍候四代皇帝，養子曹嵩是曹魏開創者曹操的父親，曹魏建國後被追尊為皇帝，是中國歷史上唯一的一位宦官皇帝。

桓帝劉志即位後，梁冀掌握大權，實際控制朝廷，對劉志也是趾高氣揚，視為傀儡。劉志從小就對梁氏不滿，他即位後，就想方設法地要誅滅梁氏。在梁冀擅自殺了太史令陳授，又派刺客殺桓帝皇后鄧氏的母親，但沒成功。桓帝積怒之下，在公元一五九年聯合宦官單超等五人突擊滅了梁氏及其黨羽，事成後五位宦官都被封侯。但五侯比外戚更加腐敗，對百姓們勒索搶劫，民不聊生，怨聲載道。

桓帝沉迷女色，荒淫無度，後宮人數竟達五、六千人。一批太學士眼看朝政敗壞，要求整肅宦官，反被桓帝捉拿下獄，後遭放逐，史稱「黨錮之禍」，東漢政治更加衰頹，國勢益弱，正式步向衰亡。公元一六八年桓帝駕崩，年三十六歲，在位二十一年餘，諡號孝桓皇帝，廟號威宗，後除廟號。

宦官外戚的鬥爭株連甚廣，朝中大臣多受牽連，剩下可用的人才不多。加上宦官當權，毫無治國能力，只會為自己撈好處，東漢實力大衰。羅貫中寫《三國演義》便稱東漢「致亂之由，殆始於桓、靈二帝」，認為桓帝是東漢落入災難的推手。

桓帝死時沒有留下兒子（有三個女兒），堂侄劉宏在竇皇后的主導下繼位，是為漢靈帝。劉宏和桓帝劉志同屬河間王劉開的後代，父親是解瀆亭侯劉萇。劉宏接位後，竇皇后晉位為竇太后，和父親竇武把持朝政。竇武見宦官實力坐大，有意清除宦官勢力，雙方各自運用力量鬥爭，最後竇武失敗自殺。

漢靈帝昏庸無道，無心政事，宦官外戚爭權奪利，朝政敗壞，並發生了第二次「黨錮之禍」，逮捕了太學生一千餘人。靈帝晚年寵幸「十常侍」，張讓、趙忠等當權，引發多起民變，公元一七二年會稽平民許生在句章起兵，自稱陽明皇帝，部眾多達數萬，朝廷花了兩年多才得以平定。公元一八四年由張角、張寶、張梁等人裹黃巾起義，是為黃巾之亂，反反覆覆，平後又起，朝廷頗受傷害。為鎮壓民變，軍權大幅移向地方，形成割據，種下東漢敗亡的種子。

靈帝又是一個非常沉迷於女色的皇帝，其荒淫的程度不下於前任桓帝劉志，天下刀兵大起，靈帝依然在宮中享樂。靈帝不但好色而且貪財，賣官鬻爵，破壞國家體制，朝綱大亂。公元一八九年因縱欲過度病死，年僅三十三歲。在位二十一年餘，諡號孝靈帝，無廟號。

漢靈帝有二子，劉辯及劉協。劉辯為嫡長子，但不為漢靈帝所喜愛，本來打算廢長立幼，但猶豫未決之際就死了。靈帝死後劉辯即帝位，時年僅十四，由母親何太后及兄長大將軍何進把持朝政。外有地方軍閥割據，內有外戚宦官爭權（東漢期間不斷重複上演），東漢王朝搖搖欲墜，劉辯完全無能為力。

外戚宦官鬥爭中何進被宦官殺害，何進的部將率軍攻入皇宮，混亂中宦官裹脅何太后、少帝劉辯、陳留王劉協等逃出皇宮。何進死前曾召并州牧董卓入京勤王，恰逢動亂，救下帝后一行，重回皇宮。

董卓帶兵入京，獨攬大權，官居司空，廢劉辯為弘農王，改立劉協為帝，是為漢獻帝。隔年各地諸侯紛紛聲討董卓，董卓擔心他們擁立劉辯，將劉辯毒死。劉辯死時年十四歲，在位一百三十六天，諡號懷王，史稱漢廢帝。

劉協是劉辯的庶弟，母親生下他之後就被何太后殺害，由董太后撫養成人。宫廷大亂董卓救駕時，董卓曾和劉辯及劉協交談，劉辯語無倫次，劉協卻能明白對答，又因是董太后養大，和董卓有同宗之誼。董卓為了要藉由廢立來樹威，於是廢了劉辯改立劉協，是為漢獻帝。

不久董卓被司徒王允設計殺了，董卓的部將李傕和郭汜作亂攻陷京城長安，獻帝在朝臣護擁之下逃出長安，一路流離到舊都洛陽。司徒校尉曹操到洛陽聲稱護駕，卻脅迫獻帝移駕到曹操的地盤許昌，從此挾天子以令諸侯，圖謀天下。

漢獻帝劉協是漢朝的最後一位皇帝，從即位開始就是傀儡，初期政事一決於董卓，後又被曹操挾持，終身惶恐過日。曹操挾獻帝到許昌之後多方征戰，但未能統一天下，晉位魏公再晉位魏王，顯露不臣之心。公元二二〇年曹操病逝，傳位給兒子曹丕。曹丕繼位魏王後強逼獻帝禪位，建立魏朝，史稱曹魏，東漢滅亡，整個漢朝結束。

曹丕篡漢後，封劉協為山陽公，公元二三四年病逝。曹丕對他還算禮遇，邑一萬戶，位在諸侯之上，衣食住行維持漢制，禪位之後劉協還活了十四年，死時年五十四歲。曹魏追謚其為孝獻皇帝，漢朝退出歷史的舞台，蜀漢立國後，昭烈帝劉備改其謚號為孝愍皇帝。

黃巾起義、董卓入京、廢劉辯立劉協、曹操挾獻帝遷都許昌，揭開了軍閥割據爭戰的大戲，曹操、劉備、孫堅（孫權之父）逐個躍上舞台，歷史進入三國時代。

劉玄和劉盆子是漢室宗親，在新莽晚期分別由綠林軍和赤眉軍擁立，最後敗於劉秀。劉秀建立東漢後不承認劉玄和劉盆子的地位，未列入帝譜，成王敗寇不能改變他們當過皇帝的事實，納入列表以供參考。

皇帝	終年	在位	直接死因	死亡背景因素
*更始帝 劉玄	不詳	2.4年	被殺	敗於綠林軍被殺
*建世帝 劉盆子	不詳	1.7年	病死	
漢光武帝 劉秀	62.2	31.6年	病死	
漢明帝 劉莊	47.3	18.5年	病死	
漢章帝 劉炟	30.5	12.6年	病死	
漢和帝 劉肇	27.5	17.8年	病死	體弱多病，積勞成疾
漢殤帝 劉隆	0.9	220天	病死	
漢安帝 劉祜	30.4	18.6年	病死	
漢少帝 劉懿	不詳	206天	病死	夭亡
漢順帝 劉保	29.5	18.8年	病死	
漢沖帝 劉炳	1.5	148天	病死	
漢質帝 劉纘	8.0	1.4年	被毒死	大將軍梁冀爭權殺害
漢桓帝 劉志	35.5	21.5年	病死	荒淫無度縱欲致病
漢靈帝 劉宏	32.5	21.2年	病死	荒淫過度縱欲致病
漢廢帝 劉辯	14.0	136天	被毒死	董卓防變殺害
漢獻帝 劉協	53.0	31.1年	病死	
＊更始帝與建世帝未被史書列入東漢皇帝				

表2.3：東漢皇帝死因

正史中多以東漢是劉秀所建立的，史稱「光武中興」。東漢從光武帝劉秀開始歷經一百九十五年傳十四代，終結在漢獻帝劉協之手。東漢十四位皇帝中僅四人非正常死亡，在歷朝歷代中算是好的。但有三位死時未滿十歲，完全是別人的傀儡，也算不幸。另兩位桓靈二帝因荒淫無度縱欲致病而死，留下後世罵名，還被蜀漢宰相諸葛亮列入出師表，以警惕後主，永傳於世。

東漢皇帝多不長命，除了開國皇帝劉秀活到六十二歲病逝之外，超過四十歲的還有兩位，一位是終局皇帝漢獻帝劉協（五十四歲），但有十四年是在禪位之後，另一位是光武帝的接班人漢明帝劉莊（四十七歲），大多數皇帝短命帶來動亂是難免的。

有人評論，東漢的眾皇帝中，除了漢光武帝、漢明帝、漢章帝還有東漢末代皇帝漢獻帝之外，其他皇帝都是皇太后和太監手中的傀儡，漢獻帝則是董卓和曹操的傀儡，並沒有好太多。順帝劉保勉強也算一個有機會主導政局的皇帝，但晚年也遭外戚所累，換句話說，能自己執掌朝政的不過三、四人而已。

其主要原因是東漢的皇帝多不長命。皇帝年紀輕輕就死亡，接班子嗣自然年幼，甚至沒有留下後代，由母后或朝廷重臣挑選接位人選。母后或朝臣為了自己的利益，多找年幼宗室接位以便操控。幼年皇帝無法理政，皇后或皇太后聽政要鎮得住場面，大多依賴娘家家族的支持，造成外戚干政。這些生於深宮之中、長於婦女之手的幼帝，或由太后另外找來的小皇帝，一旦成年覺醒，要推翻外戚又無外援，只能靠身邊的宦官。一旦成功，宦官居功專權又造成朝局紛亂，小皇帝只好再找親人（通常是太后一族）鬥倒宦官，如此宦官外戚輪流掌權，內鬥不已，正是東漢後期的寫照。要看東漢後期皇帝接班的亂象，從殤帝之後的接班線路圖，猶如迷宮，便可知一二。

皇帝不能好好的顧好身體，把子嗣養大成人接位，遺下後患，不只是人死燈滅，更造成改朝換代，足為人戒。

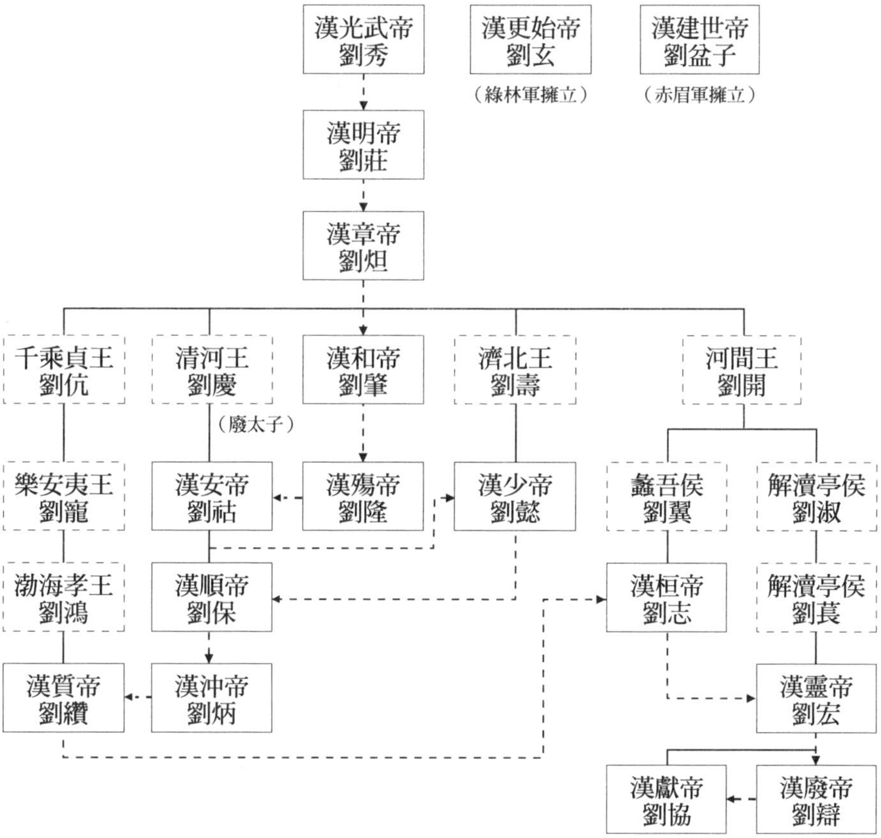
漢光武帝
劉秀
漢更始帝
劉玄
（綠林軍擁立）
漢建世帝
劉盆子
（赤眉軍擁立）
漢明帝
劉莊
漢章帝
劉炟
千乘貞王
劉伉
清河王
劉慶
（廢太子）
漢和帝
劉肇
濟北王
劉壽
河間王
劉開
樂安夷王
劉寵
漢安帝
劉祜
漢殤帝
劉隆
漢少帝
劉懿
蠡吾侯
劉翼
解瀆亭侯
劉淑
渤海孝王
劉鴻
漢順帝
劉保
漢桓帝
劉志
解瀆亭侯
劉萇
漢質帝
劉纘
漢沖帝
劉炳
漢靈帝
劉宏
漢獻帝
劉協
漢廢帝
劉辯

東漢皇帝世系圖

小結

漢朝是繼秦朝之後的第二個華夏大一統王朝，在我國歷史中甚至比秦朝更具代表性，漢人經常成為華人的代稱。後世許多脫離原王朝自立稱帝的君主，都把朝代的名稱定為「漢」，例如三國時期的蜀漢、五胡十六國的成漢，五代十國的後漢、南漢、北漢等，以宣示自己是中原正統，可見漢朝在中華民族歷史上的地位和重要性。

華夏第一個大一統的王朝是秦朝，雖然秦始皇做了不少事（改封建為郡縣、統一文字、建設馳道等），但時間太短，沒有太大成效。兩漢加起來四百餘年，政治制度和文化才漸漸定形上軌道。立國之初仿秦朝的三公九卿制，丞相、太尉協助皇帝管理行政和軍事、御史大夫管監察。到漢武帝時擴張皇權，三公之權被削弱，皇帝一人獨大。

另外漢朝早期沿用秦朝的法家思想，一度轉向道家黃老思想，到漢武帝獨尊儒家，儒家思想成為廣義漢人（含周邊民族）的核心主流，並流傳後世。漢朝和公元前一世紀興起於義大利半島的羅馬帝國東、西遙相並立，後世多將漢朝和羅馬帝國並列為當時世界上最先進及文明的強大帝國。

實際上，漢朝風光的表面下揭開來看並沒有那麼精采。西漢時期扣除掉被呂雉、霍光、王政君等操弄或影響的皇帝，真正能自己完全作主掌控朝政的皇帝，好像只有四人，高祖劉邦、文帝劉恆、景帝劉啟和武帝劉徹，勉強可以再加一個是宣帝劉詢，熬到霍光死後開始掌握朝政。東漢更只有前三代光武帝劉秀、明帝劉莊和章帝劉炟能夠完全執政，和帝劉肇及安帝劉祜都要等竇太后及鄧太后死後才得以掌政，其他皇帝不是宦官就是外戚干政，更慘的同時有宦官和外戚互鬥，天下大亂。想想西東兩漢有十來個人們眼中至高無上的皇帝，朝政乃至個人命運卻不是掌握在自己手中，心中鬱悶不難想像，皇帝似乎並不像人們心目中所想的那麼光彩奪目。

皇帝的命也不長，西東兩漢皇帝活過五十歲的不過四人，動亂使皇帝短命、短命皇帝造成動亂。皇帝被外戚欺壓，想要翻身只能找身邊的宦官，宦官外戚輪流上演奪權戲碼，最後外臣入主，終結了漢朝，漢朝光鮮亮麗的外表下，也充滿了悲情和無奈。

第三章　三國：曹魏、蜀漢、東吳

三國和秦、漢不同，它不是一個王朝，是一個時代。在這個時代中，主要有三個國家在相互爭天下，奪皇權，三個國家分別是曹魏、蜀漢和東吳。

就皇帝的位置來說，三國中最早稱帝的是魏，公元二二〇年（以下年代未特別註明者都是公元記年）曹丕逼迫漢獻帝劉協禪讓帝位，篡漢建立曹魏，接著是二二一年蜀漢劉備稱帝，八年之後東吳孫權稱帝。三國的終結，則是二六三年曹魏伐蜀，劉禪降，蜀漢滅亡，到晉武帝司馬炎在二六五年篡了魏國，最後是二八〇年東吳孫皓投降晉朝。

如果認真的從建國稱帝的立場來講，三國從曹魏建於二二〇年，到孫吳亡於二八〇年，期間六十年，但這期間三國中最主要的男主角之一曹操完全不在這段歷史中。曹操死於二二〇年，兒子曹丕繼位，演出篡漢的戲碼。所以三國不能從曹魏建國開始算，否則眾所周知的曹操、劉備、孫權鬥爭競逐的精采好戲便會被錯過了，也看不到眾所熟知的關雲長過五關斬六將、曹操關渡滅袁紹、赤壁大戰等膾炙人口的故事，顯然對三國時代期間的定義要更寬廣一些。

記述三國時代最主要的文獻是西晉陳壽所著的《三國志》。《三國志》的記述是從東漢末年的黃巾之亂發生後開始，直到西晉滅了三國為止，也就是從漢靈帝中平元年（一八四年）到晉武帝太康元年

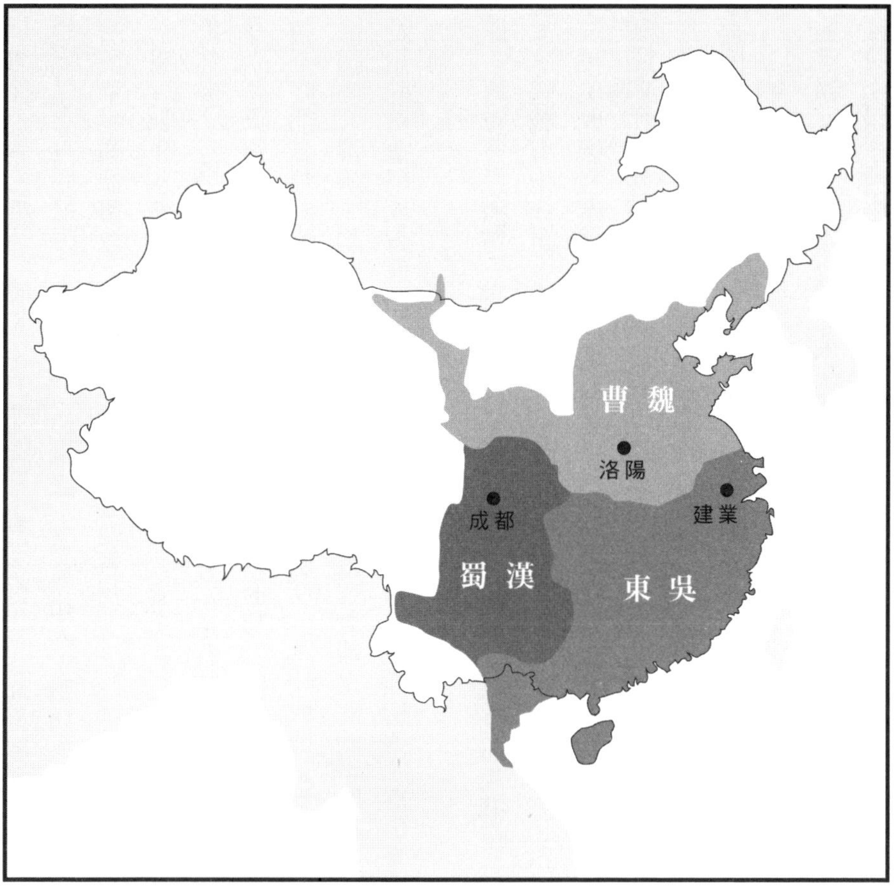

三國地圖

（二八〇年）間九十六年的歷史，通俗小說《三國演義》大致上也相同。

東漢末年桓靈二帝昏庸無道，天下大亂，民不聊生。冀州人士張角、張梁、張寶三兄弟初期以法術為人醫病，救濟民眾，順便傳教，信徒日漸增加，遍及各州。一八四年三兄弟率信眾頭裹黃巾起兵造反，史稱黃巾之亂。為了剿滅黃巾賊，靈帝要求各地方州縣募集兵力，並給地方官統兵的權力，造成後來地方割據的伏筆。三國主角之一劉備，便是從地方募兵中崛起，逐漸發展成一方勢力。

漢靈帝命令大將軍何進（何皇后的哥哥）率兵平亂，歷時一年多滅了黃巾賊，雖有反覆但終歸平定。一八八年靈帝將部分刺史改為州牧，由宗室或重臣出任，讓州牧擁有地方軍政大權。一八九年靈帝崩，少帝劉辯繼位，張讓、趙忠等十二名宦官作亂，宦官外戚之間的爭鬥再起，史稱十常侍之亂。大將軍何進命并州刺史董卓入首都洛陽以對抗宦官，宦官外戚互相拚搏，宮中大亂，董卓坐收漁利，獨霸朝廷。

董卓隨即廢了少帝改立劉協，是為漢獻帝，作為董卓的傀儡。一九〇年關東各地太守刺史起兵討伐董卓，《三國志》記載有十一路大軍，《三國演義》則指有十八鎮諸侯，十一路大軍中包含了長沙太守烏程侯孫堅（東吳開國皇帝孫權的父親），十八鎮諸侯則另外包含曹操，以及隨平原太守公孫瓚一同前往的劉備和兩個結義兄弟：關羽和張飛，三國時代的三大主角初次同場登台獻藝。

十八鎮諸侯都是擁兵各據一方的勢力，多年爭戰最後剩下三強鼎立，其中曹操挾持漢獻帝到許都，行挾天子以令諸侯，占地最多，實力最強。東吳孫權家族久居江南四州之地，地富民饒，實力次之。劉備為益州牧，只有益州一州的地盤，實力最弱，但因為是漢朝皇室的後代，最孚人望。其間多所攻伐，所占據的地盤經常變來變去，例如荊州各郡便曾分別為三雄占領過。

被視為三國時期第一男主角的曹操終身沒有稱帝（最高爵位封魏王），而是他的兒子曹丕在繼承魏王之位後，於二二〇年逼漢獻帝禪讓，自立為帝，創建曹魏。劉備身為漢朝皇室之後，以中興大漢為號召，在曹丕篡位後隔年稱帝，仍以漢為國號，延續漢朝大統，史稱蜀漢。東吳孫權繼承父兄（孫堅開創局面、孫策奠定基礎）的基業，在曹丕篡漢之後，孫權沒有像劉備一樣積極跟進稱帝。反而為了防止劉備復仇（東吳大將呂蒙殺了其弟關羽，並間接導致張飛的死亡），接受曹魏的冊封，屈居吳王之位，直到二二九年才稱帝一償夙願，三國的三位皇帝於是全員到齊。

曹魏

曹丕是曹魏的開國者，但所有人都知道曹魏的天下是曹操所建立的。曹操在《三國志》和《三國演義》中所占的篇幅，比他的後代歷任魏朝的皇帝加起來還多。在一百二十回本的《三國演義》中，曹操和劉備都在第一回就出場，曹操死於第七十八回（劉備死於第八十五回），縱橫全書超過一半。因此提到曹魏，不能不從曹操說起。

曹操的身世有不同的說法，傳說他是宦官之後。曹操的祖父曹騰是宦官，在漢安帝時出任黃門從官，侍候了四代皇帝，頗獲好評，曾在擁立漢桓帝劉志的過程中扮演重要角色。曹騰收養了曹操的父親曹嵩，曹嵩生了曹操。在曹氏稱帝之後，曹操、曹嵩、曹騰都被追封帝號，曹騰（魏高皇帝）也因此成為中國歷朝所有皇帝和追尊皇帝中唯一的宦官。也有人說曹操的父親曹嵩原本是夏侯氏，後來被曹騰收養。《三國志》中記載「莫能審其（曹嵩）生出本末」。有人指出二者並不衝突，曹嵩原來出生自夏侯世家，被曹騰領養後改姓曹，因此夏侯氏一族和曹操始終保持著親密的關係。

曹操少年時機警過人，通權機變，二十歲舉孝廉進入仕途。一八四年黃巾之亂爆發，曹操因鎮壓黃巾軍有功，升任濟南相。一八九年漢靈帝崩，太子劉辯登基，何太后臨朝聽政，大將軍何進想趁宦官失勢之機誅滅閹黨，召并州刺史董卓進京。董卓尚未抵達京城，何進已經被宦官下手謀殺，隨後十常侍一眾也被袁紹等人誅滅，董卓藉兵力獨攬大權。董卓原想拉攏曹操，上表奏請曹操為驍騎校尉。但曹操沒接受，逃離京城，回到陳留郡後散盡家財徵募鄉勇，揭竿舉義參與討伐董卓，成為十八路諸侯之一。

一九五年董卓被司徒王允設計殺害，死後他的部將李傕與郭汜爭權奪利，在京城作亂，漢獻帝逃出長安，最後到達洛陽。不久後曹操前往洛陽，打著護駕的名號，要脅獻帝遷都至許昌。從此曹操掌握了東漢的朝政，挾天子以令諸侯，獻帝成為曹操的傀儡。曹操以許昌為基地四處征戰，滅了袁紹、袁術、呂布和馬騰等地方勢力，統一北方，奠定魏國的根基。二〇八年出兵南下討伐東吳，打算一統天下，但在赤壁遭到孫劉聯軍擊敗，未能如願。

三國時期三位君主中，曹操是實力最強、控制地盤最大的，但終其一生並沒有稱帝，死時是魏王頭銜。曹操控制漢獻帝後，被任命為司空，行車騎將軍，封武平侯，領冀州牧。二〇八年赤壁之戰後曹操被任命為丞相，二一二年漢獻帝比照漢高祖劉邦對蕭何的待遇，准許曹操「贊拜不名、入朝不趨、劍履上殿」。二一三年漢獻帝正式下詔冊封曹操為魏公，加九錫。二一六年曹操再被封為魏王，打破了漢高祖立下的異姓不得為王的規矩。隔年僭天子禮，設天子旌旗，戴天子旒冕，出警入蹕。曹操名義上雖仍然是漢朝的臣子，卻實際上掌握了皇帝的權力，享受著皇帝的待遇，權傾朝野，漢朝名存實亡。但曹操終其一身，也就停留在魏王的位置上，沒有進一步行動，而是到他的兒子曹丕繼承王位後，才進行篡漢稱帝。

曹操不只是偉大的軍事家和政治家，也是知名的文學家和詩人，有不少作品傳世，包含〈薤露行〉、〈蒿里行〉、〈短歌行〉等，可說文事武備兼具。從丞相到魏王期間，不少附會者曾有勸進之聲，但曹操最後還是沒有稱帝。究其原因，有人認為當時還有許多忠於漢室的大臣反對曹操篡漢，例如其主要幕僚之一的荀彧便極力反對。而曹操自己也說過，手中握有皇帝，比起自己稱帝要快活許多，揮灑空間更大。所享受的待遇也不比皇帝差，有沒有那個名號其實無所謂。

也或許曹操覺得皇帝不好當，關羽死後，東吳孫權為避禍，曾獻表輸誠勸進帝位，曹操說：「是兒欲使吾居爐火之上耶。」並對群臣表示：「若天命在吾，吾為周文王矣。」暗指由他造勢，後代子嗣再行稱帝。二二〇年曹操病逝於洛陽，諡號武王。子曹丕繼承魏王、丞相、冀州牧的職位。

曹操長年征戰，親冒矢石，多次犯險皆能全身而退。蜀中名士張松便曾戲數曹操的危難：濮陽攻呂布之時，宛城戰張繡之日，赤壁遇周郎，華容逢關羽，割鬚棄袍於潼關，奪船避箭於渭水，幾次瀕臨死亡邊緣，都能躲過死劫。更有忠於漢室的臣民多次謀害，也未能得逞。但身有痼疾（華陀判斷為腦有風疾），最後病死，死時年六十五歲，在那個混亂時代算是高壽，視為正常死亡。但由於沒有坐過皇帝的龍椅，所以不列入皇帝之死的統計。

曹操元配丁夫人因為撫養長大的兒子曹昂戰死，和曹操反目後離開，曹丕生母卞氏扶正為后。卞氏生有四個兒子，曹丕為長子，之後是曹彰、曹植、曹熊。在王儲之爭中曹丕和曹植各有擁護者，最後曹丕勝出，二一七年被立為魏王世子。二二〇年曹操死，曹丕繼位為魏王，同年威逼漢獻帝以禪讓的形式，將帝位讓給曹丕，改朝換代建立魏國，史稱「曹魏」。

曹丕號稱能文能武，但文學造詣顯然高於軍事才能。對於詩、賦、文學都有一定的成就，尤其擅長五言詩，和父親曹操及三弟曹植並稱三曹。曹丕著有《典論》，當中的〈論文〉是中國文學史上第一篇有系統的文學批評專論作品。但提到軍政，則大大比不過老爸曹操。曹丕善擊劍騎射，早年曾隨父親參加戰爭，戰績不多。繼位並篡漢後領土雖有開拓，但大多是手下眾將的功勞。他三次親自領兵攻吳，都以失敗收場。其對手東吳君主孫權對他的評價是「丕之於操，萬不及也」。

曹丕各方面才華都未能勝過曹操，但為何稱帝的是他？正因為各方面都不如曹操，才更要稱帝。曹丕繼魏王位後，周邊重臣都是跟隨曹操的人，大多為父執之輩，曹丕的軍功和手腕無法和父親相比，要如何鎮住場面？有人建議，登基為帝後可大肆封賞重臣，以收買人心，讓他們感恩，可能是曹丕唯一可以做得比曹操對部屬更好的地方，於是篡漢自立。當然曹操所打下的基礎，以及臨終自許周文王的託付，也是曹丕能順利稱帝的主要原因。

曹丕稱帝後，仍和蜀漢及東吳對抗，多次戰爭各有勝負。想改革朝政開創一番作為，卻受到宗親長輩的牽制。二二四年三次率兵伐吳無功而返，期間感染風寒，返回洛陽身體不適，後因病在二二六年去世，死時四十歲，在位六年餘，諡號文皇帝，廟號高祖。

曹丕死於疾病並無疑義，但長期的辛勞和壓抑，加上縱欲過度（後宮嬪妃十八人），弄壞了身體，才會在壯年而逝。《三國志》作者陳壽總結對曹丕的總評價是：文學天資很高，學識也十分廣博，但不夠豁達大度，待人也不夠誠懇。如果能再恢弘自己的心胸，就可以接近古代賢君了。換句話說，就是離賢君還有一大段距離。

曹丕死後長子曹叡繼位，是為魏明帝。曹叡年幼時深受曹操喜愛，認為是理想的接班梯隊人選。曹叡母親是文帝曹丕的妃子甄氏，甄氏原為幽州刺史袁熙的妻子，在袁熙戰敗後被曹丕納為妾，生了曹叡。二二一年曹叡被封為齊公，但母親甄氏因為口出怨言而被曹丕賜死，曹叡因為母親獲罪，降為平原侯。二二二年曹丕又恢復他的爵位，晉封為平原王。

魏文帝曹丕病危時，立曹叡為太子，召曹真、曹休、陳群、司馬懿四人，授遺詔輔佐嗣主。曹叡登基後，面對三國複雜的情勢，東吳和蜀漢都有行動，包含孫權攻江夏、襄陽、合肥；諸葛亮六出祁山、遼東公孫淵造反等，幸賴曹真、司馬懿等抵敵安然度過。

二三五年蜀漢丞相諸葛亮死後，曹魏和蜀漢邊境上的情況有所減緩，明帝曹叡開始在洛陽大建宮殿，生活奢華，不理政事。因為沒有子嗣，望子心切，於是廣選美女，房事過度，身體一日不如一日，二三九年因病而亡，死時三十四歲，在位三年，諡號明皇帝，廟號烈祖，葬於高平陵。

曹叡年紀輕輕三十四歲就死了，野史中傳說他迷信一位女巫，常常服用她給的仙藥，導致慢性中毒，影響曹叡的三個兒子都早夭，甚至最後導致曹叡壯年而亡，但並無定論，史書記載為病死，一般認為和縱欲過度有關。

曹叡的親生兒子都在早年便死了，二三九年曹叡病重，立養子齊王曹芳為太子，曹叡死後曹芳繼帝位，年僅八歲，由大將軍曹爽和太傅司馬懿共同輔政。曹芳出身不詳，東晉人士孫盛所撰寫的《魏氏春秋》記載，曹芳應該是任城王曹楷的兒子，曹楷是曹彰的兒子，曹操的孫子。

曹爽受託輔政期間，刻意架空司馬懿，意圖獨攬大權，司馬懿隱忍不發，裝病避禍。二四九年司馬懿突擊發動高平陵之變，趁曹爽率曹芳及眾臣赴高平陵拜祭魏明帝的時候起兵控制雒邑，最後滅了曹爽一族，從此由司馬氏獨掌軍國大權。二五一年司馬懿死，兒子司馬師和司馬昭掌權，曹芳成為傀儡皇帝。曹芳任內兩度圖謀司馬師未成，二五四年司馬師廢曹芳，改封齊王，另立明帝曹叡的侄兒曹髦為帝。

二六六年晉朝建國後，曹芳被封為邵陵縣公，二七四年病逝，死時年四十二歲，在位近十六年，被廢後還活了二十年，諡號厲公，又稱邵陵厲公。

曹魏第四代皇帝曹髦是曹丕的孫子，父親曹霖是東海王，三歲時受封為高貴鄉公。即位時十二歲，實權仍掌握在司馬師和司馬昭兄弟的手中。曹髦從小就非常聰明，潁川名士鍾會譽為「文同陳思（陳思王曹植），武類太祖（魏太祖曹操）。」

司馬昭言行中露出篡逆之心，聰明幼主不甘受權臣操弄，二六〇年曹髦發出豪語：「司馬昭之心，路人皆知也！朕不能坐受廢辱，今日當與卿等自出討之。」親自率領宮人三百餘討伐司馬昭，兵敗被殺，死時十九歲，在位五年餘，無諡號。

曹髦死後，司馬昭立曹奐為帝，是為魏元帝，也是曹魏王朝的最後一位皇帝。曹奐是燕王曹宇的兒子，曹操之孫，原名曹璜，初封常道鄉公。曹髦死後，丞相司馬昭派兒子中壘將軍司馬炎迎立曹璜為皇帝，改名曹奐，入繼為堂兄魏明帝曹叡的兒子。曹奐當然無權，完全是司馬昭的傀儡。

曹奐在位期間，丞相司馬昭派大將鄧艾和鍾會伐蜀漢，蜀漢滅亡。司馬昭以伐蜀有功被晉升為晉公，相國，加九錫。蜀漢滅亡沒多久，丞相司馬昭又進爵晉王，有篡曹魏自立的意思，但還來不及實現就去世了，兒子司馬炎繼位，於二六五年威逼曹奐行禪讓之事，建立晉朝，曹魏亡。

魏亡後曹奐被封為陳留王，並遷居鄴城，三〇二年曹奐死於許昌，終年五十六歲。西晉因其禪讓有功，以皇帝禮下葬，諡號元皇帝。《三國志》中將曹芳、曹髦、曹奐合稱三少帝。

皇帝	終年	在位	直接死因	死亡背景因素
魏武帝 曹丕	39.0	6.5年	病死	積勞成疾情緒壓抑
魏明帝 曹叡	33.5	12.5年	病死	縱欲過度衰弱致病
邵陵厲公 曹芳	41.5	15.7年	病死	
高貴鄉公 曹髦	18.6	5.6年	被殺	不滿司馬昭專權抵抗被殺
魏元帝 曹奐	56.0	5.6年	病死	

表3.1：曹魏皇帝死因

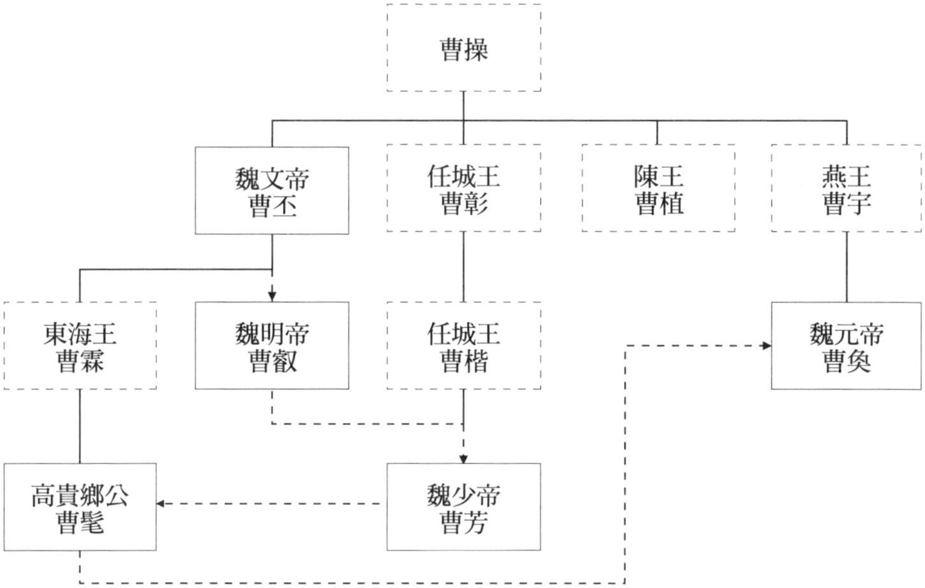
曹操
魏文帝
曹丕
任城王
曹彰
陳王
曹植
燕王
曹宇
東海王
曹霖
魏明帝
曹叡
任城王
曹楷
魏元帝
曹奐
高貴鄉公
曹髦
魏少帝
曹芳

曹魏皇帝世系圖

曹魏自二二〇年曹丕篡漢建國，到二六五年被篡亡國，歷四十五年五代皇帝，在位時間都不長，死亡年齡大都不高。最後三位少帝一被廢、一被殺、一被篡，都是悲情皇帝。曹魏前兩任皇帝在帝位上死亡、順利傳位的武帝和明帝，也都不長命。有人懷疑是遺傳因素，但奠基的文皇帝（追封）曹操卻活到六十五歲，看來也不是基因可以解釋的，還是和個人因素有關。扣除後面三位少帝，檢視前兩位皇帝的共同性，辛勞、壓抑、縱欲過度似乎才是造成兩位皇帝短命的原因。縱欲過度一則是皇帝的基本享受，再則也可能是因為辛勞壓抑之後為尋解脫所致，推論是皇帝還真不是一件好差事。

不記得誰說過，歷史會不斷重演。漢獻帝時曹操權傾天下，封魏公、封魏王、加九錫，隔代威逼前朝禪讓。曹魏從厲公曹芳起三代，司馬氏權傾天下，封晉公、封晉王、加九錫，隔兩代威逼前朝禪讓（複製貼上，改隔代為隔兩代），曹氏如何對劉氏，司馬氏就如何對曹氏，一報還一報，果然天理昭彰循環不爽。

曹魏最後三位少帝，被廢、被禪的兩位讓出帝位，至少落得安享餘年正常死亡。一位奮起反抗，慘遭屠殺。所謂人爭一口氣、佛爭一爐香，那一口氣是用命來換的，是否值得，就待後人評價了。

蜀漢

三國中第二個稱帝的是蜀漢劉備。傳說劉備是漢景帝第九子中山靖王劉勝的後代，經過多代傳遞，到父親劉弘時已經沒有爵位。父親早逝，跟隨母親長大，以賣草鞋、織草蓆為生。十五歲時在母親指示下負笈外出求學，拜入當代大儒盧植門下學習。平時話不多，喜怒不形於色。

一八四年黃巾之亂爆發，劉備投入義軍，展開軍旅生涯。因討黃巾有功，出任平原令，任內出兵救北海孔融（從小讓梨的那位），打出名號。一九三年投徐州牧陶謙，陶謙上表奏請朝廷封劉備為豫州刺史，屯兵小沛。一九四年陶謙死，在孔融的勸說下劉備領徐州牧。一九六年袁術攻徐州的時候，呂布趁隙占領了小沛，掌控徐州。劉備與呂布爭戰失利，迫不得已歸順曹操，之後曹劉合力滅了呂布，劉備隨曹操回到許昌。劉備看出曹操有不臣之心，以攻袁紹為藉口離開曹操。二〇〇年因衣帶詔事件爆發，曹操攻劉備，劉備兵敗與家人失散，改投袁紹。袁紹出兵攻曹，在官渡之戰兵敗身死，劉備入荊州依劉表，屯兵新野。此後數十年多方爭戰，堪稱戎馬一生。

屯兵新野期間，在水鏡先生司馬徽的推薦下，三顧茅廬親赴隆中拜訪臥龍先生諸葛亮，諸葛亮指出三分天下的局勢，並提出行動建議，後世稱為「隆中對」。劉備禮聘諸葛亮為軍師，從此開始步入坦途，在諸葛亮的出謀畫策下，聯合東吳孫權，在赤壁擊敗了曹操號稱的百萬大軍。之後占荊襄、奪益州，建立基地，三國大勢基本底定。曹魏、蜀漢和東吳三方互有爭戰互有消長，曹操雖然勢大，但在孫劉聯手下，均衡的局面得以維持。

劉備出身帝冑世家，由於傳遞代數太多，到劉備父親劉弘時已經沒有爵位。在《三國演義》第二十回中，劉備在曹操的引見下朝見漢獻帝劉協，帝排世譜，發現劉備是劉協的叔父輩，自此世人皆稱備為劉皇叔，在《三國志》中卻沒有相關的記載。不論有沒有皇叔的身分，劉備是漢朝宗室之後無疑，他禮賢下士，博有名聲，在對抗曹操維護漢世的鬥爭中占據了正統地位。劉備也以掃滅曹賊復興漢世為號召，天下響應，聲勢益發壯大。

劉備在爭天下的過程中，一直以漢臣自居，不敢僭越。曹操於二一六年封魏王後，劉備身邊眾臣一直有勸進之聲。二一九年於成都上表漢獻帝，進位為漢中王，時年已五十八歲。二二〇年曹操死，兒子曹丕繼魏王位，威逼漢獻帝讓出帝位，篡漢建立魏朝。消息傳到成都，劉備以為獻帝已被曹丕所害，在眾臣的擁立下劉備進帝位，沿用「漢」為國號以示正統，因地處西蜀史稱「蜀漢」。

在這邊順便提一下，有人稱三國是「魏蜀吳」，其實是誤稱，蜀是地名，不是國名。但劉備建立的漢為什麼沒有和曹丕建立的曹魏或孫權所建立的孫吳一樣稱「劉漢」，而要稱蜀漢呢？因為大多數的漢（西漢、東漢，以及五胡十六國的前漢、後漢，五代十國的南漢、北漢等）的君王都姓劉，用「劉漢」無以區別。劉備自認沒有創立一個新的王朝，而是繼承劉邦和劉秀所建立的漢朝，是同一個漢的延續。為了和其他的漢王朝區別，在國名的前面加上一個蜀字，稱為「蜀漢」，意為位處西蜀的漢。所以比較嚴格的稱呼三國應該是「曹魏、蜀漢和孫吳（或東吳）」。有些電視劇中，劉備出兵時一面大旗上書寫著「蜀」字，其實是不恰當的。

劉備稱帝前一年（二一九年），東吳大將呂蒙夜襲荊州，關羽（荊州守將，劉備義弟）敗走麥城，被東吳所殺。劉備打算進攻東吳為義弟報仇，卻沒有想到張飛又因督辦伐吳一事而遇害。劉備即帝位後，親率精兵七十萬伐吳報仇。起初漢軍一路大勝，吳將陸遜採深溝高壘避戰之策，最後以逸待勞於二二二年大敗漢軍，劉備退兵白帝城，心力交瘁重病而亡，死時年六十二歲，居皇帝位置二年餘，諡號昭烈皇帝，廟號烈祖。

劉備死後太子劉禪繼位，託孤於丞相諸葛亮。劉禪繼位初期謹遵先帝遺旨，放權給丞相諸葛亮處理軍政大事，「政事無巨細，咸決於亮」。諸葛亮亦盡心竭

皇帝	終年	在位	直接死因	死亡背景因素
漢昭烈帝 劉備	61.9	2.1年	病死	兵敗後心力交瘁
安樂鄉公 劉禪	*64.0	40.6年	病死	
有星號＊表示資料不全，為推估值				

表3.2：蜀漢皇帝死因

力輔佐，「鞠躬盡力，死而後已」，對抗曹魏和孫吳，期間六次北伐曹魏想要重振大漢天威，但都未能如願。二三四年諸葛亮於伐魏期間病死，劉禪親政。

諸葛亮死後蜀漢漸趨衰弱，雖仍然和其他兩國對峙，但大多為被動的遭到攻伐，劉備打天下時代的戰將逐漸凋零，實力大不如前。二六三年曹魏派鄧艾率兵伐蜀，劉禪出降，蜀漢滅，漢朝在延長賽中敗退落幕，退出歷史舞台。

劉禪降後，奉旨移居魏國都城洛陽，封為安樂縣公，度過餘生，二七一年病死，年六十四歲，死後司馬炎上謚號為思公，五胡十六國時期前漢主劉淵追謚他為孝懷皇帝，並上廟號仁宗。失國之後又活了八年，在洛陽還真正的安樂過日，和司馬昭的對話中還曾說出：「此間樂，不思蜀」的名言。

蜀漢自先帝劉備自立為帝到後主劉禪降魏，歷時四十二年，傳兩代，以死亡年齡來看都算高壽。但先帝劉備一生兵馬倥傯，四處征戰，沒過上幾天安閒的日子，最後辛勞致死。後主劉禪年幼時因隨父親征戰流落四方，吃過苦頭甚至遇險（趙子龍兩次救主）。但在劉備入主四川之後，便開始過著安逸的日子，一生從未領兵作戰，甚至在投降曹魏之後也是快樂到不再思念蜀漢。但或許也因為如此，撐不起蜀漢的國運，導致滅國，令人為劉備一生的努力結果感到惋惜。幸與不幸之間，也只能感嘆命運造化弄人了。

東吳

三國時期第三位稱帝的是東吳孫權，孫權的霸業要從他爸爸孫堅講起。孫堅出道甚早，是討伐董卓的十八路諸侯之一，算是和曹操、劉備同一時期爭戰的人物，所以孫權其實晚了二人一輩，年齡也差了二十幾歲。

孫堅是吳郡富春縣人，早年因殺賊立功為官，後升任漢破虜將軍、封烏程侯、領豫州刺史、長沙太守。在各路諸侯討伐董卓期間擔任先鋒，建立許多戰功，後來因為依附袁術捲入袁術與袁紹的政爭。一九一年孫堅征討袁紹的盟友荊州劉表時戰死，年僅三十七歲。

孫堅死後，侄子孫賁接位，領導其部屬，投靠袁術。之後孫堅的長子孫策向袁術借得兵馬，率兵攻占揚州。在袁術自行稱帝後，孫策、孫賁等和袁術決裂，自立門戶。孫策勇武能戰，先後擊敗劉繇、許貢、嚴白虎、王朗等揚州割據勢力，奠定孫吳開國基礎。曹操控制下的許昌朝廷封孫策為討逆將軍，襲父親烏程侯的爵位，又封吳侯。二〇〇年孫策被吳郡太守許貢的門客襲擊，不久傷重去世，時年僅二十六歲。

當時孫策的兒子孫紹年紀還太小，孫策遺命二弟孫權繼位接掌江東，兄終弟及，當時孫權也只有十八歲。孫權接位的時候江東並不穩定，外有曹魏和蜀漢虎視眈眈，內有江東本地士族強豪心存疑懼。在內外多方壓力之下，孫權以張昭為師傅，任用父兄留下的部將，致力懷柔本土士族，起用豪門子弟，逐漸穩定了江東孫家的政權。二〇八年和劉備聯手在赤壁擊敗曹操的七十萬大軍，奠定三分天下其中之一的位置。

三國相互攻擊爭戰中，孫權偏向和劉備聯手，但手下諸將不甘荊州被占。東吳大將呂蒙偷襲荊州殺了劉備義弟關羽，導致劉備稱帝後全力攻吳，帶來重大威脅，孫權向曹魏稱臣，企圖取得協助，被封吳王。最後在陸遜採深溝高壘避戰策略，以逸待勞擊敗蜀軍，劉備在兵敗後心力交瘁病死。

劉備死後，在諸葛亮主導下恢復東吳蜀漢聯盟，共同對抗曹操，局勢在往復交錯之下延續多年。當初曹丕、劉備相續稱帝之後，孫權並沒有接著稱帝，其實有他的難處。劉備鐵了心要打東吳，如果孫權稱帝等於挑戰曹魏的帝位，萬一蜀軍正面攻打、曹魏背後偷襲，東吳難以支撐。所以孫權選擇向曹丕稱臣，接受曹丕給予的吳王封號，全心對付劉備，並希望得到曹魏的支援。

待劉備兵敗身死，諸葛亮力主恢復與東吳結盟，引起曹丕不快，出兵突襲江陵，但沒有成功，又回到三國對峙互有往來的局面。

孫權沒有稱帝的野心嗎？當然有。但不像曹丕掌握天子在手，可以威逼天子禪讓，又沒有劉備大漢皇冑的身世。名不正、言不順、事不成，要建國稱帝，還需要時機和因由。曹劉相繼稱帝時，孫權還在壯年，有時間以拖待變。

但拖延並沒有帶出期望的變局，例如曹魏或蜀漢的內亂，或者二者相攻產生變故。到了二二九年，孫權四十八歲已近天命之年，當時魏主曹叡二十六歲、蜀漢劉禪二十三歲，都比孫權晚了一截。而且曹魏和蜀漢內部都不太平靜，不會輕起戰端。於是東吳有人布置祥瑞（武昌東山，鳳凰來儀；大江之中，黃龍屢現），上表勸孫權稱帝，統治江東三十年的孫權正式登基稱帝，國號「大吳」。由於時機選得好，並沒有引發後患，和蜀漢仍維持聯盟關係，共抗曹魏。此後三國互有攻伐，也互有往來。

二五二年，稱帝二十三年後，執掌江東政權長達五十二年的孫權病死，年七十歲，諡大皇帝，史稱東吳大帝，簡稱大帝，廟號太祖。

孫權死後，傳位太子孫亮。孫亮是孫權的第七子，孫權早年立了長子孫登為太子，但孫登早死，次子孫慮也沒有等到孫權過世就先死了，改立三子孫和為太子。但四子魯王孫霸和太子不和，時有紛爭，二五〇年廢黜太子孫和並賜死孫霸，改立七子孫亮為皇太子。

孫亮登基時年僅十歲，孫權留有五位顧命大臣，分別是諸葛恪、滕胤、孫峻、呂據和孫弘。曹魏乘孫權駕崩之際出兵攻吳，結果卻被太傅諸葛恪大敗而歸。隔年諸葛恪不顧眾臣勸阻，乘勝出兵北伐魏國，也沒有成功。

五位顧命大臣把持朝政，但彼此之間不和，相互鬥爭殺害，孫弘首先被諸葛恪所殺，最後由孫峻（孫堅弟弟孫靜一族）勝出，並和孫綝兄弟二人先後掌握了東吳的朝政大權，將其他輔臣除掉。二五七年孫亮親政，想要除去孫綝，卻鬥不過孫綝，二五八年被廢為會稽王，二六〇年再貶為候官侯，在流放途中被毒死，死時十七歲，無謚號，無廟號。

孫亮被廢，孫綝改立孫亮的哥哥孫休為帝，是為東吳景帝。孫休顯然比孫亮聰明些也成熟些（二十三歲），孫綝要立他為帝時，孫休三次辭讓才受。即位後多次示弱假意麻痺孫綝，最後一舉擒殺了孫綝及其黨羽。除了殺孫綝之外，孫休任內無重大作為，偶有征戰亦無功而返。二六四年病逝，三十歲，在位近六年，諡號景皇帝，無廟號。

二六五年司馬炎逼曹奐禪讓，滅曹魏，成立晉朝，是為西晉。前一年蜀漢已被曹魏所滅，剩下東吳和西晉對峙。

孫休死後，眾臣以太子年幼，改立孫權三子孫和（原太子，後被廢）的兒子孫皓為帝。孫皓即位初期施政英明並多有善舉，但後期實行暴政並過度役使民力，導致了亡國危機。二七二年孫皓無端調整西陵督步闡的職位，步闡怕被害，於是投降西晉，孫皓派陸抗前往討伐，西晉則出兵支援步闡，最後陸抗成功的平定了步闡的叛亂。

但孫皓的領導顯然並不到位，二七九年又有廣州軍吏郭馬發起叛亂，孫皓派軍剿滅未果，西晉即出兵攻吳。西晉大將羊祜上表給晉武帝司馬炎說：「孫皓暴虐已甚，於今可不戰而克。若皓不幸而歿，吳人更立令主，雖有百萬之眾，長江未可窺也，將為後患矣！」司馬炎於是出六路大軍攻吳。二八〇年王濬率大軍進入石頭城，孫皓率太子孫瑾等二十一人出降，東吳亡國，也為三國時代畫下句點。

晉武帝司馬炎下詔封孫皓為歸命侯，遣送洛陽。二八四年孫皓在洛陽病世，死時年四十二歲，在位十六年餘，無謚號、無廟號，後世多稱其為吳後主、吳末帝，也有用他即位前的封號烏程侯，或是歸晉後的封號歸命侯。

東吳自孫權稱帝到孫皓亡國，計五十一年，歷四帝。除了孫權活得夠長（七十歲）之外，其餘都不長命。亡國皇帝歸命侯孫皓投降後還活了四年，終年四十二歲，孫休三十六歲、孫亮十八歲，四人平均三十九．八歲。最短命的孫亮是被毒死，不得善終，其餘皆病死。整體而言，不算很好，但比之往後各朝各代也不算很差了。

東吳地處長江以南，長江在九江往南京這一段由西南往東北流，所以這地區又稱江東，吳地泛指江蘇、浙江、安徽、江西一帶。吳的來源最早是周武王克商之後封仲雍（古公亶父之子）的四世孫周章為吳子，之後春秋時期夢壽自稱吳王，江東此後稱為吳地，是孫堅的發跡之地。

在三國時期東吳地處偏僻，人口不多，孫權接吳侯位後，致力於發展經濟，北方不堪戰亂所擾的民眾開始遷入，帶來生產技術和人力。由於地處海邊，又傍長江，造船工藝和水戰能力優於對手，靠著長江天險和吳國戰將民心相繫偏安一隅。雖然在三國時期受到矚目的程度和精采的程度不

皇帝	終年	在位	直接死因	死亡背景因素
吳大帝　孫權	*69	23.0年	病死	
吳廢帝　孫亮	*17	6.5年	被毒死	被權臣孫綝所廢，流放途中死
吳景帝　孫休	*30	5.8年	病死	
歸命侯　孫皓	*42	15.7年	病死	
有星號＊表示資料不全，為推估值				

表3.3：東吳皇帝死因

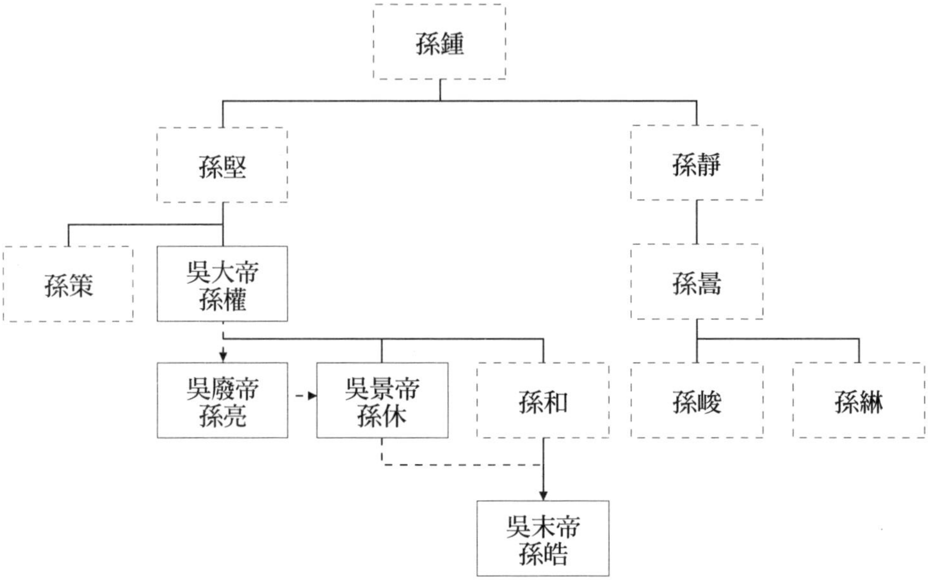

東吳皇帝世系圖

如曹魏和蜀漢，但也是相對比較平靜的國度，人民生活的幸福指數稍高於其他兩國，戰亂擾民也較少，算是亂局中的小確幸。

小結

三國時代在中國歷史上算是波瀾壯闊的大時代，天下大亂，群雄並起，人才輩出。在征戰不停的動亂年代，三個皇朝十一位帝王，僅兩位遭到殺害，算是相當不容易了。其中蜀漢皇帝的平均壽命最長，兩位都活到六十以後，雖然一位一生辛勞、一位一生安逸，前人種樹後人乘涼，各歸各命。就亂世而言，劉備登峰造極做了皇帝，劉禪享受了皇帝的生活，命運都算是不錯的了。

如果以《三國演義》故事的三位男主角，曹操、劉備、孫權來看，三位都活過六十歲。而三位比之後代君主中都是最為辛勞的，尤其曹操和劉備親自領兵，南征北討，備極辛苦，還能活得那麼長，可見辛勞者未必短壽。也或許打下一個國家的基礎，就需要那些時日吧。三國時期英雄眾多，當初伐董卓的各路兵將多為一時之選，許多在早年拚戰中死亡，活得不夠久，未能成就大業。沒有好的身體和夠長的命，想要爭霸天下，就很困難了。

江蘇衛星電視台播出的《三國》電視劇中，魯肅曾對孫權說，你要忍耐，你還年輕，等到他們都死了，天下就是你的了，善哉斯言。雖然沒有能一統天下，但也撐到可以稱帝的時機，一償心願，也算對得起自己了。

三國時期其實還有一位自立為帝的諸侯，而且立國比曹魏、蜀漢和東吳都還早，那便是袁術。袁術出身汝南袁氏，為漢朝的望族，號稱四世三公，意即四個世代中出過三位高官（太尉、司徒、司空，相當於丞相之位，合稱三公）。袁術和袁紹都是司空袁逢的兒子，袁紹為庶出，袁術為嫡子，但年紀較幼。《三國志》記載袁術「舉孝廉，除郎中，歷職內外，後為折衝校尉、虎賁中郎將」，也是討伐董卓的十八路諸侯之一。最初以南陽作為領地，其後立足淮南。在眾諸侯中實力不是最強、領地不是最大，但野心卻是不小，支持他野心的是一支傳國璽。

相傳秦始皇將和氏璧製成玉璽，刻有「受命於天，既壽永昌」的字跡，成為傳國信物。東漢末年十常侍作亂，玉璽失蹤，被討伐董卓的孫堅找到，袁術得知以後，強逼孫堅（一說孫策）交出玉璽，有了玉璽的袁術也就有了稱帝的野心。

一九七年袁術在壽春僭號稱帝，並仿效漢制設置公卿，當時漢獻帝猶在，袁術被各路諸侯視為篡逆。稱帝立即引來大禍，接連遭到曹操、劉備、孫策、呂布等勢力的討伐，兩年而亡。袁術稱帝後貪圖享受，不顧民生疾苦，眾叛親離，臨死前食不果腹，憂鬱憤懣之下嘔血而死，死時四十四歲，無謚號。在袁術死後，原漢臣徐璆帶走傳國璽並交還給漢獻帝。相關事跡記載在《後漢書》中，《三國志》中則無記載。

袁術稱帝時間不久，影響不大，未入史冊。其國名也不詳，有人說是「仲」、有人說是「成」，未有定論。在歷史洪流中有如滄海一粟，沒有引起太多漣漪。

第四章　晉：西晉、東晉

三國大戲落幕，晉朝接著登場。晉朝分為兩個時期，西晉（二六六年—三一六年）和東晉（三一七年—四二〇年），合稱「兩晉」，共一百五十四年。西晉從二六五年司馬炎逼迫曹魏元帝曹奐禪位次年起算，當時蜀漢已經滅亡，東吳還在。到二八〇年晉武帝司馬炎滅了東吳才真正一統天下。三〇四年南匈奴冒頓單于的後裔劉淵在平陽稱王，建立漢趙，是為五胡亂華的開端，三一六年漢趙軍隊攻陷長安，晉愍帝投降，西晉結束。

三一七年晉元帝司馬睿在建康（今南京）被擁立為帝，開始東晉王朝，四二〇年劉裕逼迫晉恭帝司馬德文禪位，建立劉宋，東晉滅亡。北方漢趙劉淵滅了西晉之後，五胡十六國亂了好一陣子，北魏開始接掌局勢。五三四年北魏分裂為東魏和西魏，東魏和西魏再被北齊和北周奪了江山。從五胡十六國到之後的五國合稱北朝，北魏初期和東晉隔長江分庭抗禮。東晉滅亡之後，長江以南的地方進入宋、齊、梁、陳輪流當家，合稱南朝，和北朝對峙。北朝加南朝合起來史稱南北朝，直到被隋朝統一為止。本章以介紹西東兩晉為主，五胡十六國和南北朝留在後面介紹。

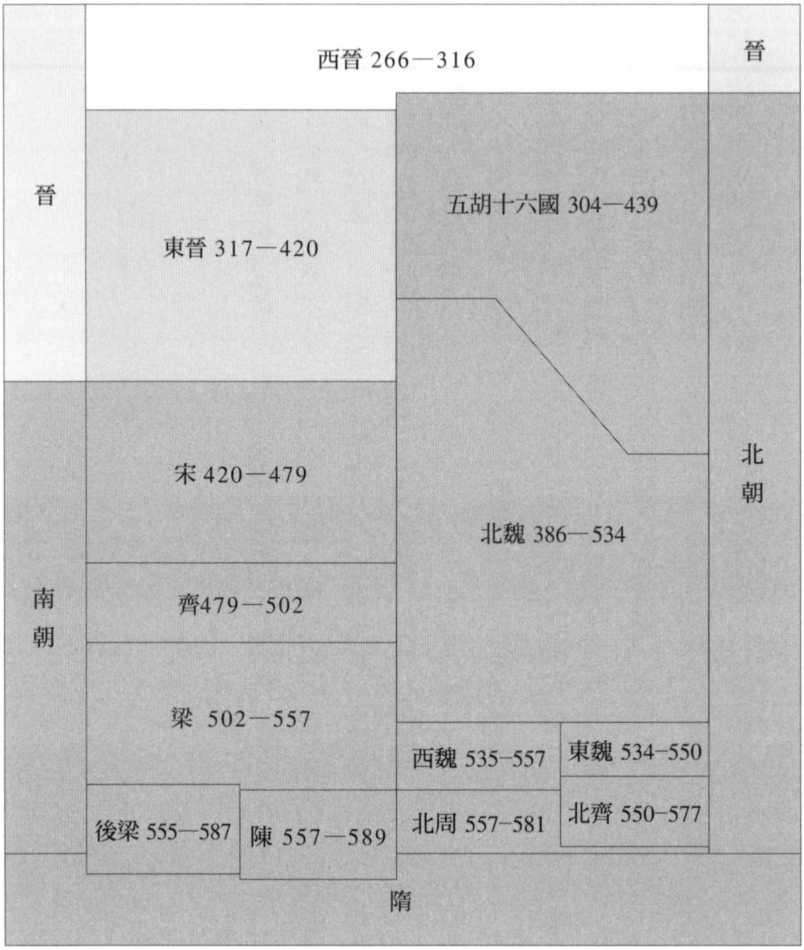
西晉 266—316
晉
晉
東晉 317—420
五胡十六國 304—439
宋 420—479
北魏 386—534
北
朝
南
朝
齊479—502
梁 502—557
西魏 535–557
東魏 534–550
後梁 555—587
陳 557—589
北周 557–581
北齊 550–577
隋

兩晉與南北朝

西晉

晉朝的開創者司馬家族在三國時期為曹魏的大臣，主要人物司馬懿從曹操時開始受到重用。司馬懿軍功智計皆屬一流，為西晉王朝的奠基人。三國時期後半段蜀漢諸葛亮北伐曹魏時，司馬懿是曹魏主要的領軍大將，多次和諸葛亮對抗，使他六出祁山無功而返，諸葛亮最後病死五丈原。

司馬懿早年輔佐曹操以出謀畫策為主，到曹丕之後則開始帶兵打仗，多立戰功。但軍功突出也遭到曹氏將領疑忌，反覆的遭到起用和罷黜。曹操臨死時交代兒子曹丕要重用司馬懿，但也要提防他。曹丕接位後篡漢立魏，是為魏武帝，臨死時命司馬懿為輔政大臣，輔佐魏明帝曹叡。明帝死時將曹芳託孤給司馬懿和曹爽，算來司馬懿歷四代君主，身兼三代帝師。

曹芳當朝期間，曹爽架空司馬懿，司馬懿稱病不出，示弱避禍，最後在高平陵之變滅了曹爽，從此司馬氏獨攬曹魏大權。二五一年司馬懿死，享年七十二，其遺願交代，辭讓郡公和殊禮，不樹不墳，不設明器，葬於首陽山。

司馬懿死後，兩個兒子司馬師和司馬昭接掌大權，對外仍然與東吳和西蜀角力，殊有戰功，對內則逐次平定反對司馬家族的勢力。司馬師素有眼疾，二五五年鎮東將軍毌丘儉和揚州刺史文欽起兵反司馬氏，戰爭期間因為受到偷襲，驚嚇過度，眼疾併發，死在許昌，年四十七歲，大權盡入司馬昭之手。司馬昭的野心顯然更大，魏帝曹髦有所察覺，曾經憤慨的說：「司馬昭之心，路人皆知。」並且率領了三百餘宮人討伐反抗。有近臣先行向司馬昭通風報信，司馬昭派兵入宮鎮壓，殺了曹髦，改立曹奐為帝，是為魏元帝。從此「司馬昭之心」成為篡逆的隱喻。

二六三年司馬昭派遣鍾會、鄧艾、諸葛緒等分三路進攻漢中，劉禪出降，蜀漢亡。二六四年曹奐下詔拜司馬昭為相國，晉陞為晉王，加九錫。二六五年司馬昭死，年五十四歲。

司馬昭死後，他的兒子司馬炎繼承所有權力和頭銜，同年逼迫曹奐行禪讓之事，登上帝位，改國號「晉」，是為晉武帝，曹魏亡。司馬炎稱帝後，在二七九年派兵滅了東吳，吳末帝孫皓投降，三國時代畫下句點。

司馬昭明明已露篡逆之心，為什麼沒有稱帝？或許來不及稱帝就死了，也或許和曹操的考量一樣。前朝仍有忠臣，改朝換代易生動亂，既已享受皇帝的待遇又何必在乎名號。曹丕的事例也可借鑑，讓後代稱帝，封賞官員，有助於其立威和收攏人心，因此西晉的開國皇帝是司馬炎。但司馬炎顯然不是明主，西晉的傳承還不如曹魏。

司馬氏從東漢開始便是世家大族，西晉的皇室和貴族大多曾在曹魏為官，擁有一定的經濟基礎，取得天下後，開始縱情享受，過著豪華奢侈的生活，並以貪汙來累積財富。晉武帝司馬炎本人更是荒淫奢縱的表率（有皇后嬪妃二十餘人、生二十六位兒子十三位女兒），君臣之間互相比賽誰會花錢，奢靡成風，朝政日漸敗壞。二九〇年司馬炎病死，年五十四歲，在位五年，諡晉武帝。

司馬炎死後次子司馬衷繼位，是為晉惠帝。後世對惠帝的評價是弱智愚笨，史書稱惠帝「為人戇騃」，翻成白話就是癡呆。他在位期間天下大亂，民不聊生，百姓沒有飯吃，他反問沒飯吃那為什麼不吃肉呢？「何不食肉糜」成為他流傳千古的名言。他顯然沒有能力處理他統治下的政治局面，造成八王之亂，自己成為人球兼傀儡，最後被東海王司馬越毒死。

八王之亂遠因是司馬炎稱帝後，認為曹魏宗親衰微，帝室孤弱，是導致滅亡的主要原因，於是大封宗親為藩王（計二十七個同姓王）並授予兵權，以對抗士族，這些同姓諸侯王慢慢變成地方軍閥勢力，不受中央控制。近因則是武帝司馬炎去世以後，惠帝無力掌控國家，皇后賈南風趁機掌握朝政，與太后楊氏家族爭權，爭鬥中雙方各引宗室諸王的力量參與，最終發展成王族之間互相攻伐，引發八王之亂。

惠帝即位後由太傅楊駿（司馬炎第二任皇后楊芷的父親）輔政，賈后為爭奪權力引諸王勢力入京，對抗楊駿，最後殺了楊駿。二九四年賈后再迫害太子司馬遹（非賈后所生），先廢後殺，引發司馬氏族不滿，趙王司馬倫（司馬懿第九個兒子，惠帝的叔祖輩）引兵入京，矯詔廢賈后並加以殺害，掌握大權。三〇〇年淮南王司馬允舉兵討伐司馬倫，兵敗被殺。三〇一年司馬倫自立為帝，改元建始，惠帝被封為太上皇。不數月齊王司馬冏、成都王司馬穎、河間王司馬顒三王起兵討伐司馬倫，司馬倫兵敗被殺，惠帝復位。司馬倫死時六十一歲，在皇帝的龍椅上坐了不到三個月。惠帝復位後，司馬冏掌權，他「驕奢擅權、欲久專政」，再度引爆諸王亂鬥。三〇二年成都王司馬穎及河間王司馬顒派兵討伐齊王司馬冏，長沙王司馬乂於京城洛陽響應。最後司馬冏及其黨羽被除，司馬乂居洛陽掌朝政，司馬穎於鄴城遙控朝廷。

但不久後司馬乂和司馬穎反目，三〇三年司馬穎聯合河間王司馬顒率軍攻擊洛陽的司馬乂，但被司馬乂擊敗。三〇四年初東海王司馬越勾結禁軍趁亂殺了司馬乂，脅迫惠帝廢皇太子司馬覃，改立成都王司馬穎為皇太弟（準備兄終弟及）。沒多久東海王司馬越集結各方兵力，入京挾惠帝討伐司馬穎，但打不過司馬穎，司馬越逃回他的封國東海（今山東郯城北），司馬顒部將領張方占領洛陽。惠帝則受傷被俘，落入司馬穎手中，中原陷入混戰。

再不久司馬越的弟弟并州刺史東嬴公司馬騰及幽州刺史王浚聯合異族烏桓、羯等勢力擊敗司馬穎，邊疆少數民族勢力開始進入中原，為五胡亂華留下伏筆。司馬穎挾晉惠帝逃至洛陽，投靠擁有關中及洛陽的河間王司馬顒，司馬顒改立豫章王司馬熾為皇太弟，取代司馬穎的位置。三〇五年東海王司馬越在山東再次起兵，向西進攻關中。司馬顒和張方的軍隊、司馬穎的軍隊、司馬越的軍隊和范陽王司馬虓的軍隊在中原混戰，基本上中央政府已經不存在，中國邊境地區的各地方勢力紛紛獨立，正式開啟五胡亂華時代。

三〇六年司馬越攻入長安。司馬顒和司馬穎敗走，司馬穎被殺。司馬越迎惠帝還洛陽，司馬顒再奪下長安。三〇七年晉惠帝被司馬越毒死，年四十八歲，在位十六年餘，諡號孝惠皇帝，無廟號。司馬衷在位期間有四分之三是在動亂之中，自己也被各方勢力輪流挾持，四方流落，被架空尊為太上皇，再復皇位，一生坎坷，死後晉朝仍不平靜。

惠帝司馬衷死後司馬熾繼位，為晉懷帝。同年琅邪王司馬睿在世族王導的建議下，南遷建業，為司馬氏留下一支宗室，打下東晉延續的基礎。懷帝即位後，司馬越專政，並成功誘殺司馬顒，結束了歷時十六年的八王之亂。

參與這場動亂的王不止八個，主要的有八個同姓王，《晉書》將八王匯集到同一個列傳，故後世稱這次動亂為「八王之亂」。八王跨三代，有和惠帝司馬衷同輩的兄弟（司馬瑋、司馬乂、司馬穎、司馬冏）、還有高一輩的叔伯（司馬顒、司馬越）、甚至高兩代的司馬亮和司馬倫（司馬懿三子和七子）。牽涉在內的帝后世家、臣下黨羽不計其數，死亡人數以十萬計，西晉實力大衰，種下亡國的因子。

懷帝司馬熾是晉武帝司馬炎最小的兒子，排行第十八，是惠帝司馬衷的異母弟弟。懷帝即位後，司馬越大權獨攬，殺戮朝臣，大失人心，各方紛紛起兵討伐。三一〇年司馬越以討伐漢國（匈奴人劉淵所建，五胡十六國之一，又稱漢趙或前趙）為名，帶領大批軍兵及王公大臣離開洛陽，幾乎帶走了晉

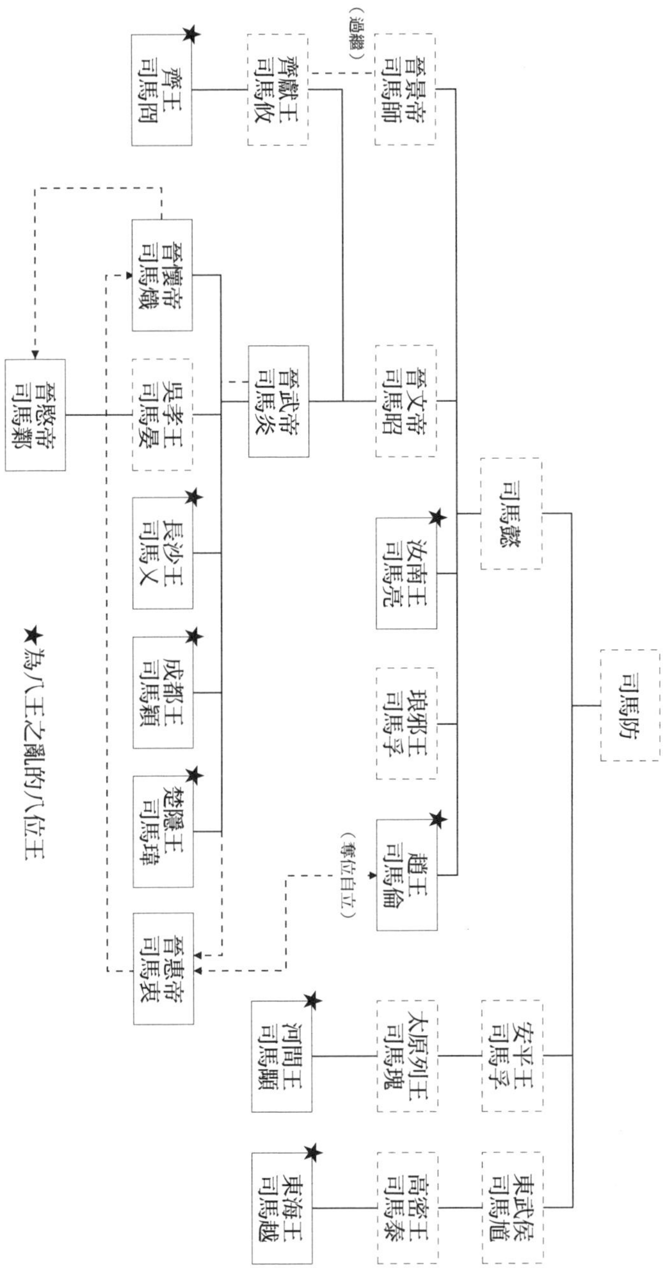

西晉皇帝世系及八王之亂的八王

朝還剩下的所有菁英，留下少數部將及懷帝、世子等人留守京城。三一一年懷帝下詔討伐，司馬越在項城憂病而死，他的部下和石勒（羯胡人，建立後趙，五胡十六國之一）在寧平城大戰，晉軍大敗，幾乎全軍覆沒，至此西晉再沒有能戰的部隊。

三一一年漢趙劉淵的兒子劉聰率軍攻入西晉首都洛陽，掠奪皇宮所有婦女及所有金銀財寶。晉懷帝司馬熾在逃往長安途中被俘送往平陽，三一三年被漢趙皇帝劉聰毒死，死時年二十九歲，在位四年餘，謚號孝懷皇帝，無廟號。

晉懷帝死後，侄子司馬鄴被晉朝的大臣荀藩扶持，在長安登上了皇位，為晉愍帝。司馬鄴是武帝司馬炎的孫子，父親是吳孝王司馬晏。司馬鄴即帝位時的西晉王朝已經名存實亡，無一兵一卒可用。三一六年九月漢趙劉聰命劉曜攻陷長安，晉愍帝被圍困小城，在爆發饑荒的城中死守兩個月後，終因斷糧而不得不出城投降，之後被劉曜送往平陽，封懷安侯，西晉滅亡。三一七年劉聰命令司馬鄴穿戎裝為他開路加以羞辱，讓百姓聚集觀看，有西晉遺民為之流淚，劉聰感到厭惡，於是殺了愍帝司馬鄴。司馬鄴死時十八歲，在位三年餘，謚號孝愍皇帝，無廟號。噩耗傳到建康，司馬睿遂在眾人勸進下即帝位，建立東晉。

西晉自司馬炎篡位到司馬鄴被殺，短短五十三年共五位皇帝，包含奪

皇帝	終年	在位	直接死因	死亡背景因素
晉武帝　司馬炎	53.9	24.3年	病死	
晉惠帝　司馬衷	47.9	17.6年	被毒死	被東海王司馬越挾持毒死
趙王　司馬倫	61	69天	被殺	自行稱帝兵敗被殺
晉懷帝　司馬熾	28.7	4.5年	被毒死	被趙漢皇帝劉聰俘虜毒死
晉愍帝　司馬鄴	17.6	3.5年	被殺	被趙漢皇帝劉聰俘虜殺死

表4.1：西晉皇帝死因

取皇位自立為帝的司馬倫。從司馬懿在曹魏晚期冒出頭，歷三代（司馬懿、司馬師和司馬昭兄弟、司馬炎）奪取了曹魏政權，也不過傳了三代（司馬炎、司馬衷和司馬熾兄弟、司馬鄴，不算奪位自立的司馬倫）就丟了國家，報應還得還真快。

五位皇帝中四人被殺，還有兩人是被外族（劉宋）入侵俘虜後殺害，幾乎是歷朝歷代最慘。扣除短暫稱帝的司馬倫，其他四位皇帝平均年齡三十七歲，低於全部皇帝的平均數，而且各皇帝的生命越來越短，終局皇帝司馬鄴只活了不到十八年，真是一代不如一代。除了第一代篡位皇帝司馬炎荒淫奢縱的過了一些好日子之外，其他諸位皇帝可說是顛沛流離，困頓不安。

總結而言，西晉的皇帝是苦命的。國力衰弱是形成悲劇的原因，而國力衰弱的原因則出在選了一個不稱職的皇帝，以及歷史課本上一直重複出現的外戚干政，引發的八王之亂，不但喪命失國，還造就了異族外患入侵的養分，五胡亂華、晉室東遷、民生塗炭，使中原變色。

東晉

西晉在八王之亂後國力大衰，懷帝和愍帝更在異族入侵時相繼被俘遇害，西晉亡，琅邪王司馬睿在建康（今南京）先稱王後稱帝，開啟東晉王朝。這時北方進入了五胡亂華的時代，十餘個地方割據政權此起彼落，除了相互攻擊以爭天下之外，有事沒事也會渡過長江騷擾位在江南的東晉。

東晉第一位皇帝司馬睿是司馬懿的曾孫，琅邪武王司馬伷的孫子，琅邪恭王司馬覲的兒子，被晉武帝司馬炎收養為嗣子，但在皇室中地位並不突出。司馬睿在二九〇年承襲琅邪王爵位，曾經參與討伐成都王司馬穎的戰役，作戰失利離開洛陽，回到封地琅邪。晉懷帝司馬熾即位後，司馬睿被封為安東將軍、都督揚州諸軍事，後來在地方世族王導的建議下前往建康，結交江東大族。三一一年懷帝被俘遇害後，愍帝司馬鄴即位，封司馬睿為丞相、大都督，督導中外諸軍事。愍帝被俘後，晉朝親貴和江東大族敦請司馬睿登帝位，司馬睿謙辭不受，暫領晉王。三一八年愍帝死後百官勸進，才就了帝位，為晉元帝，封王導為丞相。

東晉本身並沒有強大的實力，主要是憑著長江天險，偏安江南。另外則依賴王導號召南遷避難的中原人士，並聯合南方各大家族，才得以支持。但南遷的北方家族和當地世家大族之間時常發生衝突，內亂頻生，導致東晉的政權並不穩定。

不同於其他朝代的開國皇帝，元帝司馬睿在眾人擁立下成為皇帝，本身並沒有什麼軍功實力，大權掌握在王導和堂兄王敦手中。王導是江東望族琅邪王氏，娶了晉武帝司馬炎的女兒襄城公主為妻，和王敦一個掌政、一個管軍，與司馬睿共治天下。司馬睿雖不致淪為傀儡，但大權旁落也心有不甘，曾圖謀削弱琅邪王氏的力量。被王敦知道後在三二二年起兵謀反，攻入建康，殺害了司馬睿身邊的重臣。但王敦也無力消滅東晉司馬氏取而代之，最後採取與司馬睿和平共存的方式，但大權盡在王氏手中。司馬睿受王氏壓抑，三二三年因憂鬱過度而過世，死時年四十七歲，在位近六年，諡號元皇帝，廟號中宗。

司馬睿死後長子司馬紹即帝位，是為晉明帝，由司空王導輔政。司馬紹自小聰慧，深受父親司馬睿寵愛。即位後重用劉隗、刁協等人，試圖削弱琅邪王氏勢力。王敦手握軍隊大權，早有不臣之心，和司馬紹鉤心鬥角相互試探，最後王敦起兵但被擊敗。王敦被滅後，司馬紹重新整頓官吏，消除王氏家族的勢力，東晉原本衰弱的皇權也在他手上逐漸加強。有人稱司馬紹是東晉難得的明君，但在位期間很短，三二五年司馬紹病逝，年二十七歲，在位不到三年，諡號明皇帝，廟號肅祖。

司馬紹死後皇太子司馬衍即皇帝位，是為晉成帝，年僅五歲，由母親皇太后庾文君臨朝稱制，七位顧命大臣輔政。輔政大臣中書令庾亮以國舅身分主政，力壓琅邪王氏家族代表人物王導，獨攬大權，排除異己，引發眾怒。三二八年，平定王敦之亂有功的大將蘇峻以誅殺權臣庾亮為由率軍起義，攻入建康。叛軍進城後，直入皇宮燒殺搶掠，太后庾文君自盡，成帝被迫遷居至石頭城，遭到拘禁虐待，幾至食不果腹。三二九年在王導主導下，以陶侃為首的軍隊平定了蘇峻之亂，迎成帝回京。

蘇峻之亂後，朝廷大政就由王導主導，庾亮因參與平定蘇峻之亂有功，領豫州刺史出鎮蕪湖，主掌軍事。王導和庾亮一掌政一管軍，雖然二人互有意見，但仍和平相處。庾亮掌兵期間曾有意北伐，但被後趙石虎搶先出擊，庾亮所倚的重鎮邾城被攻陷，北伐流產未能成行。

三四二年成帝司馬衍患病，兩個兒子年幼（長子司馬丕一歲，次子司馬奕不到一歲），在大臣庾冰等人的建議下，改立弟弟琅邪王司馬岳為儲君，成帝死後即帝位，是為晉康帝。封成帝兩位幼子司馬丕為琅邪王、司馬奕為東海王。

成帝司馬衍五歲即位，二十一歲去世，在位十六年餘，謚號成皇帝，廟號顯宗。他在位期間大都是別人在主持朝政，早期是庾亮和庾太后，晚期則是王導和庾亮，有人說他是一生傀儡。好在這些輔政的人都沒有篡位的野心，才能平安下莊。

司馬岳繼皇兄司馬衍大統即皇帝位，可惜天不假年，在位兩年多就病死了，年二十三歲，謚號晉康帝，無廟號。司馬岳在位只有短短兩年，沒有太大政績。倒是他的書法造詣很深，頗有名氣，代表作《陸女帖》被收進宋代《淳化閣帖》，後世譽為中國法帖之冠。

司馬岳病重期間掌權的庾冰和庾翼領兵在外，在朝大臣擁立司馬岳年僅兩歲的長子司馬聃為太子，庾冰和庾翼雖然反對，認為應該找一位年紀比較大的皇族立為太子，但鞭長莫及，於是司馬聃被立為太子，司馬岳死後繼位，是為晉穆帝。

司馬聃即位，年僅二歲（虛歲，實歲僅剛滿一歲），母后褚蒜子晉升為皇太后，臨朝稱制。三五四年征西將軍桓溫北伐關中，大敗前秦，還消滅了在四川立國的成漢，奪回洛陽，東晉局勢較穩定。三五七年司馬聃十五歲，褚太后退居崇德宮，還政於司馬聃。沒想到司馬聃親政沒幾年也因病去世，死時年十九歲，在位十六年餘，諡號穆皇帝，廟號孝宗。

司馬聃沒有兒子，眾大臣迎立晉成帝司馬衍的長子琅邪王司馬丕即位，是為晉哀帝。本來成帝司馬衍死後就該司馬丕繼位，但因為年紀太小，被權臣庾冰所阻，改由康帝司馬岳繼位，政權繞了一圈又回到司馬衍家族手中。

司馬丕即位，大將桓溫當國，司馬丕形同傀儡。司馬丕不理政事，卻迷上了長生術，遵從道士傳授的長生之法，斷穀、服丹藥，結果受藥性影響不能聽政，褚太后再次臨朝。三六五年因藥物中毒死於太極殿，年二十四歲，在位四年，諡號哀皇帝，無廟號。

晉哀帝去世，沒有子嗣，由褚太后主導立哀帝的弟弟琅邪王司馬奕為帝，兄終弟及，褚太后繼續臨朝攝政，軍政大事一決於桓溫。桓溫早有不臣之心，打算篡位自立。多次北伐立功，但有成有敗，沒有能取得壓倒性的聲勢以取代司馬氏，於是打算先行藉廢立之事來立威。但司馬奕素有德才，沒犯什麼大的過錯，三七一年桓溫假稱司馬奕不能人道，先廢為東海王，之後再貶為海西縣公。連司馬奕所生的三個兒子，都宣稱是後宮穢亂所生，加以殺害。

司馬奕被貶後遷居吳縣，當時東晉局勢混亂，不滿桓溫執政的人到處起兵叛亂，其中有人打出司馬奕的名號以招攬人心。司馬奕為了防止受到牽連，深居簡出，大門緊閉，不敢結交任何人，謹慎求存，避免猜忌受到牽連。整日飲酒作樂、放浪形骸以求避禍，最後病死，算是得到善終，但也只活到四十五歲，在位不滿七年，無謚號、無廟號，史稱晉廢帝。

桓溫廢了司馬奕，改立丞相司馬昱為帝，是為晉簡文帝。司馬昱是東晉開國皇帝晉元帝司馬睿的第六子，晉明帝司馬紹的弟弟，論比序高司馬奕兩輩。司馬昱從晉穆帝司馬聃時代開始便參與朝政，輔佐穆帝司馬聃，到廢帝司馬奕時位居丞相，即帝位時已五十歲。

司馬昱即位，他的哥哥武陵王司馬晞（元帝第四子）頗有軍事才幹，遭到桓溫所忌諱，誣陷司馬晞謀反要求免去他的官職，並上奏請誅司馬晞。在威逼之下，司馬昱下手詔給桓溫，表明如果你覺得晉室大勢已去，我就退位讓賢，擺明了要篡就篡吧。桓溫看了不敢再進逼，改為上奏請廢掉司馬晞和他三個兒子的爵位，並流放家屬。

桓溫幹了廢立皇帝的大事，威勢達到顛峰，不過仍受制於以王坦之為首的太原王氏及謝安為首的陳郡謝氏世族力量，有篡位的心但不能得逞。而司馬昱雖貴為天子，其實如同傀儡皇帝，憂憤得病。三七二年病危，臨終前遺詔依周公先例對桓溫說：「少子可輔者輔之，如不可，君自取之。」但左將軍王坦之反對，司馬昱對王坦之表示：晉朝天下只是因為好運而得到的（指司馬炎篡曹魏），失去也不為過。但王坦之卻說，晉室天下，是武帝司馬炎和元帝司馬睿所建立的，又怎由得陛下你專斷獨行！於是司馬昱改遺詔立兒子司馬曜為太子，仍請桓溫輔政。三七二年司馬昱病逝，死時年五十二歲，在位不到一年，謚號簡文皇帝，太宗廟號。

司馬昱死後太子司馬曜即位，年十一歲，是為晉孝武帝。司馬曜即位沒多久，桓溫就去世了，群臣便上奏請褚太后再度臨朝聽政。這位太后仍是褚蒜子，晉康帝司馬岳的皇后，算來已歷經六位皇帝，三次臨朝，臨朝稱制總共約四十年。褚太后幼年時候家教很嚴，從小就見識開闊，氣度寬宏，輔政期間協助維持不穩定的東晉政權，頗獲後世好評。

三七六年司馬曜十五歲，太后還政給皇帝，司馬曜開始親政。他銳意改革，並大力加強皇帝的權力和地位，史載他「威權己出」，扭轉了東晉自晉明帝司馬紹死後皇權旁落的局面。

三八三年北方前秦苻堅進攻東晉，試圖消滅長年偏安的東晉，結果在淝水之戰中，晉軍大勝。司馬曜趁著前秦崩解的契機北伐，陸續收復了黃河以南的部分土地，使得三九〇年代的東晉達到了自晉元帝以來的最大版圖。但是連年征戰，遽增的兵役賦稅使人民痛苦難當，既疲又怨。

司馬曜即位初期謝安當國，由於稅賦改革得當，政風丕變，被稱為東晉後期的復興；但是謝安死後，司馬曜的弟弟司馬道子當國，而司馬曜本人則在北伐成功後開始嗜酒，「醒日既少」，連帶導致「刑網峻急，風俗奢宕」，國力開始衰弱。

三九六年，司馬曜對他當時寵信的張貴人開玩笑說：「你已經快要三十歲了，按年齡應該要被廢棄了」，當晚張貴人一怒之下殺了司馬曜，死時三十五歲，在位二十四年餘，諡號孝武帝，廟號烈宗。

孝武帝司馬曜死，其子司馬德宗繼位，是為晉安帝。司馬德宗本性笨拙，連話都說不清楚，朝廷的權力實際上由當朝大臣掌握，沒有一道詔旨、一個行動是出自安帝自己的意思。初期朝廷主要由會稽王司馬道子主持，司馬道子的寵臣王國寶亂政，前將軍王恭兩度興兵討伐，司馬道子雖賜死王國寶，但因而與王恭結怨。後來司馬道子的兒子司馬元顯平定王恭之亂，朝政改由司馬元顯掌握。桓玄（桓溫之子）因參與王恭之亂，且不服朝廷調度，四〇二年司馬元顯出兵討伐桓玄，但打不過桓玄，為桓玄所敗，朝政從此轉歸桓玄掌握。

四〇四年一月桓玄篡位，建立桓楚政權，廢安帝為平固王。兩個月後北府將領劉裕等人藉平亂舉兵進攻建康，桓玄軍隊不敵撤到尋陽，隨即又挾持安帝退至江陵，後逼令安帝隨軍在崢嶸洲與劉毅等軍決戰。桓玄再敗於劉毅，率敗軍及安帝退還江陵，隨後被殺，安帝於江陵復位。不久桓玄餘部桓振率領桓楚殘部進襲江陵，安帝再度被俘。四〇五年晉軍收復江陵，安帝再度復位，隨後回到建康，期間劉裕打敗劉毅，掌握朝權。

內亂不休的東晉朝廷因而無力守衛北方領土，北朝的後秦及南燕攻占了淮水以北的大部分土地。在劉裕主政之下，東晉於四〇九年出兵進攻南燕獲勝、四一二年消滅了另一股勢力劉毅、四一三年收復蜀地、四一五年再滅了政敵宗室司馬休之、四一六年北伐後秦重奪關中，戰績輝煌。

四一八年劉裕班師回朝，重兵在手，大權在握，受封十郡宋公。此時劉裕已有篡逆之心，但民間流傳有「昌明之後有二帝」的預言，認為晉孝武帝（司馬曜字昌明）之後還會有兩位皇帝，此時篡位不吉。於是授意中書侍郎王韶之在四一九年初殺了安帝司馬德宗，改立其弟司馬德文繼位，是為晉恭帝。司馬德宗死時三十七歲，在位二十二年餘，諡號安皇帝，無廟號。

四二〇年劉裕比照晉武帝篡曹魏先例，指示大臣規勸司馬德文行禪讓之事，司馬德文認為桓玄篡位時晉便該亡了，是劉裕給救回來的，讓位給他也理所當然，欣然接受。劉裕進帝位，國號宋，開啟南朝的第一個政權，東晉亡，進入南北朝時期。隔年劉裕還是派人殺了司馬德文，司馬德文死時年三十六歲，在位一年餘，諡恭皇帝，無廟號。

東晉自司馬睿立國到司馬德文讓位，總計一百零二年，歷十一帝。死時年齡都不大，活最長的簡文帝司馬昱五十二歲，之外活超過四十歲的只有兩位。廢帝司馬奕讓出了皇位，得以活到第二高壽的四十六歲，另一位讓位（被篡）的晉朝末代皇帝司馬德文即使讓了位也不能免於被殺，幸與不幸間，只能感嘆造化弄人。

十一位皇帝中被殺的有三位，安帝還多次被俘被廢，命運坎坷。被視為正常病死的只能算五位，之

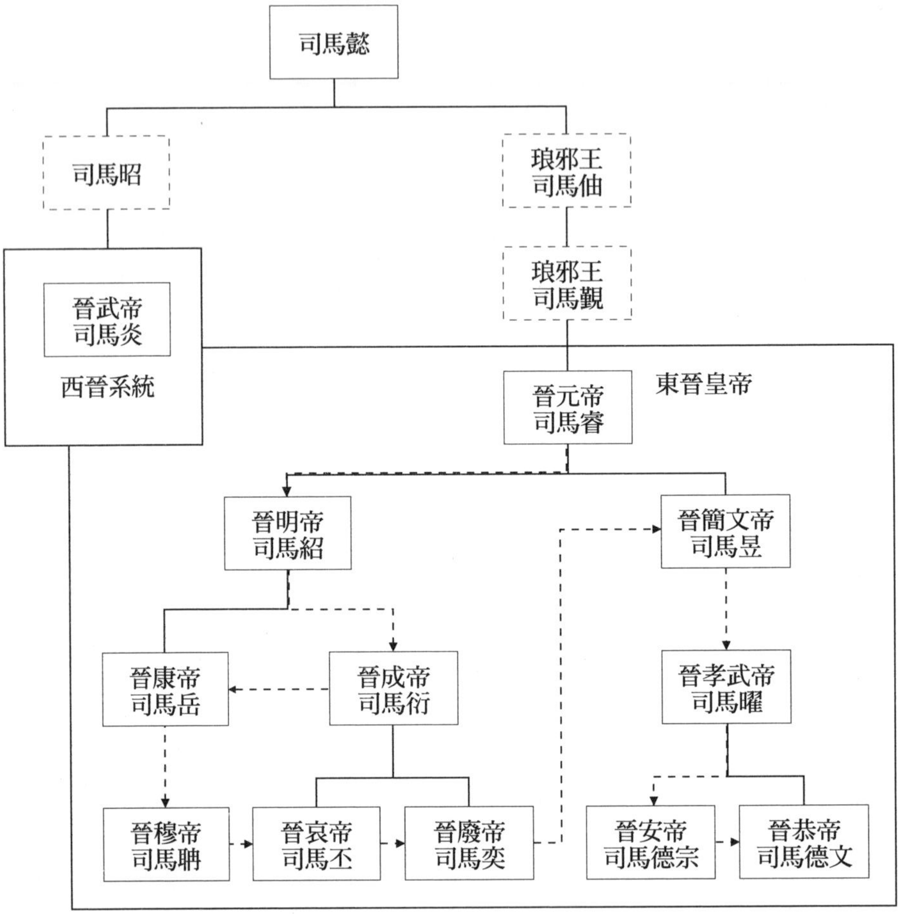
司馬懿
司馬昭
琅邪王
司馬伷
琅邪王
司馬覲
晉武帝
司馬炎
西晉系統
東晉皇帝
晉元帝
司馬睿
晉明帝
司馬紹
晉簡文帝
司馬昱
晉康帝
司馬岳
晉成帝
司馬衍
晉孝武帝
司馬曜
晉穆帝
司馬聃
晉哀帝
司馬丕
晉廢帝
司馬奕
晉安帝
司馬德宗
晉恭帝
司馬德文

東晉皇帝世系圖

外還出了一位白癡皇帝司馬德宗，其他雖非他殺，但二位受權臣壓抑，一位迷信丹藥藥物中毒，都不算善終，再次證明皇帝不是好幹的。

雖然史書記載因抑鬱而終、憂憤而死的只有兩位，但其實東晉大多數皇帝都是在權臣的陰影下度日。倒數第二位皇帝，晉安帝司馬德宗在位二十二年，被四任朝臣掌控，先是司馬道子、再是司馬元顯、然後是桓玄和劉裕，一生沒有按自己的旨意下過一道命令，完全是別人手中的傀儡。還短暫的被桓玄所篡，再被挾持東奔西躲，還真命苦。

晉朝皇室南遷其實是逃難來的，之所以能立國，不是因為本身的實力，很大的原因是來自地方勢力的支持，於是形成了所謂的門閥政治。晉朝推行九品中正制，希望透過官員推舉查核來選拔官員，避免壟斷，立意甚佳。但在操作上，則容易讓有名望的家族人士比一般人有更高的優先機會被推舉入朝為官，使世家大族不斷的累積坐大，形成高門大戶。皇室為了維持政局安定，必須和這些高門大戶相互妥協，甚至形成共治。早在晉元帝司馬睿

皇帝	終年	在位	直接死因	死亡背景因素
晉元帝　司馬睿	46.6	5.7年	病死	受琅邪王氏壓抑，抑鬱而終
晉明帝　司馬紹	26.3	2.8年	病死	
晉成帝　司馬衍	20.7	16.8年	病死	
晉康帝　司馬岳	22.3	2.3年	病死	
晉穆帝　司馬聃	18.0	16.7年	病死	
晉哀帝　司馬丕	23.8	3.8年	病死	迷信方士丹藥，中毒而死
晉廢帝　司馬奕	44.4	6.8年	病死	被權臣桓溫所廢後病死
晉簡文帝　司馬昱	51.2	0.7年	病死	被權臣桓溫所逼憂憤而死
晉孝武帝　司馬曜	34.4	24.2年	被殺	寵妃張貴人擔心被廢殺之
晉安帝　司馬德宗	36.6	22.2年	被殺	劉裕欲篡位先行殺害
晉恭帝　司馬德文	35.4	1.4年	被殺	劉裕欲篡位後殺害

表4.2：東晉皇帝死因

時便有所謂「王與馬，共天下」的說法，指的就是琅邪王氏和皇帝司馬氏共分天下。

東晉當權的門閥世族主要有琅邪王氏（王導和王敦）、潁川庾氏（庾亮、庾冰、太后庾文君）、譙國桓氏（桓溫、桓玄）、陳郡謝氏（謝安、謝石）和太原王氏（王坦之、王國寶）等。活在這些權臣的陰影下，皇帝的日子顯然不會太好。另外這些門閥大戶除了和皇帝分權之外，彼此間也相互競爭，形成制衡，沒有人能夠一家獨大，篡滅皇室（除了自不量力的桓玄之外），也是皇室得以平穩傳遞的主要原因。

直到劉裕這個平民出生的大將，因戰功取得權勢，才打破了門閥世族的壟斷，敢於並成功的篡奪皇位。在奪取皇位之後，便對司馬氏採取滅門的行為，為的就是怕門閥世家藉深厚勢力復活，奪回政權。

四二〇年劉裕篡晉，成立宋國，東晉亡，晉朝（西東兩晉）結束。同一時間五胡十六國接近尾聲，北魏拓跋氏逐步統一北方，和劉宋對峙，正式進入了南北朝時代，歷史進入新的篇章。

第五章　五胡十六國

東晉失國除了本身王朝的興衰之外，更嚴重的影響了中原百姓的命運，大量的死亡和遷移，面目全非。之前的「八王之亂」屬晉朝王室內鬥，接下來的「永嘉之亂」則是外族入侵，而後陷入五胡亂華時代。

五胡指中原大地北方的五支少數民族。胡人原是中原對匈奴的稱呼，匈奴是亞洲大陸北部的遊牧民族在漠北建立的部落聯盟國家，據傳遠祖可以追溯到夏禹。在中國歷史記錄中首次出現，是春秋戰國時期參與韓、趙、魏、燕、齊五國攻秦的戰爭（公元前三一八年），到了戰國時代末期，北方遊牧民族在塞外相互結盟，結合成跨民族聯盟，演變為月氏、東胡與匈奴三大勢力，後來被匈奴統一。這些外族勢力不時侵擾中原，成為中國北方的邊患，於是秦漢時期開始修築長城以防禦匈奴。

漢朝和匈奴之間時有戰爭，匈奴也多次分分合合。東漢時匈奴分裂為南北兩部，南匈奴歸附漢朝，北匈奴遭東漢擊敗，遷往中亞草原。東漢以至曹魏時期考慮國力問題，開放匈奴人進入長城內居住，但入境的匈奴人長期遭到欺壓，與中原人關係並不融洽。

八王之亂期間，各王為擴充實力，開始向北方少數民族匈奴、烏桓、鮮卑等借兵。南匈奴冒頓單于的後裔劉淵在晉惠帝司馬衷執政期間曾在朝為官，被賦予統率匈奴五部軍事的大權。劉淵在八王之亂期間依附於成都王司馬穎，在司馬穎兵敗後返回匈奴，被推舉為單于。三〇四年劉淵稱王，在平陽建國，國號「漢」（為與李雄建的成漢區別，稱為「前漢」。又因其後代劉曜改國號為「趙」，又稱「前趙」或「漢趙」），設置百官，建立一個脫離西晉朝廷的獨立政權，被標定五胡亂華的開端，當時是晉惠帝司馬衷在位。

之所以稱國號漢，是因為劉淵自認有漢朝後裔的血統（漢高祖在和親政策下曾將宗室之女嫁給冒頓單于，並約為兄弟），並企圖表示承繼大漢的正統地位（漢朝既滅，兄終弟及）。不但為東西兩漢的八位皇帝設了牌位加以祭拜，還追尊蜀漢後主劉禪為孝懷皇帝（劉禪投降曹魏後封安樂公，曹魏沒有給予皇帝地位的諡號），以號召民眾。劉淵稱王後多次征戰頗有斬獲，勢力不斷擴大，並且吸納同屬北方少數民族的鮮卑、氐等力量，占有冀州、徐州、青州等地，與西晉朝分庭抗禮，繼三〇四年稱王後在三〇八年稱帝，這時已是晉懷帝司馬熾執政期間。

在劉淵稱帝的同時，關中地區天災人禍不斷，民不聊生，大批民眾遷往巴蜀以求生存。其中有氐族人李特不甘心受到當地官員的驅趕，在綿竹收納流民，宣布起義。後來李特戰死，兒子李雄繼位，三〇四年在成都建立政權，兩年後稱帝，國號「大成」，史稱「成漢」。一年之內匈人劉淵和氐人李雄相繼建立政權對抗西晉，開啟了五胡亂華的時代。

三〇九年劉淵病逝，諡為漢趙光文帝，長子劉和繼位。不久在舅舅呼延攸等唆使下，試圖削奪劉聰（劉淵第四子）等人勢力，反為劉聰殺害，劉聰奪劉和皇位稱帝。劉聰是劉淵時期攻伐各方勢力的主力戰將，即位後派兵伐晉，攻破洛陽，在皇宮內縱兵搶掠，盡收皇宮中的宮人和珍寶，又大殺官員和宗室，俘擄晉懷帝司馬熾和羊皇后，史稱「永嘉之亂」（永嘉為晉懷帝的年號）。

三一三年晉懷帝司馬熾遭劉聰殺害，在長安的太子司馬鄴即位，是為晉愍帝。劉聰再派兵伐長安，

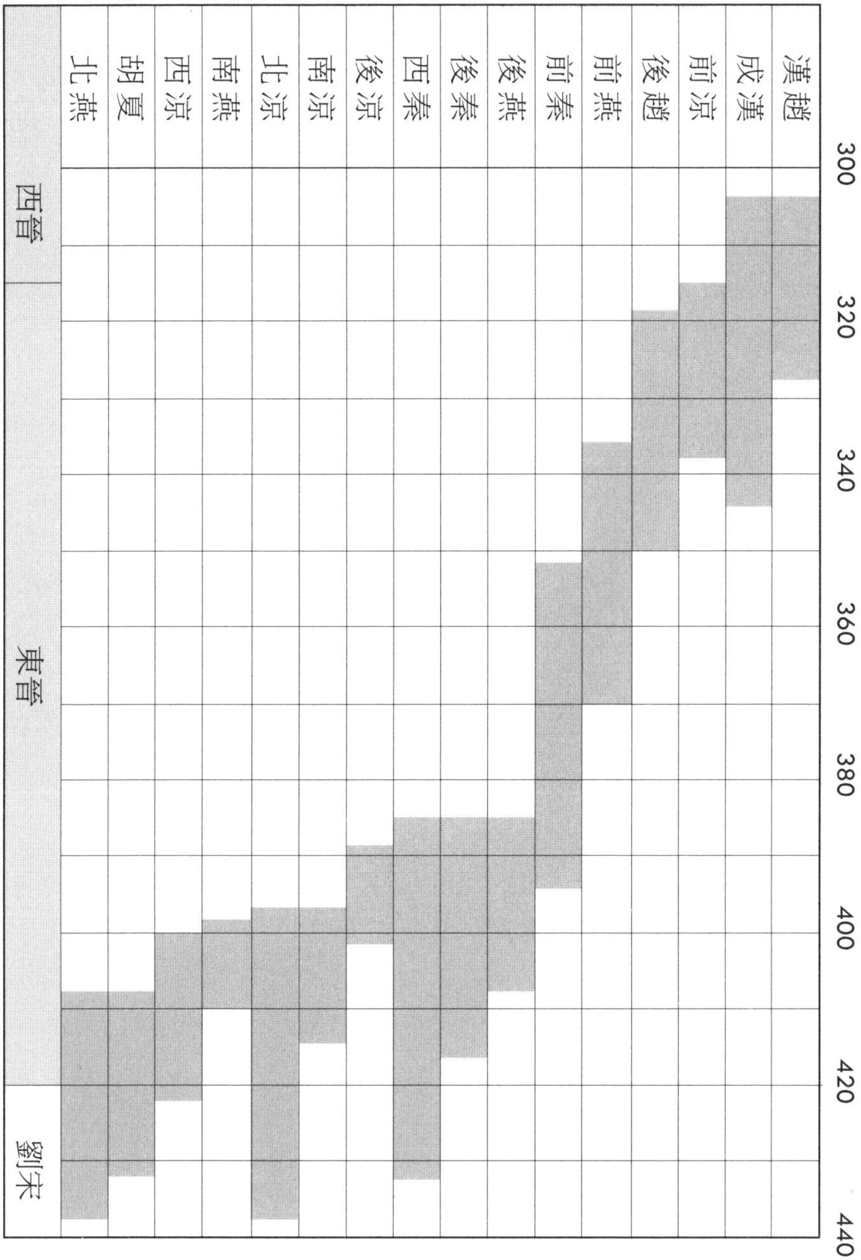
漢趙
成漢
前涼
後趙
前燕
前秦
後燕
後秦
西秦
後涼
南涼
北涼
南燕
西涼
胡夏
北燕
西晉
東晉
劉宋
300
320
340
360
380
400
420
440

五胡十六國時序圖

最後攻占長安並圍困愍帝。愍帝死守兩個月後出降，被送至平陽，西晉正式滅亡，三一八年愍帝被劉聰殺害。

除了漢（漢趙）和成漢之外，西晉駐守西涼的大將張軌也在西晉滅亡之後據地稱雄，成為獨立政權，三一四年張軌的孫子張駿稱王，建國「涼」，史稱「前涼」。另有北方鮮卑人拓跋猗盧原效忠於西晉，對抗匈奴和羯族，被愍帝封為代公，愍帝死後自立為王，三一五年建立「代」國。

劉聰晚期耽於逸樂，不理朝政，放任大臣擅權，內部多有混亂，太子、太弟更迭不斷，朝政廢弛。三一七年西晉王室司馬睿在建康稱晉王，三一八年愍帝死訊傳到江東，司馬睿進帝位，東晉王朝開始。同年劉聰病死，太子劉粲繼位。劉聰的老丈人匈奴貴族靳準叛亂殺死劉粲奪權，鎮守長安的劉聰族弟劉曜得知都城平陽有變，自立為皇帝，並派遣軍隊攻平陽，滅靳氏。三一九年劉曜在長安將國號由「漢」改為「趙」，史稱「前趙」或「漢趙」。

與此同時，劉聰的另一位大將石勒（羯族人）也以討伐靳準為名，率軍至平陽，一番爭戰後，平陽、洛陽以東的地區都落入石勒手中，石勒從前趙勢力中分離出來獨立為王，仍自稱「趙王」與劉曜的漢趙爭正統，史稱「後趙」。三二八年前後兩趙在洛陽決戰，石勒大敗劉曜，消滅了漢趙。三三〇年，石勒稱帝，立石弘為太子。這時的石勒其實基本上占領了北方大部分土地，與東晉形成南北對峙的局面。

石勒為羯族人，生性殘暴，立國後殺害漢人百姓，甚至將漢人視為羊（稱兩腳羊），吃人以補充軍糧。漢人百姓開始逃亡，人口銳減，後趙國力漸弱。石勒死後，石弘繼位，傳堂兄石虎，再傳石世。石世的哥哥石遵為了爭奪大位，結合石虎的養孫冉閔攻石世，並承諾取得大位後將傳給冉閔。但攻克石世後，石遵取得大位，卻不願外傳冉閔，另結合兄弟石鑒密謀除掉冉閔，反遭冉閔擊敗後殺害，冉閔改立石鑒為傀儡。但是後來冉閔還是殺了石鑒，三五〇年自立政權，國號「魏」，史稱「冉魏」。冉閔繼續攻打後趙石氏殘餘人馬，後趙不敵，乃向鮮卑人遼東慕容氏的燕國，以及關中氐族人苻洪求援，讓兩國有機會進入中原爭奪天下。

遼東慕容氏於三三七年建立燕國，史稱「前燕」，其君主慕容皝應後趙石氏之邀率先南下，擊敗冉閔，冉閔戰死，魏國亡，沒有被列入十六國之中。另一支氐人苻洪曾在前趙後趙兩朝任職，也應後趙之邀南下，在後趙被滅後自立。苻洪死後傳位其子苻健，三五一年占據關中稱王，國號「大秦」，史稱「前秦」。後趙滅亡後，中原北方變成前燕和前秦互爭天下，加上江南的東晉，形成三強分立，彼此攻伐，維持了許多年。

此期間偏居江南的東晉也有人心懷故土倡議北伐。以聞雞起舞而知名的祖逖是東晉北伐的主要將領，他曾經率軍收復黃河以南部分地區，但由於東晉內部出現糾紛，朝廷又擔心他功高震主，沒有給予全力支持，以致收穫有限。

前秦自苻洪三傳到苻堅手中，承繼大秦王位（稱大秦天王，未稱帝），在漢人王猛的輔佐下，國力蒸蒸日上。前燕重臣慕容垂在與東晉之戰獲利後遭到猜忌，被迫叛前燕投向前秦。前秦苻堅藉機率部攻前燕，三七〇年攻下鄴城，前燕滅亡。於是前秦一支獨大，再滅了代國和前涼，北方出現一統局面，形成前秦和東晉隔江對峙的局面。苻堅的野心指向了東晉，企圖完成大一統。三八三年苻堅不顧眾臣反對，帶著號稱投鞭足以斷流的八十萬大軍南下，結果卻在淝水之戰遭到東晉謝玄所領導的北府兵頑強抵抗，兵敗潰逃，經此重創再也無力統一全國。

前秦戰敗後元氣大傷，苻堅於三八五年被羌族人姚萇殺害，原先被前秦武力收服的各部族紛紛反叛獨立，中國北方由前秦一統的局面被破壞，重新陷入分裂混亂的局面。

前燕慕容垂率先發難，回到鄴城召集舊部重建燕國，史稱「後燕」。慕容垂的侄子慕容泓也在山西獨立，史稱「西燕」。北方當初受到苻堅武力鎮壓的代國，其領袖鮮卑拓跋珪也決定復國，從蒙古南遷，建立「北魏」，也就是後來終結五胡十六國的王國。

慕容垂先滅西燕，再攻北魏，但敗於北魏。慕容垂的弟弟慕容德趁機占領河南、山東和江蘇部分地區，自立為王，史稱「南燕」，與後燕並立。後燕在慕容垂死後其幼子慕容熙繼位，暴虐無道，荒誕無情，被權臣慕容雲和馮跋消滅。慕容雲為慕容氏養子，本姓高，殺死慕容熙後改回高姓，稱高雲，四〇七年篡奪燕國，史稱「北燕」。

而殺了苻堅的羌族人姚萇則遷往渭北，也定都北地自立為王，號稱萬年秦王，史稱「後秦」。前秦大將、隴西鮮卑人乞伏國仁也獨立稱王，定都金城，仍延續秦的國號，史稱「西秦」。

位於西域的前秦另一名大將呂光，在悼祭苻堅後也自稱天王建立大涼，史稱「後涼」。各國之中以姚萇建立的後秦勢力最強，三九四年滅了前秦、四〇〇年滅西秦、四〇三年滅後涼，統一關中地區。但後秦內部因為族裔問題產生分裂，匈奴人赫連勃勃再獨立出大夏，史稱「胡夏」。四一六年後秦再發生叛亂，東晉派劉裕北伐，攻破潼關，後秦末帝姚泓投降，被劉裕處死，後秦滅。

四二〇年劉裕篡了東晉，改國號「宋」，史稱「南宋」，東晉滅亡，為南朝的開端。四三六年北魏滅北燕，隨後逐次滅了北涼、西涼等國，在四三九年重新統一北方，結束了五胡十六國的亂局。北魏和占領南方的宋國對峙，開啟了南北朝時代。

五胡原指匈奴、鮮卑、氐、羌、羯五個北方少數民族，實際上入侵中原華夏的還包含了丁零、烏桓、鐵弗、盧水胡、九大石胡、高勾麗等部族。十六國則指五胡亂華期間北方冒出的地方政權，也不

國名	民族	君主人數	建國君主	期間	年數
漢趙	匈奴	6	劉淵	漢304年－318年 趙318年－329年	26年
成漢	氐	5	李雄	成304年－338年 漢338年－347年	43年
前涼	漢	8	張寔	314年－376年	63年
後趙	羯	6	石勒	319年－351年	33年
前燕	鮮卑	3	慕容皝	337年－370年	34年
前秦	氐	6	苻健	351年－394年	44年
後燕	鮮卑	7	慕容垂	384年－407年	24年
後秦	羌	3	姚萇	384年－417年	34年
西秦	鮮卑	4	乞伏國仁	385年－400年 409年－431年	39年
後涼	氐	4	呂光	389年－403年	14年
南涼	鮮卑	3	禿髮烏孤	397年－414年	18年
北涼	盧水胡	3	段業	397年－439年	41年
南燕	鮮卑	3	慕容德	398年－410年	13年
西涼	漢	3	李暠	400年－421年	22年
胡夏	匈奴鐵弗	3	赫連勃勃	407年－431年	25年
北燕	高句麗	3	慕容雲	407年—436年	30年

表5.1：五胡十六國名稱和時期

只十六國。維基百科列出的五胡十六國時期地方政權年表中列出了六十二個割據勢力，北魏史學家崔鴻以其中十六個國家撰寫了《十六國春秋》，包含五涼、四燕、三秦、二趙，加上成漢、胡夏為十六國，因此又稱這個時期為五胡十六國。

五胡亂華雖然是中華歷史上不可忽略的一章，但割據勢力太多，興替太快，有的稱王、有的稱帝，但各自據有一方之地、管理一個國度，則是相同的。在正史中五胡十六國的資料大多在唐朝官方編輯的史書《晉書》中，但都記錄在「載記」中，而非本紀，故不被視為正統。依據《漢典》的說明：「載記指舊史為曾立名號而非正統者所作的傳記，以別於本紀和列傳。」所以五胡十六國的君主也不納入本書統計中，僅以國（王朝）為單位列表提供參考，有興趣的讀者可以自行上網蒐尋相關資料。

五胡亂華的影響是多面向的，《晉書》指出，由於諸胡入侵中華大肆殺戮，造成中原平民百姓巨幅減少，漢人大規模渡河南遷建立東晉，中華正統政權移到江東，或稱江南。

以匈奴為主的北方少數民族，遊牧為生，善於騎射，戰鬥力遠超過中原漢族。但生性野蠻，對非同族人尤其殘忍，其中又以羯族、白種匈奴、鮮卑族三族最為凶惡，甚至有吃人的習慣。在亂華期間的戰爭，一場戰爭殺人動軏數萬，乃至十餘萬。羯族更稱漢族女子為「雙腳羊」，夜間姦淫，白天則宰殺烹食，傳說中曾有幾十萬漢人全部被當軍糧吃掉的記錄。

胡人的命也好不到哪裡去，在前秦之前，由於相互攻殺，導致遊牧民族和漢族的人口大幅減少。冉魏的冉閔也曾經下殺胡令屠殺胡羯，造成二十餘萬胡人死亡，羯人滅族。石趙亡國時，漢族百姓和遊牧民族各自返回原住地，來往途中相互攻殺，加上糧食短缺，最終能夠返回家鄉的只有出發時的十分之三不到。戰爭殺戮，流離失所，結果是北方人口大幅減少，史稱十去其九，對經濟發展造成重大傷害。

此期間也形成了人口的大幅遷移。五胡十六國前期，西晉人民為了躲避戰亂開始南遷，其規模之大、持續時間之長是中華史上第一次，史稱「衣冠南渡」。一方面保留了東晉再生的契機，也帶動了南方的社會發展和經濟繁榮。

另外一個重大影響，則是文化的融合。北方遊牧民族占領原漢人的土地後，不少君主嘗試用漢人的制度來管理漢人，並大力推動胡人漢化。從最早的前漢（漢趙）及成漢取國名為「漢」，並沿用中原的官制，便可看出端倪。

漢趙劉淵在學習中華文化上頗下工夫，熟讀諸子百家和《史記》、《漢書》等華人文獻，並用於治國。後趙石勒也大力推行漢化，重用漢人的治理方略，設立太學傳授漢文化，並用儒家經學培養包含羯族子弟在內的人才，選拔官員。

前秦苻堅任用漢人王猛輔政，崇尚儒學，獎勵文教。王猛努力發展經濟，關中的農業、手工業和商業獲得恢復和發展，使得前秦國勢大盛。而五胡亂華的終結者，北魏王朝更是致力於漢化的典型代表，改革鮮卑舊俗，全面推行漢化，兼及文化與政治層面，甚至被南朝梁國的梁武帝稱讚其漢化程度更甚南朝。

胡人漢化的同時，漢人也在胡化。胡人的生活方式也漸漸對漢人產生影響，舉凡胡人的服裝、飲食、家具、音樂、舞蹈等，都開始進入漢人的生活。漢人更從胡人處學得牛羊馬匹的飼養、役使、製革、乳酪等技術，甚至騎射戰法也開始師法胡人以制胡人。胡漢相爭到胡漢相融，造成民族的融合，為後來華夏的大一統奠定了有利的基礎。

第六章　南朝：劉宋、南齊、南梁、西梁、南陳

南北朝時期，隔著長江華夏被分為兩個部分。北邊是五胡亂華之後由拓跋氏統一建立北魏政權開始，之後北魏被分為東魏和西魏兩國，又分別被北周和北齊所滅，一直到北周和北齊滅亡在隋朝手中為止。北方大亂的當下南方也沒閒著，鬧得比北方更厲害。南朝從劉裕篡了東晉，建立宋國（史稱劉宋）開始，之後劉宋被齊（南齊）取代，齊再被梁（南梁）取代，南梁分出個後梁，再由陳國（南陳）取代南梁，最終被隋文帝滅掉，統一華夏，結束了南北朝時期。本章先介紹南朝的盛衰與政權更替，北朝則留在下一章說明。

劉宋

南朝的第一個政權劉宋是劉裕所建。劉裕的家族是北方漢人，隨著晉室南渡來到江南，家境貧寒。劉裕出生後，母親便去世了，父親沒有能力撫養他，本來要被遺棄，幸而有別人援手才活了下來。早年以賣鞋為生，德行不修，被視為問題人物。長大後從軍，投入北府軍孫無終門下。

東晉末年士族和皇室、士族和士族之間衝突不斷，劉裕參軍後，在孫恩之亂和桓玄之亂建功，尤其

打敗桓玄迎回晉安帝司馬德宗，協助恢復東晉政權，在朝廷取得了重要地位，掌握大權。劉裕趁南燕內訌的時候出兵滅了南燕，隨後又平定了盧循之亂，再消滅了劉毅、諸葛長民及司馬休之等國內的政敵，鞏固了自己在東晉國內的地位。接著他又趁後秦內亂出師北伐，攻占了洛陽及關中地區。四一八年因戰功受封宋公並獲九錫，後來又進爵宋王，權傾天下。之後先殺害了晉安帝司馬德宗改立司馬德文，再威逼晉恭帝司馬德文禪位，篡奪了東晉政權，四二〇年稱帝建國，國號「宋」，史稱「劉宋」（用以區別後來趙匡胤建立的宋朝）。當時北方掌握在北魏手中，形成劉宋和北魏對峙，是南北朝時代南朝的第一個政權。

劉裕是平民出生，以戰功爭取天下，打破了魏晉以來世家大族包攬政壇的局面，開啟平民入朝為官的機會。即位後頗能體會民間疾苦，多有德政，對東晉以來積弊已久的政治、經濟狀況有所改善，世家大族也遭到整頓。在位期間不長，但為後世打下基礎，開拓了劉宋王朝之後的基業。但他一生爭戰，帝位可以說是踩著眾生的鮮血一路走出來的，包含先後曾經殺了六個皇帝（桓楚桓玄、南燕慕容超、西蜀譙縱、後秦姚泓、晉安帝司馬德宗、晉恭帝司馬德文），被譽為中國歷代最會打仗的皇帝。除了累積一身傷病未能長壽之外，也沒有時間教育後代，死後王朝也不得安寧。

四二二年劉裕即帝位兩年不到病逝，死時年五十六歲，諡號武皇帝，廟號高祖。劉裕死後長子劉義符繼承大統，劉裕遺命司空徐羨之、尚書僕射傅亮、領軍將軍謝晦及護軍將軍檀道濟四人為顧命大臣。劉裕一生爭戰，少有閒暇，到了四十四歲才生劉義符，非常寵愛。鑑於歷朝外戚干政導致動亂，劉裕規定往後有幼主繼位政事都交由宰相處理，不許母后臨朝聽政。

劉裕死時劉義符十六歲，由顧命大臣輔導。劉義符正值青春年華，只知道玩耍嬉戲，父喪期間不遵禮數，軍國大事也都不放在心上，群臣屢屢勸諫他都置之不理。北魏軍隊來犯，作戰失利，國人驚惶，他也不管，只顧遊樂。鬧得幾個輔政大臣看不下去，為了不負託孤重任，決定廢了皇帝。四二四年徐羨之、檀道濟等人帶兵殺入皇宮之中，將還在睡夢中的劉義符控制住，收取了他的印璽，以蕭太后的名義把他廢為營陽王，不久後被殺，死時年僅十九歲，在位二年，無謚號，無廟號，史稱宋少帝。

劉義符無子，徐羨之隨後立劉裕的第三個兒子、劉義符的弟弟宜都王劉義隆為帝，是為宋文帝。劉義隆即位前便對四位輔政大臣深懷戒心，即位兩年後宣布徐羨之、傅亮及謝晦擅殺少帝的罪行，在另一位輔政大臣檀道濟的協助下，消滅了三個權臣的勢力。之後更在朝政大臣人選上表現出過人的才智，貶抑宗室權臣劉義康，全面掌握朝政。

劉義隆接下大位算是明君，在位期間建立制度，賞罰分明，鼓勵農桑，減免賦稅力役，使得國家大治，內清外晏，四海謐如，史稱元嘉之治（元嘉為劉義隆在位期間的年號）。劉義隆也曾試圖北伐統一全國，曾先後三次對北魏發起大規模戰爭，但三次都失敗。元嘉年間北伐花費甚鉅，國內經濟民生開始衰退。

四五三年發生了巫蠱事件，太子劉劭和弟弟始興王劉濬借重女巫嚴道育的法力，想要以巫蠱之術害劉義隆，但亂黨內部不和，被黃門慶國告發，劉義隆發現後打算廢黜太子。劉劭得知消息先發制人，率兵夜闖皇宮，將劉義隆殺害，自立為帝。劉義隆在位二十八年，死時四十六歲，謚號文皇帝，廟號中宗。

劉劭弒父奪位稱帝後，採取了一些措施來收買人心，但顯然沒有收到效果，三弟武陵王劉駿聯合多位皇族和大臣自立為帝起兵討伐，劉劭抵抗失敗被殺，在位僅七十二天，全家男女妃妾一併被殺。因弒父奪位，不被承認為正統皇帝，無謚號。其年號為太初，後世稱他為太初帝。

劉劭是弒父奪位，劉駿則是殺兄奪位，但師出有名，沒有受到太多批評。一來一往之間多所屠戮，涉及王室親族數十人之眾，可謂悲慘。

劉駿即位初期頗有一番作為。史書記載劉駿為人機警聰慧，博學多聞並且文采華美，又雄豪尚武，擅長騎射。在位期間撤除冗官，分割州、郡以削弱藩鎮實力，並剷除世族強權，獨攬大權。但是劉駿生性喜歡奢華，欲求無度，晚年尤其貪財，不納善諫。另外劉駿性好漁色，臨幸不避戚誼，並有和母后路惠男亂倫的流言傳出。執政晚年通貨膨脹漸漸失控，浙江大旱，人民餓死十之六七，劉宋國勢日衰，導致許多早先贊許他德行的士族，也感嘆「天下失望」。四六四年劉駿病逝，死時年三十四歲，在位十一年餘，謚宋孝武帝，廟號世祖。

劉駿死後，長子劉子業繼位。劉子業是中國歷史上出了名的壞皇帝，從小嬌生慣養，飛揚跋扈，淨做一些傷天害理的事情。只因曾受到父親劉駿的責備，繼位後便想掘棺洩憤，雖為太史所止，但仍用糞便汙損陵墓。母親生病召喚他，也以病房多鬼為由拒絕探視。對父母不敬之外，對宗室諸人更是凶殘，兩位弟弟因曾危及自己的帝位而遭到殺害，擔心幾位叔叔兵權太重，召回京城囚禁，更對其中三位，湘東王劉彧、建安王劉休仁、山陽王劉休祐肆意毆打、百般凌辱。為了專權，對父親留下的顧命大臣也是隨意屠殺，尤其親叔叔江夏王劉義恭不但遭到殺害，死後更被肢解。

暴虐之外，劉子業繼承了父親劉駿的荒淫無道，更變本加厲，對自己的姑姑和姐姐也不放過，為了掩飾自己的不當行為，竟在官廷中命令大臣、親族和宮女們相姦，以平眾議。

最後親貴不堪凌辱，眾叛親離，湘東王劉彧和親信多人暗地與劉子業的親信壽寂之、姜產之等人聯絡謀畫廢掉劉子業，在四六六年將他襲殺。死時十七歲，在位一年餘，因殘暴不仁，未得謚號，也沒有廟號，史稱宋前廢帝，因為之後還有一個廢帝。劉子業死後，建安王劉休仁奉湘東王劉彧繼任皇帝，是為宋明帝。
劉彧繼位後，冊封劉子勛（孝武帝劉駿之子）為車騎將軍、開府儀同三司。劉子勛和鄧琬等不予理會，四六六年二月在尋陽城另奉劉子勛為帝對抗劉彧，年號義嘉，並得到全國州鎮的支持，出兵討伐建康的劉彧政權，史稱「義嘉之難」。四六六年九月鄧琬等兵敗，劉子勛被殺，死時僅十一歲，居帝位七個月。
談到劉彧的皇位，不得不提一下劉休仁。劉休仁是宋文帝的第十二子，也就是劉彧的親弟弟，年齡較接近，又有文學典籍的共同愛好，故一向都很友好。劉子業在位期間幾次凌辱之後要殺劉彧，都因劉休仁機智救下而得以活命。劉子業死後，劉休仁不但推劉彧為帝，助其登位，還統兵助其討平四方，可謂劉彧的護君救國忠臣。因功升官為司徒，權勢和名望均高，朝野人士爭相交結，結果劉彧心生不滿，晚年更因猜忌而將其處死，至此皇族眾親室變得離心離德。劉彧為了防範宋孝武帝劉駿的子嗣奪取皇位，殺盡諸侄子，致使劉駿絕後，其殘暴可見一斑。
劉彧在位六年餘，執政前期眾親王和各方鎮相繼叛變，朝廷必須頻繁的出兵平亂，國力逐漸耗損。北魏也趁機侵略，占領山東、淮北等地區，北朝（北魏）國力自此超越南朝（劉宋）。
四七二年劉彧病逝，年三十三歲，在位六年餘，謚號明皇帝。死後長子劉昱即位，設五顧命大臣，但朝政實權其實一直都掌握在明帝劉彧的倖臣阮佃夫、王道隆和楊運長等人手中。
劉昱在位行事暴戾荒誕，朝野憂心，生母陳太妃也無力約束。四七四年發生叔父桂陽王劉休範縱兵進犯建康的事件，顧命大臣劉勔及權臣王道隆戰死，後叛亂事件在右衛將軍蕭道成指揮下獲得平定。另宋文帝劉義隆的孫子建平王劉景素為人好義，素孚人望，朝野多盼他能接續帝位。四七六年劉昱手下羽林監垣崇祖率數百人投奔劉景素，說京都已經潰亂，勸劉景素入京，劉景素立即舉兵，但京中已有準備，被蕭道成領兵消滅。

兩次事件後劉昱變本加厲，行為更是乖張，日夜出遊，肆意妄為，經常擺脫隨扈人員，逕自逍遙，給予有心人可乘之機。劉昱曾經只是為了好玩想要殺蕭道成，左右勸阻沒有成真，蕭道成因此存廢立之心。

劉昱有一親信楊玉夫，突然遭劉昱憎惡，提言要把他殺了之後取其肝肺。楊玉夫恐懼之下，趁夜殺了楊昱，並將首級送至蕭道成府上。劉昱死於四七七年，年十五歲，在位五年餘。死後被廢為蒼梧王，史稱後廢帝。

劉昱被殺後，蕭道成擁立劉準為帝，是為宋順帝。劉準是宋明帝劉彧的第三個兒子，但《宋書》卻說宋明帝晚年陽痿不能人道，所以劉準其實是劉彧的弟弟桂陽王劉休範的兒子。不過這項記載被認為是有爭議的，是《宋書》的作者沈約（南齊的史官）為了討好南齊皇帝，故意編造的，以減輕蕭道成篡位、弒君的罪惡。

劉準即位後封蕭道成為相國、齊王，權力都掌握在蕭道成手中。四七九年蕭道成威逼劉準禪讓，改國號為齊，為南北朝時代南朝的第一個政權，劉宋至此滅亡。

蕭道成即位之後，封劉準為汝陰王，遷居丹陽並派

皇帝	終年	在位	直接死因	死亡背景因素
宋武帝　劉裕	55.2	2.0年	病死	一生操勞拚戰天下
宋少帝　劉義符	18.1	2.0年	被殺	無道，被顧命大臣所殺
宋文帝　劉義隆	45.7	28.5年	被殺	欲廢太子，反被太子殺
太初帝　劉劭	28.9	72天	被殺	弒父奪位，被劉駿討伐殺害
宋孝武帝　劉駿	33.8	11.2年	病死	
宋前廢帝　劉子業	16.8	1.5年	被殺	殘暴不仁，近臣所殺
晉安王　劉子勛	10.2	7個月	被殺	被擁立起兵，敗於劉彧被殺
宋明帝　劉彧	32.4	6.3年	病死	
宋後廢帝　劉昱	14.4	5.2年	被殺	殘暴不仁，被近臣楊玉夫殺
宋順帝　劉準	11.8	1.8年	被殺	讓位後被蕭道成派人殺死

表6.1：劉宋皇帝死因

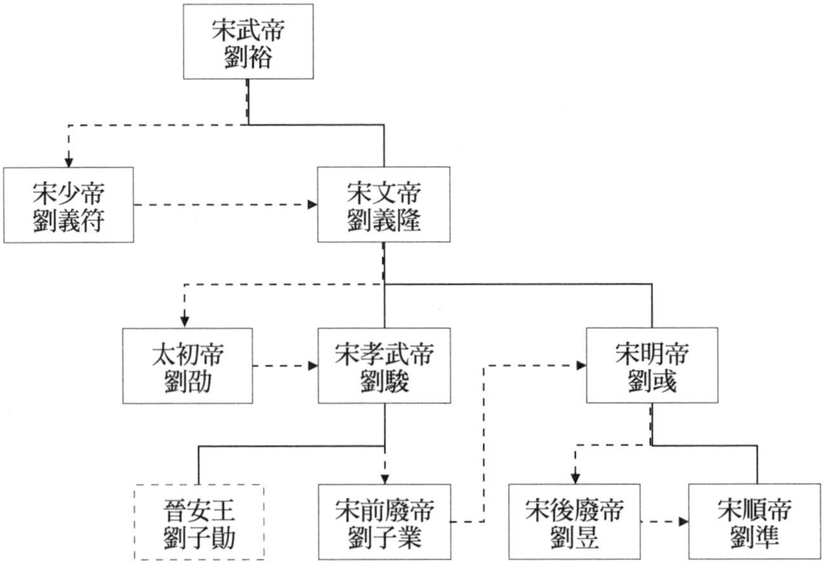
宋武帝
劉裕
宋少帝
劉義符
宋文帝
劉義隆
太初帝
劉劭
宋孝武帝
劉駿
宋明帝
劉彧
晉安王
劉子勛
宋前廢帝
劉子業
宋後廢帝
劉昱
宋順帝
劉準

劉宋皇帝世系圖

兵監管，兩個月後還是殺了劉準。劉準死時年十二歲，在位不到二年，謚號順皇帝，無廟號。

劉宋自四二〇年劉裕滅東晉建國，到四七九年順帝劉準讓國總計五十九年，時間不長（清聖祖康熙皇帝玄燁和清高宗乾隆皇帝弘曆在位都超過六十年，一人抵得上一國），歷十位皇帝，想當然耳，每位皇帝在位期間都不長。文帝劉義隆當了二十八年的皇帝最長，其次是孝武帝劉駿的十一年，其他都在六年以下，更有五位任期不滿兩年。相對的當然這些皇帝也活不久，五十歲以上一位、四十歲以上一位、三十歲以上兩位，其他都活不到二十歲，短命皇帝可以說是本朝的特色。究其原因，皇室之間殺戮太甚，親人相殘以奪大位，在十位曾經坐過龍椅的老兄中，有七位被殺，堪稱歷史最高，而且大多死在家族親貴手中，或為家族親貴勾串所殺。

在中國歷史上，皇室宗親為爭奪權力互相殘殺並不少見，其中以南北朝為盛，南北朝中又以劉裕建立的南宋最為慘烈。劉宋宗室互相殺害的記錄，在清朝趙翼所著的《廿二史箚記》中記載：「宋武九子，四十餘孫，六七十曾孫，死於非命者，十之八九，且無一有後於世者」。

弒父奪位者是劉劭，劉劭又被其弟弟劉駿殺兄奪位，期間傷及骨肉不下二十人。前廢帝劉子業更是史上少有的殘暴君主，兩位親弟弟只因曾被考慮排上接班梯隊便被殺害，拘禁眾叔父於京城，凌辱殘害，殺了叔父江夏王劉義恭並肢解，還差點殺了劉彧，最後被劉彧以叔殺侄取代帝位。劉彧即位也不客氣，除了殺了和他爭大位的族弟劉子勛（孝武帝劉駿之子），為了避免後患，更將劉駿一脈全部誅殺。義嘉之難後，劉宋宗室隕落殆盡，劉宋政權徹底衰敗，為了應付不斷南下的北魏，開始依靠外姓力量。劉彧死後，朝政大權漸漸落入蕭道成手中，劉宋就此走向滅亡。

開國皇帝劉裕鑑於歷代外戚干政為禍甚鉅，立下規矩不許母后臨朝聽政，果然外戚的禍害少了。但父系血親之間的屠戮其殘忍壯烈程度不下於外戚，這可能是劉裕當初沒有想到的吧。

南齊

蕭道成出身名門蘭陵蕭氏，傳言是西漢開國丞相蕭何的二十四世孫。東晉時期蕭家南遷，起初並不順利，直到蕭道成的父親蕭承之的時候才開始嶄露頭角，在劉宋朝升遷至揚武將軍，後轉任右將軍。蕭道成自幼就習文練武，四四〇年，十八歲的蕭道成加入劉宋軍隊，跟隨父親南下參戰，兩年後奉命領兵討伐沔北的蠻部。蕭道成在同族蕭思話的提拔下，多次參與對蠻部和北魏的軍事行動，屢建戰功。

宋前廢帝劉子業被殺後，宋明帝劉彧奪取皇位，遭到宗室諸王的反對，爆發內戰。蕭道成最終領兵平定了叛亂，進入權力中心，並在劉彧病危時受命為輔政大臣，輔佐太子劉昱。劉昱即位後，宗室劉休範、劉景素叛亂，又賴蕭道成平定。為了報復或防止報復，劉姓宗室遭到屠戮，劉宋成年的宗室諸王幾乎全面凋零。蕭道成的威望日高，劉昱的猜忌也漸漸浮上檯面，在一次開玩笑中幾乎殺了蕭道成。四四七年劉昱被親信楊玉夫所殺，蕭道成擁立劉準成為皇帝，蕭道成為相國、齊王，掌握軍政大權。

四七九年蕭道成剪除出鎮地方的劉宋宗室劉贊、劉綽等後，要求劉準禪讓，改國號為「齊」，開啟了南北朝時代南朝的第二個政權，史稱「南齊」（稍晚北朝也有一個齊國出現，由高洋所立，稱為北齊）。蕭道成登基後，殺死包括順帝劉準在內的明帝劉彧所有子嗣，劉宋滅亡。

蕭道成建國之後，北朝北魏的當權者馮太后以為蕭道成剛剛篡位，有機可乘，於是起兵南攻。歷經三次戰爭，北魏都是先勝後衰，並沒有對南齊造成太大影響，蕭道成站穩了陣腳，齊國得以延續發展。

四八二年蕭道成病重，在位近三年去世，年五十六歲，謚號高皇帝，廟號太祖。蕭道成幼時曾學習經學、史籍，在位時提倡節約，勤政愛民，曾實施檢籍政策，清查戶籍以還地於主。死前遺言說：「吾本布衣素族，念不到此，因藉時來，遂隆大業。」意思是說他根本沒想過自己能做皇帝，只是隨著時局的發展，最終才成就大業，或許是本意，或許也只是為自己篡位謀逆開脫的說詞。北宋的司馬光評論他說：「高帝以功名之盛，不容於昏暴之朝，逆取而順守之，亦一時之良主也。」

蕭道成死後，太子蕭賾即位，是為齊武帝。蕭賾雖是蕭道成的長子，但在蕭道成創業初期沒有跟隨在側，反而是次子蕭嶷一直待在蕭道成身邊，自此親疏有別。蕭賾、蕭嶷各有戰功，各自封賞，蕭道成晚年曾有廢長立幼的想法，為大臣王敬則勸阻，蕭賾於是得以繼承大統。

蕭賾即位後十分關心百姓疾苦，多次派人賑恤。延續父志提倡節儉，不喜歡遊宴、奢靡之事。凡事以富國為先，提倡農業，並且下令多辦學校，挑選有學問的人擔任教席，培育百姓的德行，算是英明。

在對外關係方面，蕭賾與北魏通好，使得邊境較為安定，減少軍事行動，以致力於內政。蕭賾在位期間，政治清明，國內社會安定，帶動經濟文化的發展，替齊國帶來一個小康的安定局面。

四九三年正月蕭賾太子蕭長懋去世，改立蕭長懋的長子南郡王蕭昭業為皇太孫。同年七月蕭賾病危，下詔讓皇太孫蕭昭業繼承皇位，令百官盡心輔佐，去世時年五十四歲，在位十一年餘，謚齊武帝。

蕭昭業少年時容貌俊美，喜好書法，舉止言談很受蕭道成的欣賞。他善於偽裝，父親（原太子蕭長懋）死時號啕大哭，幾次暈厥，令人感動，後被立為皇孫。但回到家後把孝服一扔，開始玩樂。父親去世半年後，爺爺武帝蕭賾病重，蕭昭業故技重施，進宮服侍時衣不解帶盡心盡力，以博取好感。武帝駕崩他又故技重施，哭得昏天黑地。但發喪日武帝靈柩尚未出宮門，他就開始尋歡作樂，最後還是接了帝位。

武帝蕭賾病重時，中書郎王融想改立武帝次子竟陵王蕭子良取代蕭昭業，被武帝堂弟西昌侯蕭鸞所阻。武帝死後由蕭子良與蕭鸞輔政，一為近親一為遠族，相互制衡。蕭昭業登基後，提拔蕭鸞為大將軍、尚書令，全面掌控南齊軍政大權。

蕭昭業本人則卸下偽裝，原形畢露，過著十分浪費奢靡的生活，還濫發賞賜，將武帝辛苦累積的資產揮霍殆盡，絲毫沒有國君的樣子。他並且架空輔政的蕭子良，賜死王融，朝政委由西昌侯蕭鸞處理，自己則鬥雞走狗、縱情酒色。他還和眾多昏君一樣荒淫無道，與庶母霍氏通姦，並且把爺爺、父親的兩宮妃嬪中看得上眼的全部收下，將國家大政完全拋諸腦後。

蕭昭業的荒唐行徑引起蕭鸞的憂慮，進行規勸，但蕭昭業視若無睹。蕭鸞為社稷考慮，先著手清除蕭昭業身邊的小人。蕭昭業開始擔心蕭鸞有篡位之意，密謀將其剷除。但蕭鸞搶先一步，率軍入宮殺死蕭昭業及其身邊弄臣。蕭昭業死時二十二歲，距登基僅一年時間，被廢帝位降級為王，謚號鬱林王。

蕭昭業被廢，蕭鸞迎立蕭昭業的弟弟新安王蕭昭文為帝。但僅四個月，蕭鸞再廢蕭昭文為海陵王，自立為帝，是為齊明帝。不久蕭鸞又派人暗中殺掉蕭昭文，蕭昭文死時年十四歲，在位僅七十四天，謚號恭王，以王禮下葬。

明帝蕭鸞是高帝蕭道成的哥哥蕭道生的兒子，其父早亡，由蕭道成撫養成人，恩養之情一如己出。

自從文惠太子蕭長懋（武帝蕭賾長子，蕭昭文和蕭昭業的父親）死後，蕭鸞便有爭奪帝位之心，幾番折騰沒有成功。

蕭鸞立蕭昭文為帝後，便開始布置篡位奪權。但自認是帝系旁枝，強行得位名不正言不順，加上自己親子皆幼小，沒有敢立刻下手。眼看著高帝蕭道成和武帝蕭賾的子孫都日漸成年，先藉故殺了兩位皇帝的子孫，接著便廢蕭昭文自立為帝。即位後更加快了屠殺的腳步，分批以各種理由殺盡高帝和武帝的子孫，固然是為了保護自己的後代，但手段之殘忍，也令人心驚。

蕭鸞即位後，在任內長期深居簡出，表面上生活力求節儉，停止各地向中央的進獻，並且停止不少皇室建築工程，但據傳私下卻還是很奢侈。晚年病重，深信道教與厭勝之術，但無助於其病情。四九八年蕭鸞病故，死時四十七歲，在位三年餘，諡明皇帝，廟號高宗。

蕭鸞死後其子蕭寶卷繼位，蕭鸞留了六位輔政大臣給蕭寶卷。蕭鸞一生爭戰沒有好好的教育這個兒子，還多少有些放縱，養成其乖戾的性格。他繼承了父親猜忌多疑的心思，登帝位後便殺了六位輔政大臣，親掌大權。但在掌握政權後卻沒有專心政事，反而過著窮極奢華的生活。日夜享樂，對大臣的奏章也延誤不理。

史載他喜歡出遊，遊必擾民，寵幸妃子潘玉兒，修建宮殿供其玩樂，還讓臣下在各地收集奇珍異寶，耗費民脂民膏，影響民間建設，百姓民不聊生，苦不堪言。

蕭寶卷的荒淫無道引起了文武百官和百姓的不滿，各地雄豪紛紛起兵造反。爆發的亂事在諸將帥們的努力下都被平息，當中最為得力的是豫州刺史蕭懿。但不久蕭懿被誣告謀反，遭蕭寶卷賜死，從此大臣人人自危，不知禍事哪天會降臨自己頭上。

於是蕭懿的弟弟雍州刺史蕭衍召集部下商議廢掉蕭寶卷，獲得眾人的支持。四九九年蕭衍聯合南康王蕭寶融（蕭寶卷的弟弟）一起舉兵。五〇一年蕭衍領兵攻郢城，圍攻兩百餘日破城，之後發兵攻占首都建康，蕭寶卷逃逸時被太監所殺，年十九歲，在位三年餘，追封涪陵王，再降為東昏侯。

蕭寶卷死後蕭衍擁立蕭寶融為帝，即齊和帝，蕭衍封梁王。蕭衍先殺掉明帝蕭鸞的兒子，後逼蕭寶融禪位，自行稱帝，改國號為「梁」，是南朝的第三個政權。

蕭衍稱帝後封蕭寶融為巴陵王，原想讓他在封國安度餘年，尚書令沈約向蕭衍進言「不可慕虛名而處實禍」，最後還是殺了蕭寶融。蕭寶融死時十四歲，在位一年，諡號和皇帝，以皇帝之禮安葬，南齊亡。

南齊之亂，不下劉宋。從高帝四七九年建國到五〇二年和帝禪位被殺，短短二十三年七個皇帝，平均任期三年餘，可謂歷朝最低。在位最長的武帝蕭賾十一年，其他的都不到四年。七位皇帝四位被殺，橫死的超過一半。平均死亡年齡三十一．八歲，不禁令人懷疑皇帝真有那麼吸引人嗎？為什麼大家都要搶著當？

高帝蕭道成立國，屠滅前朝宗世子弟，都是別家姓氏，還有話可說。明帝蕭鸞殺盡高帝和武帝的子孫，雖然是為了保護自己

皇帝	終年	在位	直接死因	死亡背景因素
齊高帝　蕭道成	55.2	2.9年	病死	
齊武帝　蕭賾	53.2	11.4年	病死	
鬱林王　蕭昭業	21.2	1.0年	被殺	荒淫無道，蕭鸞兵變中被殺
齊恭王　蕭昭文	14.0	74天	被殺	被蕭鸞所廢，並殺害
齊明帝　蕭鸞	46.2	3.7年	病死	
東昏侯　蕭寶卷	18.5	3.3年	被殺	荒淫無道，被蕭鸞所殺
齊和帝　蕭寶融	14.0	1.0年	被殺	被蕭衍篡位並殺之

表6.2：南齊皇帝死因

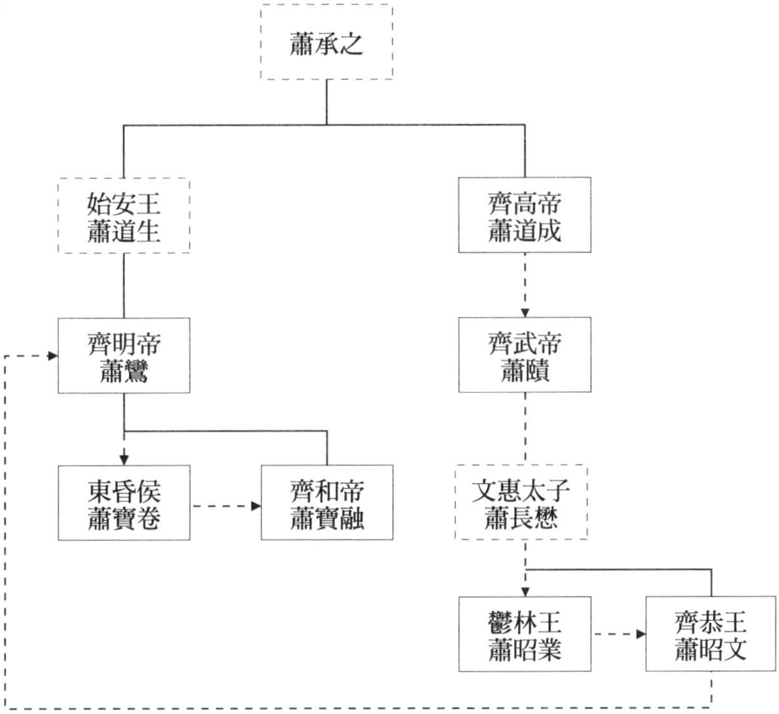
蕭承之
始安王
蕭道生
齊高帝
蕭道成
齊明帝
蕭鸞
齊武帝
蕭賾
東昏侯
蕭寶卷
齊和帝
蕭寶融
文惠太子
蕭長懋
鬱林王
蕭昭業
齊恭王
蕭昭文

南齊皇帝世系圖

的後代，但同姓旁支，手段殘忍，就令人非議了。濫殺是有報應的，蕭鸞病死後，自己的十一個兒子相繼在宮廷殺戮和其他政治事件中悉數被殺，也絕了後。天道循環報應不爽，看來做人還是要留一點善心。宗室相互屠戮，也種下了南齊滅亡的種子。

南梁

五〇二年蕭衍攻滅蕭寶卷，擁立蕭寶融，最後逼迫蕭寶融禪位，滅了南齊，自行稱帝，建立「梁」朝，是為南朝的第三個政權，史稱「南梁」。

蕭衍本是南齊宗室與權臣，但與皇室關係疏遠，他不願被給予內亂奪取親人權位篡國的名聲，沒有繼承齊朝皇統而是自建梁國，開創一個新的朝代。從蕭氏家譜來看，由蕭衍的五世祖（天祖）蕭整算起，蕭衍晚南齊的開國皇帝蕭道成一輩，他父親蕭順之是蕭道成的族弟（出自同一個高祖父），已出五服系統，屬九族之外。所以另立政權，宣誓並不是骨肉相殘、謀奪自家人的天下。

蕭衍即位後厲行儉約，改革前朝弊政，令南梁前期國勢大盛。唐朝史家姚思廉評價梁武帝和他統治下的時代：「御鳳曆，握龍圖，闢四門，弘招賢之路；納十亂，引諒直之規。興文學，修郊祀，治五禮，定六律，四聰既達，萬機斯理，治定功成，遠安邇肅。」

然而武帝迷信佛教，廣建佛寺並翻譯佛經，使佛教大為盛行，他本人更三次出家為僧，朝臣花了大把銀子為他贖身。但佛事太過也傷及經濟，人民出家為僧可免役免稅，大興寺廟占有許多土地與資產，使民間用於生產的人力和土地變少。最糟糕的是他開始寵幸佞臣朱异，縱容各級官吏貪汙腐敗和宗室權貴違法作惡，梁朝國勢開始衰弱。

蕭衍在位期間與南梁對峙的北魏發生內亂，蕭衍視之為北伐的大好機會，從五〇五年到五三五年三次北伐，但都遭到挫敗。在第三次北伐期間，東魏（從北魏分支而出）將領侯景被迫投奔梁朝。

蕭衍對宗室很好，他的侄兒蕭淵明（哥哥宣武王蕭懿的兒子）在北伐時被東魏俘獲，侯景（原東魏大臣，後來投向南梁）擔心梁武帝打算用自己和東魏來交換蕭淵明，於五四八年以清君側（指名朱异）為名義，在壽陽起兵叛亂。侯景勾結守軍蕭衍養子臨賀王蕭正德，允諾扶持其為帝，蕭正德於是幫助侯景奪取都城，隨即被擁立為帝。蕭正德是蕭衍的弟弟臨川王蕭宏的兒子，長期行為偏差，蕭衍都沒有給予太嚴重的處分，但他卻越來越驕縱，輕易的受到侯景的教唆利用。

侯景五四九年攻占梁朝都城建康，控制蕭衍，並矯詔解散援軍，史稱「侯景之亂」。侯景占領了建康全城，控制梁朝軍政大權，就廢了蕭正德的帝位，後來又將他殺害，蕭正德年齡不詳，在侯景支持下居帝位約五個月。蕭衍被拘禁心有不甘，不願配合侯景的要求，侯景遂斷絕其供應，最後蕭衍被活活餓死。死時八十五歲，在位四十七年餘，謚武皇帝，廟號高祖。

蕭衍死後，侯景認為稱帝的時機並未成熟，擁立蕭綱為皇帝，作為侯景手中的傀儡，是為簡文帝。蕭綱是武帝蕭衍的第三個兒子，頗有歷練，在侯景剛開始叛亂時，梁武帝蕭衍因自認為年老，授權蕭綱主軍國大事，頗有建樹。侯景雖然支持他稱帝，但對他十分防範，只允許少數文臣接近蕭綱，避免其真正掌握政權。五五一年侯景廢蕭綱帝位，封晉安王，囚禁於永福省，最後還是把他殺了。蕭綱死時四十八歲，在位二年。侯景事後為蕭綱上謚號為明帝，五五二年梁元帝蕭繹在江陵稱帝，追謚蕭綱為簡文皇帝，後世以梁簡文帝稱之。

廢了蕭綱之後，侯景改立豫章王蕭棟為皇帝，並殺死蕭綱諸子。蕭棟為武帝蕭衍長子蕭統（曾立為太子，英年早逝）的孫子，父親是豫章王蕭歡，算是蕭綱的侄孫。蕭棟被立為帝，同樣是侯景的傀儡。五五一年侯景再廢蕭棟為淮陰王，自立為帝，國號「漢」。

侯景稱帝後，將蕭棟和他弟弟蕭橋、蕭樛囚於密室之中。同年蕭繹在江陵稱帝，為梁元帝。蕭繹出兵打敗侯景，收復建業，指使手下大將王僧辯殺死蕭棟，王僧辯拒絕，蕭繹改命宣猛將軍朱買臣殺蕭棟，最後蕭棟死於朱買臣手中，在位九十一天，年齡不詳。

侯景為羯族朔方人，原為北魏將領，在大將爾朱榮手下，因戰功升為定州刺史。北魏孝文帝手下大將高歡消滅爾朱家族，侯景率眾投降高歡。高歡重用侯景，封他為司徒，擁兵十萬，統治河南地區。高歡是北齊的奠基者，他死後侯景叛變，最後兵敗被逼投靠南梁。五五二年侯景被蕭繹手下大將陳霸先、王僧辯擊敗，企圖逃亡，被部下羊鯤所殺，死時四十八歲。侯景先後曾擁立又廢黜蕭正德、蕭綱（簡文帝）和蕭棟三個傀儡皇帝，雖自立為帝，但在位不到一年時間被滅，也不被後世承認，死後無諡號。

侯景叛亂自立為帝的第二年，蕭繹自行登基稱帝（五五二年十二月），為梁元帝，攻滅侯景收復建業。蕭繹是梁武帝蕭衍的第七子，簡文帝蕭綱的弟弟。侯景之亂時，蕭衍派人到荊州宣讀密詔，授蕭繹為侍中、假黃鉞、大都督中外諸軍事。五四九年梁武帝餓死後，蕭繹不發兵攻侯景，卻先發兵攻滅自己的侄兒河東王蕭譽（已故的昭明太子蕭統的兒子）與哥哥邵陵王蕭綸（武帝蕭衍六子），並擊退襄陽都督蕭詧（蕭譽的弟弟）的來犯，迫使蕭詧投靠西魏。

元帝蕭繹在南朝中值得特別介紹，他是梁武帝蕭衍第七子，非嫡非長，且眇一目。他本是一個有才華、有野心、有大志，但看似無緣於皇位的普通親王。侯景之亂時，蕭衍授蕭繹以督察軍事大權，給他看到了爭取帝位的機會，開始了陰險刻毒、六親不認的奪權計畫。蕭衍死後，他先發兵消滅宗室親人，之後才命王僧辯率軍東下消滅侯景。雖說最後滅了侯景，但侯景之所以能在占領建康後稱帝，蕭繹先滅宗世後伐侯景的作戰計畫給了侯景坐大的機會。

蕭繹雖稱帝，但江南大亂，各家勢力紛雜，蕭繹所占土地僅有巴陵以下到建康一線，人口不及三萬。因蕭繹屠殺宗室太盛，眾人不服其號令，其弟武陵王蕭紀（蕭衍第八子）早先（五五二年五月）已於益州稱帝，蕭繹稱帝後，便派兵前往四川消滅蕭紀，同時勾結西魏出兵，給了西魏宇文泰坐大的機會，結果益州淪落西魏之手。蕭紀為蕭繹所殺，死時年四十六歲，在位一年餘，諡號貞獻王。

五五四年蕭繹寫信給宇文泰，要求取回原蕭紀的領地，言辭相當傲慢。宇文泰大為不滿，命令常山公于謹、大將軍楊忠等將領以五萬兵馬進攻江陵。蕭繹戰敗投降，江陵失守，不久被襄陽都督蕭詧（已故的昭明太子蕭統的兒子，被蕭繹所逼投靠西魏，建立西梁，為梁宣帝）以土袋悶死。

有人評價梁元帝蕭繹：「起於不義，靠權謀殘害宗室，謀奪神器。」然而不過三年時間，他就從中興之主成為江陵之囚，這都是他的陰毒刻薄所致。北周大文學家庾信曾作〈哀江南賦〉，賦中名句「若江陵之中否，乃金陵之禍始。雖借人之外力，實蕭牆之內起」，「禍起蕭牆」指的就是蕭氏家族兄弟內鬥的故事。

在西魏攻陷江陵殺害梁元帝蕭繹後，皇位出現了空缺，蕭繹的手下大將王僧辯和陳霸先原意圖擁立蕭繹的兒子蕭方智為帝，但此時殺出了程咬金。北齊文宣帝高洋與上黨王高渙送回被俘的蕭淵明，打算讓蕭淵明成為北齊支持的傀儡皇帝。

蕭淵明是武帝蕭衍哥哥宣武王蕭懿的兒子，在侯景背叛東魏投降南梁之時，蕭衍命蕭淵明與侯景北伐攻打東魏，結果蕭淵明兵敗被俘。後來侯景擔心蕭衍會用自己去交換蕭淵明，心生疑忌，於是造反。

高洋挾兵力和王僧辯談判，結果王僧辯屈服，接受了高洋的條件。五五五年蕭淵明在各方妥協下就皇帝位，但也同意王僧辯的要求立蕭繹之子蕭方智為皇太子。不久後陳霸先指控王僧辯謀逆，發兵殺了王僧辯，之後廢了蕭淵明，改立蕭方智為皇帝。蕭淵明改封建安公，隔年北齊要求梁朝送回蕭淵明，但適逢蕭淵明毒瘡發作，還沒出發就病死。蕭淵明在位僅三個月，梁元帝之孫蕭莊稱帝後，追諡為閔皇帝。

蕭方智是元帝蕭繹的第九個兒子，被陳霸先立為皇帝，是為梁敬帝，也是南梁的最後一任皇帝，完全是陳霸先的傀儡。五五七年蕭方智被迫禪位予陳霸先，改國號為「陳」，史稱「南陳」，南梁亡。蕭方智禪位後先被陳霸先封為江陰王，五五八年再派人將其殺害，追諡敬帝，死時十五歲，在位二年。

這邊又冒出一個皇帝蕭莊，蕭莊是梁元帝的孫子，武烈世子蕭方等的兒子，獲梁元帝冊封為永嘉王。五五四年，西魏宇文泰攻陷江陵、殺害梁元帝時，蕭莊只有七歲，逃匿於民家之中。之後被南梁大將王琳發現，將蕭莊護送回建康。梁敬帝蕭方智即帝位之後，將蕭莊作為人質送往北齊（高洋所立）。五五七年陳霸先廢蕭方智即帝位後，北齊送還蕭莊，並在王琳等的支持下接替南梁皇帝，都郢州，據有長江中上游地區，企圖延續南梁的王室，又稱東梁。

五六〇年王琳與陳朝的侯瑱在蕪湖交戰，北周（宇文覺所立）趁勢便發兵攻打郢州，結果王琳兵敗，與蕭莊逃亡北齊。蕭莊被北齊封為梁王。北齊允諾幫他復興梁朝，但沒能實現。齊後主高緯滅亡後，蕭莊在鄴城怨憤而終，一說是自殺死。蕭莊被視為北齊的附庸，一般多認為蕭方智被迫禪位給陳霸先是南梁的滅亡。

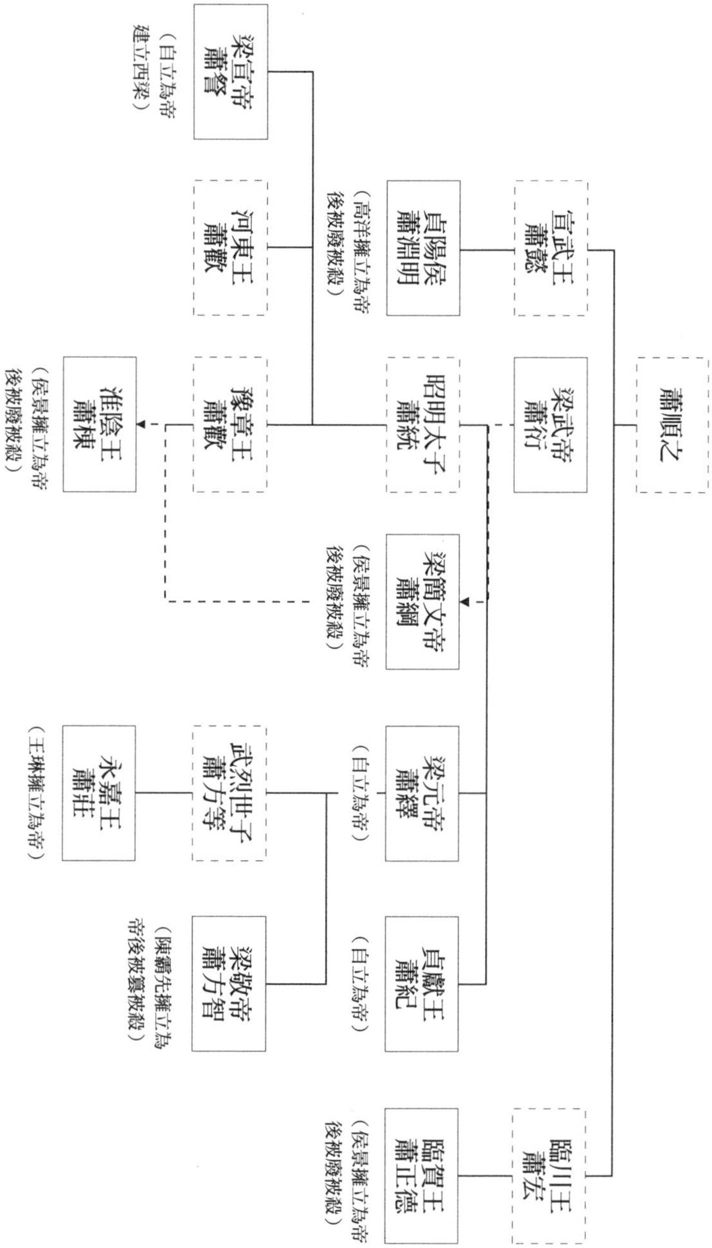
蕭順之
宣武王 蕭懿
梁武帝 蕭衍
臨川王 蕭宏
貞陽侯 蕭淵明
（高洋擁立為帝後被廢被殺）
昭明太子 蕭統
梁簡文帝 蕭綱
（侯景擁立為帝後被廢被殺）
梁元帝 蕭繹
（自立為帝）
貞獻王 蕭紀
（自立為帝）
臨賀王 蕭正德
（侯景擁立為帝後被廢被殺）
梁宣帝 蕭詧
（自立為帝建立西梁）
河東王 蕭譽
豫章王 蕭歡
武烈世子 蕭方等
梁敬帝 蕭方智
（陳霸先擁立為帝後被篡被殺）
淮陰王 蕭棟
（侯景擁立為帝後被廢被殺）
永嘉王 蕭莊
（王琳擁立為帝）

南梁皇帝世系圖

一代不如一代、一朝慘過一朝，梁武帝蕭衍五〇二年開國，到五五七年蕭方智禪位讓國總計五十五年，看起來要比他們的前朝南齊好一些。但扣除蕭衍在位的四十七年，剩下八年有八個人坐過皇帝的位置，而且大多被殺，唯一病死的蕭淵明如果不是及時發病，恐怕也難逃一劫。當然中間有些重疊，蕭衍還沒死，蕭正德就被扶上皇位、蕭繹即位前蕭紀也已早他幾個月稱帝。即使不論這些重疊部分，每一任皇帝在位最長不過兩年，這些背後伴隨的自然是無止境的殺戮，而且大多是親人宗室，凶殘程度不下南齊。

在正史《晉書》本紀中實際上只列了四位皇帝，分別是武帝蕭衍、簡文帝蕭綱、元帝蕭繹和敬帝蕭方智，表示在正史認可的只有這四人。看南梁皇帝世系圖，非常混亂，不像其他朝代傳承路線一目了然。幾乎所有皇帝都不是由上一任皇帝傳承而來，只有簡文帝蕭綱是武帝蕭衍立的太子，但當時侯景大權在握，是不是按蕭衍的意思傳承，也是侯景說了算。若不是侯景覺得時機還不成熟，可能當時就自立為帝了。另外梁元帝蕭繹和貞獻王蕭紀是自立為帝，侯景立了臨江王蕭正德、簡文帝

皇帝	終年	在位	直接死因	死亡背景因素
梁武帝　蕭衍	85.3	47.4年	其他	侯景叛亂，俘後斷其供給餓死
臨賀王　蕭正德	不詳	5個月	被殺	被侯景先立後廢，並殺之
梁簡文帝　蕭綱	47.9	2.0年	被殺	被侯景先立後廢，並殺之
淮陰王　蕭棟	不詳	91天	被殺	被侯景先立後廢，並殺之
貞獻王　蕭紀	45.1	1.3年	被殺	被蕭繹攻打兵敗被殺
梁元帝　蕭繹	46.0	2.1年	被殺	兵敗於西魏，被蕭詧殺害
梁閔帝　蕭淵明	不詳	120天	病死	傀儡皇帝，被廢後病死
梁敬帝　蕭方智	14.8	2.0年	被殺	禪位給陳霸先，後被殺害
永嘉王　蕭莊	29.0	2.0年	自殺	被王琳所立，兵敗投北齊，齊高祖亡後自殺

表6.3：南梁皇帝死因

蕭綱和淮陰王蕭棟三位皇帝。閔帝蕭淵明是在北齊高洋和王僧辯的妥協下共同擁立的，連最後一任皇帝敬帝蕭方智都是陳霸先立的。還有一位昭明太子蕭統的第三個兒子蕭詧被蕭繹所逼投向西魏，之後在西魏的支持下建立了西梁，做了皇帝，算作西梁的皇帝，不納入本朝皇帝計算。元帝蕭繹的孫子蕭莊在王琳的擁立下為帝，但最後投靠北齊被封為王，謀求復國不成自殺。王朝之亂，莫此為甚。

其實中間還有一個不在表列的人也曾經當了皇帝，那便是侯景，五五一年稱帝、五五二年敗亡，也不過一年。他是唯一的外姓，國號漢，也不屬南梁系統，但影響甚大。謀圖大位之前，便開始蓄積實力，立了、廢了、又殺了三個傀儡皇帝，不但影響了南梁帝王的帳面數字，也為梁元帝蕭繹創造了變天的機會，屠戮宗親使南梁王室實力衰敗。

但他的影響不止於此，侯景之亂的三年間，江南地區的社會經濟遭到毀滅性的破壞，造成了南（南梁）弱北（北魏）強的形勢。士族門閥充分暴露了腐朽無能，受到了極為沉重的打擊，加速了南朝士族衰亡的命運。出身江南平民的陳霸先趁勢崛起，在五年內滅掉梁國建立陳朝。北朝的兩國（東魏和西魏，尤其是西魏）利用侯景之亂的機會，吞併大片南朝土地，國力陡增，為隋朝統一中國打下了有利的基礎。

西梁

前文提到，侯景之亂後，八年之內出現了九位皇帝（臨賀王蕭正德、簡文帝蕭綱、淮陰王蕭棟、侯景、貞獻王蕭紀、梁元帝蕭繹、梁閔帝蕭淵明、梁敬帝蕭方智、永嘉王蕭莊），其實還有一位蕭詧也在這段期間稱帝，而且活得還都比前述這些人要久，但因為他是西魏所立的附庸國，所以沒有出現在南梁皇帝的記錄之內。唐朝編的《周書》和《北史》都記入重要人物的列傳，而非皇帝的本紀中。

蕭詧也是南梁王朝蕭氏的親族，梁武帝蕭衍的孫子，昭明太子蕭統的第三個兒子。蕭統為蕭衍長子，五〇二年立為太子，五三一年蕭衍尚在便去世了，死後謚昭明，世稱昭明太子。

侯景之亂時，侯景先於五四九年立蕭綱為帝，再於五五一年廢蕭綱改立蕭棟為帝，再廢蕭棟自立，最後被王僧辯和陳霸先擊敗。侯景亡，蕭繹於五五二年在江陵自立為帝，是為梁元帝。五五四年西魏攻下江陵，滅了梁元帝蕭繹，之後在荊州立蕭詧為帝，仍沿用梁的國號，史稱「西梁」或「後梁」，是為西魏的附庸國。但史書上一般以五代十國中朱溫（朱全忠）篡唐所建的梁朝為「後梁」，故主要被稱為「西梁」。

蕭詧所建立的西梁，占據荊州一帶的三百里區域，在西魏的支持下，先後與南梁的蕭淵明和蕭方智政權對峙。蕭詧重用蔡大寶和王操以為股肱，二人盡心竭立輔佐，內有賢臣，外倚強國，荊州小朝廷粗具規模。

作為附庸皇帝，蕭詧其實是心有不甘、深以為憾的。原想過脫離西魏自立，但自忖實力不濟，未敢造次，西梁在西魏的強壓下實力漸弱。五六二年蕭詧憂憤成疾，背發毒瘡，駕崩於前殿，死時四十四歲，在位七年，謚號為宣皇帝，廟號中宗。

蕭詧死後，太子蕭巋即位。蕭巋孝悌仁慈，生活儉約，御下有方，在位期間境內安寧。他基本上延續父親的政策，聯合北朝來抵抗南朝，當時北朝政權更迭快速，他也先後和西魏、北齊、北周都維持良好的關係，並和後來建立隋朝的楊堅結成兒女親家，西梁在他手中平穩發展。五八五年蕭巋駕崩，死時四十三歲，在位二十三年，謚號明皇帝，廟號世宗。

蕭巋死後，太子蕭琮即位。蕭琮頗有乃祖、乃父遺風，博學有文采，且弓馬嫻熟，百發百中，可謂文武雙全。可惜生不逢時，遇到了一世雄主隋文帝楊堅，想在夾縫中求生存也不可能。楊堅篡北周建隋，五八七年隋文帝楊堅徵召蕭琮入朝封為莒國公，西梁亡。隋煬帝楊廣即位後，蕭琮以妻兄的身分在朝為官，頗受重用。但當時有童謠說：「蕭蕭亦復起」，導致隋煬帝對蕭琮的猜忌，被免職，之後在家中過世。死時四十九歲，在位三年，交出帝位還活了十年。隋末割據勢力之一的蕭銑是蕭琮的堂侄，在稱帝之後追謚蕭琮為孝靖皇帝。

蕭詧在西魏扶持下於五五五年稱帝，蕭琮於五八七年被楊廣廢國，國祚不長，三十二年。但王朝的傳承發展，對比混亂的劉宋、南齊和南梁，卻要好得太多。和蕭詧同時爭天下的諸王侯，八年的九位皇帝都死了，蕭詧還能據西梁以南朝正統自居，和陳朝相抗衡。在強敵環伺之下，雖沒有重大作為，但也算小康，能維持狹小國土內民生安定，算是不容易了。三位皇帝雖然年齡都不大，但都高於所有皇帝的平均數，也是歷來少見。而且都是病死未遭橫禍，在動亂的南北朝時期更是難得。

尤其西梁承續南梁的文化，成為具有高度文化的國家，三位皇帝都是父傳子，沒有爭議、沒有爭端，又都是文采過人，有文章流傳於世，也為這個小朝廷綻放一片光彩。

皇帝	終年	在位	直接死因	死亡背景因素
梁宣帝　蕭詧	*43	*7年	病死	
梁明帝　蕭巋	*43	*23年	病死	
莒國公　蕭琮	*49	*3年	病死	
有星號＊表示資料不全，為推估值				

表6.4：西梁皇帝死因

南陳

南朝的最後一個政權是由陳霸先所建立的南陳。南北朝時期講究世族門閥，陳霸先出身寒微，依慣例是沒有機會在這個時代中突出。他幼讀兵書，習武善戰，明達果斷，受到當時人們的推崇。他先在地方服務（初仕鄉為里司，後至建鄴為油庫吏），因工作勤奮，得到了當時南梁蕭氏宗室新喻侯蕭映（父親始興忠武王蕭憺是梁武帝蕭衍的弟弟）的賞識。

蕭映出任廣州刺史，任命陳霸先為中直兵參軍，之後有機會平定了當地的叛亂，因功被封為西江督護、高要郡守。他真正的發跡則在侯景之亂的時候，他和王僧辯是平定侯景之亂的兩大功臣，因而獲得朝廷重用。二人關係很好，還結為兒女親家。

五五四年西魏大軍攻破江陵，梁元帝蕭繹被殺。王僧辯和陳霸先原準備立蕭方智（蕭繹的第九子）為帝，但北齊在這時將梁武帝的侄子蕭淵明送回，準備立為傀儡皇帝並兼攬局。在這件事上二人意見紛歧。王僧辯自忖實力不足以抵抗北齊，打算接受蕭淵明，陳霸先則視北齊為寇讎，期期以為不可。在考量了當時的局勢、衡量個人利益之下，陳霸先決定對自己的老朋友王僧辯下手！

五五五年蕭淵明在各方妥協下即了帝位，陳霸先舉兵偷襲建康，殺了王僧辯父子，從此陳霸先獨攬大權，廢了蕭淵明，改立蕭方智為帝。最後在五五七年逼迫蕭方智禪位，建立陳朝，史稱「南陳」，南梁結束。

陳霸先在位僅二年，是南北朝時期南朝方面難得的英明君主，由於出身寒微，頗能體察民間疾苦，生活節儉樸素，在政治上寬政愛民，同時力保江南經濟穩定的發展。五五九年因病去世，死時年五十六歲，諡號孝武皇帝，廟號高祖。

陳霸先有四個兒子，但三個早夭，死時唯一在世的子嗣陳昌被北周扣留，遺詔由侄兒臨川王陳蒨入繼皇統，並在章皇后和大臣侯安都的扶持下登上帝位。北周得到陳霸先的死訊，放陳昌回國企圖製造混亂。陳昌出發前寫信要陳蒨讓位，結果在返國途中遭到陳蒨下令謀害，淹死在長江中，諡為衡陽獻王。

陳蒨是陳霸先長兄始興昭烈王陳道譚的兒子，深受陳霸先的賞識與栽培，後令其總理軍政，在陳霸先死後即帝位，改年號為天嘉。在位期間，勵精圖治，整頓吏治，注重農桑，興修水利，恢復江南經濟。此時陳朝政治清明，百姓富裕，國勢強盛，史稱「天嘉小康」。

五六六年陳蒨病死，年四十四歲，在位七年餘，諡號文皇帝，廟號世祖。陳蒨死後長子陳伯宗即位。陳伯宗即帝位時年十四歲，以叔父安成王陳頊為司徒、錄尚書事、都督中外諸軍事，總攬朝政。五六七年陳頊晉位為太傅，准許佩帶劍履上殿。參酌歷朝歷代經驗，劍履上殿的意思就是具備了篡位的架式，果然在五六八年陳頊廢陳伯宗為臨海王，自立為帝，是為陳宣帝。

陳伯宗被廢之後，於五七〇年逝世，死因不明，疑為陳頊所害，死時年十八歲，在位不及二年，無諡號，史稱廢帝。

陳頊是高祖武皇帝陳霸先的侄子，陳道譚第二子，也就是陳文帝陳蒨的親弟弟，原受封為安成王。他在位期間，興修水利，開墾荒地，鼓勵農民生產，社會經濟得到了一定的恢復與發展。五七三年派大將吳明徹乘北齊大亂之機北伐，攻占了部分地區，但最後還是被北周奪走。

陳頊於五八二年駕崩，享年五十二歲，在位十三年，諡號為孝宣皇帝，長子陳叔寶繼位，是南陳的最後一位皇帝。其實陳叔寶繼承大位還有一點小插曲，他的父親陳頊篡了親人（哥哥陳蒨之子）的帝位，他的弟弟陳叔陵也有心學樣，在陳頊死後謀刺陳叔寶不成被殺，陳叔寶才得以繼帝位。

陳叔寶是陳宣帝陳頊的嫡長子（陳頊有四十二個兒子），但沒有繼承到陳頊的英明能幹。繼位後生活奢侈，大建宮室，日夜與妃嬪、文臣遊宴，吟歌賦詩，不理朝政。此時隋文帝楊堅已經統一北方，隨時準備南下一統天下。

隋文帝楊堅率軍南下時，他還自恃長江天險，不以為意。隋將韓擒虎攻入宮中，他還自恃：「非唯朕無德，亦是江南衣冠道盡，吾自有計。」結果他的「計」是攜妃子躲進井中，最後還是被搜出就擒。五八九年陳叔寶投降，陳朝宣告覆亡，楊堅統一了全國。長達四百多年的魏晉南北朝時代結束，中國進入大一統的隋朝。如果是極具野心的陳叔陵（陳叔寶的親弟弟，謀奪皇位未成被殺的那位）奪位成功，繼承大統，會不會是這樣的結局，難以逆料，歷史中的一些偶然，造就了華夏的統一。

楊堅對陳叔寶極為優待，被俘後仍養尊處優，飲食無缺。不知是麻木不仁，還是難過傷心，酗酒作詩依舊。六〇四年病死，年五十二歲，已是陳國滅後十六年，諡號煬公，但後世大多以陳後主稱之。

陳後主治國無能，但文采斐然，留有不少詩詞歌賦，但大多是靡靡之音的曼詞豔語。最有名的有〈玉樹後庭花〉，杜牧〈泊秦淮〉中的名句「隔江猶唱後庭花」指的便是陳後主在亡國後唱的這首曲子。另外他荒淫無度，後宮嬪妃無數，韓擒虎攻入宮中時同時躲入井中的寵妃就有兩名。

五五七年陳霸先建立陳朝到五八九年被隋文帝所滅，總計三十二年，五位皇帝。除了被廢的陳伯宗之外，都活到四、五十歲，而且是正常病死，在南北朝時代算是不容易。但有兩個小插曲，一個是爭位不成被淹死的陳昌（陳霸先死時唯一還活著的兒子）、一個是謀位不成的陳叔陵（陳叔寶的弟弟），如果把被篡的陳伯宗也算意外死亡，還是殘留著宗室親人之間的利害關係和死亡的殺伐之氣。

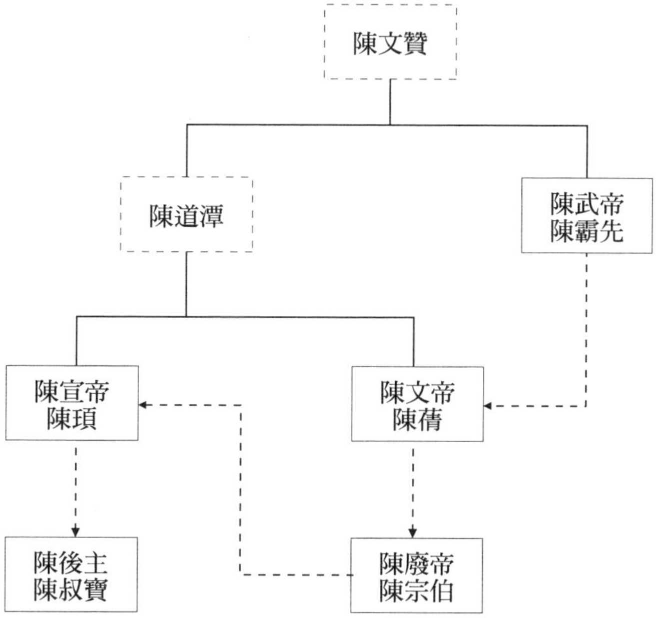

南陳皇帝世系圖

扣掉被篡的陳伯宗和亡國之君陳叔寶，其他三位皇帝都算是英明愛民的君主，藉著長江天險守著南方一隅，人民也能安居樂業，在動亂的南北朝時代可算相對不錯。隋文帝楊堅雄才大略，統一北方後要攻取江南也並不容易，好在出了陳叔寶這個寶貝，才能輕易統一天下，節省了不少時間。

南陳是在北朝（由北魏分裂出東魏和西魏，再被北齊、北周取代）的侵擾和南梁的混亂中誕生的，長江以北為北齊所占，西南被北周所占，陳朝只能依靠長江天險維持南北對峙的局面，但國力顯然不及北朝各國。

當隋將賀若弼進攻京口時，守將派人告急，告急文書送到宮中時陳叔寶正在飲酒，沒有理會。後來高熲攻進陳朝宮殿，看見告急文書還躺在床邊，連封皮都沒拆，真是可笑可悲到了極點，陳朝滅亡也是該當。楊堅就批評陳叔寶說：他如果能將作詩飲酒的工夫用在國事上，又怎麼會落到如此下場！

小結

南北朝是接續晉朝的一個時代，其中南朝是從劉裕篡了東晉建立劉宋之後開始，共歷經劉宋、南齊、南梁、南陳四朝，南梁又分

皇帝	終年	在位	直接死因	死亡背景因素
陳武帝　陳霸先	*56	1.6年	病死	
陳文帝　陳蒨	*44	7.5年	病死	
陳廢帝　陳伯宗	*18	1.9年	不明	疑為陳頊篡位後殺害
陳宣帝　陳頊	*53	*13年	病死	
陳後主　陳叔寶	*52	*7年	病死	
有星號＊表示資料不全，為推估值				

表6.5：南陳皇帝死因

離出一個西梁，共計五個政權，歷時近一百七十年，長期和北方政權對峙。

南朝四國（或五國）中南齊蕭道成和南梁蕭衍本屬同宗，都是出自名門蘭陵蕭氏。但蕭衍不願背上蕭氏宗族內亂奪取親人帝位的罪名，另立王朝，但不改其奪權篡位的本質。結果在侯景的操控下建立了史上傳位最亂的王朝，最後被陳霸先取代，否定他人的人也被他人否定，循環報應不爽。

比較值得注意的是劉宋的劉裕和南陳的陳霸先，兩人都是出身寒微，憑自己的軍功實力站上浪尖，打破了魏晉以來的世家大族壟斷朝廷的局面。晉朝推行九品中正制，由在京的地方出身官員評點當地人士，推舉入朝為官。原意在加強中央集權，改進漢末察舉的頹敗風氣。但實際執行上仍被世家大族影響，導致「上品無寒門、下品無世族」的階級僵化現象。劉裕和陳霸先不但能站上朝廷，最後還篡位稱帝，打破了階級僵化、寒門不易出頭的格局。若不是南北朝的混亂局面，造成靠拳頭打天下的氛圍，恐怕還不易突破，這也是動亂年代形成的契機。

但寒門出身靠武力得天下，缺乏世家大族傳統的正規教育和養成訓練，得天下易，治天下難，曾不旋踵便丟掉王朝，固然和環境有關，但後代帝王素養不足，也是重要因素。看看宋少帝劉義符、宋前後兩廢帝劉子業和劉昱，以及陳後主陳叔寶的作為，能不感嘆。

南北朝對峙過程中，北朝實力勝壓南朝，爭來殺去，疆界逐步南移，南朝諸國只能憑長江天險和北朝諸國相抗衡。最後北方被楊堅定於一尊，南朝則落在陳叔寶手中，此強彼弱，給了楊堅席捲天下的機會，華夏大地重歸一統。

第七章　北朝：北魏、東魏、西魏、北齊、北周

東晉滅亡之後，劉裕建立劉宋，接著南齊、南梁、後梁和南陳爭得你死我活，熱鬧非常之際，北方也沒閒著。三八六年拓跋珪稱王建立北魏，三九九年稱帝，四三六年滅了北燕，隨後逐次滅了北涼、西涼等國，在四三九年重新統一北方，結束了五胡十六國的亂局。北魏和占領南方的劉宋對峙，開啟了南北朝時代。五三四年北魏分裂為東西魏，再被北齊和北周取代，直到五八一年北周宇文闡禪讓帝位給楊堅，建立隋朝，天下復歸統一。北朝總計五個政權，分別說明如下。

北魏

南北朝期間北方曾被前秦短暫的統一過，但在苻堅南攻東晉失敗後，北方再次陷入分裂與混亂。當初受到苻堅武力鎮壓的代國，其領袖鮮卑人拓跋珪也決定復國。三八六年拓跋珪得到以賀蘭部為首的諸部落的支持，在牛川召開部落大會，即位為代王。不久移都盛樂，改稱魏王，稱國號為「魏」，史稱「北魏」，以和三國時期的曹魏區別，之後還分裂出東魏和西魏。

北魏建立時四周強敵環伺，經過多年征戰，主要對手剩下後燕。北魏國勢較弱，拓跋珪於是與後燕

交好。後燕曾意圖任命拓跋珪為西單于，封上谷王，但拓跋珪沒有接受，轉而結盟西燕對付後燕。之後西燕被後燕滅掉，華北一帶就剩下北魏與後燕兩國互相對峙，彼此攻伐，互有勝負。三九六年拓跋珪出兵打敗後燕，於是稱霸華北。三九八年遷都平城，營建宮殿、宗廟、社稷，三九九年拓跋珪即皇帝位。雖稱霸稱帝，但並沒有能真正的統一華北，還有許多部族勢力盤踞各地。

拓跋珪早期任用賢能，勵精圖治，使代國大為興旺，進而改國號為魏並自行稱帝。但拓跋珪晚年剛愎自用，猜忌多疑，妄殺大臣，使大臣們大都惶惶難安，影響了國家的穩定。

四〇九年拓跋珪次子拓跋紹的母親賀夫人犯過，遭拓跋珪幽禁於宮中，準備處死。賀氏秘密向拓跋紹求救。拓跋紹性情頑劣，曾受拓拔珪責備，懷恨在心，於是串通宮中守兵及宦官，闖入宮中殺了拓跋珪。拓跋珪死時年三十九歲，在位二十三年餘，諡號宣武帝，四二〇年改為道武帝，廟號太祖。

拓跋珪死後長子齊王拓跋嗣在宮中衛士的擁戴下殺了拓跋紹，然後繼皇帝位。拓跋嗣文武雙全，治國有方，內安民眾，外拓疆土。四二三年拓跋嗣進攻南朝劉宋得勝，奪取劉宋領土三百里。拓跋嗣在親征過程中積勞成疾，舊病復發，最後病死，年三十二歲，在位十四年，諡明元皇帝，廟號太宗。

拓跋嗣死，長子拓跋燾繼位，年僅十六歲。拓跋燾自小就展現出過人的軍事天賦，十二歲時就遠赴河套抗擊柔然，使柔然不敢入侵。拓跋燾繼位時，北魏經過拓跋珪、拓跋嗣兩代人的經營，已經統一了黃河以北的大部分土地。拓跋燾繼位以後，重用漢族大臣崔浩，整頓吏治，勵精圖治，北魏國力鼎盛。拓跋燾尤其善於使用騎兵，親自率領大軍先後攻滅胡夏、北燕、北涼，並伐柔然、討山胡、降鄯善、逐吐谷渾，取劉宋的虎牢、滑台等地，基本上統一了中國北方，結束了自西晉末年以來北方分裂，割據政權互相攻伐的混亂局面。最後北魏和南方劉宋政權對峙，南北朝對立的大勢至此基本成形。

雖然在對劉宋的戰爭中大勝，也造成大量傷亡，軍疲民憊，怨聲載道不絕於耳。拓跋燾執政晚期以法家思想治國，強調嚴刑峻法，輕罪重罰使國內人心不穩造成政治混亂。而拓跋燾重用漢臣也造成鮮卑勢力和漢臣之間的矛盾，股肱大臣崔浩因修國史一事秉筆直書傷及拓跋氏先祖的名譽而被處死，有人認為是拓跋燾為顧及皇室顏面殺了崔浩，也有人認為是鮮卑族勢力藉機生事害死了崔浩。

拓跋燾有一深受寵幸的宦官宗愛，宗愛誣陷太子拓跋晃有謀父篡位的嫌疑，導致拓跋晃被害死。拓跋晃死後，拓跋燾獲知真相，頗為後悔，加上對崔浩也有愧意，使其晚年性情躁鬱反覆無常。宗愛害怕拓跋燾知道真相會對付自己，於四五二年暗中設計，趁拓跋燾酒醉之時將其勒斃。拓跋燾死時四十四歲，在位二十八年餘，諡號太武皇帝，廟號世祖。可嘆英武果毅的拓跋燾，一生叱咤風雲，最後竟因寵信小人而遭橫死。

除了性情反覆之外，拓跋燾晚年奉道排佛也備受爭議。五胡十六國期間，鳩摩羅什、佛陀跋陀羅等一些重量級佛教人士來華傳教，弘揚佛法，佛教頗為盛行。從道武帝拓跋珪開始，魏朝統治者大都禮敬佛門，拓跋燾繼位之初也是如此。但後來一則受到崔浩、寇謙的影響親近道教，再則發現佛門內有不法之事，開始全面禁止佛教，逼僧人還俗，不從則大殺僧眾，焚燬佛寺，使北方地區佛教勢力一時陷於衰落，也導致許多變亂發生。

拓跋燾死後，眾大臣討論繼位人選，當時太子拓跋晃已死，而他的兒子拓跋濬年紀尚小，有人提議立拓跋燾第三子東平王拓跋翰為帝。議論未定之際，宗愛把和自己關係較好的拓跋燾幼子南安王拓跋余秘密迎入後宮，矯赫連皇后的命令，擁立拓跋余為帝，並殺死其他大臣以及東平王拓跋翰。

宗愛擁立拓跋余後，被任命為大司馬、大將軍、太師、都督中外諸軍事，獨攬大權。他專權跋扈，朝野內外都非常忌憚他。拓跋余懷疑宗愛圖謀不軌，企圖削奪他的大權。宗愛知道後利用拓跋余祭祀宗廟的機會，派小黃門賈周等人殺死拓跋余。拓跋余在四五二年二月被宗愛立為皇帝，十月遭殺害，皇位坐了二百三十二天，年齡不詳，謚為南安隱王。

拓跋余死後，眾大臣掌握禁軍並迎立皇孫拓跋濬入宮即皇位，捕捉宗愛及其黨羽，滅三族。拓跋濬是太武帝拓跋燾的嫡孫，父親拓跋晃是太武帝的長子，原立為太子，後被宗愛誣諂被殺。

拓跋濬即位時年十三歲，即位後不再繼續前幾位皇帝四處用兵的政策，停止南侵劉宋，休養生息。他下令復興佛教，並建造雲岡石窟，塑大佛像宣揚佛法。在位期間偶有征戰，主要為四五八年拓跋濬親率十萬騎兵、十五萬輛戰車，進攻柔然獲勝，再開疆招土。

拓跋濬在位期間鮮卑族和漢族的矛盾激化，國內的謀反叛亂不斷。先是四五二年隴西的屠各和王景文反叛朝廷；四五三年司空杜元寶謀反，隨後建寧王拓跋崇與兒子濟南王拓跋麗加入杜元寶叛亂集團；接著又有濮陽王閭若文與征西大將軍、永昌王拓跋仁謀反。這些叛亂最後都被敉平，但北魏的國力大為耗損，逐漸走向衰落。四六五年拓跋濬因病去世，年二十五歲，在位十二年餘，謚號文成皇帝，廟號高宗。

拓跋濬死後，其子年僅十二歲的拓跋弘繼位，馮太后（非拓跋弘生母）臨朝聽政，把持大權。馮太后是個精明的政治人物，先以丞相位穩住了有奪皇位野心的乙渾，然後再設局殺了乙渾，開始臨朝聽政。馮太后權力欲極強，手腕凶悍，處處壓抑拓跋弘，讓他極為鬱悶。馮太后年輕守寡，和大臣李弈傳出曖昧之情，更加深了拓跋弘的不快。拓跋弘找機會借題發揮殺了李弈，母子二人關係急速惡化。

拓跋弘消極之餘，想把皇位讓給自己的叔叔京兆王拓跋子推，當然有壓抑馮太后的意圖。但眾大臣不同意，馮太后更不樂意，因為拓跋子推年紀較長且有功勳，讓給拓跋子推會影響馮太后干政的機會。在妥協之下，四七一年拓跋弘最後讓位給自己的兒子，年僅五歲的拓跋宏，拓跋弘自己當了太上皇，朝政仍掌握在馮太后手裡。

拓跋宏年幼即位，太上皇的拓跋弘雖然讓出帝位，但並沒有真正退休。四七二年還兩次帶兵出擊柔然，獲得大勝。內政方面也積極整頓吏治、任用賢能、保護農業生產。這當然引起馮太后的戒心，為了防止拓跋弘東山再起，在四七六年毒死了拓跋弘。拓跋弘死時二十三歲，在皇帝位只待了六年餘（外加太上皇五年），謚號獻文皇帝，廟號顯祖。

拓跋弘死前便已禪位給兒子拓跋宏，沒有繼位的問題，但拓跋宏還是太小，仍然由馮太后聽政。馮太后主政期間對鮮卑人建立的北魏朝廷進行了一系列中央集權化的改革，並大力推行漢化。馮太后是北魏時期的重要人物，掌權期間跨三代皇帝，是北魏漢化的主力推手，並影響及北魏後來的發展。四九〇年馮太后去世後，拓跋宏親政，稟承馮太后的政策，繼續漢化改革，而且做得比馮太后更大刀闊斧。

他從整頓吏治開始，仿漢人制度來管理朝政。四九三年從平城遷都洛陽，全面改革鮮卑舊俗，推行漢語、著漢服、以洛陽為原籍，並以漢人姓氏取代鮮卑姓氏，從自己做起，改姓為「元」，後稱元宏。鼓勵鮮卑貴族與漢士族聯姻，嚴厲鎮壓反對改革的守舊貴族，甚至不惜處死不遵守漢化規定的太子拓跋恂。連串措施使鮮卑經濟、文化、社會、政治、軍事等方面大大的發展，緩解了民族隔閡，史稱「孝文帝改革」。

四九九年元宏在南征途中生病，死於穀塘原行宮中，年三十一歲，在位二十八年，謚號孝文皇帝，廟號高祖。

元宏去世由次子元恪繼位，元宏長子元恂（拓跋恂）因未能遵守全面漢化政策被廢後遭賜死，四九八年改立元恪為皇太子，隔年元宏死，元恪繼位。

元恪在位期間，北魏對南朝發動了一系列戰爭，攻取南朝梁國的四川之地、北擊柔然，北魏疆域大大向南拓展，國勢盛極一時。元恪在位的後半期，外戚高肇（高皇后的哥哥）專權，朝政一片黑暗，北魏逐漸衰弱。五一五年元恪病死，年三十二歲，在位十六年，謚為宣武皇帝，廟號世宗。

元恪因篤信佛教，取消魏朝自道武帝拓跋珪以來子貴母死制度。道武帝拓跋珪建立北魏時，有鑑於歷朝外戚的禍患，規定立為太子者其母必須被賜死，是為「子貴母死」。元恪取消了子貴母死的規定，他的皇后胡充華，得以在其子元詡獲立為太子後沒有被賜死，沒想到結果還真的造成外戚干政，進一步導致北魏的衰亡。

元恪死後，次子六歲的元詡登基（長子元昌早夭），是為魏孝明帝，尊嫡母宣武帝皇后高英為皇太后、生母胡充華為皇太妃。之後高太后失勢出家為尼，孝明帝晉封胡太妃為皇太后，開始臨朝聽政。

胡太后掌政初期，北魏國勢發展蓬勃，但佞佛教，浪費國家財產。胡太后年輕，耐不住寂寞，時有淫亂情事傳出，並造成多次宮廷變亂，胡太后也曾一度被廢被囚禁，最後仍在情人庇護下重掌政權。

元詡長大後，不滿胡太后和她妹夫江陽王世子元乂（一說為元义）把持朝政，五二八年暗召大都督爾朱榮（契胡部酋長，妃子爾朱嬪之父）帶兵入洛陽協助他奪權，但爾朱榮還未到洛陽，元詡突然駕崩，死時十八歲，在位十三年，謚為孝明皇帝，廟號肅宗。傳言是胡太后得知元詡召爾朱榮，於是將他鴆殺。

元詡死後沒有子嗣可以繼位，在政局動盪中，胡太后將元詡妃子潘外憐所生的獨生女元氏偽稱為皇子，並令其登基為帝。但曾不旋踵，又宣布元氏為女性而將其廢位，改立元詡堂侄元釗為帝，時年僅兩歲，世稱北魏幼主。

瞬時間的廢立使天下震驚，爾朱榮出兵討伐，十五天後占領京師洛陽，俘獲元釗及胡太后。之後下令將幼主元釗和胡太后沉入黃河溺斃，元釗死時僅兩歲，在位四十五天，無諡號，無廟號。

爾朱榮另立十一歲的元子攸即位，想當然耳是爾朱榮的傀儡。元子攸是獻文帝拓跋弘的孫子，父親彭城武宣王元勰是拓跋弘的第六子、孝文帝元宏的弟弟，論起輩分，算是元釗的堂祖叔。

太祖拓跋珪稱王後建都平城，為了防禦北邊的柔然，在沿境河北北部、內蒙古南部建立了六個軍鎮，以拱衛都城。這六個鎮分別是沃野、懷朔、武川、撫冥、柔玄、懷荒。孝文帝元宏期間大力進行漢化，六個邊鎮未能趕上漢化進度的鮮卑人遭到歧視，後來引起六鎮之亂，爾朱榮因鎮壓六鎮而壯大，手握重兵，成為權臣。在他的安排下，元子攸娶了爾朱榮的女兒為皇后。爾朱榮專權，又在河陰之變中殺死了包含元子攸兩個同胞兄弟在內的眾多宗室和大臣，造成民憤。元子攸心生不滿，在五三〇年設計殺了爾朱榮及其黨。爾朱榮死後，爾朱榮的侄子爾朱兆率兵攻入洛陽，先抓了元子攸，改立爾朱榮的妻子北鄉公主（南安王元楨之女）的侄子長廣王元曄為帝，以爾朱兆之女為皇后，隨後殺了元子攸。元子攸死時二十四歲，在位四年，諡為孝莊皇帝，廟號敬宗。

長廣王元曄是太武帝拓跋燾的玄孫，元子攸的叔父輩，元子攸被殺時，元曄為太原太守兼管并州。元子攸殺了爾朱榮後，其黨羽爾朱世隆逃竄進入并州境內，和爾朱兆會合，準備聯手起兵攻打洛陽，為爾朱榮報仇。於是就近先擁立元曄為皇帝，以和元子攸分庭抗禮，同時有兩個皇帝，元子攸死後，北魏就剩下元曄一位皇帝，但他是爾朱兆的傀儡。

隨後爾朱兆挾持元曄到晉陽，爾朱世家其他人（爾朱世隆、爾朱度律、爾朱彥伯等人）留鎮洛陽，在沒有皇帝的狀況下維持朝政運作，政局還算不錯，《資治通鑑》稱「商旅流通，盜賊不作」。另一邊元曄在五三一年設法擺脫了爾朱兆，打算回洛陽皇宮理事。但爾朱世隆自恃維持首都有功，萌生了重新擁立新帝、獨掌朝政大權的念頭。於是在元曄返回洛陽途中加以攔截，逼他禪位給廣陵王元恭。

在武力威脅下元曄在禪位書上簽字，交出皇帝的頭銜，在位僅四個月，元恭在爾朱世隆的擁立下繼帝位。

元恭即位後，元曄離開皇宮，被封為東海王，食邑萬戶，待遇還算不錯。最後為高歡所殺，死時年二十四歲，無謚號，史稱前廢帝。稱前廢帝，自然是因為之後還有一位廢帝。

接受禪讓的元恭是魏獻文帝拓跋弘的孫子，為人謙遜有禮，在辭讓三次後登基為帝。朝政被爾朱世隆把持，北部、西部、東南地方分別被爾朱兆、爾朱天光、爾朱仲遠把持，換言之，天下是爾朱家的天下，元恭能做的十分有限，無力阻止爾朱氏的暴虐和腐敗。

爾朱家族殘暴不仁，北魏另一位手握兵權的重臣高歡動念討伐爾朱家族。五三二年高歡在信都起兵，擁立自己轄區的宗室勃海太守元朗為帝，號令天下討伐爾朱氏。經過一年的戰鬥，高歡擊敗了爾朱家族眾人，掌握了政權。

此時爾朱家族所立的元恭尚在位，北魏又出現兩個皇帝（元恭與元朗）。五三二年元恭派人至洛陽慰勞高歡，高歡和元朗一同赴洛陽。高歡掌握大權，詢問眾人應立何人為帝。結果兩個都不是，五三二年高歡廢元恭，元朗也被迫讓位給平陽王元修。元恭被新即位的元修毒死，死時三十四歲，在位不及一年，謚節閔皇帝，無廟號。元朗則改封安定王，之後和前廢帝元曄同時被殺，元朗死時十九歲，在位不到一年，被稱為後廢帝。

元修在高歡的擁立下為帝，他是魏孝文帝元宏的孫子，也是北魏的最後一位皇帝。元修即位後娶了高歡的長女，但這場政治婚姻並沒有改善元修的命運。五三四年元修與高歡決裂，出逃關中投奔宇文泰。十月高歡另立元善見為帝，遷都鄴城。投奔宇文泰的元修和宇文泰關係也不融洽，五三五年被宇文泰殺死，元修死時二十五歲，在位不到三年，謚號孝武皇帝，無廟號。

皇帝	終年	在位	死因	死亡背景因素
魏道武帝　拓跋珪	38.3	23.7年	被殺	次子拓跋紹救母謀反弒父
魏明元帝　拓跋嗣	31.5	14.1年	病死	出征過勞發病而死
魏太武帝　拓跋燾	43.7	28.2年	被殺	被宦官宗愛所殺
南安隱王　拓跋余	不詳	0.6年	被殺	宗愛立為皇帝後殺之
魏文成帝　拓跋濬	25.0	12.6年	病死	
魏獻文帝　拓跋弘	22.1	6.3年	被毒死	被馮太后因爭權毒死
魏孝文帝　元宏	31.6	27.6年	病死	南征途中染病去世
魏宣武帝　元恪	31.6	15.8年	病死	
魏孝明帝　元詡	18.0	13.1年	被毒死	被胡太后因爭權毒死
魏幼帝　元釗	2.0	45天	被殺	胡太后立的傀儡皇帝，被爾朱榮連同胡太后一併淹死
魏孝莊帝　元子攸	23.6	2.7年	被殺	爾朱榮立的傀儡皇帝，被爾朱兆殺害
魏前廢帝　元曄	24	4個月	被殺	被爾朱兆逼禪讓皇位，後為高歡殺害
魏節閔帝　元恭	33.9	1.2年	被殺	由爾朱兆擁立，被高歡所廢，被元修殺害
魏後廢帝　元朗	19.5	0.7年	被殺	宇文泰擁立，被高歡所廢，後被殺
魏孝武帝　元修	24.6	2.6年	被殺	由高歡所立，被廢後被殺

表7.1：北魏皇帝死因

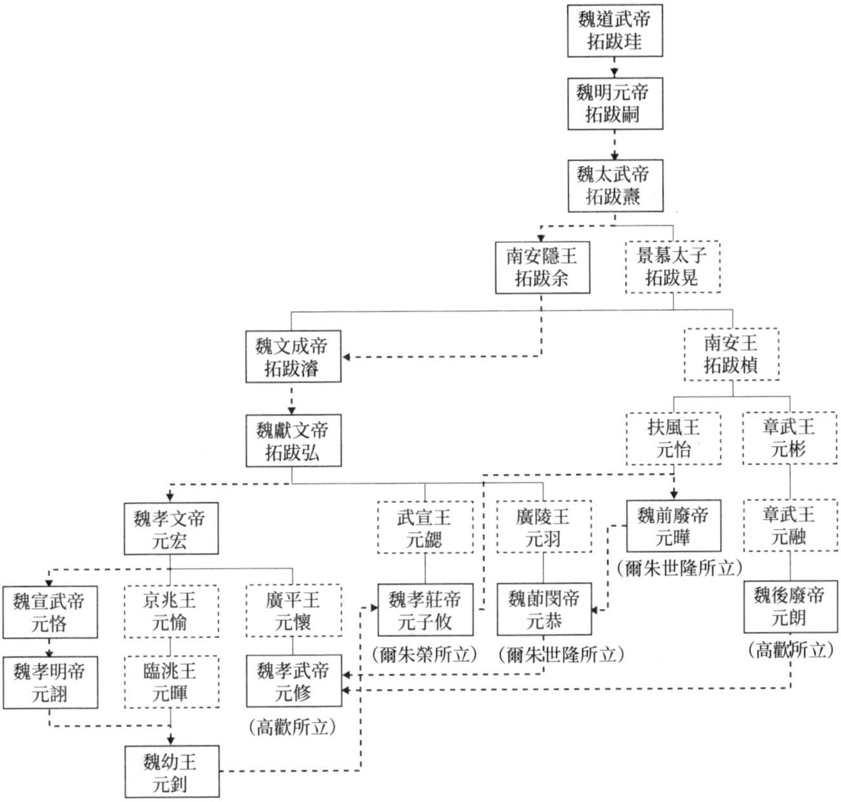
魏道武帝
拓跋珪
魏明元帝
拓跋嗣
魏太武帝
拓跋燾
南安隱王
拓跋余
景慕太子
拓跋晃
魏文成帝
拓跋濬
南安王
拓跋楨
魏獻文帝
拓跋弘
扶風王
元怡
章武王
元彬
魏孝文帝
元宏
武宣王
元勰
廣陵王
元羽
魏前廢帝
元曄
(爾朱世隆所立)
章武王
元融
魏宣武帝
元恪
京兆王
元愉
廣平王
元懷
魏孝莊帝
元子攸
(爾朱榮所立)
魏節閔帝
元恭
(爾朱世隆所立)
魏後廢帝
元朗
(高歡所立)
魏孝明帝
元詡
臨洮王
元暉
魏孝武帝
元修
(高歡所立)
魏幼王
元釗

北魏皇帝世系圖

元修死後，宇文泰另立元寶炬為帝，關中和鄴城各有一位元氏家族坐在皇位上，都沿用國號魏。歷史上稱關中宇文泰擁立的元寶炬為西魏，鄴城高歡所立的元善見則稱東魏，北魏分裂為東西兩魏，北魏不復存在。

北魏自三八六年拓跋珪恢復代國，到五三四年兩位末代皇帝（元朗、元修）遜位，總計一四八年，在南北朝中算是國祚最長的。歷經十五位皇帝，也是最多，但並不表示是最好的。十五位皇帝中被殺的有十位，列為病死的四位。病死的四位中有兩位因征伐過勞而死，也不算是壽終正寢。即使真正因病去世未遭其他不幸的兩位，年齡也不過二十五歲和三十二歲，如此短命相信也和亂世中生活執政不易有關。北魏皇帝活得最長的太武帝拓跋燾也只活了四十四年，其他的都在四十歲以下，只好再說一聲：當皇帝不見得就是好命。

在專制時代，能殺皇帝的都不是普通人，不是宗室（含外戚）就是近臣，當然也有手握重兵的外來權臣。但是殺了皇帝的人，也不見得會有太好的下場，大多又再被殺，這些場景在北魏的精采程度簡直不下連續劇，實際上有許多情節被拍成電視劇播出。

從開國皇帝道武帝拓跋珪開始，他被次子拓跋紹所殺、拓跋紹被哥哥明元帝拓跋嗣所殺。拓跋嗣傳位拓跋燾，被稱為一代明主的太武帝拓跋燾卻被近臣宦官宗愛所殺，宗愛還殺了自己所立的傀儡皇帝拓跋余，中間還殺了有可能被擁立為帝的東平王拓跋翰，最後被文成帝拓跋濬所殺，血跡斑斑。

隔了一個平安下莊的文成帝拓跋濬之後，獻文帝拓跋弘受馮太后壓抑，主動禪位給兒子拓跋宏，但仍沒逃過馮太后的毒手。孝文帝拓跋宏（後改元宏）和他的兒子魏宣武帝元恪病死，也算是平安下莊，之後的七任皇帝，從孝明帝元詡到孝武帝元修，全都被殺。不但是橫死，而且在位時幾乎也全都是別人的傀儡，沒有享受過皇帝的威權和福利。如果再把胡太后假名立為皇帝的元詡之女元氏也算上一個，傀儡皇帝之數應是歷朝最多。

拓跋珪鑑於歷朝外戚的禍害，曾立了子貴母死的規定。宣武帝元恪取消了子貴母死的規定，其后胡氏得以在兒子元詡獲立為太子後沒有被賜死，沒想到胡太后真的干政，還真的因為胡太后干政導致北魏的衰落，最後敗亡。元詡即位，因不滿母親胡太后和其弟把持朝政，召爾朱榮進京協助奪權，後被胡太后毒殺。胡太后再立幼女皇帝元氏，隨即廢掉，立幼帝元釗，爾朱榮攻進京師洛陽，殺了元釗及胡太后。從爾朱榮進京開始，雖然天子仍姓元，但天下就已經不姓元了，經過爾朱榮、爾朱兆、高歡、宇文泰，十數年間造成了北魏的分裂，分出東魏和西魏，北魏就玩完了。

母以子貴會導致外戚干政，子貴母死會比較好嗎？文成帝拓跋濬死後拓跋弘幼年（十二歲）繼位，馮太后臨朝聽政。拓跋弘的母親李氏因子貴母死，被追封為皇后，拓跋弘由皇后馮氏扶養長大，繼位後臨朝聽政。馮太后權力欲極強，手腕強悍，在拓跋弘即位初期，就展現了過人的能力，處理掉具野心的權臣乙渾。之後仍處處壓抑拓跋弘，讓他極為鬱悶，最後決定讓位給兒子拓跋宏，仍由馮太后臨朝聽政。為了防止拓跋弘東山再起，馮太后還是殺了拓跋弘。直到馮太后死後，拓跋宏（元宏）親政，才得以發揮。另外宣武帝元恪執政晚期也有高皇后之兄高肇專權的事發生，可見不論皇帝的生母或養母，只要有野心，都可能為患，拓跋珪子貴母死的規定是沒有辦法真正阻止幼主被太后操控的。

另外值得一提的是馮太后，兩次聽政期間大力進行漢化，是推動胡漢融合的代表性人物之一。在位期間推行三長法、均田法、班祿法，建立了農業大國的雛形，革除了相當多朝政亂象和貴族圈地行為。《魏書》說：「太后多智，猜忍，能行大事。殺戮賞罰，決之俄頃。」她把北魏國勢帶到一個新的高峰，政策影響力陸續擴及後續各代。可見太后聽政，有不好的一面，也可能有好的一面，恐怕不能一概而論。拓跋珪的顧慮是否多了一些？或許挑到好的后妃，要比子貴母死更重要一些。

北魏是一個波濤洶湧的時代，終結五胡亂華、開啟南北對峙、推動胡人漢化，但內部紛擾不斷，這些不稍減其對中華民族融合的貢獻。風風雨雨給人帶來的感嘆之外，也希望能讓後人有所借鑑。

東西魏

北魏晚期天下紛擾不斷，政權搖搖欲墜，統治階級內部展開了激烈的權力爭奪，權臣把持朝政，壓抑皇室。五二八年爾朱榮發動政變攻克京城，殺了幼主元釗和胡太后，立元子攸為帝，控制了北魏中央政權。五三二年高歡勢力打敗爾朱氏家族，立元修為帝，把持洛陽朝政。五三四年高歡所立的孝武帝元修不願做傀儡皇帝，投奔關隴軍閥宇文泰。高歡暫時推清河王元亶主持朝政，但元亶不太聽話，高歡回京後改立元亶的世子，年僅十一歲的元善見為帝，東魏開始。

元修離開高歡的掌握後，高歡先任命元亶為大司馬，處理國家政務。元亶是孝文帝元宏的孫子，自認具備即帝位的資格，受任大司馬，大擺排場唯我獨尊，不把高歡放在眼裡。高歡回京立刻請他下台，改立元善見為帝，也是東魏唯一的一任皇帝，五三七年元亶被高歡毒死。

東魏的主要對手是宇文泰所把持的西魏，以及南朝的蕭梁。東西魏之間多次戰爭，南梁也不時騷擾，還有些地方勢力也偶有動亂。這些都賴高歡處理，甚至內政也是高歡說了算，元善見只不過是高歡的傀儡。但元善見一則比較成熟，再則看到父親元亶的下場，於是盡力忍耐，對高歡唯命是從，並娶了高歡的女兒立為皇后，二人得以和平相處。

五四七年高歡死，長子高澄繼任把持朝政。高澄精明幹練但冷酷無情，對元善見不假辭色，元善見成了受權臣欺凌的窩囊皇帝。除了當面辱罵之外，還命手下打了皇帝三拳。其實元善見本人才能並不差，《魏書》稱其「帝好文，美容儀。力能挾石獅子以逾牆，射無不中。嘉辰宴會，多命群臣賦詩，從容沉雅，有孝文風」。可說文武兼備，在高澄欺壓下有了反抗的心思。高澄知道後，帶人馬入宮當面斥責元善見為何企圖謀反？元善見說了一段心裡的話：自古以來只有謀反的臣子，哪有君王謀反的說法？你想弒君就看著辦吧。高澄一怒之下將元善見囚禁並殺了皇帝身邊的人，正準備要篡位之際，卻被廚師蘭京謀刺而死。

蘭京的父親蘭欽是梁朝的大將，蘭京在戰爭中被高歡所部俘虜，分配到高澄府中當廚子。他爸爸蘭欽多次以重金要贖回蘭京，高澄不但不准，還加以辱罵，蘭京心懷不滿，趁高澄不備將他刺殺，事後被高澄的弟弟高洋趕到殺死。

高澄死後，高洋掌握大權，元善見封他為丞相、齊郡王，加九錫。五五〇年高洋廢掉元善見，自立為帝，國號「齊」，是為「北齊」，東魏滅亡。

高澄封元善見為中山王，食邑一萬戶，但兩年後還是把他殺了。元善見死時二十八歲，在位十六年，諡號孝靜皇帝，無廟號。

回頭來看西魏。五三四年高歡所立的傀儡皇帝元修與高歡決裂，趁高歡出兵時，率一部士兵，偕同情婦元明月及元明月的哥哥南陽王元寶炬等入關中投奔他妹夫宇文泰（宇文泰娶了元修的妹妹馮翊公主）。元明月其實是元修的堂姐，已婚，夫死之後被元修強占。宇文泰先藉故殺了元明月，激怒元修做出一些反常的行為，再藉口殺了元修，於五三五年改立元寶炬為帝。元修雖放棄帝位投奔宇文泰，但還是被視為北魏的最後一任皇帝，元寶炬則被視為西魏的第一位皇帝。

元寶炬是北魏孝文帝元宏的孫子，和東魏傀儡皇帝元善見是同宗，還高了元善見一輩。他的父親京兆王元愉叛亂兵敗後自殺，元寶炬兄弟幾人也被囚禁，直到宣武帝元恪駕崩後才恢復自由，並重新編入宗室屬籍。後來隨元修投奔宇文泰，在元修死後被宇文泰立為皇帝，可想而知，同樣是傀儡皇帝。

其實在宇文泰選任皇帝人選時還有另一個候選人，元修的兒子廣平王元贊，是東魏皇帝元善見的同輩。另一位王室遠親成員濮陽王元順勸宇文泰說：高歡立幼年皇帝擺明了是要欺負人家，你應該要有開闊的胸襟，立一位成年人為帝，所以選擇了元寶炬。元寶炬也很上道，知道長短，將治理天下的事交給宇文泰，二人維持良好的表面關係，最後也得到善終。

元寶炬作為傀儡皇帝沒有什麼太大作為，比較令人稱道的是和元配乙弗氏的感情。乙弗氏為貴族之後，貌美且知書達禮、儉約自持，與元寶炬情愛甚篤，十五年間生了十二個孩子，但大多早夭，男孩只留得兩位，包含後來繼帝位的元欽。

元寶炬在位期間柔然強大，對西魏構成威脅，宇文泰勸元寶炬納柔然頭兵可汗阿那瑰之女郁久閭氏為皇后，結好柔然。五三八年元寶炬在宇文泰的授意下廢乙弗氏，遜居別宮，出家為尼，但私下仍有往來。五四〇年柔然發兵攻打東魏，不少人認為這是因為元寶炬偏愛乙弗氏使郁久閭氏不受關愛的緣故，逼元寶炬賜死了乙弗氏。不久郁久閭氏也因難產死亡。

五五一年元寶炬病逝，死時四十四歲，在位十六年，諡號文皇帝，無廟號。元寶炬死後長子元欽繼位。元欽還是太子時，便娶了宇文泰的女兒，和老爸元寶炬一個調，夫妻十分恩愛，而且終其一生沒有立過別的妃嬪，是史上記載唯一的一夫一妻制的皇帝。

想當然耳，元欽也是宇文泰的傀儡。但元欽心有不甘，一心要光復大魏社稷，重新統一北方，進而一統天下。五五三年，宇文泰以退為進，主動辭去丞相職務，宣布退休，但宇文氏子弟依舊掌握著西魏政權。西魏皇族成員、尚書元烈聯合部分大臣，密謀誅殺宇文泰集團，卻不幸洩漏，反而被宇文泰殺害。事情當然也怪罪到元欽頭上，他備受壓力，聯絡部分元氏宗親圖謀宇文泰，但元氏宗親無兵、無權、無膽、無謀，不敢答應。元欽轉而聯絡平時交情較好的連襟，許以重利。這幾位連襟也是宇文泰的女婿，權衡之下出賣了元欽，向宇文泰告密。

事發之後宇文泰廢了元欽，改立元欽四弟齊王元廓為帝。五五四年宇文泰派人毒死了元欽，他的皇后（宇文泰之女）隨同自殺。元欽死時二十九歲，在位三年，無謚號，史稱西魏廢帝。

元廓目睹哥哥的遭遇，其實並不想當皇帝，但不是他說了算，在宇文泰的壓力下就皇帝位，一切朝政當然還是掌握在宇文泰手中，宇文泰甚至要求元廓改回鮮卑姓，稱拓跋廓。

元欽在位期間，南朝的南梁發生侯景之亂，蕭繹滅侯景自行稱帝，並勾結宇文泰出兵消滅同宗其他勢力。戰後要求宇文泰交回所占領的南梁土地，態度傲慢，惹怒了宇文泰。在拓跋廓即位後，宇文泰發動了對南梁的戰爭，派于謹、宇文護、楊忠等率兵五萬攻破江陵，俘殺梁元帝蕭繹，擄走梁朝王公以下和百姓數萬人做奴婢，分賞三軍。

五五六年宇文泰覺得時機成熟，可以稱帝了，沒想到圖謀之間出巡時病死。宇文泰因兒子宇文覺年幼，囑託他的侄兒宇文護幫助宇文覺主持軍國大事。五五七年宇文覺在宇文護的護持下，威逼拓跋廓禪位給宇文覺，建立北周，西魏亡。

拓跋廓被廢，被封為宋公，後被宇文護殺害，死時二十一歲，在位三年，史稱西魏恭帝。至此東西魏皆亡，北魏道武帝拓跋珪建立的魏朝（北魏）完全終結。

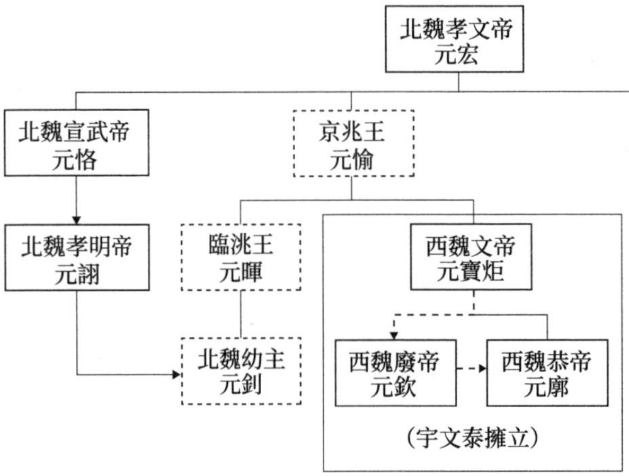

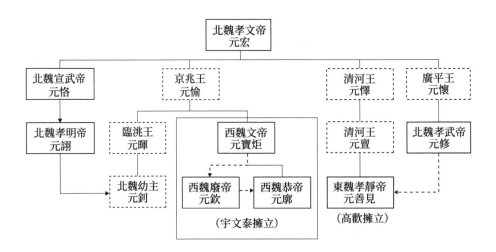

東西魏皇帝與北魏皇室關係圖

東魏皇帝	終年	在位	死因	死亡背景因素
魏孝敬帝　元善見	*28.0	*17年	被殺	高歡所立，遜位後被殺
西魏皇帝	終年	在位	死因	死亡背景因素
魏文帝　元寶炬	*44.0	*16年	病死	
魏廢帝　元欽	*29.0	*3年	被毒死	宇文泰所立，圖謀不成被殺
魏恭帝　拓跋廓	*20.0	*2年	被殺	宇文泰所立，遜位後被殺
有星號＊表示資料不全，為推估值				

表7.2：東西魏皇帝死因

一枝筆寫不出兩個魏字，都是北魏之後，都姓元（除了拓跋廓被迫改回鮮卑姓氏之外），歷史也不長，就一起評說了。

五三四年元修不願做傀儡皇帝，離開高歡投奔宇文泰，高歡失去了手中的王牌，無法再挾天子以令諸侯，趕快立了一個新的傀儡皇帝，就是元亶的兒子元善見。王牌跑到宇文泰手中，但不願做高歡傀儡的元修顯然也不會願意做宇文泰的傀儡。於是在五三五年宇文泰找個理由殺了元修，再立元寶炬為帝。魏朝天下兩個天子，一稱東魏、一稱西魏，但並不是元善見和元寶炬之間的對抗，而是高歡和宇文泰之間的對抗。再加上南朝的蕭梁不時插上一腳，彼此間爭戰攻伐，天下大亂。

高歡、元善見所建的東魏存在十七年，被高歡的兒子高洋所篡，只有一任皇帝。元善見乖乖聽話，但遜位後還是被殺，死時二十八歲。宇文泰、元寶炬所建的西魏存在二十一年，三任皇帝，其實權始終掌握在宇文泰手中。元寶炬也是乖乖聽話，但命好一點，病死在任上，是東西魏四位皇帝中唯一善終的，命也最長，活到四十四歲。繼任的元欽不甘做傀儡，但圖謀不成，死在宇文泰手下。弟弟元廓（拓跋廓）繼位，乖乖聽話，但最後還是被篡被殺，一個二十九歲、一個二十歲，萬般都是命，半點不由人。整體而言，東西魏皇帝的日子都不好過，最後都是被人用完就丟，即使坐在皇帝龍椅上，也是任人擺布，替人作嫁，毫無皇帝的享受與樂趣，甚至連不想做皇帝的自由都沒有。

長達十餘年的東西魏戰爭，雙方大體打成平手，處於僵持狀態。高歡兵力稍強，宇文泰精於謀略，各擅勝場，最後也都在後代手中如願取代傀儡皇帝，建立了自己的皇朝。但誰也沒能一統天下，包含和他們對峙的南梁，以及後來從南梁再分解出來的後梁和南陳，各自的王朝也沒有存在太久。等待他們的是隨後而來的楊氏隋王朝，終結了自五胡亂華以來長達兩百餘年的亂局，帶來真正的中原大一統。

北齊

北齊的創業之路要從高歡講起。高歡出自渤海高氏，六世祖高隱是西晉玄菟太守，標準的漢人，但先祖因罪徙居懷朔，在鮮卑人幕容氏手下討生活，是胡人漢化潮流中一支漢人胡化的代表。

北魏發生六鎮之亂，高歡原出自六鎮之一的懷朔鎮，先後投靠杜洛周、葛榮，後來投奔爾朱榮，受到爾朱榮賞識。在河陰之變後，爾朱榮掌握北魏朝政，高歡被封為晉州刺史。後來因為爾朱家族殘暴不仁，高歡選擇了和爾朱榮分裂。五三一年爾朱世隆廢元曄，改立元恭為帝（魏節閔帝），封高歡為勃海王，高歡沒有接受。不久高歡在信都起兵，擁立自己轄區的宗室勃海太守元朗為皇帝（魏後廢帝）以號令天下，討伐爾朱氏。經過一年的戰鬥，高歡擊敗了爾朱家族勢力，掌握了北魏的政權。

高歡掌權後先廢了元恭（魏節閔帝，宇文泰所立）和元朗（魏後廢帝，高歡所立），改立元修（魏孝武帝）為帝。五三四年元修不滿高歡專權，出逃關中投奔宇文泰。十月高歡為了重新掌握挾天子以令諸侯的位置，另立元善見為帝（魏孝靜帝），遷都鄴城，建立東魏。

元善見娶了高歡的女兒，一切軍政大事都交給高歡處理，二人得以和平相處。五四七年高歡死，長子高澄繼任，元善見多次受辱圖謀反制，但沒有成功，被高澄囚禁。高澄正準備篡位之際，卻被廚師蘭京謀刺而死。高澄死後，其弟高洋掌握大權，元善見封他為丞相、齊郡王，加九錫。依照標準作業程序，在加九錫後廢掉元善見，於五五〇年自立為帝，國號「齊」，是為「北齊」，東魏滅亡。

高洋其貌不揚，聰慧過人，沉默寡言，善於領兵。高洋即位後，西魏宇文泰率大軍攻北齊，高洋親自率軍迎戰。宇文泰看到高洋手下的部隊軍容嚴整，嘆息道：「高歡不死矣。」隨即退軍。

高洋在位初期，留心政務，削減州郡，整頓吏治，訓練軍隊，加強防務，促使北齊強盛。高洋曾出兵進攻柔然、契丹、高句麗等國，都大獲全勝。高洋更趁南梁遭遇侯景之亂的時候，意圖擁立梁宗室蕭淵明（當時為北齊的俘虜）為北魏皇帝，本來已經得到王僧辯的允可，但陳霸先殺了王僧辯，廢黜蕭淵明，之後自己建立南陳，與北齊和北周對峙。

高洋當了皇帝六、七年後就開始不理朝政，沉湎於酒色，奢侈淫亂，殘酷嗜殺。為了防止東魏復起，高洋屠滅元氏宗親逾三千人，幾至絕戶。酗酒、淫亂、殘殺讓高洋精神耗弱身體變差，五五九年高洋駕崩，年三十四歲，在位九年，諡為文宣皇帝，廟號顯祖。

高洋死後長子高殷繼位，年十五歲。高殷溫裕開朗，有君王風度，而且博涉群書，觀覽時政，名聲在外。高殷即位後任用楊愔進行改革，改革的結果傷到了一些宗室的利益，高殷的兩位叔叔（高洋的弟弟）高演和高湛大為不滿。而兩位叔叔軍政勢力龐大，不滿之下開始篡謀奪權。五六〇年高演發動政變廢了高殷，自立為帝，封高殷為濟南王。高殷被廢的時候，他的祖母婁昭君要高演發誓絕不傷害高殷性命，但最終高演還是擔心有後患，於次年將高殷秘密殺害。高殷死時十七歲，諡為愍悼王。

高演是高歡的第六個兒子，才智超群，聰敏過人，也關心天下，哥哥高洋在位時便積極參與朝政，頗受信任。一次見高洋沉迷於酒色，提出勸戒，高洋說：有你主持政務，我何不樂得遊嬉？高洋臨終前便曾表示可以讓出皇位給高演，但要求不可傷害高殷，最終高演還是篡位殺侄。

高演在位期間，文治武功兼盛，在北齊二十八年歷史和六位皇帝中，只有高演稱得上是明君，頗有作為，國勢也呈增長。但天命不久，五六一年因墮馬事故重傷而死，年二十七歲，在位一年，謚為孝昭皇帝，廟號肅宗。有人傳說是違背對祖母婁昭君的承諾而遭天譴，高演死前也頗有悔意，曾向祖母叩頭悔過。

當初高演和高湛聯手廢了哥哥高洋的兒子高殷時，曾允諾死後會傳位給高湛。但沒想到高演登基後卻反悔了，改立自己的兒子高百年為太子，高湛甚為不滿，但被高演壓住沒有能展開什麼行動。高演死時，其子皇太子高百年才十二歲，高演明白兒子不是高湛的對手，沒有傳位給太子，改傳位給弟弟高湛，並手書：「百年無罪，汝可以樂處置之，勿學前人。」企圖以皇位換取兒子的性命。可惜天不從人願，高百年還是被高湛所殺。所謂天道循還報應不爽，當初殺了哥哥的兒子高殷，如今兒子被自己的弟弟殺死，都是為了皇位。

高湛是高歡的第九兒子，即位後重用段韶、斛律光、高長恭等名將，曾數次大破北周、突厥入侵，武功赫赫。但高湛本人冷酷無情，寵信奸佞宵小，淫亂朝廷，肆意誅殺宗室及大臣，被評為無道昏君。他威逼嫂嫂李祖娥（高洋的皇后）入侍，還殺了李祖娥的兒子高紹德（高洋次子）。一時間，朝政混亂，社會處於動盪之中，北齊國勢因此轉衰。

五六五年因為天象示奇，彗星出現，高湛傳位於太子高緯，自任太上皇，繼續在幕後主政。五六九年因酒色過度而死，年三十二歲，在位四年，謚號武成皇帝，廟號世祖。

高緯是高湛的次子，因為出身的關係被視為嫡長子（長子高綽為庶出），被封為太子，之後高湛順應天意將帝位傳給高緯，自己當太上皇，死後高緯正式即位，立馬殺了哥哥高綽。

高緯即位時，經過高湛的玩忽，腐朽的北齊政權已經搖搖欲墜。高緯更是歷史上著名的荒唐皇帝，史稱「無愁天子」，他荒淫無道，政治腐敗，尤其最大致命傷是誅殺名將高長恭、斛律光，這使得北齊失去了護國的長城。高長恭是齊神武帝高歡（追諡）的孫子，封蘭陵王，是北齊的第一戰將，多立戰功，卻因功高震主被高緯賜死；斛律光先祖幾世都是大將，名聲震動關西，受到小人讒言被高緯殺了，北周武帝宇文邕聽說斛律光死了，高興的額手稱慶，從此北齊沒有能抵抗北周的將領。

五七七年，北周攻打北齊，齊軍大敗，北周軍隊攻破北齊京師之際，高緯有樣學樣，因為無力處理亂局，便將皇位傳於自己七歲的兒子高恆，自居太上皇，然後帶著高恆等十餘人準備投降江南的陳朝，結果半途被北周軍俘虜，高緯率同兒子高恆投降，北齊滅亡。

高緯投降後，被周武帝宇文邕封為溫國公，不久因為被誣陷謀反遭宇文邕賜死，年二十二歲，在位十二年，其中包含高湛稱太上皇仍掌政事的五年，死後無諡號，史稱齊後主。

皇帝	終年	在位	直接死因	死亡背景因素
齊文宣帝　高洋	*34.0	*9.0年	病死	酗酒嗜殺精神耗弱體衰致死
齊廢帝　高殷	*16.0	0.8年	被殺	為高演所廢並殺害
齊孝昭帝　高演	*27.0	*1.0年	其他	墮馬重傷而死
齊武成帝　高湛	*31.6	3.5年	病死	荒淫過度縱欲致病
齊後主　高緯	*21.5	11.7年	被殺	被北周滅國，亡國後被殺
齊幼主　高恆	*7.0	3月	被殺	被北周滅國，隨父被殺
有星號＊表示資料不全，為推估值				

表7.3：北齊皇帝死因

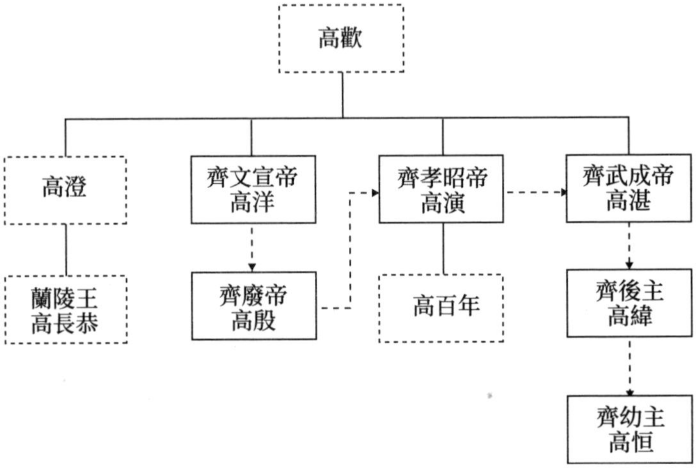

北齊皇帝世系圖

他的兒子高恆在五七七年被面臨困局的高緯傳位，被老爸帶著企圖逃向南陳，隨老爸一同被抓、一同被殺，年僅七歲，在位三個月，史稱齊幼主。

北齊自五五〇年文宣帝高洋廢東魏孝靜帝元善見立國，到五七七年後主高緯和幼主高恆被俘國亡，總共二十八年，加計高緯禪位給七歲的兒子高恆，歷經六位皇帝，只有開國皇帝高洋和武成帝高湛兩位活過三十歲，也不過三十四和三十二歲而已，全朝都是短命皇帝。在位之年也不長，末代皇帝高緯最長，也不過十二年，其中還有五年是有他的老爸高湛任太上皇。皇帝死因更是慘不忍睹，三位被殺，兩位病死也不算善終，高演勉強算好，但二十七歲墮馬而死屬意外，也未得天命。

想到高歡、高洋那樣英雄神武，從北魏手中奪取了天下，不可一世，卻在不到三十年間灰飛煙滅，令人不勝唏噓。

北周

開創北周王朝的是宇文泰。宇文泰出身北魏關隴集團，祖上是鮮卑族，到了北魏時已融入漢人生活，算是漢化的鮮卑人。關隴集團出自北魏的邊境六鎮，北魏拓跋珪稱王後建都平城，為了防禦北邊的柔然，在沿境河北北部、內蒙古南部建立了六個軍鎮，以拱衛都城。宇文泰和高歡，以及後來的隋朝奠基者楊忠、唐朝奠基者李淵，都出自這六鎮。

六鎮設立初期將士大多是鮮卑貴族子弟及其嫡系部隊，其中有大量北魏宗室，又有守邊重責大任，頗受朝廷重視。到北魏孝文帝元宏時遷都洛陽，重心移到關內，六鎮漸受冷落，待遇明顯不如都城的官員，甚至變成罪犯發配的邊疆，引發六鎮不滿，爆發叛亂。

首先帶領六鎮起來發難的是沃野鎮將士破落韓拔陵（一作破六韓拔陵），已經漢化的洛陽北魏朝廷已經失去了當年鮮卑拓跋部豪傑的雄風，無力鎮壓六鎮起義。這就給契胡大酋長、北魏北道都督爾朱榮出頭的機會，他受命後迅速組織了契胡騎兵，鎮壓了六鎮起義，同時也因戰功逐漸升遷並把持了北魏的朝政。在鎮壓六鎮之亂後，爾朱榮從六鎮中選拔了不少有才能的將領，包含以後的風雲人物賀拔岳、高歡、侯景、宇文泰等。

北魏末年六鎮起義中，宇文泰隨父宇文肱加入丁零族鮮于修禮的起義隊伍。起義後，爾朱榮收服了鮮于修禮，宇文泰成為爾朱榮部將賀拔岳麾下。五三〇年魏孝莊帝元子攸殺了爾朱榮，但軍權仍然操在爾朱氏手中。之後爾朱氏敗滅，高歡位居丞相，掌握朝權。北魏孝武帝元修密詔賀拔岳，欲以之牽制高歡。沒想到賀拔岳被殺，宇文泰藉機取得了賀拔岳的部眾，向元修表態效忠，和高歡同樣成為北魏權臣，地位僅次於高歡。

孝武帝元修被高歡視為傀儡皇帝，五三四年元修不滿高歡專權，離開高歡投奔關中的宇文泰，但後來被宇文泰殺了，改立元寶炬為帝。高歡則在五三五年於洛陽另立元善見為帝，以維持正統地位。一時北魏出現了兩個皇帝，一分為二，後代稱高歡在洛陽立的皇帝元善見朝廷為東魏，宇文泰在長安立的皇帝元寶炬朝廷為西魏。

西魏建立後，宇文泰成為大丞相。宇文泰在三次戰役中大敗東魏，奠定宇文氏在關中的基礎，並任用號稱有諸葛之才的蘇綽等人改革，使西魏進一步強盛。五五六年宇文泰病死，由嫡長子宇文覺承襲為安定郡公、太師、大冢宰，但實權則交給了他的侄兒宇文護（宇文泰之兄宇文顥的長子）。隔年宇文護逼迫西魏恭帝拓跋廓（元廓）禪讓，由宇文覺就皇帝位，滅西魏建北周，都長安。

宇文覺是宇文泰的第三子，算是宇文護的堂弟。宇文覺即位後，宇文護專權，讓宇文覺不滿，企圖剷除宇文護，但反被其威逼退位後殺死。宇文覺是北周的開國君主，承襲父親宇文泰的大業開國，號稱天王，但實際上是宇文護的傀儡。被殺時十五歲，在位一年，諡號孝閔皇帝，無廟號。

宇文覺死後宇文護擁立宇文覺的庶兄宇文毓為帝。宇文毓是宇文泰的庶長子，聰明有識量，《周書》評價宇文毓為：「帝寬明仁厚，敦睦九族，有君人之量。幼而好學，博覽群書，善屬文，詞彩溫麗。」就位後勤政愛民，頗有建樹，給宇文護帶來壓力。五六〇年宇文護找機會命人下毒殺死了宇文毓，死時年二十六歲，在位四年，諡為明皇帝，廟號世宗。

宇文毓死前自知是被宇文護下的手，為了保護子孫免於受害，同時企圖找出能制衡宇文護的人選，口述遺詔稱諸子年幼不堪大任，傳位給同父異母的弟弟宇文邕，時宇文邕年十八歲，宇文護最後也同意擁立宇文邕繼位。

宇文邕是宇文泰的第四子，為人十分精明能幹，但為了避免步上其兄的後塵，接位後表現的對宇文護十分恭謹尊敬，不但諸事一憑宇文護決斷，還時常請安問暖，最終讓宇文護卸下心防，五七二年找機會，藉著請宇文護為太后讀酒誥之際，突然發難殺死了宇文護。

有人評論，宇文護是權臣，但並非十足的奸臣，在他理政的十幾年裡政治清明，在軍事上也頗有建樹。但宇文護最大的特點就是貪戀權勢，不肯放手。宇文護的兒子亂政害民，伐北周勞民而無力，使宇文護的威望大降，最後被英明沉潛的君王所殺。一個人殺了三個皇帝（西魏拓跋廓、北周宇文覺和宇文毓），最後死在自己擁立的皇帝宇文邕手中。

宇文邕親政後大力整頓，積極接受漢文化，援引漢人入朝為官，打破鮮卑和漢人的界線，加上整頓吏治，使北周政治清明，百姓生活安定，國勢強盛。他任內重大作為之一是滅佛，但不是像北魏太武帝拓跋燾極端的殺僧毀寺作法，而是按部就班製造聲勢，在輿論成熟後，採取逼僧尼返俗、將寺廟收歸國有的作為，增加民間人力和政府財政，國勢日強。

相對之下，同樣從北魏分出來、由高歡後代所建立的北齊，則在多位昏君荒唐廢政之下日漸衰弱。五七五年末宇文邕出兵大舉進攻北齊，在五七七年滅掉北齊，黃河流域盡歸北周。後來篡了北周的楊堅隨宇文邕出征，多立戰功，成為大將。

滅了北齊之後，宇文邕準備展開進一步統一天下的鴻圖大業，計畫是先北伐突厥，安定北方後再南下攻南陳（當時南方是南北朝時期南朝的最後一個政權，由陳霸先所建的南陳），完成統一中原的歷史任務。但在安排第二次伐突厥時未及出征便因病而逝，留下未竟之業，在五七八年抱憾去世。宇文邕死時三十五歲，在位十八年，謚號武皇帝，廟號高祖。

宇文邕死後長子宇文贇繼位。宇文邕在世時求好心切，對宇文贇的管教極為嚴格，只要犯錯就會嚴厲懲罰，讓他懷恨在心。宇文邕死後面無哀戚，撫摸著腳上被打的杖痕，對著武帝的棺材喊道：「死得太晚了！」宇文贇即位後，整日沉迷於酒色，極其荒淫無道，甚至五位皇后並立，破歷朝記錄。又大肆裝飾宮殿，濫施刑罰，經常派親信監視大臣言行，將國政交給寵臣鄭譯，引起朝野恐慌。五七八年殺了重臣宇文憲，北周國勢日漸衰落。

五七九年，在位僅一年的宇文贇禪位給長子宇文闡，自稱天元皇帝，仍實際掌控朝政，但大多數時間在後宮享樂。又於全國大選美女，以充實後宮，五八〇年三月任命隋國公楊堅為大丞相。同年宇文贇因為縱欲過度健康惡化，染病去世，死時年二十二歲，在位一年，加上太上皇一年，謚號宣皇帝，無廟號。

宇文贇死前已禪位給長子宇文闡，皇位交接不成問題，但當時宇文闡僅七歲，近臣劉昉、鄭譯等封鎖宣帝病逝的訊息秘不發喪，以太上皇的名義假傳聖旨，以楊堅為總知中外兵馬事，架空宣帝胞弟右大丞相宇文贊，楊堅於是集軍政大權於一身。早些年楊堅的長女楊麗華嫁給了宣帝宇文贇，楊堅算是宇文闡的外公（不是親外公，宇文闡非楊麗華所生），輔政期間大肆專權，老臣尉遲迥等謀發動兵變，但被楊堅平定，隨即翦除北周宗室，逐漸掌握了朝政。五八一年宇文闡禪讓帝位給楊堅，建立隋朝，北周亡。

隋朝建立後，楊堅封宇文闡為介國公，生活給予仍按北周天子舊制，但最後還是被楊堅派人殺了，死時八歲，在位二年，謚周靜帝。

在宇文泰所建立的基礎上，五五七年宇文護威逼西魏恭帝拓跋廓禪讓，由宇文覺就皇帝位，建立北周，到五八一年宇文闡讓位給隋國公楊堅，北周亡，總計二十五年，歷經五任皇帝，平均二十・八歲而死，恐怕是歷朝中最短。即使扣掉最後一任七歲亡國小皇帝宇文闡不算，平均也只有二十四・三歲。

更令人唏噓的是五任皇帝中，只有一任半是真正的皇帝，其他都是傀儡。怎麼說一任半？周武帝宇文邕在宇文護的淫威下度過十二年的傀儡皇帝生涯，才殺了宇文護重掌皇權，前半任是傀儡，後來半任才真正當家作主。在剩下的歲月中整軍經武，獲得重大勝利，幾乎統

皇帝	終年	在位	直接死因	死亡背景因素
周孝閔帝　宇文覺	*15.0	*1.0年	被殺	由宇文護所立、被廢後殺害
周明帝　宇文毓	*26.0	*4.0年	被毒死	由宇文護所立後殺害
周武帝　宇文邕	*35.0	18.1年	病死	
周宣帝　宇文贇	*22.0	*1.0年	病死	縱欲過度健康惡化致死
周靜帝　宇文闡	*7.0	*2.0年	被殺	被楊堅篡位後殺死
有星號＊表示資料不全，為推估值				

表7.4：北周皇帝死因

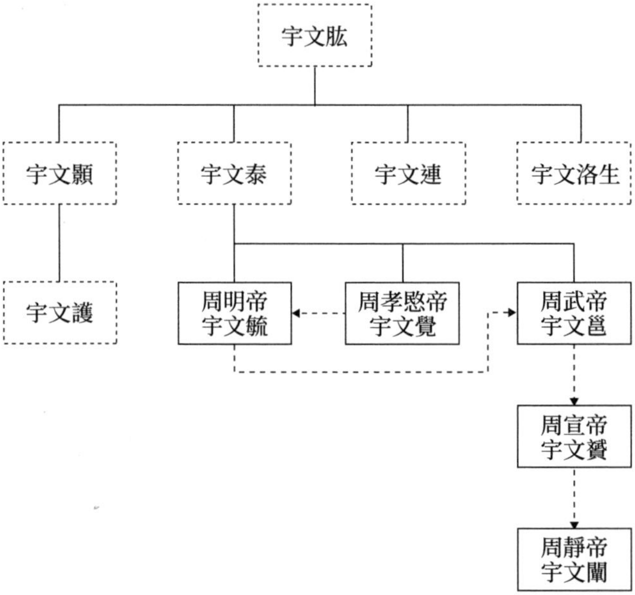
宇文肱
宇文顥
宇文泰
宇文連
宇文洛生
宇文護
周明帝
宇文毓
周孝愍帝
宇文覺
周武帝
宇文邕
周宣帝
宇文贇
周靜帝
宇文闡

北周皇帝世系圖

一天下，但未及成功便病逝，抱憾而亡。

如果他地下有知，更讓他抱憾的恐怕是他的兒子宇文贇，唯一一位完全不是傀儡的皇帝，卻完全沒有繼承他的壯志，一心玩樂，荒淫無道，把國家給玩完了。自己年紀輕輕就因縱欲過度而亡，傳位下一代終被楊堅所篡，讓隋朝取代了北周。宇文邕堪稱一代明君，史家評論如果他沒有英年早逝，就不會有隋朝楊氏的天下，楊堅其實是在他所打下基礎上統一天下的。

五位皇帝中有三位被殺，都是自己人下的手。宇文護殺了自己的堂弟宇文覺和宇文毓、楊堅殺了自己的外孫宇文闡，印證了最危險的是身邊的人。

小結

北朝開啟於西晉末年的五胡亂華，北魏道武帝拓跋珪收拾殘局統一了北方。之前南遷的東晉也隨之滅亡，劉裕篡東晉建立劉宋，展開南北朝對峙的局面，到隋文帝楊堅先後滅了北齊和北周，華夏重歸統一，時間逾兩百年。

北朝比較起南朝來說，較為規範一些，北魏統治北方長達逾百年，然後分出東魏和西魏。其實東魏和西魏都是過渡，兩朝的皇帝都沒有實權，分別是北魏權臣高歡和宇文泰的傀儡，最後也被這兩家篡滅，建立北齊和北周，隨後北周滅了北齊，最後再被隋朝所滅。

當然北朝也沒有那麼平靜，各國改朝換代、權臣當道、弒君奪位，還要面對分裂國家的對抗，以及來自南朝的騷擾，除了北魏之外，其他四國國祚都不長，在歷史分分合合的大勢中扮演北朝終局的角色。

有人說楊堅是巧取豪奪、有人說楊堅是天命所歸，楊堅在篡位之後，循著宇文邕既定的步伐，先北上驅逐突厥，再南下滅了南陳，統一天下。南北朝終結，從五胡亂華開始三百多年的分裂局面再歸一統。

歷史學家的眼光看得更為長遠，普遍認為楊堅收拾的是從東漢末年群雄割據便開始的混亂局面，則期間更長達四百多年，統稱魏晉南北朝，中間還有一個五胡十六國。楊堅終結亂局，讓華夏再歸大一統。更重要的是，看看南北朝期間諸多荒淫無道的昏君、暴君，隋朝的統一天下，還給了人民生活歸於正常的希望和機會。

第八章 隋

話說天下大勢分久必合，合久必分。經過魏晉南北朝四百餘年的群雄割據紛擾，天下動盪不安，終於迎來華夏再次歸於一統的局面，那便是隋朝的建立。隋朝的建立者為隋文帝楊堅，隋朝的奠基者則是楊堅的父親楊忠。

楊氏在北魏屬於旺族，根據《周書》和《隋書》的記載，楊忠一族出於弘農楊氏，也有人認為最早是出於寒門山東楊氏，偽託為弘農楊氏出身，不論何種出身，是為漢人無疑。楊忠的祖父楊烈繼承了父親楊惠嘏太原郡守的職位，楊忠的父親楊禎官居北魏寧遠將軍。但楊忠的事業卻不是源自先祖，而是自己打拚的結果。

楊忠的父親楊禎死於戰爭，楊忠流落到山東一帶，據稱出遊泰山時被南梁軍隊抓到成為戰俘，隨軍到江南。五二八年南梁蕭衍扶持叛魏降梁而自立的北海王元顥返回中原爭奪帝位，楊忠又隨軍返回中原。元顥兵敗被殺，楊忠轉入爾朱榮陣營，劃入獨孤信麾下。五三四年北魏分裂為東魏、西魏時，楊忠隨獨孤信投入西魏陣營，因功升為車騎大將軍，獲當時丞相宇文泰重用，賜鮮卑姓普六茹與小字揜於（鮮卑語意：猛獸）。宇文泰擴充軍力，建立了北魏八柱國和十二將軍，楊忠被封為十二大將軍之一，獨孤信則是八柱國之一。

宇文家族建立北周之後，楊忠被任命為元帥，統帥北周十多員大將征伐北齊，攻陷了北齊二十多座重鎮。因功被封為使持節（持節為符以代皇帝巡狩天下，對中下級官員有生殺之權）、大將軍、大都督、陳留郡公，後晉封上柱國、隋國公。五六八年楊忠病逝，長子楊堅繼承了父親的爵位。

楊堅也很早投入軍旅，曾隨一代名主北周武帝宇文邕伐滅北齊統一華北，武帝死後，宇文贇即位是為北周宣帝。早先宇文贇娶了楊堅的大女兒楊麗華，成為親家。宇文贇行為乖戾，誅殺元老重臣，將國政交給東宮的舊僚鄭譯，引起朝野恐慌。五七九年宇文贇下詔傳位於僅七歲的長子宇文闡（北周靜帝），並改年號為大象，自稱天元皇帝。

五八〇年三月靜帝宇文闡任命隋國公楊堅為大丞相，楊堅世子楊勇為洛州總管、東京小冢宰，統轄故北齊舊地。同年六月宣帝宇文贇病逝，近臣劉昉、鄭譯等封鎖宣帝病逝的訊息秘不發喪，更以太上皇的名義假傳聖旨，以楊堅為總知中外兵馬事，架空宣帝胞弟右大丞相宇文贊，楊堅於是集軍政大權於一身。

楊堅專政後不久，相州總管尉遲迥發兵討伐楊堅，關東諸州群起響應。楊堅派出韋孝寬、王誼等迅速平定叛亂。另外周明帝宇文毓的長子，大柱國畢王宇文賢疑心楊堅會顛覆宇文氏的宗廟社稷，與五位叔父（明帝的兄弟，宇文泰的兒子）趙王宇文招、陳王宇文純、越王宇文盛、代王宇文達、滕王宇文逌合謀欲殺楊堅，事洩後宇文賢被殺。楊堅藉故召五王進京朝見，隨即解除軍權，最後以他們謀反的名義全都處死，宇文氏一族勢力幾乎全毀。

五八〇年十二月宇文闡封楊堅為隋王，贊拜不名，劍履上殿，享九錫。順著既定的節奏，五八一年二月楊堅「順應人心」逼迫北周靜帝宇文闡讓出皇位，建立隋朝，改元開皇，北周亡。

楊堅從專政到稱帝，前後不過十個月，岑仲勉所著《隋唐史》稱「得國之易，無有如楊堅者」。楊堅之所以能這麼快稱帝，除了其父楊忠為他建立了有利的基礎之外，更有人指出是有背後的關隴集團作為靠山。

關隴指的是關中（今陝西省）和隴西（今甘肅省東南）地區，關隴集團則是指北朝的西魏、北周至隋、唐期間當地出身的門閥士族所組成的集團。這個地區在北魏時胡漢雜陳，以鮮卑貴族為基底，引進漢人士族，彼此緊密結合，互為奧援，勢力龐大，出了好幾任皇帝。清代史學家趙翼所著的《廿二史劄記》中提到：「北周隋唐皆出自武川。」關隴集團的名稱是由歷史學家陳寅恪所創，他在《金明館叢稿二編》曾如此形容關隴集團：「取塞外野蠻精悍之血，注入中原文化頹廢之軀，舊染既除，新機重啟，擴大恢張，遂能別創空前之世局。」

關隴集團最早是以宇文泰和他手下親信將領為核心，形成北魏武川鎮出身的武將們、加上血緣姻親和門生故吏為紐帶而聯繫在一起的一批門閥世家。關隴集團門閥的緊密關係，相互支持合作，還彼此聯姻，其中最有趣的是獨孤信。

獨孤信是匈奴人，其曾祖父遷至武川，為武川鎮的領軍鎮將。獨孤信原名獨孤如願，先在葛榮帳下為將，後投北魏爾朱榮，精於騎射，多立戰功。北魏權臣高歡掌權後，他隨魏孝武帝元脩西奔投靠宇文泰，宇文泰賜名為獨孤信，並任命為西魏八大柱國之一。

有趣的點在於獨孤信有七個女兒，長女嫁給了北周明帝宇文毓並立為皇后。四女嫁給了唐國公李昞，生了李淵，也就是後來建立唐朝的那位開國君主。李淵建立唐朝後追封李昞為元皇帝，獨孤信的四女也被追封為皇后。第七位女兒獨孤伽儸則嫁給了楊堅，成為隋文帝的皇后。一人生了八個兒子七個女兒，七個女兒中出了三位皇后，而且跨北周、隋、唐三代，歷朝歷代絕無僅有。女兒生得好之外，也要改朝換代夠快才有此可能。集團內聯姻內容不止於此，還有周宣帝宇文贇娶了楊堅的女兒楊麗華、李淵的皇后竇氏是宇文泰的孫女等，不一而足。有人稱楊堅之所以能輕易取得皇位，和背後的這些實力派人士的支持不無關係。

關隴集團，尤其是北魏六鎮中的武川鎮，出了不少人物，包含北周創立者宇文泰、楊堅之父楊忠及其父祖，唐朝李氏的祖先李虎也被認為是出身於武川鎮軍人，北魏的賀拔岳、唐初的長孫無忌等，西魏的八柱國幾乎都是出自關隴集團，有人說這個集團影響了中國三百年的發展。

楊堅稱帝建立隋朝後，北方突厥南下侵擾，但因內部混亂退卻，楊堅開始興修長城作為防衛。五八七年招安西梁蕭琮，廢其帝位，西梁亡。隨即任命次子楊廣為主帥，統兵南下攻南陳，陳末代皇帝陳叔寶還醉在溫柔鄉中，沒有遭遇到太強烈的抵抗。五八九年隋將韓擒虎攻入建康城，捉住陳叔寶，陳朝亡。之後各地陳軍或受陳後主號令投降、或抵抗隋軍而被消滅，最後一支抵抗隊伍，嶺南地區冼夫人在五九〇年接受安撫，至此中原回歸統一。從楊堅稱帝到一統天下，又花了將近十年的時間。

楊堅在位初期勵精圖治，多方改革，天下大治。在政治上裁撤諸郡，實行州縣二級制，提升行政效率又節省公帑，國家地方行政漸上軌道。命蘇威等人編纂《開皇律》，訂立國家刑法，使人民有法可守，又減省刑罰，以示寬民。同時澄清吏治，嚴懲貪官，上裕國庫下紓民困。在經濟上減稅照顧人民，振興農業，輕徭薄賦以解民困，推行輸籍法，做全國性戶口調查，掌握國家發展。

最重要的施政作為之一是廢九品中正選官制，改以科舉考試來舉拔人才，給了寒門子弟以學問追求進入朝廷為官的機會。除了可以更廣泛的選才之外，最主要的是中止了歷朝以門閥取士，官宦大族壟斷仕途的弊端。

但改革勢必傷及既得利益者，懲治貪官更動到手下大臣，慢慢被大臣疏遠，楊堅變得更為專制，重臣虞慶則、史萬歲等人先後被冤殺，一時君臣之間離心離德、民間怨聲載道，讓開皇（隋文帝楊堅的年號）盛世大為失色。

更為麻煩的是對於太子的廢立。楊堅長子楊勇為人忠厚善良，原本被立為太子。但楊勇生活奢華，楊堅並不喜愛。次子楊廣博有文采，又有抱負，在伐南陳的戰爭中身為統帥，嶄露頭角，加封太尉，並被派往出鎮揚州，以穩定南方。楊廣到揚州後禮賢下士，安撫百姓，簡樸謙恭，受到當地人士的好評。加上他的妻子出身南方望族蘭陵蕭氏，關係良好。在楊廣的治理下，江南局面獲得平穩的發展，順服於朝廷，楊廣也因此得到朝野的讚譽。

在太子廢立過程中，傳說楊堅的妻子，獨孤信的第七位女兒獨孤伽儸發揮了重要的影響力。獨孤伽儸在朝中也有地位，涉入政事，和楊堅並稱二聖，遠非一般皇后深居後宮可比。傳言當年和楊堅結婚時曾經讓楊堅下重誓，絕對不會和別的女人生孩子。果然楊堅的五子五女都是獨孤伽儸所生。獨孤皇后認為，同父同母的胞兄弟更為親近，可以避免同父異母的兄弟為爭奪天下內鬥互相殘殺的局面。

但太子楊勇是一個冷落元配，偏愛小妾的典型，和小妾雲氏一連生了三個兒子，因此也不受母親獨孤皇后所喜愛。而次子楊廣和元配婚姻和諧，育有兩子一女，還不納妾，符合皇后的道德標準。加上楊廣善於偽裝，在楊堅面前表現乖巧，六〇〇年楊堅廢楊勇為庶人，改立楊廣為太子。

兩年後獨孤皇后去世，楊廣便開始對同父同母的親兄弟下手，先誣陷四弟楊秀用巫毒之術謀害楊堅和第五個兒子楊諒，楊秀被廢為庶人，至此皇位競爭對手只剩五弟楊諒（長子楊勇被廢、三子楊俊已死）。

六〇四年楊堅病重，楊廣寫信給尚書令楊素，請教如何處理楊堅後事和自己登基事宜，被楊堅知道，認為他不孝。盛怒之際，宣華夫人陳氏也哭訴她遭到楊廣意圖非禮。楊堅立時反悔，要廢黜楊廣，重立楊勇為太子。楊廣有眼線在宮中，獲得消息後領兵入宮，收管宮禁，隔日楊堅駕崩。在《隋書》帝王本紀中記載楊堅為病死，但在《隋書》其他人的列傳中，則顯露出對楊堅死因的懷疑，而嫌疑人自然是楊廣，認為是楊廣殺了楊堅。

楊堅是隋朝的開國皇帝，在位二十三年餘，死時六十四歲，謚號文皇帝，廟號高祖。楊廣在弒父奪位的爭議聲中繼位，便是歷史上大大有名的隋煬帝。

楊廣繼位後，先是殺了大哥楊勇和楊勇的所有兒子，消滅了爭帝位潛在對手的威脅。然後又假傳隋文帝楊堅遺命，召五弟漢王楊諒入朝。傳說當年楊諒離京就藩時，曾經和楊堅有秘密約定，楊堅下詔書時需另有暗記，因此楊廣的假詔被識破，楊諒起兵攻打楊廣，但被楊素擊敗，被俘幽禁至死。

在平定內部之後，楊廣開始對高句麗、吐谷渾和突厥發動了戰爭。六〇九年親征平定吐谷渾，設置西海、河源、鄯善、且末四郡，拓疆五千里，高昌王也來朝見，楊廣命他在河源郡駐兵屯田。當時全國有一百九十郡，一千二百五十五縣，在籍戶八百九十萬餘，人口四千六百餘萬，隋朝達於極盛。

六一二年到六一四年間，楊廣三次領兵進軍高句麗，都沒成功，而且損兵折將，大傷元氣。加上因戰爭需要廣徵民力設備，農村人力器械不足，經濟大受影響，埋下隋末民變的導火線。而楊廣本人即皇帝位後，一改以往謙沖簡約的形象，開始大興土木，建造龍舟供其遊樂，窮奢極欲，隋朝國力開始衰弱。

在楊廣進攻高句麗之前便開始有民變發生，六一三年第三次攻打高句麗期間，更因禮部尚書楊玄感起兵反叛，被逼撤軍，從此民變一發不可收拾。楊玄感是楊素的兒子，楊素對楊廣的奪取皇位立下極大的功勞，晚年卻遭楊廣猜忌，重病後被楊廣逼死（一說被楊廣毒殺）。楊玄感的叛變引發連鎖效應，隋朝的高官子弟紛紛跟進，給楊廣帶來眾叛親離的壓力，也揭開了隋王朝衰亡的序幕。其實早在楊玄感之亂前，中原大地早已是民變迭起，其中最有名的是瓦崗寨，另外還有山東的王薄、河北的竇建德等。民間小說《隋唐演義》稱之為「十八路反王、六十四路煙塵」。

在楊玄感發動變亂時，楊廣的手下大將李密曾支援楊玄感，兵敗後，李密據瓦崗寨自封魏公，對外公布楊廣的十大罪狀，並兵逼洛陽。李密和楊玄感都出自關隴集團，他們的反叛不同於一般的農民起義，而是皇室自家內院起火。

六一六年楊廣找藉口避難，乘龍舟下江南，到過去做藩王的封地揚州，重溫當年風光，也向皇后蕭氏的娘家靠攏，藉以取暖。楊廣登基後長期遠離關隴集團的大本營長安，居住在東都洛陽，此後更是南下揚州，一去不返。

史家評論認為，隋朝的建立並不是楊堅一家人打下來的天下，而是關隴集團集體作戰的成果，楊堅也是在關隴集團的支持下登上皇位。關隴集團認為楊廣背離了他們，於是集團內部準備另推代理人接班，宇文化及和李淵開始冒出頭。宇文化及的父親宇文述當年是楊廣的寵臣，祖父是北周的驃騎大將軍，也是一位關隴貴族。至於接手隋朝江山的，還是一位關隴貴族，楊廣的表哥、獨孤皇后的外甥，唐國公李淵，也就是唐高祖。

六一七年於太原留守的李淵發動晉陽兵變，不久攻克長安，擁立留守長安的嫡皇孫代王楊侑為帝，遙尊停留在南方的楊廣為太上皇，隋軍人心惶惶，紛紛投降李淵或其他的地方勢力，隋朝走上全面滅亡的道路。

楊侑為楊廣的孫子，其父楊昭被楊廣立為太子，但沒多久就死了。《隋書》稱楊侑「性聰敏，有氣度」，深受楊廣喜愛。楊廣南下揚州時，令楊侑留守京城洛陽，有把他視為繼承人加以培養的意思。

六一八年四月，宇文化及煽動叛軍包圍了楊廣的行宮，楊廣逃入西閣，自知難逃一死，請求飲毒酒自盡，叛軍馬文舉等不許，將其縊弒。楊廣死時四十九歲，在位十三年餘，李淵取得天下建立唐朝後，給予謚號為隋煬帝，廟號世祖。

依據謚法，好內遠禮曰煬、去禮遠眾曰煬、好內怠政曰煬、肆行勞神曰煬、去禮遠正曰煬、逆天虐民曰煬。李淵給楊廣蓋棺論定，楊廣就以隋煬帝的名聲流傳後世。

同年（六一八年）楊侑禪位給李淵，隋朝亡，楊侑被封為酅國公。六一九年楊侑去世，死因不詳，年十五歲，在位不及一年，諡號恭皇帝，無廟號。

其實宇文化及在殺了楊廣之後，一度打算擁立被軟禁的煬帝楊廣弟弟廢蜀王楊秀為帝，因眾人反對未成，最後擁立楊廣的侄兒秦王楊浩為帝，自稱大丞相。另外還有越王楊侗（楊廣之孫，楊昭次子）在王世充等七位大臣（七貴）擁立下於洛陽繼帝位，年號皇泰。王世充等假楊侗之名招瓦崗軍領袖李密討伐宇文化及，宇文化及敗走河北魏縣，將士大多叛逃。宇文化及嘆曰：「人生固當死，豈不一日為帝乎。」於是廢了楊浩並加以殺害，自立為帝，最後被竇建德攻滅殺害。楊浩死時年齡不詳，稱帝約半年。

楊侗則被七貴中的王世充罷黜囚禁，最後還是被殺，死前向佛像祈禱：「願生生世世不要再生在帝王之家」。死時十五歲，在位不及一年，王世充為其上諡號恭皇帝，和楊侑相同，一般稱他為皇泰帝，皇泰為他在位期間年號。

王世充自行稱帝，後來敗給李世民，被流放到巴蜀，死在仇家手中。這些都被視為殘餘的地方勢力，正史仍以隋恭帝楊侑禪位李淵視為隋朝的滅亡。

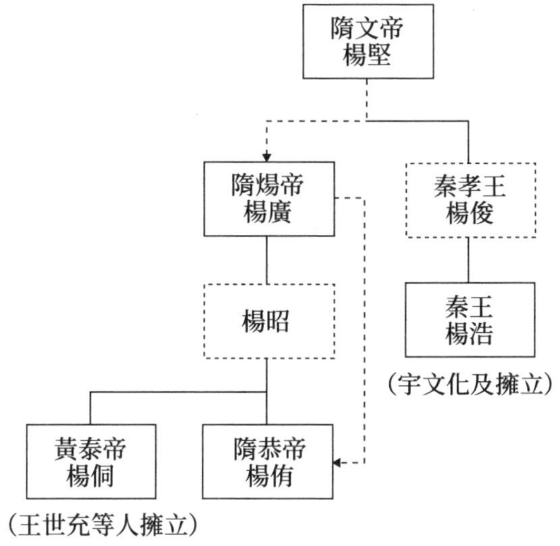

隋朝皇帝世系圖

皇帝	終年	在位	直接死因	死亡背景因素
隋文帝　楊堅	63.1	23.5年	被殺	太子楊廣擔心被廢而殺害
隋煬帝　楊廣	48.8	13.6年	被殺	宇文化及發動兵變殺楊廣
隋恭帝　楊侑	14.2	0.5年	不詳	
皇泰帝　楊侗	*15.0	0.9年	被殺	被王世充等擁立，被廢後殺害
秦王　楊浩	不詳	0.5年	被毒死	被宇文化及擁立，被廢後殺害
有星號*表示資料不全，為推估值				

表8.1：隋朝皇帝死因

一般認為隋朝只有過兩個皇帝，即隋文帝楊堅和隋煬帝楊廣，其實還有三個末代皇帝楊侗、楊侑和楊浩。從五八一年楊堅立國到六一九年楊侑讓國，隋朝總共存在了三十八年，歷三代五位皇帝，以傳說中的資料（傳聞中隋恭帝楊侑也是被殺害），五位皇帝都死於他人之手，算是悲慘至極。

楊堅篡北周滅南陳統一華夏，結束數百年的戰火紛爭，給中原百姓帶來和平再生的契機，算是有重大貢獻。但認識不清立了逆子楊廣，背負著弒父淫母的罵名登上皇位，殺害親兄弟子侄毫不手軟。楊廣早年開疆拓土頗有建樹，但好大喜功也傷及民生，造成民變。三次攻打高句麗失敗頓失威信，加上對重臣猜忌盡失人心，親信叛變，危及皇權。他不思振作，反而選擇逃避，南下揚州想在同溫層中找到慰藉，最後還是死在自己部下的手中。

楊侑、楊侗和楊浩走的則是一般遜位皇帝的典型道路，被準備奪取皇朝的人（李淵、宇文化及、王世充）立為傀儡皇帝，之後被迫禪讓、最後被殺。既沒有享受帝王的權力和樂趣，對變天也無能為力，只能自嘆為什麼要生在帝王之家。

其實隋朝曾經有許多建樹，開皇之治帶來的繁榮、法治的建立、地方行政體系的改革、開鑿大運河、修築長城、建大興城（長安城，今陝西西安）等，都對後世產生了重大影響。尤其是中央政府的三省六部制和以科舉取才，更為歷朝沿用，形成中原之後各朝各代政治制度的基礎，流傳久遠。其實楊廣也有開疆拓土之功，要不是後期的昏庸無道，李唐的天下可能不會那麼快出現。

最後不免還是要提一下關隴集團，楊堅娶了獨孤信的女兒為妻，在關隴集團支持下篡周建隋。楊廣猜忌重臣，關隴集團的李密和楊玄感叛離種下亡國的因由，最後死在宇文化及之手。關隴集團的另一支大將李淵篡了楊侑的皇位，建立唐朝，楊氏隋朝可以說成也關隴、敗也關隴。雖說終結了數百年中原的動亂，本身卻是曇花一現，為人作嫁，成為李唐盛世的墊腳石，令人嘆息。

第九章　唐

唐朝的創建者李淵先祖出自隴西李氏，可追溯至五胡十六國時期西涼的建立者李暠，也有人稱是老子的後代。李淵的祖父李虎曾在西魏任尚書左僕射，封隴西郡公，與宇文泰等並稱西魏八柱國。李淵的父親李昞在北周時任安州總管、柱國大將軍，襲封隴西郡公，五五〇年加封唐國公。李淵七歲時喪父，繼承了父親唐國公的爵位，這也是後來唐朝命名的來源。

李淵的母親是隋文帝楊堅的皇后獨孤氏的親姐姐，都是獨孤信的女兒，李楊二人算是表親。五八一年楊堅逼迫北周靜帝宇文闡禪讓時，便任命李淵為禁衛武官。五八九年李淵追隨楊堅滅南陳，升官至譙、隴、岐三州刺史，滎陽郡太守，之後因功（或因關係好）多次升遷。六一三年隋煬帝楊廣征高句麗時，李淵在懷遠鎮負責督運軍需糧草，可見李淵和隋朝皇室的關係很不一般。

六一七年李淵任太原郡留守，次子李世民也跟隨到太原，長子李建成、四子李元吉和他們的異母弟李智雲留在河東郡。李淵素負野心，見楊廣長期滯留南方不歸，產生了異心。七月李淵殺了楊廣派在身邊監視他的王威和高君雅，打著勤王定亂、迎回天子的旗號在晉陽起兵。李淵自命為大將軍，以李建成、李世民為左右大都督，李元吉留守太原，進兵隋朝京都大興城（長安）。十二月攻克大興城，進京後擁立代王楊侑做傀儡皇帝，遙尊隋煬帝為太上皇，受假黃鉞、使持節、大都督內外諸軍事、大丞相，進封唐王，不久進位相國，加九錫。

六一八年隋煬帝楊廣被叛軍宇文化及所殺，李淵隨即逼楊侑禪讓，自行稱帝，建立唐朝，隋朝滅亡。但這時各地仍有許多地方勢力割據，天下並未統一，李淵於是著手消滅其他諸侯、軍閥，展開統一戰爭。在他的兒女李世民、李建成、李元吉和平陽昭公主的征討下，用了七年時間，先後消滅了大大小小的十餘股割劇勢力，終於再次統一天下。

李淵即位後，廢棄了隋煬帝的許多苛政，頒布了武德律、推行均田制、減稅等措施，恢復社會秩序，為李世民的「貞觀之治」打下了基礎。但在最重要的大事——繼承人的安排上出現非常嚴重的問題，造成「玄武門之變」。

關於晉陽起兵，有人認為是李淵次子李世民推動的，有人認為是李淵自己發動的，過程中李淵曾答應事成之後立李世民為太子。不管是誰發動，總之爺兒倆聯手拿下隋朝的江山，但天下平定後，李世民功名日盛，李淵卻猶豫不決。

李淵很早就立長子李建成為太子，但當次子李世民冒出頭時，眼見兒子間明爭暗鬥，他卻一再的縱容，企圖讓諸子互相制衡來控制朝堂，沒想到最後導致矛盾激化，兄弟拚到見血。傳言李建成和李元吉邀李世民宴飲，企圖在酒中下毒謀害李世民，李世民幸運逃過一劫。六二六年七月二日秦王李世民和手下控制了首都太極宮的北宮門玄武門，發動流血政變，殺了太子李建成和四弟太子黨的李元吉兄弟，掌握京師兵權。並宣稱他們謀反，被追為庶人，從李氏族譜裡被除名，二人的後人也遭誅殺殆盡。

七月五日李淵無奈之下立李世民為太子，軍政大事全部委由太子決定。九月三日李淵頒布詔書，傳位太子李世民，自己為太上皇。隔日李世民就帝位，是為唐太宗。

李淵讓位給李世民後，退居第二線，不再過問政事。當時已六十歲，過著退休生活，遠離政治核心，成日喝酒聽歌賞舞，當然不免發發牢騷，悔恨當初。李世民初期還算孝順，經常請安問暖，企圖修補父子關係，還給太上皇進貢妃子，讓李淵在退位生涯中還給李世民添了一堆弟妹。

在空虛悔恨之中，李淵於六三五年病逝，死時六十九歲，皇帝當了八年多，太上皇比皇帝還多了二百天，也有八年多，死後諡大武皇帝，廟號高祖。六七四年唐高宗改諡號為神堯皇帝，七五四年唐玄宗上尊號神堯大聖大光孝皇帝。其諡號一則太多，再則太長，後世多以廟號來稱呼他，為唐高祖。此後唐朝各任帝王援例一般多以廟號來稱呼。

李世民登基後，積極聽取群臣的意見，以文治天下，並開疆拓土，成為中國史上著名的明君。他唯才是舉，不計出身，虛心納諫。魏徵原來是舊太子李建成一夥，曾經參與策畫謀殺李世民。玄武門之變後，李世民認同他的才能，不計前嫌引為己用，成為重要的幕僚，前後向李世民提出諫言超過二百件，傳為美談。魏徵去世後，李世民悲痛不已，留下千古名言：「以銅為鏡，可以正衣冠；以史為鏡，可以知興替；以人為鏡，可以明得失。如今魏徵已去，遂亡一鏡矣。」

李世民在國內勵精圖治，採取了一些以農為本、節省簡約、休養生息、文教復興、完善科舉制度等政策，使得社會出現了安定的局面。同時並大力平定外患，經略四方，平東突厥、定薛延陀、滅高昌、併西域，使大唐國威遠播四方，李世民更被西北諸國尊為「天可汗」，成為當時東方世界的國際盟主。他開創了中國歷史上著名的「貞觀之治」（貞觀為李世民當時的年號），為後來的開元盛世以及唐朝近三百年的國祚奠定重要基礎。

面對自己空前的文治武功，晚年李世民變得自滿，由清明轉為奢縱，營建宮殿，計畫封禪泰山等。不過在眾臣勸戒之下，李世民還能夠認識到自己的問題，進行調整，最終沒有出現敗亡的危機。李世民晚年自評：益多損少，故人不怨；功大過微，故業不墮。

但和他老爸一樣，在處理繼承人的問題上並不理想，他原立長子李承乾為太子，後因涉嫌謀逆被廢，長孫皇后所生的三子（長子李承乾、四子李泰、九子李治）以及五子李祐和從弟李元昌，都曾經參與皇位爭奪戰，也是爭到幾乎見血，讓李世民十分懊惱，最後立李治為太子。李治被選中的主要原因是他心地仁和，不像其他兩位那麼強硬，可以避免對皇位競爭對手的屠殺，躲過血腥相殘。

六四八年正月，李世民親自撰寫《帝範》十二篇頒賜給太子李治，囑咐修身治國之道備在其中。六四九年七月李世民因病去世，年五十二歲，在位近二十三年，包含李淵任太上皇的九年。

李世民死後最初諡為文皇帝，廟號太宗，六七四年加諡文武聖皇帝，七四九年加諡文武大聖皇帝，七五四年加諡文武大聖大廣孝皇帝，後世多以廟號稱之，為唐太宗。

李世民去世後，太子李治繼位，是為唐高宗。李治生得英俊高大，有帝王相，性情慈祥、低調、儉樸，不喜遊獵，有知人之明，身邊賢臣眾多，大多是他親自提拔的。在內政上，致力彌補太宗時期為政不足之處，包含停止了遼東的使役和諸多土木建設，還下令將所占百姓的田宅交還給百姓。對外關係上，不但保住太宗打下的江山，也發動多場重要的對外戰爭，成功開疆拓土。手下名將如雲，包含李勣、蘇定方、薛仁貴等，在這些將領的支持下，他先後滅西突厥、滅百濟、滅高句麗，使唐朝的疆域達到最大，東起朝鮮半島大同江以北，西臨鹹海，北包貝加爾湖，南至越南橫山，領土面積逾一千二百萬平方公里，國力達至鼎盛。

六八三年李治病逝，年五十五歲，在位三十四年，諡號天皇大帝，廟號高宗。唐高宗李治在位期間比較大的爭議事件是皇后武則天干政。武則天原名武照，後改為武曌，則天是她的諡號。她是唐開國功臣武士彠的第二個女兒，十四歲時入宮為唐太宗李世民的五品才人，頗具氣魄。太宗時西域進貢一匹「師子驄」名馬，沒人能夠駕馭，武才人聲稱可以用三件器材馴服：「一鐵鞭，二鐵撾，三匕首。鐵鞭擊之不服，則以撾撾其首，又不服，則以匕首斷其喉。」顯示了她剛硬的性格，但不受太宗寵愛，十二年不得升遷。傳說中李世民病重時李治入侍藥膳，碰到武照，被她的美貌吸引，從此兩情相悅。

李世民死後武照到感業寺出家為尼，李治繼位後到感業寺上香，再次遇到武照（一說是武照寫信引李治來寺）。這時李治的王皇后正在和蕭淑妃爭寵互鬥，於是主動提議接武照進宮，企圖打擊蕭淑妃。武照進宮後封為二品昭儀，在一連串的鬥爭中不但打敗了蕭淑妃，還超車王皇后，最後在六五五年被立為皇后。

李治長期患病，晚期依賴武照幫忙處理政事。《新唐書》稱：「百司奏事，時時令后決之，常稱旨，由是參豫國政。」甚至和李治並稱「二聖」。六六〇年開始政事大多由武照主持，《舊唐書》記載「自此內輔國政數十年，威勢與帝無異」。期間也有許多大臣不滿，提出異議，但大多遭到貶抑。武照趁機剷除異己，驅逐褚遂良、長孫無忌等，使他們遠離朝堂，再清除他們的黨羽，獨攬朝政。

李治一度也感覺到有點難以掌握，曾和當朝宰相中書侍郎上官儀商議廢后一事，反而被武照控制，殺了上官儀。另一方面武后處理朝政果決善斷，政績出色，讓滿朝文武敬服，加上李治身體不好，最後完全放手讓武照處理政務。

六八三年李治病逝，死時五十六歲，在位三十四年餘，諡號天皇大帝，廟號高宗。李治死後兒子李顯即位，是為唐中宗。李顯曾當了兩次皇帝，都是由武照掌政，並決定廢立。李顯接位時武照為皇太后，臨朝稱制，李顯企圖引進國丈韋玄貞（韋皇后的父親）的力量和武照抗衡，但鬥不過武照，六八四年李顯在當了三十六天的皇帝後被廢為廬陵王，軟禁在均州。武照另立李旦為帝，是為唐睿宗，仍臨朝聽政。未幾外臣徐敬業兄弟等人以匡扶李顯復位為名起兵謀反，初時聲勢頗巨，但終被武照平定。李氏宗親也有人起兵反叛，最後都被武照派兵鎮壓，武照的地位更形鞏固。

李旦和李顯一樣，同是李治和武照的兒子，同樣兩度坐上皇位，也同樣是武照的傀儡，政事決於太后，李旦毫無實權。經過悉心安排的造神計畫，以天命之說影響輿論，眾人（包含李旦）上表勸進，六九〇年武照廢中宗李旦自立為帝，改國號為「周」，後世稱為「武周」，追尊周文王為始祖，自己加尊號稱聖神皇帝，以李旦為皇嗣，賜姓武氏。此時武照已六十七歲，為中國歷史上登基年紀最大的皇帝，也是中國歷史上唯一的女性皇帝。

七〇五年正月武照病篤，臥床不起，宰相張柬之、崔玄暐等發動「神龍政變」（神龍為武照當時使用的年號），武氏被迫禪讓帝位予兒子李顯，李顯再次登基，武照遷居上陽宮。七〇五年十二月武照病逝，享壽八十二歲，在位十四年餘，是中國歷史上第三高壽的皇帝。遺制去帝號，改稱「則天大聖皇后」，是武則天稱謂的原由，與李治合葬於唐乾陵，立無字碑，將功過留給後世評價，唐朝天下重歸李氏。

武則天聰慧過人，極善表達，膽識超凡。自幼博覽群籍，才華橫溢。在位期間完善了科舉制度，讓平民百姓有機會入朝為官，還增加了武舉，打破門閥世襲的壟斷，拔擢了狄仁傑、張柬之等一代名臣，為開元盛世奠定重要基礎。同時勸農桑，薄賦役，帶動經濟發展，民生樂利，人口大增，唐朝進入前所未有的繁榮。

但她的決斷中帶來殺伐無數，尤其排除異己手段殘忍，也為後世詬病。另外她將大部分的精力用於內部治理，在對外軍事上就沒有那麼周全，屢有失策，以致喪失國土，在她手下，唐朝領土比起全盛時期少了五分之一。至於晚期在後宮養男寵，相對於其他事蹟，就沒那麼重要了。

從秦始皇嬴政到清遜帝溥儀，中國二千年歷史中有兩百多位皇帝，武則天是唯一的女皇帝，是中國古代以男性為主的社會中近乎神話的奇蹟例外，值得特別介紹。總結其功過，就對內治理而言，褒多於貶，至於對外喪土，北方長期本就為外夷占有，時得時失，也不能完全怪罪於武氏。

後世對她的評價因時代而有變動，在她之後的唐朝皇帝都是她的後代，多採較寬容的記述。宋朝期間崇尚儒學，對倫理極端重視，以女性居帝位和養男寵遭到較嚴厲的批評，司馬光的《資治通鑑》多給予負面評價。近代則採取較平衡的報導，對政敵的殘忍手段給予批評，對內部建樹則給予肯定。尤其開科取士，廣進人才，最為稱道。相對的驅逐褚遂良、長孫無忌更是終結了北魏以來關隴集團世族門閥壟斷朝廷權位的傳統，開拓了平民百姓出將入相的機會，從此寒門入仕成為民間百姓可以追求的想望。

武則天死前便被迫讓位給兒子李顯，李顯再次登基，是為中宗。但李顯個性懦弱，第一次被廢之後避居家中，各地時有勢力以支持他的名義反武后，他無法處理，推託不掉，一直擔心武后隨時會要他的命。連武則天要他回朝重立太子，他都擔心得不敢應門，好在有一個比較強悍的老婆韋氏支持，終於復辟回任帝位。

李顯回任帝位後不改懦弱個性，依賴他的媳婦韋皇后。而韋皇后的強悍就此顯露無遺。韋氏一心想學武則天，圖謀帝位，大力打壓異己，將一干擁戴李顯復位而得勢的大臣不是流放就是殺戮。朝中大臣勸諫李顯，李顯反而偏向韋后，將這些人除去。韋皇后和私通對象武三思權傾朝野，趨炎附勢之流紛紛倒戈投向韋皇后一派。李顯也對她言聽計從，縱容她掌權鬥爭。

李顯還有一個頗為厲害的女兒安樂公主，她干預朝政、開府設館、大肆賣官。這個小公主還有很強的權力欲，以武則天為典範，一直想讓父親李顯封自己為「皇太女」，但未能如願，因此對李顯頗為怨恨。最後韋皇后和安樂公主聯手，毒死了李顯。

在歷朝歷代皇帝中，李顯有個超凡的記錄，他的爸爸和兒子都是皇帝，這本不足為奇，但他的媽媽（大周聖神皇帝武則天）、他弟弟（唐睿宗李旦）和他侄子（唐玄宗李隆基），也都是皇帝，這就比較少見了，有人以六位帝皇丸（比對中藥六味地黃丸）戲稱之。在唐朝那麼多皇帝中，他是最窩囊的皇帝。所有史料中，不論內政或外事記錄都不多，記錄大多在於他一生受制於三個女人，他的母親武則天、他的皇后韋氏和他的女兒安樂公主，最後在七一〇年被妻女聯手毒死，死時五十四歲，在位五年餘（兩任合計），謚號孝和皇帝，廟號中宗。

唐中宗李顯死後，韋皇后立十六歲的李重茂為皇帝，改年號為「唐隆」，是為唐殤帝，由韋皇后臨朝稱制。李重茂是李顯的第四個兒子，長兄李重福還在，韋皇后顯然是看重李重茂年幼懦弱無能，便於控制，才立他為帝。但有人看不下去，李重茂即位後不足一個月，臨淄王李隆基（李顯的侄兒、李旦的兒子）和姑姑太平公主（李治和武則天的女兒、李顯和李旦的妹妹）聯手發動「唐隆政變」，誅殺了當政的韋皇后、安樂公主以及上官婉兒等政治女強人。

政變之後李隆基和太平公主擁立睿宗李旦復位，廢黜殤帝李重茂封為溫王，李旦第二次坐上龍椅寶座。李重茂的哥哥李重福認為自己是中宗李顯長子，理應即皇帝位，在洛陽詔告天下欲自立為帝，並尊李旦為「皇季叔」，李重茂為「皇太弟」。但旋即被洛陽官員平息，李重福自殺，連累李重茂再被貶，隔年死亡，死因不明，李重茂死時二十歲，在位十七天，謚殤皇帝。

睿宗李旦在李隆基和太平公主擁立下復位，本欲立長子李成器為太子，但李成器堅辭，於是改立李隆基為太子。李隆基權力欲極強且外露，唐隆政變時便暗示眾人立自己為帝，但父親李旦還在，姑姑太平公主也非易與之輩，妥協之下擁立李旦為帝，李成器看在眼裡，堅持不接太子之位。

李旦在位期間，李隆基和太平公主互別苗頭，拉攏大臣，爭權奪利。李旦原偏向李隆基，但覺得他太專橫，於是拉抬太平公主加以制衡，卻又助長了太平公主的專橫，造成政局不穩，朝政昏亂。

七一二年七月，李旦禪位於太子李隆基，自稱太上皇。七一六年六月病死於長安宮中，死時年五十四歲，兩次坐皇帝龍椅，分別在位六年和二年，諡號大聖貞皇帝，廟號睿宗。《唐書》說睿宗「謙恭孝友」，與人不爭的性格表現在三次讓位上，也讓他得以平安度過亂世。第一次就帝位後自行上表請母后武則天就帝位，第二次在武則天召他回朝任太子時讓位給其兄李顯，第三次則禪讓給兒子李隆基，司馬光評價他「寬厚恭謹，安恬好讓，故經武、韋之世，竟免於難」。

李旦生前便已禪位給李隆基，自居太上皇。但當時太平公主的黨羽還在朝中分掌要職，李隆基和太平公主的爭端開始白熱化。李隆基想拔除太平公主的黨羽，太平公主則想廢掉李隆基。李隆基先發制人，七一三年與手下眾臣發兵掌握宮禁，殺了太平公主的親信手下，太平公主先逃入山寺，後被賜死，是為「先天政變」（先天是李隆基登基時的年號）。從七〇五年「神龍之變」迫使武則天讓位、到七一〇年「唐隆之變」殺韋后、到七一三年「先天政變」滅太平公主，唐朝八年間三次對付女性干政的變亂，李隆基主導後面的兩次，此後完全掌握朝政，也結束了從唐高宗李治中期以來後宮掌權五十餘年的局面。

李隆基即位後，勵精圖治，改革吏治，發展經濟，提倡文教，清查全國土地人口，大幅增加唐朝的稅收及兵力來源。重用賢臣姚崇、宋璟、張九齡等，充分授權，天下大治。採納張說的建議，實行募兵制，以取代日漸廢弛的府兵制，把唐朝的武功推展到另一個高峰：挫契丹、敗吐蕃、滅後突厥、削弱突騎施，進而稱霸西域。七四二年在邊疆地帶設置十大兵鎮，以節度使節制，作為威懾異族與邊疆防禦的措施，但也給日後的藩鎮之亂種下了禍根。

經過十數年的努力，唐朝在各方面都達到了極高的成就，國力強盛，社會經濟繁榮，人口大幅度增長，商業發達，對外貿易活躍，波斯、大食商人紛至沓來，異國商賈雲集。杜甫曾有詩《憶昔》稱讚：「憶昔開元全盛日，小邑猶藏萬家室。稻米流脂粟米白，公私倉廩俱豐實。九州道路無豺虎，遠行不勞吉日出。齊紈魯縞車班班，男耕女桑不相失。」史稱「開元之治」。

面對著開元盛世，李隆基認為天下已經太平，開始享受奢華生活，也減少過問政事，他罷免賢相張九齡，任用奸臣李林甫，唐朝盛極而衰。七四二年李隆基改元天寶，七四五年冊封楊貴妃，提拔楊國忠為宰輔，被認為是走向衰敗的轉折點。

楊貴妃本名不詳，字玉環。原是李隆基第十八個兒子壽王李瑁的王妃，後來出家為女道士，道號太真，還俗後被李隆基看上，封為貴妃。《新唐書》中說是李隆基愛妾武惠妃死後，李隆基甚為鬱悶，有人推薦楊玉環，一見傾心，但她當時還是李瑁的王妃，於是先讓她出家轉一圈，替李瑁另尋一房妻室，再召入宮封貴妃，從此得寵。寵愛的程度，在白居易的《長恨歌》裡面是這樣寫的：「後宮佳麗三千人，三千寵愛在一身。」李隆基不只寵幸楊貴妃，愛屋及烏，連帶的貴妃的三位姐姐都一併受封，更提拔楊貴妃的哥哥楊國忠為宰輔，堂兄弟也入朝為官。楊國忠專權跋扈，重用親信，排斥異己，把持朝政，唐朝開始腐敗混亂。

另一方面為了防止邊患，唐朝設立了許多都督鎮守各地，其中安祿山一人身兼多個節度使（都督帶使持節稱節度使），掌握了河北、遼寧、山西一帶的軍政大權。安祿山極力討好楊貴妃，但和楊國忠不合，又曾得罪太子李亨，深感不安又對帝位抱有幻想的他於是展開叛唐行動。七五五年安祿山在范陽起兵，假討楊國忠以清君側的名義，夥同平盧節度使史思明發動叛亂，挾三鎮兵力，直指東都洛陽，史稱「安史之亂」。次年攻陷洛城，稱帝建大燕國。唐王朝戰守失策，安祿山攻近長安，李隆基倉皇逃出京城，長安陷落。

李隆基準備逃往四川，途中至馬嵬驛，士兵譁變，殺了楊國忠，又逼玄宗賜死楊貴妃。眾兵將的家屬都在長安未及撤出，不願隨李隆基遠走蜀地，希望他留下來領軍抵抗安祿山，於是他封太子李亨為天下兵馬大元帥，率領一部分禁軍留下。李亨到達靈武，在眾臣支持下就帝位，改元至德，是為唐肅宗，開始收拾殘局。李隆基和陳玄禮率另一部分禁軍南逃成都，被尊為太上皇，李隆基長達四十四年的統治告終。

七五七年安祿山被兒子安慶緒殺了，七五九年史思明殺安慶緒奪大燕帝位，七六一年史思明再被長子史朝義所殺。七六二年肅宗李亨借回紇兵收復洛陽，史朝義逃往莫州，七六三年史朝義率五千騎再逃往范陽，部下李懷仙獻范陽投降。史朝義走投無路，於林中自縊，歷時八年的安史之亂結束，但唐朝的國運卻從此開始徹底改變，由盛而衰，再也不回頭。

七五七年安祿山死後，李亨派郭子儀收復長安、洛陽兩都，並迎李隆基返回長安，居興慶宮。七六〇年改居太極宮，形同軟禁，親信高力士和陳玄禮等人則被貶謫或罷官，七六二年李隆基憂鬱寡歡而亡。死時七十七歲，在位近四十四年，再加上太上皇五年，諡號至道大聖大明孝皇帝，簡稱唐明皇，廟號玄宗。

在馬嵬坡和李隆基分道揚鑣、並在靈武被擁立為帝的李亨是唐玄宗李隆基第三子，原太子李瑛被李隆基的妃子武惠妃進讒言害死，李亨被立為太子。在靈武即帝位後，朝政大權卻掌握在宦官李輔國手中。李亨的皇后張氏一直圖謀立自己的兒子李佋為太子，先和李輔國聯手害死了具候選人資格的建寧王李倓，再企圖謀害長子廣平王李豫沒有成功，之後張皇后和李輔國爭權，後宮和宦官之間矛盾加深。

七六二年三月李亨病重，四月五日太上皇李隆基病逝，李亨身心俱疲，命太子李豫監國，後宮和太監之爭加劇。四月十八李輔國挾禁軍優勢在皇宮搜捕張皇后一黨，張皇后躲入皇帝寢宮，被李輔國強行入內擄走，隨後加以殺害，李亨當晚病逝，有人說李亨是因驚嚇過度而死。

李亨死時五十二歲，在位不到六年，一生憂患。在位前因太子位置問題紛爭不斷，即位後以處理安史之亂的善後為主，但未能竟其功，直到他的兒子李豫即位才完全結束。死後諡為文明武德大聖大宣孝皇帝，廟號肅宗。

李亨死後，太子李豫在宦官李輔國、程元振等的擁立下即帝位，是為代宗。李豫原名李俶，是李亨的長子，也是唐王朝第一位以長子身分即位的皇帝。李亨在馬嵬坡和李隆基分手時，李豫追隨父親李亨到靈武，被封為天下兵馬大元帥，開始投入平定安史之亂的戰鬥中。帶領郭子儀、李光弼等大將，聯合回紇軍，打敗安慶緒的軍隊，收復長安和洛陽，兩京在淪陷十五個月後終於回到唐王朝手中。

李輔國自認擁立有功，又掌握到禁軍，日益驕橫，甚至對李豫說出：「大家（唐宋時對皇帝的稱呼）但內裡坐，外事聽老奴處置。」一心想把李豫當自己的傀儡。李豫先對李輔國採取懷柔策略，表面尊他為尚父，官至司空兼中書令。暗地裡則拉攏李輔國手下另一名宦官程元振，在掌握禁軍後，突然罷了李輔國的官職，並派人將他殺死。但宦官之亂並沒有就此平息，程元振接掌禁軍，成為新的勢力。

七六三年史朝義敗亡，安史之亂在李豫手中平定，完成了父親李亨的未竟之功。但唐朝國力大衰，李豫不得不對安史舊部採取安撫措施，除了不予追究之外，還承認他們在所占領土地的官職，允許世襲，形成藩鎮割據的局面。七六三年十月吐蕃勾結吐谷渾、党項、氐、羌等部族，發兵攻唐。邊境告急，但程元振壟斷訊息，既不上報李豫，也不發兵處理。直到大軍攻抵長安城外，李豫和百官才驚覺。

李豫倉皇中逃向陝州，然後找郭子儀徵調部隊回攻京師。吐蕃聽聞是郭子儀領兵，在劫掠一番之後退走。京師雖然收復，但李豫再次面臨江山殘破的亂局。除了藩鎮割據之外，因唐朝國勢衰弱，邊患也一直不斷，回紇、吐蕃、吐谷渾、党項等時而和藩鎮勾結作亂，國家不安。

李豫一生坎坷，生於帝王之家，感情之路不順，第一任夫人在安史之亂中失蹤，遍尋不得。寵妃獨孤氏早亡、多位公主夭折，面對動亂，朝中沒有值得信任的大臣，手中幾無可用之兵，依賴宦官，但多次被誤，一生鬱悶。七七九年心力交瘁病逝，死時五十三歲，在位十七年餘，謚號睿文孝武皇帝，廟號代宗。

李豫死後，太子李适繼位，是為唐德宗。李适出生在唐玄宗天寶年間，幼年過過一段悠閒舒適的歲月，安史之亂打亂了平靜的生活，開始跟著父親李豫四處奔波，飽受戰爭洗禮。眼看藩鎮為禍、宦官弄權，對人性充滿猜忌，反映在朝臣更換頻仍上，也使他的雄心壯志難以實現。

李适就位早期節約自好，勤儉治國，改革稅制，廢庸調制，以兩稅法取代了各種繁雜的稅捐，頗獲好評。但他心中一直以藩鎮割據為心中之痛，企圖削弱藩鎮實力。七八一年成德鎮節度使李寶臣病死，兒子李惟岳依慣例上表請朝廷繼續派他為節度使，世襲父親的爵位，李适斷然拒絕，引起各地節度使不安，結果四鎮節度使聯合發動兵變。李适決定以武力解決，但朝廷直接指揮的軍力不足，他採取以藩鎮制藩鎮的策略，調各地節度使平亂。初期收到一些成果，但平亂有功的節度使要求朝廷將其所攻下的土地封給自己，李适卻有意見，原來效忠朝廷的節度使又再度兵變並紛紛稱王，削藩的結果變成各藩鎮分疆裂土脫離朝廷。加上龐大的戰爭支出正在拖垮原本就疲弱不堪的唐王朝，使李适捉襟見肘困擾不已。

七八三年，叛變的淮西節度使李希烈發兵攻襄城，李适調涇原節度使等各地兵馬救援。援軍經過京城時，在天寒地凍下因為食物不濟問題引發兵變，亂兵攻入皇宮，造成「涇原兵變」。李适不得已帶著皇妃和太子等出逃至奉天，京城再次丟失，保駕的不見禁軍，只有宦官霍仙鳴及竇文場誓死相隨。原涇原節度使朱泚在京城被擁立為帝，稱大秦皇帝，大肆殺害唐朝宗室弟子。未幾朱泚揮軍攻奉天，準備一舉滅唐，李适招朔方節度使李懷光來救，朱泚退兵回長安。

後李懷光因被讒言所擾，又和朱泚合兵反叛，李适再從奉天逃往漢中。李适面臨唐朝可能覆亡的慘變，下詔罪己，並詔示赦免眾節度使的叛亂，承認他們的領地和世襲權，不計過往，眾藩鎮於是歸順中央，戰事結束。右神策軍都將李晟率神策軍追殺朱泚，收復長安，朱泚為部將所殺，李适得以重回京師。

削藩不成，中央認錯道歉收場，藩鎮勢力益發坐大，大唐天子的威信掃地，中央權力進一步削弱，應對地方的藩鎮割據更顯得無心無力。李适面對文官武將的反覆變亂，從此更為重用宦官。宦官被委任禁軍統領，取得監軍大權，並形成制度，留下尾大不掉的亂局。

戰爭期間，李适受到軍費不足的重大壓力，體會到財政的重要性，晚年變得自私貪婪。不時將國庫賦稅劃撥為內帑，增收雜稅，為了便於自己搜括，還縱容宦官斂財，民怨日深。八〇五年太子李誦突患風疾，不能言語，李适悲傷過度臥病不起，最後這位一生患難、有志中興、卻無力回天的皇帝駕崩於長安，死時六十三歲，在位二十五年餘，諡號神武孝文皇帝，廟號德宗。

李适死，子李誦即位，是為唐順宗。但當時李誦已患中風，口不能言。宦官封鎖消息，欲行廢立之事，由翰林學士鄭絪和衛次公力保，才得以承繼大統。當年他已經四十五歲，做近二十六年的太子。

李誦是李适的嫡長子，史書記載他為人慈孝寬大，仁而善斷，且文才出眾，有勇有謀。李适在涇原兵變時出逃奉天，李誦執弓矢居左右，保護父皇逃離長安。之後奉天被叛軍包圍，李誦更身先士卒上城拒敵，最終保住了奉天。李誦也因而對藩鎮之亂和宦官干政痛心疾首，深感憂慮。

李誦即位後，以頑強的意志力拖著病體起用東宮舊屬開始改革，首先罷免了貪瀆的宗室親貴李實，以表態改革的決心。再釋放宮女、教坊女樂數百人，免除百姓積欠的稅租，罷停各種進奉，廢除與民奪利的宮市、盤剝百姓的五坊，多年弊政遭到修正，長安百姓額手稱慶。

但改革的利刃傷害了掌權的宦官集團，宦官集團開始反撲。宦官首領俱文珍勾結部分官僚和藩鎮，趁李誦病體不適逼其退位，傳位於太子李純，尊李誦為太上皇，並貶了協助李适改革的重臣，包含王叔文、王伾、柳宗元、劉禹錫等，改革從此畫下句點。八〇六年李誦宏志未申含恨而逝，官方說法是病死，野史則傳說被宦官害死。死時四十五歲，在位一百八十四天，諡至德大聖大安孝皇帝，廟號順宗。

李誦死後兒子李純繼位，是為唐憲宗。李純生於帝王之家，跟隨父祖因兵變逃亡，曾經經歷過涇原之變，眼看著幾代以來被藩鎮所苦。李純常讀列聖實錄，見貞觀、開元故事，仰慕不已，亟思有所作為。但前兩輩的討藩失敗，讓他更為小心謹慎。

在中國最早的政府會計專著《元和國計簿》中記載，當時唐王朝總計有四十八個藩鎮，其中有十五個藩鎮不報戶口、不上繳稅捐，節度使也由子孫世襲，擁兵自重，不遵中央調度，儼然成為獨立的小王國。

八〇六年劉闢在蜀地謀反，李純派神策軍大將高崇文出兵平亂獲勝，打響了平藩的第一仗，接著江南劉錡的叛亂也被平息。李純開始利用各藩鎮之間的矛盾，有系統的調度了多個藩鎮的節度使，打破節度使久任一職、家族世襲的慣例，八一三年勢力強大的魏博節度使田弘正主動投向中央，朝廷威望重振。

八一四年淮西節度使吳少陽病逝，其子吳元濟不遵調度與中央對抗，李純下令討伐。八一五年主導削藩的宰相武元衡被藩鎮派刺客暗殺身死，御史中丞裴度被襲受傷，削藩政策受到挑戰。李純大怒，更堅定了平定藩鎮一統天下的決心。名將李晟之子李愬趁雪夜突襲蔡州，生擒懷州節度使吳元濟，對各藩鎮帶來震懾效果，憲宗李純恩威並施，各藩鎮相繼降服，上表稱臣納貢。自安史之亂以來長達六十年的藩鎮割據宣告結束，全國統一，史稱「元和中興」，李純被視為中興之主，在明代蕭良有編撰的《龍文鞭影》「漢稱七制，唐羨三宗」中，和唐太宗李世民、唐玄宗李隆基合稱為唐朝的三位有作為的君主。

李純平定諸藩之亂，立下不朽功業，自滿之下開始驕奢放縱。晚年篤信佛教，八一九年李純遣使迎釋迦牟尼佛遺骨入宮供奉，王公士民瞻奉舍施，唯恐不及。他還希望透過丹藥長生不老，但服用丹藥後身體每下愈況，最後在八二〇年病死。死時四十二歲，在位十四年餘，謚聖神章武孝皇帝，廟號憲宗。

關於李純的死因，《舊唐書》有提出疑慮：「上崩於大明宮之中和殿，享年四十三。時以暴崩，皆言內官陳弘志弒逆，史氏諱而不書。」有一說是李純自服丹藥後性情暴躁多怒，身邊宦官常遭斥責，動輒被殺，為求自保，於是殺了李純，平定藩鎮的英主死於家奴之手。

李純的被害，也可能和皇儲之位有關。李純長子李寧早年便被立為太子，但立嗣後兩年病死，李純的寵臣宦官吐突承璀力主按照次序立次子李惲，但因李恆的母親顯赫的身世（郭子儀的孫女），在神策軍中尉梁守謙以及王守澄等宦官的支持下被立為太子，王守澄被懷疑殺了李純以保全李恆的皇位。

李純死後，李恆登基，做的第一件事就是殺掉吐突承璀和他二哥李惲，換掉李純時期的重臣，對扶持他上台的功臣則是大大的賞賜，從此又是宦官當政。李恆本無大志，司馬光在《資治通鑑》中說他「為君者，只知酣宴，無意天下。為臣者，胸無遠略，不知安危」。認為藩鎮已平，應當消兵。於是令天下各軍鎮每年需減少八%的兵力，削減兵籍。被取消兵籍的軍士無處可去，又無法從事其他行業謀生，只好藏在山林中為寇。不久河朔三鎮復叛，被削減的軍士紛紛歸附三鎮。

在朝廷內宦官權勢日盛，官僚朋黨鬥爭劇烈，使元和中興的局面不再，他也成了背負昏聵無能罵名的庸君之一。晚年和他父親一樣，迷信丹藥，身體變差。八二二年他與宦官內臣打馬球時突然中風，八二四年崩於寢殿，年二十九歲，在位四年，諡號睿聖文惠孝皇帝，廟號穆宗。

《舊唐書》記載穆宗李恆至少有八個兒子，但只有五個活了下來，而且有三位擔任過皇帝，也是歷史上少見。李恆死，長子李湛即位，時十五歲，是為唐敬宗。李湛在父皇健康狀況惡化的時候以太子身分監國，穆宗死後繼位，也繼承了他父親玩樂無度的習性，且有過之而無不及。

李湛喜愛打馬球和搏擊，據說頗有水準，但對政事就放任不管，最混的時候一個月只上朝三天。眾大臣諸多勸戒，他表面聽取他們的意見，但行為毫無改善。他縱容宦官王守澄把持朝政，勾結權臣李逢吉，排斥異己，敗壞綱紀，多次造成閒雜人等闖入宮廷的事件。又是一個昏君，《舊唐書》甚至評說：「彼狡童兮，夫何足議」，連評論他都不願意。八二七年宦官劉克明等人不滿常遭李湛毆打，於是半夜刺殺了李湛。李湛死時十七歲，在位僅二年，諡號為睿武昭愍孝皇帝，廟號敬宗。

李湛死後，劉克明原來打算立絳王李悟為帝。李悟是憲宗李純的第六個兒子，是穆宗李恆的弟弟，敬宗李湛的叔叔。但宰相裴度、執金吾梁守謙、樞密使王守澄（宦官）等率神策軍攻入朝廷，殺了李悟，改立李恆的的第二子、李湛的弟弟李昂為帝，是為唐文宗。

連接幾任的皇帝廢立都操在宦官之手，可見當時宦官的勢力有多大，李昂上任後，首先的思考就是如何從宦官手中奪回權力。八三一年他和宰相宋申錫密謀企圖除掉宦官，反被宦官王守澄用計除掉了宋申錫。之後李昂改用李訓和鄭注，先奪了王守澄的兵權，再秘密鴆殺了他。然後李訓藉甘露事件（左金吾仗院內石榴樹夜生甘露，是為祥瑞之兆，邀文宗親自前往觀看）安排了誅殺一眾宦官的計畫，以助李昂奪回權力。但被宦官仇士良等發現，反而挾持李昂，再引神策軍入宮亂殺大臣及宮人，李訓逃走，黨羽盡屠，死者數以千計，最後李訓還是被殺，史稱「甘露之變」。

官員遭誅殺一空，宦黨再起用自己黨人，控制朝政，李昂遭軟禁，形同傀儡，八四〇年抑鬱而終。死時三十歲，在位十三年，諡元聖昭獻孝皇帝，廟號文宗。

文宗李昂死後，弟弟李炎繼位，是為唐武宗，第二次兄終弟及，兄弟三人都當了皇帝。李昂原來立了長子李美成為太子，但宦官仇士良在李昂死前矯詔廢原太子，改立李炎為皇太弟，李昂死後即位。但傳說中是仇士良原想立安王李溶（穆宗李恆第八子，文宗李昂的另一位弟弟）為帝，但派遣的使者接錯人了，讓李炎因錯就錯坐上皇帝的位子。

李炎原名李瀍，登基後召李黨人物李德裕任為宰相，李德裕提倡「政歸中書」（政權回歸中書省）等政策，壓抑宦官，國家漸漸回復元氣。仇士良雖然不服企圖反撲，但被皇帝李炎壓住，明升暗降，剝奪軍權後退出政治舞台。

李德裕是「牛李黨爭」時李黨的代表人物，牛李黨爭始於穆宗李恆年間，是以牛僧孺和李德裕為代表的兩派人馬之間的鬥爭，相互打擊以宰制朝廷。當朝士大夫大多陷入鬥爭漩渦中，人才損傷，重創唐朝，直到李炎的下一任皇帝，也是他叔叔的唐宣宗李忱即位才平息。唐文宗李昂曾有「去河北賊（指河朔三鎮）易，去朝廷朋黨難」的感慨。在李炎的支持下，李德裕大力改革，裁汰冗官二千餘人，懲治貪官，調整官員待遇，同時外攘回紇，內平藩鎮，大唐頗有中興之象，被稱為「會昌中興」。

李炎在八四五年開始大規模下令打擊佛教。他看到許多佛寺的規模比皇宮還要華麗，於是下令拆毀了全國大多數的寺院，強迫四十歲以下的僧尼還俗，寺院田地收歸國有。李炎信奉道教，也希望道士煉丹能讓他長生不老，沒想到反而中毒，八四六年逝世，年三十二歲，在位六年餘，諡至道昭肅孝皇帝，廟號武宗。

李炎有五個兒子，但死前並沒有立太子，李炎病危，宦官馬元贄等認為李忱較易控制，就把他立為皇太叔，成為新的皇位繼承人。李忱是唐憲宗李純的第十三子，是唐穆宗李恆的弟弟，論輩分是敬宗李湛、文宗李昂和武宗李炎的叔叔，故被立為皇太叔。傳言他幼時故作愚鈍狀以求安全，而馬元贄之所以要立他為帝，也是看他愚鈍可欺，沒想到就帝位後卻表現得令人刮目相看。

李忱即位後改元大中，整頓吏治，壓抑宦官，打擊宗室權貴、外戚；貶謫李德裕，結束牛李黨爭；昭雪甘露之變中枉死的宗室和大臣。另外他勤儉治國，體恤百姓，減少賦稅，注重人才選拔。對外方面擊敗吐蕃、回鶻、党項、奚人，收復安史之亂後被吐蕃占領的大片失地，使唐朝國勢有所起色，獲得史書上正面的評價，稱為「大中之治」。

但和前面幾次中興一樣，掀起的波浪不夠大，難以挽回大唐衰弱的局勢。晚年他步上武宗李炎的後塵，沉溺於長生術，開始疏於政事，宦官勢力再起，南方各鎮又出亂子，天下不寧，中興局面於是中斷。八五九年李忱因丹藥中毒駕崩，時年四十九歲，在位十三年，諡號聖武獻文孝皇帝，廟號宣宗。

宣宗李忱病逝，左神策護軍中尉王宗實、副使丌元實矯詔立李漼為皇太子，接了帝位，改名李漼，是為唐懿宗，又是一個宦官擁立的皇帝。李漼是李忱的長子，原不是李忱心目中的接位人選，但李忱猶疑不決，給了宦官可乘之機，經由擁立新帝而取得權勢，宦官再次坐大。

李漼長得不錯，史稱「器度沉厚，形貌瑰偉」，且「洞曉音律，猶如天縱」，但即帝位後遊宴無度，沉湎酒色，朝政交由宦官處理，政治腐敗，在混亂中藩鎮割據重新再起。他崇仰佛法，八七三年不顧大臣反對，舉行最大規模的迎奉佛骨活動，耗費頗多，將其父唐宣宗大中之治的成果損耗殆盡。翰林學士劉允章在《直諫書》用「國有九破」描繪過當時的局勢：「終年聚兵，一破也。蠻夷熾興，二破也。權豪奢僭，三破也。大將不朝，四破也。廣造佛寺，五破也。賂賄公行，六破也。長吏殘暴，七破也。賦役不等，八破也。食祿人多，輸稅人少，九破也。」唐朝的衰敗已在眼前。當時賦稅刻薄，百姓無法過活，人民無路可走，只好起義。

李漼任內多次民變，八五九年裘甫在浙東起兵、八六八年龐勛在桂林起兵，雖然最終都被鎮壓，但李漼死後爆發黃巢之亂，最終導致唐朝的滅亡，李漼也被認為是造成唐朝覆滅的亡國之君。八七三年李漼病死，年四十歲，在位近十四年，諡為昭聖恭惠孝皇帝，廟號懿宗。

李漼死後第五子李儼繼位，改名李儇，是為唐僖宗。在當時環境下，當然還是由宦官擁立而繼帝位。父親李漼長於遊樂，耳濡目染之下，李儇也是一個玩樂高手。鬥雞、賭鵝、音樂、圍棋無不精通，對打馬球尤有心得，自認如果參加武舉考試，應該可以得個狀元。十二歲即位，玩心甚重，當然這也是宦官田令孜等要擁立他的主要理由。田令孜從小陪著李儼遊樂，感情深厚，李儇即位後，便任命他做了神策軍中尉，朝中的重大決策都掌控在田令孜手中。李儇接下被劉允章用「九破」來形容的爛攤子，即使努力認真，恐怕也做不了什麼大事，更何況一心玩樂。即位未久就爆發了動搖唐朝國本的王仙芝和黃巢之亂。

黃巢家族為鹽商，家境富裕，但多次報考秀才落第，心懷不滿，以家財號召百姓起兵，並投入好友王仙芝部。後來王仙芝死去，黃巢接掌了部隊，在眾多節度使養賊自重、採應付姿態討伐的心態下得以一路坐大，八八〇年率兵攻入東都洛陽。情急之下，田令孜率五百神策軍帶著李儇和少數宗室親王逃離京城，往四川避難，成為玄宗之後又一位逃往四川避難的皇帝。八八一年黃巢進長安，自立為帝，國號「大齊」。

黃巢進入長安時打著為百姓安天下的旗號，無奈手下賊兵習慣了攻下一城便劫掠的作為，進入長安沒兩天就開始燒殺搶奪，大屠宗室，百姓苦不堪言。八八二年李儇在蜀地召集兵將組織起對黃巢的反撲，部分還忠於唐朝的節度使開始重整旗鼓，黃巢手下大將朱溫也叛變降唐，黃巢軍隊在唐朝官軍的反撲下兵敗退出長安，轉戰山東。八八四年黃巢手下一眾大將跟著投向朱溫，黃巢在山東死於部下林言之手。

但黃巢之亂的餘波還沒結束，原唐朝蔡州節度使秦宗權在敗給黃巢時投降黃巢，一起作亂，黃巢死後沒有歸順朝廷，還自行稱帝，被朱溫所滅。秦宗權部下孫儒再亂，孫儒被滅之後，其部下劉建鋒、馬殷等再亂，持續與朝廷對抗，黃巢從子黃皓也率殘部四處流竄。地方割據勢力不下十餘起，唐朝中央能控制的地區不過河西、山南、劍南、嶺南西道數十州而已。經過黃巢起義軍的打擊，唐朝數百年的基業已不再是原來的面貌。

八八五年僖宗重返長安，但長安在多次劫掠之後，已殘破不堪。僖宗回到長安不久，因田令孜亂政盤剝，河中節度使王重榮不滿之下，聯合太原李克用攻長安，僖宗再次出逃。襄王李熅因病留在長安，八八六年被邠州節度使朱玫挾持立為傀儡皇帝，改元建貞，遙尊李儇為太上皇。李熅是唐肅宗的玄孫，吸引了部分的勢力追隨。

李儇以正統為號召，利用各節度使之間互相爭利的矛盾情結，把王重榮和李克用爭取過來反攻朱玫，同時招納朱玫的愛將王行瑜對付朱玫，八八六年王行瑜殺了朱玫及其黨羽數百人，縱兵大肆掠奪，長安再次遭到血洗，李熅同時被殺，坐帝位不到三個月，年齡不詳，無諡號、無廟號。

李儇打算再回京師，但半途被鳳翔節度使李昌符扣留，神策軍攻打李昌符，李昌符敗逃被殺。幾番折騰後，李儇終於再回到京師長安，卻一病不起，八八八年李儇結束了顛沛流離的一生，在長安病逝，死時二十六歲，在位十五年，其中有八年逃亡在外，諡號為惠聖恭定孝皇帝，廟號僖宗。

唐僖宗死後，由當時掌權的宦官楊復恭矯詔擁立皇太弟李傑為帝，先改名李敏，再改名李曄，是為昭宗。李曄是唐懿宗第七子、唐僖宗的弟弟。

八九〇年李曄宣布討伐叛逆的西川節度使陳敬瑄和河東節度使李克用，反被李克用擊敗，討伐陳敬瑄的活動也停止，只好恢復陳敬瑄和李克用官位，承認其領地，朝廷威望掃地。

八九一年李曄下令逮捕擁立他的宦官楊復恭，楊復恭出奔投靠養侄山南西道節度使楊守亮，八九三年鳳翔節度使李茂貞擊敗楊守亮，要求兼領西道、鳳翔兩鎮，李曄不准。李曄任命中書侍郎宰相徐彥若為鳳翔節度使，李茂貞與盟友靜難軍節度使王行瑜調兵阻止其赴任，並乘勝進擊長安，李曄被迫收回成命，再次同意李茂貞兼領鳳翔和山南西道，朝廷已失去對藩鎮的控制能力，什麼事都是藩鎮說了算。

李曄於是讓宗室諸王掌兵，企圖堅實軍力，藩鎮再反。李茂貞兵臨長安，李曄出逃前往鎮國，鎮國節度使韓建挾持李曄，將李曄授予兵權的宗室諸王全部殺害。在韓建的要求下，立何淑妃所生皇長子李祐為皇太子，再立何淑妃為皇后。八九八年李曄妥協下讓李茂貞復其官爵，宣武軍節度使朱溫勸李曄遷都洛陽，韓建和李茂貞擔心朱溫藉勤王救駕奪權，就修復被李茂貞軍燒毀的長安宮殿，李曄才得以重返長安，但身邊除了宦官控制的神策軍外再無一兵一卒。朱溫早年參加黃巢叛軍，因戰功升為大將，後叛黃巢投唐，李曄賜名為朱全忠，希望他能盡全力效忠以保唐朝，授以宣武節度使，隨後擊敗黃巢。

九〇〇年李曄醉後殺了幾個宦官、侍女，引起了宦官神策軍左中尉劉季述的劇烈反應，帶兵逼李曄禪讓帝位給太子李裕，並軟禁了李曄和何皇后等人，關押在別院，衣食不繼。李裕就帝位後又改名李縝，尊李曄為太上皇。次月忠於李曄的神策軍孫德昭、董彥弼、周承誨在宰相崔胤指揮下發動反政變，殺了劉季述和其黨羽，救出李曄。李曄復辟，將李縝名字改回李裕，褫奪太子位，復為德王，不久被改名朱全忠的朱溫殺害，死時年二十五歲，在位十個月，無謚號、無廟號。

九〇一年因宰相崔胤謀誅宦官，宦官韓全誨強押李曄投奔鳳翔，李曄第二次逃離京城。崔胤召朱全忠圍攻鳳翔。九〇三年李茂貞殺韓全誨等人，與朱溫和解，送李曄回長安。這時唐朝宮室已經名存實亡。

不久李茂貞被朱全忠打敗，朱全忠成為最大的藩鎮，並控制著李曄，開始著手安排滅亡唐朝，準備自己稱帝。朱全忠殺掉皇宮內所有宦官，廢神策軍，完全控制皇室，並下令處決派往各軍區擔任監軍的宦官。

九〇四年正月朱全忠殺了宰相崔胤，逼迫李曄遷都洛陽，第三度離開京城，再也回不來了，朱全忠並令長安居民按戶籍隨同遷居，家不復家、國不復國。李曄在洛陽幾乎是被幽禁的狀態，終日借酒澆愁，八月朱全忠指使手下殺了李曄，死時三十七歲，謚號聖穆景文孝皇帝，廟號昭宗。

昭宗李曄一生患難，在位十六年，一直是藩鎮手中的傀儡，大半時間在逃亡中度過，三次逃離京城長安。雖亟思有所作為，尋求忠臣志士圖謀復興，在位期間任命了二十五位宰相，但時不我予，唐朝早已步入衰弱殘敗，手中無可用之兵，藩鎮實力遠大於朝廷，最終在落寞中被殺。

李曄死後，朱全忠擁立其子李柷即位，是為唐哀宗，雖然不是宦官立的皇帝，但同樣是別人的傀儡，背後操控的人自然是朱全忠。九〇五年朱全忠先殺了李柷的兄弟九人，再大量殺害忠於唐朝的大臣，最後還殺了何太后，清除了所有阻礙。費了一些手腳之後，在九〇七年逼李柷禪位，自立為帝，建國號「大梁」，史稱「後梁」。至此立國總計二百八十九年（六一八—九〇七）、傳二十四帝（含短命的李重茂、李熅和李裕）的唐王朝滅亡，中國進入自黃巾之亂以來又一次大分裂時期：五代十國。

李柷禪位後被封為濟陰王，遷到曹州，次年（九〇八年）被朱全忠毒死，上謚號為哀皇帝，無廟號，史稱唐哀帝。死時十六歲，在位二年，是唐朝的最後一任皇帝。

唐朝和漢朝公認為中華歷朝歷代中最光輝的時代，常被並稱漢唐盛世，但從各個層面來看，唐都遠盛於漢。不論從領土、人口、經濟發展、文化水平、對外關係，都是唐朝超越過漢朝的。以領土而言，漢朝最大領土是在漢明帝時期，估計有一千零五十萬平方公里，唐高宗李治時期，疆域面積達到一千二百五十一萬平方公里，多了五分之一，有人估計最大時多達一千六百萬平方公里。

從唐高祖李淵建國開始，雖然平定各地軍閥勢力還是花了一點時間，但大唐盛世的氣象便開始出現，社會出現繁榮的景象。高祖李淵和太宗李世民有鑑於隋朝不恤民命導致人民起義天下大亂，自己才有機會取得王朝，所以他特別強調「存百姓」。在賢臣良將的輔佐下政治清明、社會安定、經濟成長、國力增強，這種繁盛的局面一直延續到唐玄宗李隆基的開元之治，留下「憶昔開元全盛日，小邑猶藏萬家室」的風光時刻。

對外關係上，唐太宗李世民征服北疆，被尊稱為天可汗。唐朝交通發達，海上、陸上絲綢之路暢通，商業繁盛。陸上從長安出發向東可達朝鮮，向西經絲綢之路可達印度、伊朗、阿拉伯、甚至遠達

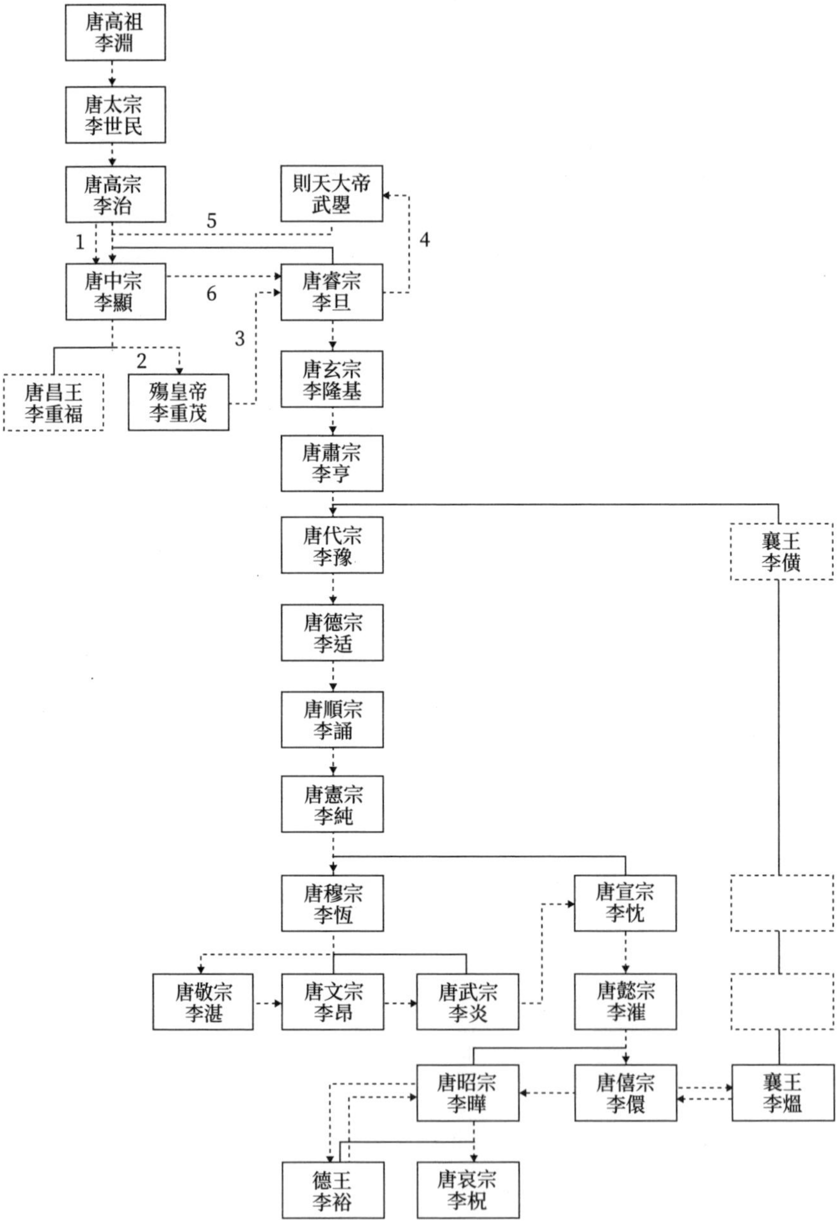
唐高祖
李淵
唐太宗
李世民
唐高宗
李治
則天大帝
武曌
1
5
4
唐中宗
李顯
6
唐睿宗
李旦
3
2
唐昌王
李重福
殤皇帝
李重茂
唐玄宗
李隆基
唐肅宗
李亨
唐代宗
李豫
襄王
李僙
唐德宗
李适
唐順宗
李誦
唐憲宗
李純
唐穆宗
李恆
唐宣宗
李忱
唐敬宗
李湛
唐文宗
李昂
唐武宗
李炎
唐懿宗
李漼
唐昭宗
李曄
唐僖宗
李儇
襄王
李熅
德王
李裕
唐哀宗
李柷

唐朝皇帝世系圖

皇帝	終年	在位	直接死因	死亡背景因素
唐高祖　李淵	69.0	8.2年	病死	被李世民奪位，抑鬱而終
唐太宗　李世民	51.5	22.8年	病死	
唐高宗　李治	55.5	34.5年	病死	
則天大帝　武曌	81.9	14.4年	病死	被逼退位後病死
唐中宗　李顯	53.6	5.5年	被毒死	妻韋皇后與女安樂公主為謀帝位聯手下毒
殤皇帝　李重茂	19.0	17天	不明	被廢後放逐隔年死亡
唐睿宗　李旦	54.1	8.8年	病死	
唐玄宗　李隆基	76.7	43.9年	病死	安史之亂出逃，子李亨自立為帝，尊為太上皇，被軟禁抑鬱而終
唐肅宗　李亨	51.3	5.8年	其他	宦官李輔國強行入皇帝寢宮擄走張皇后，李亨驚嚇過度而死
唐代宗　李豫	52.6	17.1年	病死	心力交瘁死於憂患
唐德宗　李适	63.0	25.7年	病死	
唐順宗　李誦	45.0	0.5年	被殺	疑被宦官俱文珍害死
唐憲宗　李純	41.9	14.5年	被殺	被宦官陳弘志害死
唐穆宗　李恆	28.6	4.0年	病死	服食丹藥中毒致死
唐敬宗　李湛	17.5	2.9年	被殺	被宦官劉克明等害死
唐文宗　李昂	30.2	13.1年	病死	被宦官操控抑鬱而終
唐武宗　李炎	31.8	6.2年	病死	服食丹藥致死
唐宣宗　李忱	49.2	13.4年	病死	服食丹藥致死
唐懿宗　李漼	39.7	13.9年	病死	
唐僖宗　李儇	25.9	14.7年	病死	
襄王　李熅	不詳	0.3年	被殺	被朱玫挾持擁立，兵敗被殺
唐昭宗　李曄	37.5	16.4年	被殺	朱溫欲滅唐殺之
德王　李裕	24.7	0.8年	被殺	劉季述挾持擁立，兵敗被殺
唐哀宗　李柷	15.4	2.6年	被毒死	朱溫篡位後毒殺

表9.1：唐朝皇帝死因

歐洲和非洲諸地。海路從登州、揚州出發，可達韓國、日本。

世界各地人士也到唐朝或朝拜、或取經、或通商。朝廷內外充滿了自信心，全面對外開放，外國人可以在中國居住、通婚、做官，或做生意，估計外國人當中國官的有三千多人。秦朝李斯在《諫逐客書》中提到充分利用世界各國的人才，享用文化交流的成果，是秦朝昌盛的原因之一，看來唐朝也享受到這種好處。

日本從貞觀時期便經常性的派出遣唐使到唐朝學習（之前還有遣隋使），帶動日本的大化革新；日本留學唐朝的空海回日本後，和吉備真備仿中國文字創造了日本文字平假名和片假名；兩位日本高僧普照和榮睿來中國學習佛法，將中國大和尚鑑真在萬難中接到日本弘法，還把中國先進的文化傳到日本，對日本的文化發展帶來影響，包含建築、服裝、飲食、藝術，甚至官制都帶有濃厚的唐代色彩。

提到唐朝的佛教不能不提到玄奘，六二九年（貞觀年間）玄奘由長安私下出發（沒有取得唐朝發給的護照，稱「過所」），冒險前往天竺（印度）學習佛法。六四三年玄奘載譽歸國，帶回六百五十七部佛經，招眾翻譯，建立大唐在國際佛教教義的主流地位，由於他通曉佛教經、律、論三種經藏，故被尊稱為三藏法師。

唐玄宗被這些成就沖昏了頭，開始享受奢華生活，也減少過問政事，唐朝盛極而衰。《資治通鑑》記載唐玄宗「在位歲久，漸肆奢欲，怠於政事」。變亂的開始是七五五年的安史之亂，藩鎮節度使造反，唐朝盛世急轉直下，而其關鍵在於用人。

李林甫和楊國忠無疑是造成混亂的根源，而邊鎮節度使由文官改為武將，由官派變成世襲，為了擴大實力大量招募兵員，中央補給有限，地方自籌經費來源，於是拒絕上繳稅賦，不遵中央調度，形成割據勢力。藩鎮節度使爭權奪利和中央抗衡，多次攻入京師，皇帝出逃，中央失去對地方控制力，大唐一蹶不振。安史之亂動搖帝國基礎，黃巢之亂則徹底摧毀大唐朝廷，朱全忠原為黃巢部將，改投唐朝後，因鎮壓叛亂有功封節度使，最後篡了唐朝。

中國歷來各朝各代亂政的最大禍源是宦官和外戚，唐朝也逃不過宦官的災難。唐朝宦官干政始於擁立肅宗李亨的太監李輔國，之後的程元振、魚承恩，一直到唐昭宗李曄時期的劉季述、王仲先。直到朱全忠發動宮廷政變，幾乎殺了所有的宦官，才告結束。唐朝宦官中其實有許多是忠於皇帝的，德宗李适在涇原兵變逃出皇宮時，身邊不見禁軍，只有宦官霍仙鳴及竇文場誓死相隨，建立了信任感和依賴心。唐朝晚期有多位皇帝根本就是由宦官擁立的（共計九位），也有皇帝耽於玩樂，將朝政交給宦官，使他們成為皇帝倚重的對象，賦予宮禁大任，甚至掌握兵權，更開始干預國政，害死的皇帝也不在少數。多次為了和朝臣爭權奪利，和藩鎮勾結，造成亂源，唐朝的衰弱宦官確實脫不了干係。

至於歷朝歷代都有的外戚問題，在唐朝似乎不是特別多。外戚指的是國君的妻族或母族，也就是皇后或皇太后的家人。唐玄宗時期引起安史之亂的楊國忠（楊貴妃的堂兄）是其中一個，但楊貴妃既不是皇后，也不是皇太后，也沒有授予楊國忠官職，或令其帶兵入宮，算不算外戚干政，有討論的餘地。而身居皇后和皇太后干政，甚至竊國的，則有武則天。

武則天原是唐太宗李隆基的才人，後來變成唐高宗李治的皇后，再成為唐中宗李顯和唐睿宗李旦的皇太后。但她不同於一般外戚是皇后（或皇太后）借重原家族勢力干政，她是以自己的實力和手腕取得政權，再拉拔家人進入朝廷，並成為歷朝歷代唯一被正式承認的女皇帝，看來還不算是真正的外戚。雖然爭議不斷，但掌政期間政績還不錯，最後也還政於李氏，變局算是平順落幕，死後於乾陵立無字碑，留待後人評價。另外還有唐中宗李顯的韋皇后想效法武則天，但沒幾天就被平定，沒有能成氣候。

高宗李治娶了爸爸李世民的才人武則天，玄宗李隆基則娶了兒子壽王李瑁的王妃楊貴妃，也是造成楊國忠專權、安祿出叛亂的禍根，更是唐朝由盛轉衰的轉捩點。但後世一般認為過在唐玄宗，而非楊玉環。楊國忠進入朝堂雖是藉楊貴妃的關係，但實意授予大權的還是唐玄宗，楊貴妃一生沒有問過一件政事、發過一道指令，最大罪名也就是咬咬耳朵、害唐玄宗不起床（春宵苦短日高起，從此君王不早朝）。結果安祿山叛亂，潼關不守，皇帝出逃，六軍不發，楊貴妃卻成為捍衛封建王朝皇帝尊嚴的犧牲者，是楊貴妃傷害了唐朝，還是唐明皇壞了唐朝？

其實晚唐也曾有三次小規模的復興：唐憲宗李純的元和中興、唐武宗李炎的會昌中興和唐宣宗李忱的大中之治，但大勢已定，難以回天，最後還是被朱全忠篡國，滅了唐朝。

唐朝從唐高祖李淵建國到唐哀宗李柷被篡總計二百八十九年，傳二十一帝，若含短命的李重茂、李熅和李裕，則有二十四位皇帝，其中也包含武則天，和她所建立短暫的武周王朝。活得最久的是武則天，活到八十二歲，為中國歷代皇帝第三長命（第一名是清高宗弘曆八十九歲，第二名是梁武帝蕭衍八十六歲），李隆基活了七十七歲排在第六位。總計活過五十歲以上的占近一半，死在二十歲之前的只有兩位，以壽命而言，算是歷代最佳。但自順宗李誦之後，皇帝的生命就越來越短，沒有人能活過五十年，國家的實力或許也影響了帝王生命。

死亡原因中列為病死的有十四位，死於他殺的有八位，一位其他、一位死因不詳。但病死的皇帝中，唐高祖李淵被李世民奪位抑鬱而終、則天大帝武曌病中被逼退位後病死、唐玄宗李隆基被尊為太上皇被軟禁抑鬱而終、唐代宗李豫心力交瘁死於憂患、唐文宗李昂被宦官操控抑鬱而終，還有三位因追求長生不死結果服食丹藥而亡，以及唐肅宗李亨因李輔國入寢宮搜捕皇后被驚嚇過度而死，真正得以安享天年壽終正寢的，也不過五位。

唐朝也是宗室內亂的大戶，太宗李世民靠玄武門之變殺了兄弟奪位，還逼老爸高祖讓位；武則天廢、立兩位兒子自己登基改朝換代，再被逼退位讓出江山；中宗李顯死在老婆和女兒手中；玄宗李隆基丟下江山給兒子肅宗李亨逃往蜀地避難，被迎回後又拱為太上皇，被軟禁抑鬱而終；肅宗李亨也沒有好到哪裡去，皇后和宦官爭權，夜闖皇宮受到驚嚇而死；順宗李誦被逼讓位給兒子憲宗李純。到了晚唐則是宦官接手，更多的皇帝廢立是操縱在宦官手中，被宦官殺死的也不在少數。加上京城六度淪陷，皇帝九次出逃，即使是漢唐盛世中的大唐，也再次印證了皇帝的生涯中難以避免的困苦與憂難。

朱溫被唐昭宗李曄賜名為朱全忠，希望他全心盡忠輔弼大唐，結果沒想到他全然不忠，篡滅了大唐。唐朝結束，接著展開的是另一段混亂時期，五代十國在朱溫篡唐建立後梁之下拉開序幕。

第十章　五代十國

翻過唐朝從璀璨到殞落的一頁，中原大地進入另一個分裂的時代，那便是五代十國。它的期間包含從唐朝滅亡開始，一直到趙匡胤建立宋朝為止，時間不長，總計五十三年，但熱鬧非凡，有十幾個政權此起彼落，輪流登場。

唐朝滅亡後，各地藩鎮紛紛自立建國，其中位在華北地區，取代唐朝地位、勢力較強盛的五個政權稱為「五代」，包含梁、唐、晉、漢、周，史稱後梁、後唐、後晉、後漢、後周。但五代王朝的實力無法控制整個中原，還有許多其他割據一方的藩鎮，或自立為帝、或稱王奉中原王朝（五代）為正統，其中十個國齡較長、國力較強的國家被統稱為「十國」。主要包含吳國、南唐、吳越、閩、北漢、前蜀、後蜀、荊南、楚和南漢。當然當時存在的地方政權不止這十個，而這十國也是此起彼落，不是同時存在，也不是相互銜接傳承，而是彼此獨立、交互存在的。

「五代」的名稱和內容早在宋朝初期便已成立，范質的《五代通錄》和王溥主持官修的《五代會要》都以「五代」冠名。但十國的內容就比較複雜，主要源自北宋中期大儒歐陽修私撰的《新五代史》。宋太祖在位期間，由薛居正等奉詔編寫的《舊五代史》中有五代本紀（書的原名是《梁唐晉漢周書》，後改《五代史》，在歐陽修私撰《新五代史》成書之後改稱《舊五代史》），但沒有十國，而是把在權力實體上保持很大獨立性、可以子孫承襲的地方割據政權歸入「世襲列傳」中，列出了鳳翔李茂貞、鄜坊高萬興、朔方韓遜、夏州李仁福、荊南高季興、楚國馬殷、吳越錢鏐等七家。另外把中原王朝之外稱帝的政權歸為「僭偽列傳」，有吳國楊行密、南唐李昪、閩國王審知、幽州劉守光、南漢劉陟、北漢劉崇、前蜀王建、後蜀孟知祥等八國。

之後歐陽修編《新五代史》時，把「僭偽列傳」八國中除了幽州劉守光之外的七國，再加上「世襲列傳」中的荊南、楚國和吳越三國，總共十家，記入《新五代史》列為「世家」。最後是清代史官吳任臣依據歐陽修的選擇，編撰了《十國春秋》，十國名單從此定調，被後世沿用。

然而並不是所有的史家都認同「十國」的說法，除了《舊五代史》之外，明代學者凌迪知在撰寫《萬姓統譜》中的《歷代帝王姓系》時，統計出五代時期中原王朝之外的割據政權有十三家，除了十國之外，秦（李茂貞）、燕（劉守光）、虢（李仁福）三國也列在其中，有人認為較接近歷史的實況。尤其其中不為史家所重的梟雄李茂貞，位居《世襲列傳》之首卻沒有列入十國中，從國家實力和政權延續來看，都不亞於十國中的大多數國家，有許多人為之打抱不平。這些討論超出本書作者的能力範圍，僅呈現資料，不做評論。

大體上五代的朝廷據有黃河流域，是傳統上較為富庶的地方，而且在形勢上來說是取代唐朝的政權，輪番接替上陣，在時間軸上有延續性，被認為具有中央政府的正統地位。十國則大多處於被視為偏遠地區的南方，各國自立自亡，有許多同時平行存在，大多沒有前後接替關係，在歷史上被視為五代的附屬國或外患國。

五代從後梁朱全忠篡唐開始，到趙匡胤建立宋朝結束，但十國中有些國家（吳國和前蜀）立國在唐末朱溫篡唐之前，有些國家（總計有六國）的滅國在宋朝建立之後，整個時程比五代更長，但在歷史上受到的重視不及五代。主要是因為政權更替頻仍，令人目不暇給，也形成了一定程度的混亂，不易釐清傳述。另外也缺乏傳統亂世出英雄、人才輩出的格局，不易受到關注。

這個時期的明君不多，昏庸殘暴之輩不少，缺乏值得稱道的要角人物。加上動亂時代重武輕文，文化發展相對壓抑，少有文人墨客傳世，當代流傳的文獻不多，也是讓十國更沒讓人注意到的原因之一。少數例外是南唐出了李璟和李煜兩位皇帝才子，尤其李煜更是知名詞人，有「千古詞帝」之稱，有多首名作傳世。可惜文采斐然，治國無力，南唐亡在他手中，世稱為李後主。

不論哪個版本的十國，有的稱王、有的稱帝，平平都是一方之主，稱王的不見得比稱帝的小，稱帝的不見得比稱王的強，只因職稱定取捨似乎也有失公允。再加上資料不足，本書以正史為基礎，只將五代納入統計，十國就略過不多談了。

後梁

五代十國第一個登場的是後梁，後梁的建國者是朱溫（朱全忠）。朱溫出生於晚唐時期，《新五代史》說他年幼喪父，是個遊手好閒、不務正業的無賴。唐僖宗李儇在位時爆發了黃巢之亂，八七七年朱溫參加黃巢軍隊，反抗朝廷，屢立戰功，很快升為大將。後因內部因素受到壓抑轉投唐朝，李儇賜名朱全忠，任宣武軍節度使，據汴州。之後朱全忠擊敗黃巢，又先後併吞了秦宗權、朱瑄、朱瑾等藩鎮，漸漸成為唐末最強大的藩鎮，受封為梁王。在朝中控制了皇帝唐昭宗李曄，廢神策軍，掌握朝政大權。九〇四年朱全忠殺了宰相崔胤、劫持唐昭宗李曄自西京長安至東都洛陽，隨即加以殺害，另立年僅十三歲的李柷為帝，大殺朝廷重臣和李氏宗親，為篡位預做準備。在一切停當後，於九〇七年廢了李柷，自行稱帝，國號為「梁」，史稱「後梁」，建都開封。

唐末藩鎮割據，唐朝實際控制的領土並不大，朱全忠篡唐後，很多藩鎮都不承認後梁的政權，後梁實際占有的疆土更小，轄地僅今河南、山東兩省，陝西、湖北大部，河北、寧夏、山西、江蘇、安徽等省的一部。但也有些割據勢力表示歸順後梁，朱全忠於是封王以示恩惠，加上部分自立為王的，在後梁之外，總共有十個割據勢力同時存在（但並不完全是五代十國中的那十個政權）。

唐末除了朱全忠之外，另一個大有實力的藩鎮是河東節度使李克用，二人早年曾經結怨。朱全忠因為在宴飲時酒後遭李克用言語侮辱，想趁李克用酒醉之際偷襲把他殺了，結果李克用僥倖逃過一劫，從此宣武朱氏與河東李氏結下不解之仇。從後梁建國開始，李克用便不斷攻伐後梁，互有勝負。李克用死後子李存勗繼位，雙方鏖兵，後梁處於劣勢。九一二年朱全忠親率大軍攻打李存勗，兵敗退回洛陽，重病。

朱全忠生性殘暴，殺人如草芥，夫人張氏賢淑，在世時還能約束朱全忠，但可惜早死。在她死後朱全忠大肆淫亂，甚至亂倫，包括兒媳都得入宮侍寢。大臣的妻室和女兒自然也逃不過，弄得整個後梁朝廷滿城風雨，都害怕自己的親眷會成為朱全忠下手的目標。他的兒子們卻爭相獻殷勤，送妻入宮以爭取好感，圖謀大位。

朱全忠長子朱友裕早死，排行第二的是養子朱友文，三子朱友珪在當時親生兒子中最年長。朱友文和朱友珪的媳婦都被朱全忠召入侍寢。結果朱全忠看中了養子朱友文的妻子，在耳語溫存下，決定立朱友文為太子，結果被朱友珪的妻子知道了，並告知朱友珪。九一二年朱友珪帶兵入宮刺殺了朱全忠，朱全忠死時六十歲，在位五年餘。諡為神武元聖孝皇帝，廟號太宗。

朱友珪殺了朱全忠，矯詔賜死朱友文，自己登上了皇位。朱友珪為了堵塞悠悠眾口，對大臣們大肆

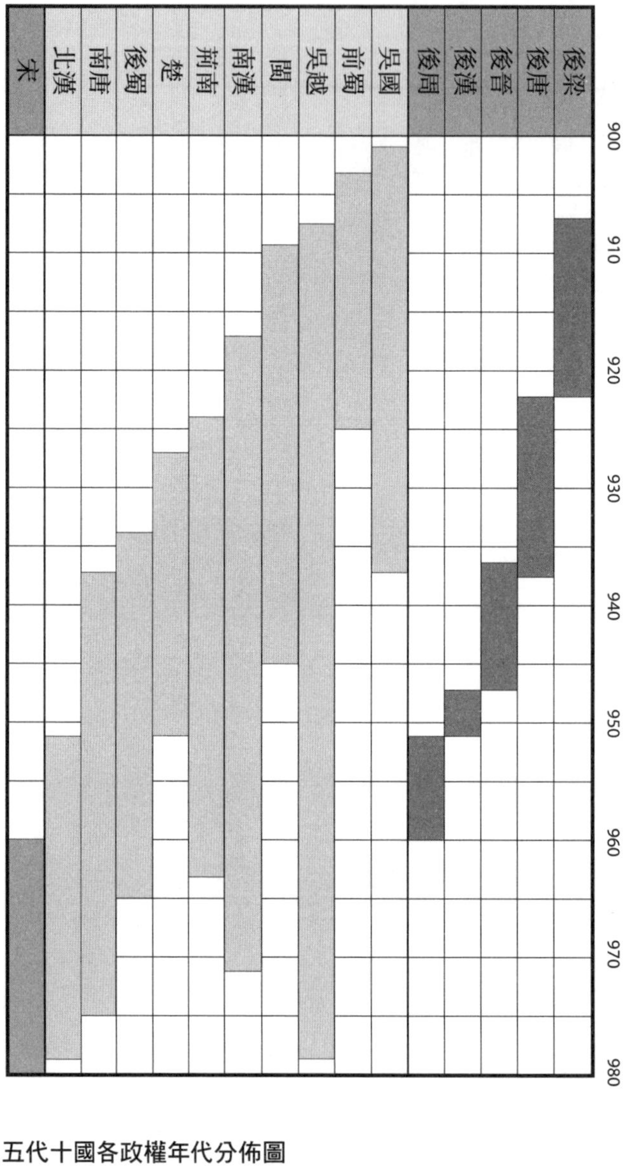

五代十國各政權年代分佈圖

封賞，幾個兄弟也都加官晉爵。但朱友珪原本在兄弟中人緣就不好，再加上奪位的手段不正當，兄弟們並不全然買帳。

朱友珪繼位後，並沒有用心治理國家，反而貪圖享樂，惹得民怨沸騰。原本觀望的貴族和大臣大失所望，轉而支持正暗中籌畫兵變的朱全忠七子（嫡四子）朱友貞。九一三年朱友貞和開國功臣楊師厚等人率禁軍殺入宮中，朱友珪自知難逃，命親信部下將自己和張氏殺死，算是自殺。朱友珪死時二十八歲，在位不及一年，無謚號，史稱後梁廢帝。

朱友貞在朱友珪死後自立為帝，接手的是一個外患內亂不斷引爆的王國。當時後梁主要對手是被唐懿宗李漼封為晉王的李存勗（李克用的兒子），在後梁內部紛亂、國力日衰之際，李存勗卻積極對天下用兵，滅了桀燕，勢力更大。

朱友貞手下大將楊師厚領魏博節度使，兵強馬壯，本足以和李存勗對抗，但朱友貞對楊師厚心存疑忌，加上楊師厚自恃輔佐朱友貞奪位有功，矜功恃眾，更讓朱友貞擔心。九一五年楊師厚去世，朱友貞想藉此機會分割魏博部官兵，不料卻引起官兵的叛變，轉而投降晉王李存勗，局勢對朱梁和李晉之間長期爭戰中原本就居於弱勢的後梁更為不利。另一名大將劉鄩也因被朱友貞猜忌而加以毒殺，終至大梁長城全毀，無法抗衡。

九二三年李存勗在魏州稱帝，建立後唐，隨即親率大軍對後梁發動攻擊，勢如破竹，朱友貞在後唐軍攻入大梁的前夕，命控鶴都將皇甫麟將他殺死，也算是自殺，後梁亡。朱友貞死時三十六歲，在位十年餘，無謚號，史稱梁末帝。司馬

皇帝	終年	在位	直接死因	死亡背景因素
梁太宗　朱全忠	59.7	5.1年	被殺	為爭皇位被兒子朱友珪刺殺
梁廢帝　朱友珪	27.8	0.7年	自殺	朱友貞奪皇位，囑部將殺死
梁末帝　朱友貞	35.1	10.6年	自殺	被李存勗戰敗，囑部將殺死

表10.1：後梁皇帝死因

光總結朱友貞認為他是膏粱弟子，才不過人，親信小人，殘害賢臣良將，要和李存勗對抗，怎能不敗。

從朱全忠九〇七年篡唐建立後梁，到九二三年朱友貞兵敗身死後梁亡，前後總計不過十六年，但已是五代中國祚最長的。想當年朱全忠領兵南征北討，花了三十年的時間爭戰天下，最終篡唐自立，不可一世。沒想到傳不過三代，而且都死得不甘不願，朱全忠被親生兒子所殺，兩位兒子眼見大勢已去要求部下殺死自己，也算不辱沒自己，計為自殺。三人都是搶別人皇位而坐上龍椅，沒想到最後自己的龍椅也被別人搶走，天道好還報應不爽，還得還真快。

後唐

後唐的創建者是李存勗，但論業績還是要從他的祖父李國昌算起。李國昌是沙陀人（突厥語系民族），原名朱耶赤心，八六九年間平了龐勛之變，被唐懿宗李漼賜名李國昌，賜以旌節並封徐州觀察使，以後家族便以李為姓。李國昌的兒子李克用驍勇善戰，十五歲就從軍，隨父親出入沙場，後來被唐朝廷任命為沙陀副兵馬使。父子二人征戰多年，李克用因鎮壓黃巢有功，被唐僖宗封為河東節度使，河東也成為他的根據地。

八八四年李克用擊敗黃巢後回師河東，途經宣武首府汴州，受節度使朱全忠邀請入城，並設宴招待。宴席上朱全忠因李克用酒後語多不敬，想趁李克用酒醉襲殺李克用，李克用僥倖逃脫，遁回太原，這是宣武朱氏和河東李氏兩家結仇的根源。之後朱全忠掌握唐王朝大權，對同是唐朝藩鎮的李克用多所壓抑，李克用也在支持唐朝和對抗唐朝之間多次反覆。八九五年李茂貞、王行瑜及韓建三支軍闕攻進京城挾持唐昭宗李曄，李克用率軍勤王救出昭宗，隔年李克用被封為晉王。此後多年爭戰，諸藩鎮中以朱全忠和李克用兩支實力最強，成為爭天下的對手。

九〇七年朱全忠篡唐稱帝建立後梁，李克用不服，仍採用唐朝的年號，打著復興唐朝的名號，和後梁展開持續的爭鬥。九〇八年李克用因積勞成疾去世，長子李存勗繼承晉王爵位。死前李克用留下三支箭，指示先伐劉仁恭（范陽節度使）、再敗契丹、最後滅掉朱全忠，而李存勗也就遵照李克用的指示，依序完成了三大任務。

李存勗驍勇善戰，通曉大義，自幼便擅長騎射，膽力過人，深受李克用所寵愛。十一歲時就隨父親到長安向唐朝朝廷報功，得到唐昭宗李曄的誇獎：「此子可亞其父」，因而又號亞子。李克用死時，雖是李存勗繼王位，但大權在叔父李克寧手中，李存勗用計除了李克寧，掌握大權。隨即出兵攻後梁所屬潞州，大獲全勝，讓朱全忠感嘆李克用後繼有人，實在難以對付。

潞州大勝動搖了部分兵鎮的心態，轉而和李存勗結盟。朱全忠於是派兵攻打李存勗，但柏鄉一戰後梁軍再潰，河北盡入李存勗之手，從此攻守之勢逆轉，李存勗掌握了主動權。九二三年李存勗在魏州稱帝，以唐朝賜國姓為李的合法繼承人身分，沿用「唐」為國號，宣稱是延續唐朝國祚，史稱「後唐」，定都洛陽。

李存勗稱帝後，隨即出兵攻後梁，朱友貞自殺，後梁亡。李存勗還收伏了李茂貞建立的岐和王建所建立的前蜀，統一了北方，建立五代的第二個政權。

李存勗統一北方之後，認為功德圓滿，辛苦一生應該好好享樂，逐漸荒廢朝政。他自幼喜歡看戲、演戲，常粉墨登場，並取了藝名「李天下」，以皇帝身分大秀才藝。伶人因而大受寵幸，甚至有機會干預朝政，伶官景進官至銀青光祿大夫、檢校左散騎常侍兼御史大夫、上柱國。更讓人想不通的是李存勗開始復用宦官，重新派為監軍以監督藩鎮，宦官勢力在朱全忠大力剷除後死灰復燃。宦官伶人取得勢力後擅權盤剝百姓，朝野動盪，人心大亂。

九二六年魏博鎮的一介小卒皇甫暉煽動官兵，在鄴城發動叛亂，李存勗命養子李紹榮討伐，久不能下。無奈再命李嗣源攻鄴城（李嗣源為李克用的養子，和李存勗算是義兄弟），李嗣源帶其女婿石敬瑭一同前往出征。兵到魏博時，李嗣源卻被叛軍迎入城中，準備擁立。李嗣源百口莫辯，石敬瑭表示現在即使不造反也脫不了罪名，李嗣源因而擁兵自立，與魏博的叛軍合兵造反。

就在這個時候，伶人出身的禁軍將領郭從謙為了報仇，在京都洛邑發動興教門之變，率兵攻入皇城，李存勗中流箭而死。死時四十一歲，在位三年，諡為光聖神閔孝皇帝，廟號莊宗。

歐陽修在《伶官傳序》這樣描寫後唐莊宗：「故方其盛也，舉天下之豪傑莫能與之爭；及其衰也，數十伶人困之，而身死國滅，為天下笑。」後唐開國君主就這樣過完慷慨悲歌、高潮迭起、黯然謝幕的一生。

李存勗死後，李嗣源即帝位，是為後唐明宗。李嗣源也是沙陀人，但和李存勗沒有血緣關係，因為善於騎射，成為李克用的得意將領，並收為養子。李克用死後，繼續在李存勗手下服務，並為李存勗滅了後梁，占有首功。後唐建立後，先後擔任了宣武節度使以及成德節度使，掌握兵權。鄴城兵變，李存勗派他平亂，沒想到被叛軍擁戴，在李存勗死後入京城接了皇帝的位置。

李嗣源即位後，開始收拾李存勗晚期的混亂，首先清退了所有伶人，改善軍紀使軍隊恢復秩序，接著減少稅捐改善人民的生活。最主要的是他知道戰爭對於人民的影響，減少了戰爭的次數，採取了與民生息的政策，讓後唐的國力得到了一定的回復，百姓得以安穩的生活，出現了五代時期難得的平靜。

但李嗣源能武不能文，政治知能不足，在賢相任圜等的協助下，國家雖然小康，但重臣專權造成中央政局混亂種下敗因。他不識字，只能靠大臣幫助處理奏章，他的親信樞密使安重誨受命為他處理奏章，得到專權的機會，獨攬朝政，並恃功而驕，作威作福。安重誨和丞相任圜不和，出手害死了任圜。

九三〇年劍南東川節度使董璋和劍南西川節度使孟知祥聯手叛亂，李嗣源派女婿石敬瑭等討伐，令安重誨督運糧食去兩川前線。安重誨被誣陷意欲奪取石敬瑭軍權，召回後被殺。石敬瑭伐兩川結果無功而返，最後董璋、孟知祥二人相互攻殺，孟知祥勝出，建立了後蜀（十國之一）。任圜和安重誨的死亡讓李嗣源失去了左膀右臂，也讓後唐政治走入了低谷。

對繼承人的處理不當，更是讓辛苦建立起來的國家很快就陷入內亂，最終走向滅亡。李嗣源的長子李從璟早死，二子李從榮和三子李從厚都封王，李從榮更被加封為天下兵馬大元帥，具備繼承人資格，但是一直沒有立為太子，心情不是很穩定。

九三三年李嗣源病重，數日不出，秦王李從榮懷疑宮中有變，引兵入宮。樞密使朱弘昭、馮贇懷疑他圖謀不軌，派兵抵抗，將李從榮誅殺。李嗣源得知李從榮死訊，悲痛過度，病重去世，死時六十七歲，在位七年餘，諡號聖德和武欽孝皇帝，廟號明宗。

李嗣源死前召宋王李從厚入宮，但未及趕到李嗣源便去世了，臨終前遺命李從厚繼承皇位，之後眾大臣擁立李從厚即皇帝位，是為後唐閔帝，但這個閔帝的封號卻是後晉石敬瑭追諡的。

李從厚即位後，雖欲勵精圖治，但優柔寡斷不善治國，無識人之明。朱弘昭、馮贇自恃擁立有功，專擅朝政，掌控了禁軍兵權。九三四年李從厚在朱弘昭、馮贇的建議下，調動鳳翔、河東、成德、天雄四鎮節度使，企圖削弱他們的勢力，結果引起各節度使的不滿。鳳翔節度使李從珂以「清君側」的名義起兵叛亂。李從珂是李嗣源的養子，戰功無數，而且在李嗣源被擁立兵變時支持李嗣源，助其奪得帝位，頗有聲望，但功高震主，早就被李從厚所猜忌。

朝廷派兵平亂，所派軍隊卻在鳳翔城下受李從珂的感召而倒戈投向李從珂。李從珂乘勢東進，攻入西都長安。李從厚得知鳳翔兵敗大驚失措，在朝堂上對朱弘昭、馮贇等人表示，先帝去世時我本無爭帝位之意，是你們擁立的，政事也都交給你們處理。你們表示調動諸鎮不會出事，如今奈何？但責備他們顯然無濟於事。

李從厚打算遣使召成德節度使石敬瑭，讓他率軍抵禦鳳翔軍東進。御前康義誠和朱洪實對此事意見不合相爭不下，李從厚聽信康義誠，還殺了朱洪實。結果康義誠出兵後反投向李從珂，一眾大臣紛紛望風而倒，連洛陽城中的京城巡檢安從進也殺了馮贇投降李從珂。李從厚無奈放棄洛陽，逃到魏州，向石敬瑭求援，可是石敬瑭的部下把李從厚隨從殺盡，再把他獨自安置（拘禁）在衛州。

曹太后（李嗣源的皇后）命內宮迎李從珂入京，在眾人勸進之下即帝位，廢李從厚為鄂王，再派人殺了李從厚。李從厚死時二十一歲，在位不及一年，後晉高祖石敬瑭稱帝後，將他謚為閔皇帝，世稱後唐閔帝。

李從珂打仗勇猛，但在處理政事上優柔寡斷，治國無能。即位後任用盧文紀等庸才為相，致使國事日益敗壞。時任河東節度使的石敬瑭（李嗣源的女婿）當年和李從珂都在李嗣源手下，都是勇武過人的大將，彼此暗存競爭的心理。李從珂即位後，對石敬瑭益發猜忌，石敬瑭也有謀反之心。

九三六年李從珂調石敬瑭為天平節度使，企圖削弱他的兵權。石敬瑭拒絕調任發起叛變，同時上表指責李從珂非法取得帝位。李從珂大怒，撕毀奏表，削其官爵，殺其在京家人，派張敬達等人率兵進攻晉陽，並命各鎮聯合討伐。石敬瑭遣使向契丹求救，表示願意割地稱臣。石敬瑭和契丹聯軍初期各懷鬼胎，並不順利，之後重整旗鼓才得以順利南下，進逼京師洛陽。此時後唐的軍隊還有能力抵抗，但李從珂志氣消沉，晝夜飲酒悲歌，不敢領兵出戰，坐等滅亡。各鎮將領見狀，紛紛投降石敬瑭。

九三六年十一月二十六日，李從珂見大勢已去，於是帶着曹太后、劉皇后以及兒子李重美等人登上玄武樓，自焚而死，後唐遂亡。李從珂死時五十二歲，在位三年，無謚號無廟號，史稱後唐末帝或廢帝。

後唐的開創可以從李克用算起，和主要爭霸對手朱全忠是為唐末重要藩鎮之一。李存勗延續父親志願，打著復興唐朝的旗號滅了後梁建立後唐，從皇位的傳承看，後唐是一個很有意思的政權。十四年間四任皇帝，但大半沒有血緣關係，李嗣源為李克用的養子、李從珂是李嗣源的養子，李從珂原姓王，被收養後才改姓李。槍桿子出政權，拳頭大的贏，李嗣源和李從珂的天下都是打出來的。若不是都跟隨養父姓李、沿用後唐王朝的名號，大可視為改朝換代。當時有一個習慣是君主將手下的強將收為義子，當初本意不見得是要將天下傳給義子，但當義子的拳頭大於親子時，也只好接受事實。

皇位換得如此頻繁，當然是不會有好日子過的。除了李嗣源時期有過短暫的太平歲月，後唐可以說是在刀光劍影、血汗叢林中出生和死亡，飽受兵刀之苦。四位皇帝的死亡都不平順，兩位被殺、一位自殺，李嗣源也是悲痛過世。十四年暴起暴落，留給後人的只有嘆息。

皇帝	終年	在位	直接死因	死亡背景因素
唐莊宗　李存勗	40.5	3.0年	被殺	禁軍將領郭從謙兵變，攻入皇宮，死於流矢
唐明宗　李嗣源	66.2	7.5年	其他	子李從榮引兵入宮被誅，悲痛過世
唐閔帝　李從厚	*21.0	*1.0年	被殺	被李從珂廢帝位，然後殺之
唐末帝　李從珂	51.9	3.7年	自殺	被石敬瑭叛亂攻城，自殺而死
有星號 * 表示資料不全，為推估值				

表10.2：後唐皇帝死因

後晉

後唐之後接著登場的是後晉。後晉的開國皇帝石敬瑭也是沙陀人，他是後唐的開國功臣，幫後唐開國皇帝莊宗李存勗和第二任皇帝明宗李嗣源打過天下，並且還曾經多次在危難中救了他們。李存勗和李嗣源都十分器重他，李嗣源甚至將女兒嫁給他。

後唐建立後，石敬瑭任河東節度使，生活清廉，政績優異，很受當地人的敬重。但李嗣源死後，後唐內亂，石敬瑭受到李從珂的猜忌，動了反唐的念想。李從珂決定將石敬瑭調離河東，石敬瑭於是把反唐付諸實際行動。

石敬瑭在河東的兵力不足以和後唐抗衡，決定向契丹求助，以割讓燕雲十六州作為條件，並同意對遼太宗耶律德光自稱為「兒」。同一時間還有北平王趙德鈞也向契丹求助，想要自立為帝，連李從珂都曾有意聯合契丹壓制石敬瑭。但石敬瑭身段夠低而開價夠高，於是耶律德光決定幫助石敬瑭。契丹和石敬瑭的聯軍打敗了後唐，攻入後唐首都洛陽。後唐滅亡，石敬瑭稱帝，國號「晉」，史稱「後晉」，定都汴梁。

石敬瑭得以建立後晉，完全是靠契丹的力量，建國之後也不斷的屈服妥協。除了依約割讓燕雲十六州之外，歲貢絹三十萬匹，國書往來還稱耶律德光為「父皇帝」自己為「兒皇帝」，為後世所不齒，背了萬世罵名，事實上耶律德光還比石敬瑭小了十一歲。

後晉建國後一直處於動盪中，石敬瑭的作為讓許多人不滿，親信背叛，他的兒子石重信和石重乂遭叛軍殺害，讓他大受打擊。石敬瑭自己也感到屈辱，但沒辦法，他自始至終也不敢得罪契丹。於是只能成天憂憤，最後因此患病，九四二年一命嗚呼，死時五十一歲，在位五年餘，謚號聖文章武明德孝皇帝，廟號高祖。

清朝歷史作家蔡東藩評論：「惟石敬瑭乞憐外族，恬不知羞，同一稱臣，何如不反，既已為帝，奈何受封，雖為唐廷所迫，不能不倒行逆施，然名節攸關，豈宜輕隳！」

石敬瑭有六個兒子，但五個早逝，石敬瑭死時唯一的兒子石重睿年幼，馮道等顯貴推舉石重貴繼位，是為晉出帝。石重貴是石敬瑭的侄兒並領為養子，父親是石敬瑭的哥哥石敬儒。顯然這個養子對開國皇帝叔父兼義父的作為也不是完全認同。石敬瑭稱耶律德光為父，石重貴只好跟著稱祖，自稱為孫，但同樣是皇帝，不願稱臣，平行相稱。私人關係願意妥協，國家大義則不予忍讓，私下往來沿用家人關係，但公事上不用君臣禮儀。

而這個舉動自然讓耶律德光不滿，起兵伐後晉。九四四年契丹軍開始入侵，三年間雙方互有勝負。但或許可以說天怒人怨，老天也不給臉，後晉十一年內天災不斷，蝗災六次，水災一次，戰爭十五次，人民餓死的每年有十幾萬，國力大衰，再也經不起契丹的攻擊。九四六年後晉將領杜重威、李守貞、張彥澤率軍向契丹軍投降，契丹派張彥澤率領先頭部隊入開封，石重貴投降，後晉滅亡。

石重貴投降後，耶律德光把他任命為光祿大夫、檢校太尉，封「負義侯」，被安置在黃龍府，後來遷往建州，妻女都被契丹權貴搶走。九七四年病逝，死時六十歲，在位四年。耶律德光對他還不錯，沒有把他殺了，投降後還活了二十八年。無廟號，史稱晉出帝。

皇帝	終年	在位	直接死因	死亡背景因素
晉高祖　石敬瑭	50.4	5.7年	病死	
晉出帝　石重貴	*60.0	*4年	病死	
有星號＊表示資料不全，為推估值				

表10.3：後晉皇帝死因

後晉從石敬瑭九三六年建國到石從貴九四七年投降國亡，總計十一年，兩任皇帝，國祚越來越短。兩任皇帝雖然都是病死而非他殺，但恐怕都不好過。石敬瑭眾叛親離，親子被手下叛軍所殺，憂憤成疾，一病嗚呼。石重貴投降做了亡國皇帝，把養父辛苦得來的天下拱手讓人，雖然活得夠久，家人離散，妻女被搶，心情只怕更是鬱悶。

石敬瑭向契丹借兵滅唐建國，石重貴被契丹所滅，成也契丹敗也契丹。影響後世最大的，則是割讓燕雲十六州使長城一帶天然屏障盡入契丹之手，中原北方門戶洞開，此後外族可以長驅直入中原大地，南下牧馬。可以說後來宋朝數百年屢受外族入侵的悽慘命運，大部分要歸咎於石敬瑭！

後漢

九四七年耶律德光滅掉自己一手扶持的後晉之後，改國號為大遼，自己做起了中原的皇帝，大遼不在五代十國之列，會在後面討論。然而馬上得天下無法馬上治天下，耶律德光沒有能力管理廣袤的中原大地，契丹人在中原胡作非為，中原地區的百姓苦不堪言，各地反抗不斷。後晉重臣原石敬瑭手下劉知遠抓準時機，在軍閥勸進下，於九四七年在太原稱帝，自稱為東漢明帝劉莊八子淮陽王劉昞之後，用「漢」為國號，史稱「後漢」。

劉知遠，河東太原沙陀人，武藝精湛，作戰勇武。年輕的時候，與石敬瑭一同追隨在後唐明宗李嗣源身旁，因為驍勇善戰且多次在危難關頭救護石敬瑭脫險，頗受石敬瑭喜愛。此後劉知遠便與石敬瑭一同浴血沙場，共度患難，跟著石敬瑭一路高升。但在後晉和契丹作戰期間，劉知遠選擇坐山觀虎鬥，朝廷多次命他出征，他都敷衍搪塞，力求保全自己的實力。石重貴降、耶律德光走，中原無主，在河東行軍司馬張彥威等人推舉下順勢稱帝。

劉知遠稱帝改國號但不改年號，仍沿用後晉的天福年號以收買人心。劉知遠原想向百姓徵收民財以犒賞軍士，在他的皇后李氏力勸之下，改用皇后後宮的財物來犒賞三軍，此舉幫他贏得不少民心，於是後晉元老舊臣紛紛歸於帳下。李氏賢能，一路幫助劉知遠，頗為得力。

劉知遠和契丹並不和，稱帝後在京城發布了一連串驅逐契丹人的命令，更採納大將郭威的建議，命猛將史弘肇揮師南下，很快便拿下了洛陽等地。後又御駕親征，降服前朝叛將杜重威，至此中原地區基本平定。但在班師回朝的路上傳來噩耗，年僅二十六的太子開封府尹劉承訓在府病逝，劉知遠大受打擊，重病而歸，不久病逝。劉知遠死時五十三歲，在位僅一年，謚號睿文聖武昭肅孝皇帝，廟號高祖。

劉知遠不具治世能力，為人也不守信，對於一些叛將，他先誘降他們，在投降之後卻把他們殺了。在收復幽州時曾答應歸降的契丹軍民無罪，之後也是反悔殺了他們。對民間百姓的刑罰也是以嚴厲聞名，人民苦不堪言。《舊五代史》說劉知遠「乘虛而取神器，因亂而有帝圖」；「雖有應運之名，而未睹為君之德」。

劉知遠死時長子劉承訓已逝，由次子劉承祐繼位，史稱後漢隱帝。劉承祐一點也沒有他父親的沉穩莊重，他生性乖張，驕奢放縱，親近小人。在身邊幾個寵臣的慫恿下，排擠先帝眾將，任用自己親信，皇太后李氏多次勸戒，劉承祐卻以後宮不宜干政為由拒絕不聽。劉知遠留下的顧命大臣宰相楊邠、史弘肇、王章等忠臣因小

皇帝	終年	在位	直接死因	死亡背景因素
漢高祖　劉知遠	*53	*1年	其他	長子突逝，遭打擊重病
漢隱帝　劉承祐	*21	*3年	被殺	郭威叛亂攻京城，兵敗被殺
有星號 * 表示資料不全，為推估值				

表10.4：後漢皇帝死因

人誣陷被殺，還準備殺掉領兵在外的樞密使郭威，李太后苦苦相勸，但劉承祐一意孤行，將郭威留在京城的家眷全部殺光，株連九族，逼得郭威只好造反。

九五一年郭威攻入開封，劉承祐親自領兵出戰，兵敗被殺。劉承祐死時二十歲，在位三年，諡號隱皇帝，無廟號，世稱後漢隱帝。

郭威進京，與李太后等商議，先迎立劉知遠的侄兒兼養子徐州節度使劉贇。劉贇的父親劉崇為劉知遠的弟弟，本有意進京搶皇位，但看見自己的兒子被擁立，就暫時按兵不動，之後在太原自行稱帝建立北漢（十國之一）。但劉贇半途被阻於宋州，未能到京就帝位。

這時忽然北境傳來遼世宗耶律阮率領萬人大軍南侵，藉由後漢軍中叛徒的幫助攻下了數座城鎮，李太后命郭威領兵抵抗。郭威兵至澶州，大營中官兵將士撕黃旗披在郭威身上，對郭威高呼萬歲，擁他稱帝，軍隊掉頭回京，史稱「黃旗加身」。回京後百官來迎，李太后下令廢了還困在半途的劉贇為湘陰公，將傳國璽交給郭威，郭威在崇元殿登極，建立後周，後漢亡。

劉知遠是和石敬瑭同一時代的軍閥，原先在石敬瑭手下，跟隨後唐明宗李嗣源打天下，看著石敬瑭勾結契丹稱帝，怒而不發，隱忍待變，終能取得天下。但賢能的太子魏王劉承訓英年早逝，不但對劉知遠形成重大打擊，病重去世，更糟的是，讓不成材的次子劉承祐接了大位，後漢四年而亡，五代各朝國祚越來越短。兩任皇帝各有甘苦，不忍多責，只期盼民眾的苦日子能盡快過去。

後周

後周的建立者是郭威，父親郭簡在後晉時任順州刺史，後死於亂軍之中。郭威十八歲從軍，最初在後晉大將李繼韜手下，軍事生涯曾經歷了後梁、後唐、後晉、後漢四個朝代，在不同的環境中以智謀累積功績不斷升遷，最後擁立劉知遠稱帝，為後漢開國功臣。劉知遠去世時便列為五大顧命大臣之一，官至鄴都留守，天雄軍節度使兼樞密院使。

劉知遠死後，劉承祐繼位，在奸小的煽動下，殺了領兵在外的樞密使郭威在京的家人，郭威的義子柴榮隨軍在外，全家也遭滅族。郭威被逼叛亂回攻京城，劉承祐死於亂軍之中。郭威等人奉李太后之意，扶持劉知遠的侄兒劉贇為帝，但還來不及接位就突遇變故，大遼發兵進攻後漢，李太后命郭威率兵抵抗，卻發生了「黃旗加身」的故事，郭威稱帝，改朝為後周，是為五代的最後一個政權。

郭威治理能力不錯，即帝位後，後周逐步顯露出民富國強的跡象。只可惜郭威全家被劉承祐所殺，身邊只剩下養子柴榮，還有一名足以爭皇位的外甥李重進（郭威四姐的兒子）等少數親人。柴榮各方面表現卓越，以皇子身分拜鎮寧節度使，把澶州治理得有條不紊，九五三年柴榮加封為晉王。九五四年郭威病重，指定將皇位傳給了柴榮，並召殿前都指揮使李重進入宮，要求其輔佐柴榮，定下名分，讓柴榮順利接位。未幾郭威病死，年五十歲，在位三年，諡聖神恭肅文武孝皇帝，廟號太祖。

郭威死後，柴榮接大位。他是邢州堯山柴家莊人，祖父柴翁、父柴守禮是當地望族。年輕時曾隨商人頡跌氏在江陵販茶，對社會積弊有所體驗。十五歲從軍，二十四歲拜將，三十三歲稱帝，不僅精明強幹，而且節約簡樸，贏得了廣泛的擁戴。史載其「器貌英奇，善騎射，略通書史黃老，性沉重寡言」。

柴榮在位期間勵精圖治，任人唯賢，虛心納諫，銳意革新，抗擊外敵，關心民生，使國家在短時間內得到了突破性的發展。他只當了五年半皇帝，他的言行舉止綜合了中國歷代帝王的美德，被史家稱為「五代第一明君」。司馬光生平最佩服的帝王就是柴榮，他稱讚柴榮「以信令御群臣，以正義責諸國」，「大邦畏其力，小邦懷其德」，真正做到了「無偏無黨，王道蕩蕩」。

柴榮繼位後不久，北漢（十國之一）就聯合遼朝乘機攻打後周，柴榮親征抵禦，擊潰北漢。之後柴榮開始南征，從九五五年到九五八年三次親征南唐（十國之一）獲勝，後周占有幾乎所有長江以北的地區。九五九年柴榮在解除後顧之憂後北上攻遼，在兩個月內幾乎攻到幽州，但就在此時他突然患病，不得不中止北伐。

柴榮接位時，曾問精於占卜的左諫議大夫王朴他能活幾歲？王朴忽悠他說自己只能看到三十年，以後就不知道了。柴榮十分欣喜：「若如卿所言，朕當以十年開拓天下，十年養百姓，十年致太平足矣！」但柴榮並沒有活到那麼久，北伐契丹途中突患重病，被迫班師，後崩於滋德殿，死時三十八歲，在位五年餘，謚為睿武孝文皇帝，廟號世宗。

柴榮有七個兒子，但前三個都死於後漢時期，死後四子柴宗訓接位，即位時年僅七歲，由符太后垂簾聽政，宰相范質、王溥等主持軍國大事。柴宗訓特別重用他父親任命的趙匡胤，軍隊人員調動和部分政事，也由趙匡胤主導，取得了軍權上的絕對優勢。

九六〇年正月初一邊境來報，遼國和北漢合兵南侵。范質命令殿前都點檢趙匡胤率領禁軍北上抵禦。次日趙匡胤率兵出城，他的弟弟趙匡義和親信謀士趙普也一併出發。禁軍出城才到陳橋驛，突然發動兵變擁趙匡胤為帝，複製「黃旗加身」故事演出「黃袍加身」戲碼。趙匡胤率軍回師開封，朝中大臣范質等人被脅迫拜見新天子。隨後柴宗訓禪讓帝位給趙匡胤，趙匡胤改元建立宋朝，北漢亡。

柴宗訓禪位後被降封為鄭王，遷往房州居住。被廢十三年後去世，年二十歲，

皇帝	終年	在位	直接死因	死亡背景因素
周太祖 郭威	49.5	3.0年	病死	
周世宗 柴榮	37.8	5.4年	病死	
周恭帝 柴宗訓	19.6	0.5年	不詳	禪讓後八年逝，死因成謎

表10.5：後周皇帝死因

在位半年，諡號恭帝，死因成謎。有人認為是趙匡胤派人所殺，但史書記載趙匡胤曾留下三條遺訓，其中有一條就是，柴氏子孫有罪，不得加刑，縱犯謀逆，止於獄中賜盡，不得市曹刑戮，亦不得連坐支屬。因此有人不認為是趙匡胤下的手，但二十歲無病無痛過世，也不禁令人生疑。

後周從九五一年郭威「黃旗加身」奪取後漢政權，到九六〇年趙匡胤「黃袍加身」政權被奪，前後十年，三任皇帝。依記錄三位皇帝都是病死，在五代亂世中算是不容易。但最後孤兒寡母的天下被人奪去，也是受人欺凌，而趙匡胤從沒沒無名的流浪漢到當上皇帝只用了十年，即位時不過三十三歲，和柴榮相當。

作為五代的最後一個朝廷，後周基本上統一了長江以北的中原地區，向北收復了許多被後晉讓給契丹的地區。郭威和柴榮都算明主，在他們的努力下，所統治的地區恢復和發展了經濟生產，為日後宋朝統一中國打下了基礎，成就了趙匡胤的事業。

小結

五代十國是夾在唐朝和宋朝中間的一個時期，為時並不長，從九〇七年朱全忠篡唐到九六〇年趙匡胤建立宋朝，也有人計算到九七九年滅了十國的最後一個政權北漢統一中原為止，都不過數十年的光景。時間雖不長，但是對中國後來的發展產生了巨大影響。

從唐朝留下的藩鎮割據勢力是這個動亂時代的主角，武力是決定成敗的基礎，叛變弒君的故事不斷重複發生，亂世英雄講的是實力而不是門戶家世，逾百年的門閥世家士族政治退出了中國的歷史舞台。武力為後盾的典型是李克用，他的子孫及子孫的部屬，成為五代後唐、後晉、後漢與後周的君主。

五個朝代的開國皇帝，有三個是沙陀人（李嗣源、石敬瑭、劉知遠），沙陀屬突厥語系，從中原漢人的立場被視為外來民族，但經過漢化之後，卻又被邊疆塞外民族視為中原人。於是漢人和胡人的界線逐漸模糊，華夷之分也不再那麼明確，各民族在政治、經濟和文化交流，相互學習，豐富了中華文化的內涵，造成真正的民族大融合。

不論胡胡漢漢，他們是被納入中原王朝的正統歷史中，但也仍保有塞外民族的野蠻習性，讓五代充滿了殺伐之氣。改朝換代頻仍，五十三年歷五朝十一帝，如果再加上十國，更是如走馬燈輪轉，讓人目不暇給，戰爭不斷，動輒滅族，可說是一個悲慘的時代。

這種動亂甚至影響到皇位的傳承，五代中有三個皇朝的第二代是由養子繼承大位（後唐明宗李嗣源、後晉出帝石重貴、後周柴榮），原因都和直係血親不存有關。帝冑尚且如此，民間更是困苦，偶有小康，但都為時甚短，無法延續。五代所控制的北方經濟因戰爭而衰落，相對之下，十國為主的江南富庶，也吸引不少人南下，為南方帶來大批的勞動力及先進的耕織技術，加速了南方經濟的發展，成為重要的糧倉，為後來宋室南遷奠定了良好的基礎。

在整個五代時期，中國的政治十分黑暗且混亂。一般評論，五代的五位開國皇帝中，論對內治理石敬瑭可排名第二。朱全忠時代大亂、李存勗寵信戲子、劉知遠短命，僅郭威優於石敬瑭。然而石敬瑭的評價卻是五人中最差的，為什麼呢？石敬瑭對契丹的低頭，割地稱「子」，喪失了中原王朝泱泱大國的尊嚴，雖然使後晉在他在位期間沒有發生大型的戰亂，但從此中原的屏障盡失，北方鐵騎可以毫無阻礙的往南奔馳，也讓石敬瑭背負了後世無止的罵名。

後周在郭威的努力下逐步顯露出民富國強的跡象，接著被史家稱為「五代第一明君」的柴榮勵精圖治，銳意革新，使國家在短時間內得以快速發展。但這種發展卻沒有讓後周的子孫享受到，反而便宜了手下大將趙匡胤，為他開創宋朝奠定了有力的基礎。

這個時期的現象就是不斷的發生地方大員叛變奪位的情況，在槍桿子出政權的前提下，統治者多重武抑文，戰火連年不休，民不聊生。中原的內亂，也帶給契丹國南侵的機會，建立了遼朝。河西和交趾地區也在這段時間脫離中原政權，交趾最終獨立自主，日後發展成今天的越南，因此有人稱它是一個地緣政治重整的時代。影響後世最嚴重的則是石敬瑭割讓燕雲十六州，使中國北方門戶洞開，從此邊境不寧，為異族入侵中原開啟了契機。

一連串偶然創造了歷史上的必然。話說天下大勢合久必分、分久必合，五代十國亂世之後等待天下統一的來臨，問題是由誰來合？遠的不說，如果不是劉知遠的長子早逝，劉知遠可能可以活得更久，或者至少有機會傳給賢子做明君，就不會有劉承祐逼反郭威被的情事，天下應該還會是劉家的。郭威做了皇帝但兒子都被殺，才會傳承給柴榮，在義子柴榮和外甥李重進中選擇柴榮或許又是另一個偶然，這個明智的選擇開創了後周的榮景。又如果柴榮沒有早逝，以後周所蓄積的實力，或許統一天下的會是柴家，而不會是趙匡胤的宋朝。

再往前推一點，朱全忠當年滅唐建立後梁，心中想的必然是一個像大唐一樣國祚綿長逾百的王朝，但沒想到早年一段偶然的恩怨，和李克用結下深仇大恨，埋下了結束後梁王朝的種子。而幾個兒子朱友文、朱友珪和朱友貞的輪番上陣搶奪王位，誰能勝出也充滿機運而非命定，後梁王朝會在十六年內結束也大出意料之外。再下來李存勗傳李嗣源、傳李從厚到李從珂，石敬瑭傳石重貴，以至劉知遠的出線，走的都不是歷史的常軌。這個裡面任何一點不同的變化，都可能淹沒了宋太祖趙匡胤出頭得天下的機會，之後的中國歷史或許又是另一番面貌。讀史至此，能不掩卷嘆息。

第十一章 宋

結束五代十國的紛擾，趙匡胤篡後周建立了宋朝，並統一了華夏。宋分兩代，九六〇年趙匡胤建立宋朝，都汴梁（今開封），史稱北宋。一一二七年靖康之難宋徽宗和宋欽宗被俘至金國，宋高宗趙構南下至應天府即位，後遷至臨安（今杭州），史稱南宋，最後亡於蒙古人之手。

北宋

北宋的開國皇帝是趙匡胤。趙匡胤是河北涿郡人，遠祖可追溯到西漢時期潁川郡太守的趙廣漢。趙匡胤歷代先祖大多曾任官職，但真正的發跡是從他的父親趙弘殷開始。趙弘殷是知名戰將，最早投靠鎮州趙王王鎔，王鎔派他領兵救援唐莊宗李存勗，受李存勗賞識留在身邊。隨著五代政權的更替，曾在後唐、後漢、後周都擔任過官職，後世考證在後晉應該也做過官。後周郭威時期，趙弘殷任鐵騎第一軍都指揮使，後改任右廂都指揮，遙領岳州防禦使。最後官至檢校司徒，和兒子趙匡胤分掌後周禁軍，地位非常高。

趙匡胤在成年後出遊天下，和父親分頭各自發展，幾番顛簸後，在九四八年投入當時還是後漢樞密使的郭威帳下。九五一年郭威稱帝建立後周，趙匡胤任東西班行首，加拜滑州副指揮使。九五三年郭威養子柴榮擔任開封府尹（京城的首長），調趙匡胤至京師任開封府馬直軍使。九五四年初郭威去世，柴榮繼位為周世宗，調趙匡胤為中央禁軍。九五六年父親趙弘殷去世，此後趙匡胤參與柴榮領軍的征伐北漢、南唐、契丹等戰役，多立戰功，獲封為殿前都點檢，為禁軍最高統帥。九五九年柴榮死，柴宗訓繼位，是為周恭帝。

九六〇年正月初一北方邊境守將急報，稱北漢與契丹聯手入侵，七歲的柴宗訓命趙匡胤率宿衛禁軍北上迎敵。正月初三趙匡胤率大軍出京，當晚駐紮於京城東北二十公里的陳橋驛。《宋史》記載，隔天早上趙匡胤酒醉尚未清醒，便被眾將士以黃袍加身並高呼萬歲，趙匡胤堅拒不成，隨即在大軍簇擁下返回京都，由眾大臣擁立為帝，史稱「陳橋兵變」。趙匡胤看似完全被動，但後人多認為從北邊急報到黃袍加身，到京城裏脅眾臣稱帝，都是趙匡胤和其弟趙匡義及智囊趙普聯手策畫的一齣戲。郭威黃旗加身顯然是臨時起意，被擁立時隨手扯下軍旗披在身上，趙匡胤則是皇帝的龍袍都準備好了，道具、腳本、演員怕是都事先備妥的。

趙匡胤稱帝，國號「宋」，後周恭帝柴宗訓被迫讓位。趙匡胤眼見五代各國大將頻頻奪取皇位的故事，再加上自己也是手握重兵才得以陳橋兵變稱帝，深深覺悟到武將擁有兵權的危險性。九六二年演出「杯酒釋兵權」的戲碼，藉酒酣耳熱之際暗示眾將辭去軍職，將兵權全部收歸中央。趙宋一朝並大力推行重文抑武、加強中央軍力、弱化地方兵力的國策，以求永保皇權。但這種作法也造成外敵入侵時外圍抵抗兵力不足的弱點，導致影響國家安危。

宋朝建立時，十國中還有六國存在，趙匡胤派兵逐個消滅，九七六年南唐後主李煜投降，年底趙匡胤去世。九七八年繼任者趙匡義收服了十國最後兩個地方割據政權吳越和北漢，統一中原，終結了五代十國近八十年的紛亂，完成天下由分再合的程序。

九七六年趙匡胤於睡夢中突然去世，不到五十歲正當壯年，無病無痛，當晚只有其弟趙匡義在側，次日隨即登基。眾多不尋常的現象，被人懷疑是趙匡義殺了趙匡胤奪其帝位，其死因到現在仍然是一個千古謎題。

疑點之一是當時趙匡胤次子趙德昭已屆成年（長子趙德秀和三子趙德林早夭），結果接大位的是弟弟而非兒子，違反父死子繼的中華傳統。當下的說法是趙匡胤遺詔命趙匡義接位，事後則稱是趙普（和趙匡義共謀陳橋兵變的那位趙匡胤謀士）拿出杜太后（趙匡胤和趙匡義的母親）交代他寫下的金匱遺書，指稱是杜太后以趙匡胤的兒子年幼，擔心後周因柴宗訓年幼繼位被權臣奪位的故事重演（演出奪位權臣的主角便是趙匡胤），要求趙匡胤死後應傳位給弟弟趙匡義，並命趙普記錄，封存於金匱之中，史稱「金匱之盟」，作為趙匡義繼位的合法依據。

一般認為「金匱之盟」是趙普事後杜撰的，配合趙匡義演出，以換取丞相大位。但《宋書》中記有「受命杜太后，傳位太宗」以及「每對近臣言：太宗龍行虎步，生時有異，他日必為太平天子，福德吾所不及云」等記載，卻對太祖的死時情況沒有記錄，不禁令人生疑。而且九六一年杜太后死時趙匡胤也才三十六歲，離正常死亡還很遠，要討論趙匡胤身後事似乎也嫌太早，不甚合理。

又有人傳言，杜太后當時金匱遺命是連傳兩位弟弟（趙匡義和趙匡美），再傳回趙匡胤的兒子。但趙匡義即位不久，就流放了弟弟趙匡美，再逼趙匡胤的次子趙德昭自殺，四子趙德芳也離奇病死，可能的候選人都被處理掉了，之後皇位就保留在趙匡義一家的後代手中。

依據宋代野史《續湘山野錄》的記載，事發當晚只有趙匡胤和趙匡義二人深夜在皇宮內喝酒，屏退左右侍從。內宮侍者遙遠透過燭光看到趙匡胤多次起身「有不可勝之狀」，「飲訖，禁漏三鼓，殿雪已數寸，帝引拄斧截雪」，到了天亮，就發現趙匡胤死了，史稱「燭影斧聲」，死無對證。司馬光在《涑水紀聞》的記載則稱趙匡胤死時，皇后（孝章皇后）命宦官王繼恩召秦王趙德昭入內，王繼恩卻通知了趙匡義進宮，隔日在靈前繼帝位。司馬光的說法暗示趙匡胤駕崩時唯有宋后在旁，趙匡義不在宮中，沒有謀奪帝位的可能。

還有其他的文獻都有不同的說法，各種版本出現誤差，而且相互矛盾，後世懷疑都是趙匡義為了給自己繼位的合法性找人配合硬編出來的故事。加上趙匡義死前在為繼位者鋪排上的斧鑿痕跡太重，後世多以懷疑趙匡義弒兄奪位的可能性較大，但缺乏直接證據，只能留為千古謎題。無論如何趙匡義繼位時，天下充滿了非議。

趙匡胤死時五十歲，在位近十七年，謚號英武聖文神德皇帝，廟號太祖。趙匡胤雖然是自導自演，仗恃兵權奪了前朝孤兒寡母的皇帝之位，但一統天下的功勞更大一些，史家多給予正面評價。明太祖朱元璋便稱讚他：「惟宋太祖皇帝順天應人，統一海宇，祚延三百，天下文明。有君天下之德而安萬世之功者也。」或許是因為朱元璋也是奪人天下，英雄相惜吧。

趙匡胤死後其弟趙匡義即位，改名趙光義，是為宋太宗。接位後先於九七八年迫使吳越納土歸降，之後又滅亡五代十國最後一個割據政權北漢，結束宋朝統一天下的戰爭。

九七九年趙光義出兵攻大遼，試圖收復被兒皇帝石敬瑭割讓給遼的燕雲十六州，但以戰敗收場，趙光義還被耶律休哥射傷逃走。之後兩度伐遼失敗，試圖兼併交趾也不成功，被後世評為文治還不錯、武功則不行。但為了防止將領手握重兵，他改革了軍制，確立了文官掌兵的軍隊國有化體制，建立了參謀本部制度和軍事學院體系，具現代化軍隊的雛形。但他指揮軍隊的能力十分薄弱，加上遼國立國早宋朝五十年，底蘊深厚，又有耶律斜軫等名將輔佐，所以不是遼國的對手。

九九七年趙光義因箭傷復發病死，年五十八歲，在位二十年餘，諡號神功聖德文武皇帝，廟號太宗。

太宗長子趙元佐被廢為庶人，另一子趙元僖也早死，最後襄王趙德昌被立為太子，改名趙恆。趙光義死後，李皇后和宦官王繼恩等企圖立被廢的趙元佐為帝，結果宰相呂端出面處置，趙恆順利即位，是為宋真宗，宋朝開始步入安穩守成時期。

一〇〇三年北方的遼聖宗耶律隆緒入侵宋朝，宋臣大多建議遷都以避戰，宰相寇準則力主抵抗，最後真宗御駕親征，雙方在澶州對峙。攻伐之間遼軍勝多敗少，頗占優勢。後來遼國主力大將蕭撻凜中弩死於陣前，雙方於是議和，訂下「澶淵之盟」罷兵。

澶淵之盟約定宋朝每年向遼納貢白銀十萬兩、絹二十萬匹，遼聖宗耶律隆緒稱宋真宗趙恆為兄，趙恆稱耶律隆緒為弟，互約為兄弟之國。從宋朝的角度，歲貢所花的錢遠不及用兵打仗的軍費，即使只派重兵防守也不止這些錢，能用錢換取和平，實為上算。此後百餘年雙方無大戰，禮尚往來，通使殷勤，民生得到順利發展。

而且和平促進了貿易，宋朝的產品在遼境內頗受歡迎，所納貢給遼的白銀，也大多能在後來的貿易中賺回來，看來澶淵之盟對宋朝是有利的，遼國臣民也在習慣中原文物後逐漸漢化。但宋朝內部也有人認為，沒有收回燕雲之地，還要每年給遼朝貢納歲幣，是一種恥辱。王安石和富弼都認為澶淵之盟之後，宋朝真宗、仁宗、英宗三朝政府「忘戰去兵」，河北軍和京師軍「武備皆廢」，國勢日弱，導致後來邊境有事無力應付的問題。

真宗後期因為沒有對外戰爭，經濟文化得到發展的機會。農具製作進步，耕地面積大增，改良稻種，農作物產量倍增，紡織、染色、造紙、製瓷等手工業昌盛，商業蓬勃發展，貿易盛況空前，使得人民逐漸富裕。

真宗統治後期信奉道教和佛教，一〇〇八年自稱受天書指示在泰山舉行封禪，想要證明自己的偉大，其實只是尋求自我安慰。但鉅資花費帶來重大的財政負擔，好在宋朝經濟不錯，負擔得起，沒有造成大亂。

真宗趙恆好文學，也是一名詩人，他比較著名的詩有〈勵學篇〉、〈勸學詩〉等，「書中自有黃金屋、書中有女顏如玉」的名句就是出自〈勸學詩〉。一〇二二年趙恆駕崩，死時年五十四歲，在位近二十五年，謚號文明武定章聖元孝皇帝，廟號真宗。

趙恆死後六子趙禎繼位，是為宋仁宗。趙恆有六個兒子，前五個兒子都早死，趙禎即位時也只有十二歲，由嫡母劉太后攝政。劉太后頗為賢能，史書稱她「有呂武之才，無呂武之惡」，意思是才能不下呂雉和武則天，而德行遠勝兩位前輩。劉太后聽政，宋朝平穩發展，趙禎二十三歲時歸政，由仁宗親政。

仁宗在位期間最主要的軍事衝突在於西夏，一〇三八年宋朝的藩屬党項政權首領李元昊脫宋自立，自稱皇帝，退去宋朝賜給的封號，建國號「夏」，史稱「西夏」。隔年派兵攻宋，爆發長達三年的宋夏之戰。雙方互有勝負，一〇四二年定川寨之戰，西夏兵敗，雙方議和後簽定「慶曆和議」，西夏向宋稱臣，但由宋朝每年賜西夏絹十三萬匹、銀五萬兩、茶二萬斤，之後和平共處了約半個世紀。和另一個鄰國大遼也沒有戰事，承平之日，宋朝經濟快速發展。

仁宗趙禎節儉愛民，自我約束，為人寬容，允許下屬批評，政治大致清明。包拯為了和仁宗爭論事情，口水都吐到皇帝身上。蘇轍參加制舉科殿試，在試卷裡批評皇帝，主考官要辦人，仁宗卻說科舉本來就要選拔敢言之士，結果蘇轍與兄長蘇軾同登進士。他任用范仲淹推行新政，但反對勢力過於強大，身為皇帝也只能妥協，慶曆新政也因此失敗。

仁宗趙禎是宋朝歷史上在位最久的皇帝，他採取無為而治，聲名並不特別顯赫。但在位期間經濟、文化、科技都有長足的發展。唐宋八大家有六位出現在仁宗一朝、世界第一張紙幣（交子）誕生在仁宗時代、中國四大發明中有三項（印刷術、指南針、火藥）或出現或開始應用於仁宗任內，讓宋朝成為舉世大國。

一〇六三年趙禎駕崩，年五十四歲，在位四十一年餘，謚號神文聖武明孝皇帝，廟號仁宗，是中國歷史上少數可以得到這個封號的皇帝。史家評趙禎生性恭儉仁恕，但寬仁少斷，無定志，官員更替頻仍，使政策難以持續為其主要缺點。

趙禎三個兒子都早死，兄弟也都不存，由義子趙曙繼位，是為英宗。趙曙是太宗趙光義第四個兒子商王趙元份的孫子，濮王趙允讓的兒子，原名趙宗實。據傳說出生時上天有異象，當時仁宗趙禎無子，被接入皇宮扶養刻意栽培。後來仁宗生了兒子，趙宗實被送回趙允讓家中。但仁宗三個兒子都早逝，又接回宮中，被仁宗收為義子。一〇六二年被立為太子，屢次推辭不受，眾大臣勸戒之下才勉強接受，賜名趙曙。但仍告誡家中下人看好屋舍，準備他隨時回家，有隨時走人的打算。

仁宗死後，趙曙接下大位，是為宋英宗。即位不久就生病，無法處理朝政，由曹太后垂簾聽政，待趙曙病情好轉後，曹太后即撤簾歸政。英宗趙曙本人對於北宋中興抱有極大期望，無奈壽短，未能有所作為。其任內最重要的大事是任命司馬光設局編撰《資治通鑑》，提供經費和人力，更准借閱秘閣藏書，司馬光為了報答趙曙的知遇之恩，在此後漫長的十九年裡，將全部精力都耗在《資治通鑑》這部巨著的編纂上，書還沒有完成，趙曙就去世了，直到下一任皇帝神宗年間才完成，神宗並親自為此書作序。

一〇六七年趙曙因病駕崩，死時三十六歲，在位三年餘，諡號為憲文肅武宣孝皇帝，廟號英宗。

英宗死後長子趙頊繼位，是為宋神宗。趙頊當太子時就喜歡讀《韓非子》，對法家「富國強兵」之術頗感興趣，對王安石的理財治國思想非常讚賞。即位後對北宋積貧積弱深感憂心，命王安石推行變法。改革層面甚廣，一度收到不錯的效果，耕地面積大幅增加，城鎮商品經濟發達，在一定程度上增加了國庫的收入。

但是在執行過程中沒有處理好，且得罪朝中保守派大臣的既得利益，遭到舊黨極力反對，形成新舊黨爭。以王安石為首的新黨和以司馬光、歐陽修等人為主的舊黨相互攻擊。最初因為政見不同相互責難，後來演變成排除異己的奪權行動，對北宋政權造成重大衝擊。甚至蘇軾被貶湖州上表謝恩也被挑毛病，指語帶譏諷，鬧出「烏台詩案」，幾致人頭落地，牽連多人。最後在神宗的支持下，變法派新黨占了上風，舊黨人士紛紛離開朝廷。王安石在三位太后（仁宗曹后、英宗高后和神宗向后）的屢屢反對下兩次罷相，以求妥協。但終神宗一朝，除部分條文被稍做調整外，基本上都朝新法的方向前進。

在對外關係上，神宗曾派兵伐西夏，想趁其內部動亂之際一舉滅之，初期獲勝，但在永樂城遭到慘敗，未能完成再造漢唐盛世的心願，神宗深深引以為憾。

一〇八五年趙頊去世，死時三十七歲，在位十八年餘，諡號英文烈武聖孝皇帝，廟號神宗。神宗在位期間，「不治宮室，不事游幸」，致力於實現富國強兵的目標。為平衡新舊勢力搖擺於兩黨之間，但他維持新政、堅持變革的決心不變，算是有抱負、有作為的皇帝。

神宗死後趙煦繼位，是為宋哲宗。趙煦是趙頊的第六子，原名趙傭。趙頊多名兒子都早夭，當時趙煦是存活者中最年長者。哲宗趙煦登基時只有九歲，由高太皇太后執政。高太皇太后執政後，任用保守派大臣司馬光為宰相，盡罷新法，「舉而仰聽於太皇太后」，哲宗對此感到不滿。

一〇九三年高太皇太后去世，哲宗親政。親政後追貶司馬光，並貶謫蘇軾、蘇轍等舊黨黨人於嶺南，重用革新派章惇、曾布等，恢復王安石變法中的保甲法、免役法、青苗法等，減輕農民負擔，使國勢有所起色。一〇九四年停止與西夏的議約，多次出兵討伐西夏，迫使西夏向宋朝乞和。

宋哲宗從小就有嚴重的肺結核，就當時的醫療水準是沒辦法痊癒的。一〇九九年一年內哲宗的子女連續夭折，哲宗十分悲傷，身心大受影響，一一〇〇年去世，死時二十四歲，在位近十五年，謚號欽文睿武昭孝皇帝，廟號哲宗。

哲宗死後趙佶繼位，是為宋徽宗。徽宗是神宗的第十一個兒子，宋哲宗趙煦的弟弟，即位時十八歲，向太后垂簾聽政，一年後歸政宋徽宗。

徽宗本身藝術才能出眾，是畫家、書法家、詩人、詞人和收藏家，自創「瘦金書」字體流傳於後。但作為藝術家和收藏家，追求生活品味和奢侈的花銷，以致耗費過多。《宋史》記載他「妄耗百出，不可勝數」，再加上任用奸相蔡京、宦官童貫等橫徵暴斂，民不聊生，各地反叛四起，其中又以梁山泊宋江聚義和方臘起義規模最大。

對外方面徽宗也好大喜功，不顧宋遼兩朝在澶淵之盟所建立的百年和平相處，於一一二〇年與大金國結盟聯合滅大遼，許以事成之後將給大遼國的歲貢轉給大金國，宋則收回燕雲十六州。一一二二年金軍攻克遼南京，一一二四年大遼國亡。

但大金國的野心不止於此，在聯合攻遼的過程中發現了宋國的虛弱無能。相約一起出兵，宋軍老是不到；分配給宋攻打的地方，宋拿不下來，最後還是請金兵出手才拿下，於是存下對宋用兵的心念。

大金滅了大遼之後，接下來就拿宋開刀。一一二五年金太宗完顏晟派兵分兩路南下入侵宋朝，勢如

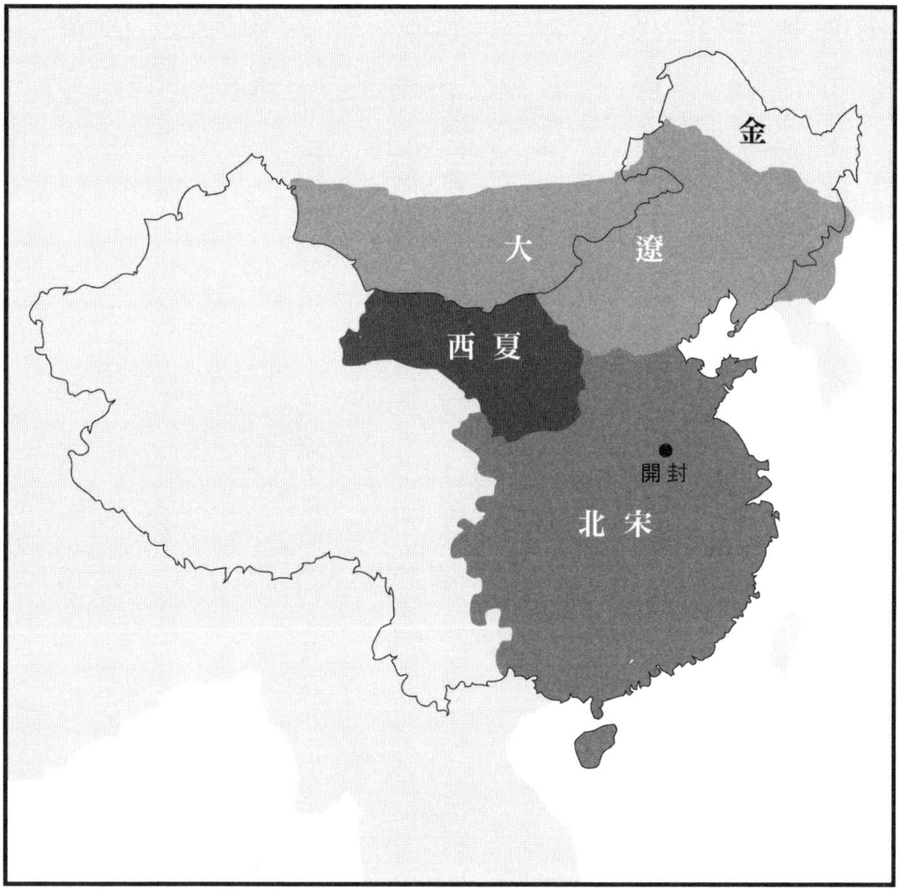

北宋、大遼、大金地理位置關係圖

破竹，不久就攻下了中山府（河北定州），離皇城不過十日路程。徽宗無法應付，在一一二六年一月禪讓天子的寶座給他兒子趙桓，自己退位為太上皇，率親信蔡京、童貫等倉皇出逃至江南。

趙桓是趙佶長子，在大金國大軍壓境下，接下了父親硬塞給他的皇位，是為宋欽宗。欽宗即位後改元靖康，重用李綱抗金，金兵短暫收兵。徽宗回到京城，被欽宗架空兼軟禁，蔡京、童貫等人也遭到貶除，心情大壞。

九月金兵發起第二次攻擊，在攻下東京（開封）外城後，假意提議可以議和退兵，宋欽宗信以為真，命大臣何栗和齊王趙栩到金營求和。大金國要求徽宗到金營談判，徽宗不敢去，欽宗不得已代為前往。

欽宗到金營後幾經反覆刁難，呈上降表後，大金朝大將完顏宗翰等人又提出要太上皇前來，宋欽宗苦苦懇求才得免。完顏宗翰令宋朝君臣面北而拜宣讀降表以盡臣禮，極盡羞辱，才放宋欽宗回去。沒幾日，城外金兵就派人來索要黃金一千萬錠，白銀二千萬錠，帛一千萬匹，又要少女一千五百人。受盡屈辱的欽宗此時毫無鬥志，一意退讓，下令搜括金銀以滿足金人的索求。府庫不足，於是要求權貴、富室、商民出資犒軍。講是犒軍，其實就是搶奪，連鄭皇后娘家也未能幸免。居民百姓被搶、被殺、自盡者難以盡數，京城內一片狼藉蕭條的亡國景象。

雖然宋廷屈膝奉迎，但金人仍不滿足，揚言要縱兵入城搶劫，要求欽宗再次到金營商談。欽宗不敢違背，再赴金營，卻遭囚禁，金兵入京劫掠。一一二七年三月二十日金太宗下詔廢宋欽宗為庶人。次日宋徽宗等人被迫前往金營，強行當眾脫去龍袍被拘禁。

這時傳來康王趙構在河北積極部署軍隊，要截斷金軍退路的訊息，金軍統帥擔心自身兵力不足，無法對中原廣大地區實行有效統治，決定撤軍。先在四月二十日冊封一向主和的北宋大臣張邦昌為帝，國號「大楚」，定都金陵，建立傀儡政權。然後帶著所擄掠的大量金銀財寶，金兵開始分兩路撤退。徽宗、欽宗和王室宗親、後宮妃嬪與朝臣等共三千餘人被隨同押解回金，驅擄的百姓男女不計其數，北宋王朝府庫蓄積為之一空，北宋已實質上滅亡。張邦昌後來被避往南方的宋高宗趙構處死。

七月二十日徽宗、欽宗被押解到燕京，父子抱頭痛哭，悲憤不已。徽欽二帝被虜後生活並不好過，常遭羞辱與折磨，徽宗和欽宗分別被封給昏德公和重昏侯的封號。徽宗被擄八年之後病死，時年五十三歲，在位近二十六年，諡號聖文仁德顯孝皇帝，廟號徽宗。欽宗繼續過著囚禁生活，於一一五六年過世，死時年六十二歲，在位一年餘，諡號恭文順德仁孝皇帝，廟號欽宗，北宋滅亡。

關於宋徽宗的死，《宋史》中僅記載靖康二年「金人脅帝北行。紹興五年四月甲子，崩於五國城」，未記明死因。而民間話本《大宋宣和遺事》則記載，宋欽宗是應當時大金皇帝完顏亮的命令出賽馬球，摔落被亂馬踩死。

北宋自宋太祖趙匡胤九六〇年立國到一一二七年徽欽二帝被擄滅亡共計一百六十八年。趙匡胤手握重兵奪了前

皇帝	終年	在位	直接死因	死亡背景因素
宋太祖　趙匡胤	49.7	16.8年	不詳	疑為弟趙匡義為奪位謀殺
宋太宗　趙光義	57.5	20.5年	病死	攻遼時中箭，箭傷復發病死
宋真宗　趙恆	53.3	24.9年	病死	
宋仁宗　趙禎	53.0	41.1年	病死	
宋英宗　趙曙	35.0	3.7年	病死	
宋神宗　趙頊	36.9	18.2年	病死	
宋哲宗　趙煦	23.2	14.8年	病死	
宋徽宗　趙佶	52.6	25.9年	病死	被俘至金國，受盡屈辱而死
宋欽宗　趙桓	61.1	1.2年	其他	被俘至金國，受命出賽馬球，落馬致死

表11.1：北宋皇帝死因

朝孤兒寡母的帝位，但順天應人一統天下，終結五代十國的混亂，開創大宋兩朝三百餘年基業，名垂青史。北宋傳九帝，除了開國君主趙匡胤死因存疑，有他殺之嫌，還有正史不記的欽宗趙桓死因不詳之外，其餘七位都是病死，從帳面看算是不錯。但徽欽二帝被擄至金京，歷經羞辱折磨而死，死在異鄉，身死國滅，北宋以悲劇收尾，令人感嘆。

宋真宗趙恆和大遼簽下澶淵之盟，以歲賜換取和平，雖被批評是示弱，但所換來的百年和平，提供了經濟民生、藝術科技的發展契機，所賜歲幣又藉著與大遼交易賺回，外帶促進中原和邊疆民族文化交流，怎麼算都划得來。但從真宗、仁宗到英宗三朝在這個和平的環境下忘戰去兵，武備皆廢，加上從太祖趙匡胤開始的強幹弱枝軍事布局，國家整體軍事力量大不如前。

到了神宗時代，用王安石變法，引發新舊黨爭，神宗死後，哲宗繼位，中間經過太后聽政，再還政於哲宗，變法一事幾經翻騰，政局不穩。好在有宋一朝重文輕武，大臣都沒有手握重兵，又重倫理守忠孝之道，國內沒有起什麼太大的干戈。

從哲宗開始有北伐之志，討伐西夏有成，西夏向宋朝乞和。哲宗死後弟弟徽宗繼位，擁有藝術家的天馬行空思想，除了耗資築夢之外，還有收復國土的野心，聯合大金滅了大遼。沒想到聯手過程中暴露了自己無能的弱點，勾起大金國的胃口，開始發動對宋的攻擊。兩波攻宋，宋軍毫無抵抗能力，兵臨城下，徽宗倉皇讓位給欽宗，但沒有辦法改變金國恃強凌弱的局面。結果徽欽二帝併王室大臣加上親眷三千餘人被擄到大金國，寫下難堪的靖康之難，國破家亡，最後客死異鄉，恐怕不是太祖太宗當初建國時所能逆料。

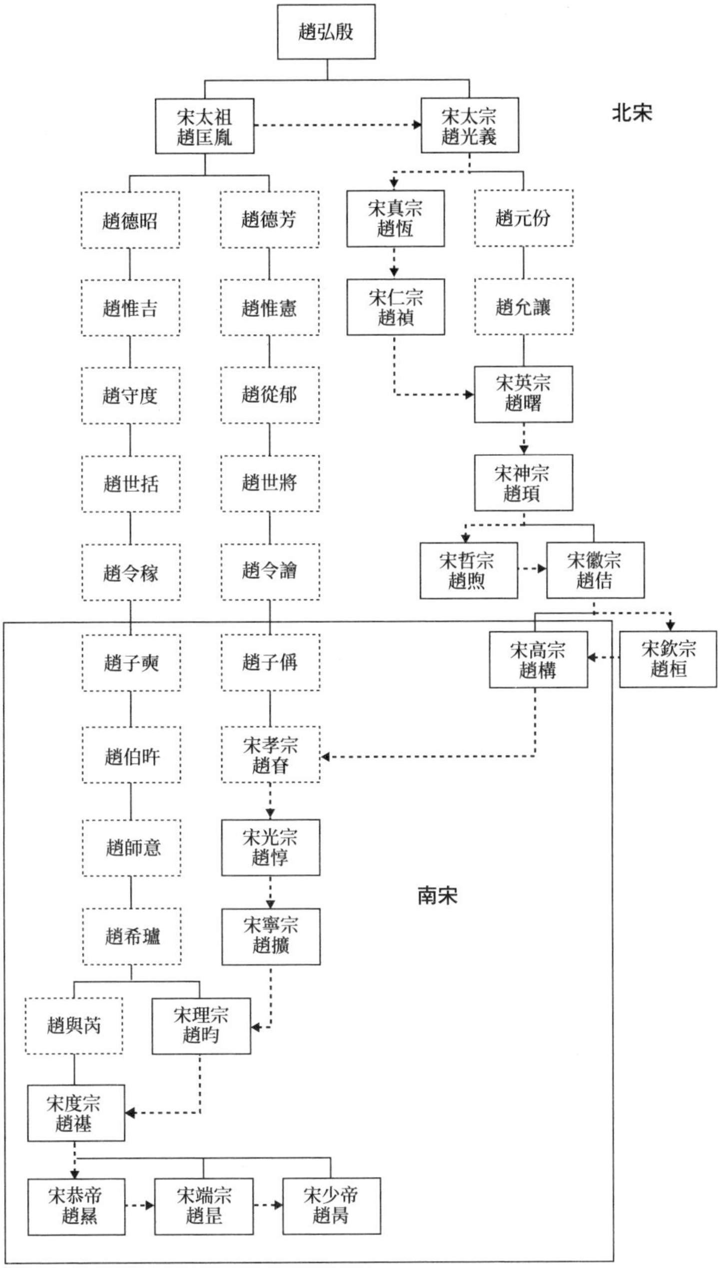
趙弘殷
宋太祖
趙匡胤
宋太宗
趙光義
北宋
趙德昭
趙德芳
宋真宗
趙恆
趙元份
趙惟吉
趙惟憲
宋仁宗
趙禎
趙允讓
趙守度
趙從郁
宋英宗
趙曙
趙世括
趙世將
宋神宗
趙頊
趙令稼
趙令譮
宋哲宗
趙煦
宋徽宗
趙佶
趙子奭
趙子偁
宋高宗
趙構
宋欽宗
趙桓
趙伯旿
宋孝宗
趙昚
趙師意
宋光宗
趙惇
南宋
趙希瓐
宋寧宗
趙擴
趙與芮
宋理宗
趙昀
宋度宗
趙禥
宋恭帝
趙㬎
宋端宗
趙昰
宋少帝
趙昺

宋朝皇帝世系圖

南宋

南宋的建立者是宋高宗趙構。趙構是徽宗趙佶的第九個兒子，欽宗趙桓的弟弟。一一二六年金兵圍困汴京，要求宋朝以親王、宰相各一人為人質，才肯與宋和談，宋欽宗派趙構以親王身分在金營中為人質，但是金人懷疑其宗室身分，要求更換，才得以回國，停留在河北相州。

一一二七年金兵攻破汴京開封府，造成「靖康之難」，北宋滅亡。六天後康王趙構在相州開設河北兵馬大元帥幕府，自任為河北兵馬大元帥。但他並沒有展開北伐收復失地，反而一路南下避難，最後在應天府（今河南商丘）稱帝，改元建炎，南宋王朝正式成立。

高宗初期用李綱、宗澤等與金周旋，但沒有和金對抗的決心，在金兵繼續攻擊下，高宗的朝廷一路自應天府向南逃竄，從揚州經過京口、鎮江、長州、無錫、平江府到杭州。金兵以「搜山檢海捉趙構」為口號一路追擊，高宗一度被迫從寧波出海，在海上飄泊，金兵因風高雨驟無法追上，又遭到韓世忠、岳飛等諸軍的頑強阻擊，撤軍北還。一一三八年高宗在臨安落腳，並定臨安為都城，南宋王朝暫時得到穩定，完成「建炎南渡」，從稱帝到落腳臨安穩定王朝，逃亡之旅超過十年。

其實自一一三〇年起，宋朝將領岳飛、韓世忠、張浚、吳玠、吳璘、劉錡等各部開始對金兵展開反擊，終止了金兵南下一路勢如破竹的攻勢，由於反擊的力量強大，且多點分布，金兵漸感力不從心，開始謀求和談。

一一三七年高宗生父宋徽宗的死訊（一一三五年死於大金五國城）傳到南宋，金國並放出風聲，表示要扶植宋欽宗在東京做傀儡皇帝，宋高宗擔心帝位不保，於是一心一意求和。一一三八年由秦檜主導的第一次紹興和議順利簽約，宋高宗向金國稱臣，金國將所占領的黃河以南陝西、河南歸還南宋，山東半島則歸金國。

一一三九年金國主戰派完顏宗弼（金兀朮）在國內發動政變，撕毀和議並重新占領陝西、河南，分兵四路南下。但在開封南邊卻敗於劉錡所部的八字軍，開封西南的郾城和潁昌也敗於岳飛所率領的岳家軍，攻勢受阻。一一四〇年岳飛大將張憲率大軍一路掩殺至朱仙鎮，金兀朮倉皇逃離東京。同時宋軍其他部隊，如韓世忠部、張俊部等也都在各地戰場打敗了金軍，收復了許多重要城鎮，恢復中原指日可待。

這時一心議和的高宗卻以十二道金牌令岳家軍班師回朝，準備和金國再次議和。一一四一年四月高宗先解除了岳飛、韓世忠等大將的兵權，然後派吏部侍郎魏良臣赴金，提出議和要求。年底金國派使臣到南宋商討議和條件，並攜回高宗生母韋皇后的手書，高宗大喜，紹興和議達成。一一四二年一月，在高宗指使下，力主議和的丞相秦檜以「莫須有」的罪名殺了岳飛、岳雲和部將張憲，五月金國送韋后回國，南宋得以喘息偏安。

如今在杭州的岳王廟中，有秦檜夫婦跪著的石像，控訴奸臣陷害良將。其實以岳飛當年的聲望和軍權，依秦檜的權力還不足以定岳飛生死，最後的旨意當然是高宗下的。高宗從骨子裡就是一個投降派，心中存有徽欽二帝被俘受辱的陰影，到死不敢和金國作戰。

另外岳飛功高震主，幾次建言對高宗多所冒犯，大軍在握，高宗也擔心武將奪權的故事發生在他身上（宋朝開國皇帝趙匡胤留下了前例）。而岳飛屢次表明打到金國上京迎回徽欽二帝，更不是高宗願意看到的場面。哥哥爸爸兩位皇帝要是回來了，我這個皇帝怎麼辦？其實當時徽宗已死，欽宗尚存。高宗和金人議和時，指明迎回母后和徽宗的骨灰，對欽宗卻一字不提，顯然他是不希望欽宗這個哥哥回來的。

所以表面上為了迎回母親願意和金國和談，骨子裡是不希望岳飛真的北伐成功，因此岳飛必須死。以金人的要求為藉口殺了岳飛，其實暗合高宗之意，甚至不惜違背太祖趙匡胤留下的「不殺功臣、不殺言官、不殺大臣」的祖宗家訓，冒天下之大不韙，也要殺了個性耿直的忠良岳飛。

和議既成，高宗以稱臣賠款，割讓從前被岳飛收復的唐州、鄧州以及商州、秦州的大半為代價，換來和金國之間近二十年的和平。另外「紹興和議」約定南宋「不得以無罪去輔弼」，保護代理金國利益的秦檜專權弄政長達十五年。直到秦檜死後，高宗才開始打擊秦檜餘黨，起用當年被秦檜打擊的大臣，也試圖為岳飛平反。

一一六一年大金皇帝完顏亮撕毀「紹興和議」，金兵再次南侵，采石之戰宋軍以少勝多擊退金兵，可見宋朝不是不能戰。

一一六二年高宗主動退位，禪讓給養子建王趙昚，是為宋孝宗，自居太上皇。趙昚是宋太祖趙匡胤幼子趙德芳的後裔，原名趙伯琮，是宋高宗養子，父親趙子偁是皇室遠房宗親。這是自宋高宗趙光義奪取宋太祖趙匡胤的皇位後，經過一百八十六年皇位重回太祖一脈。

高宗本有一子但早夭，高宗本人在建炎南渡後也因為兵亂而驚嚇過度，患有陽痿，不能人道，之後未能再生下任何子女，故須在宋室子侄中選出皇位繼任人。靖康之難時，太宗趙光義一脈大多被虜北上，能挑的人不多。史書上說太祖顯靈託夢給孟太后（宋哲宗的皇后）稱：「汝祖自攝謀，據我位久，至於天下寥落，是當還我位。」要求還位於太祖一族，野史記載是託夢給高宗，於是選擇了趙伯琮，收為養子，賜名趙昚。

高宗退位後仍關心國事，尤其對大金國的和戰仍居主導地位，一力反對北伐，孝宗也遵其旨意辦理，在為岳飛平反、罷黜秦檜一事上父子則意見一致。一一八七年高宗趙構去世，享壽八十一歲，在位三十五年餘，退位後居太上皇十年，諡號受命中興全功至德聖神武文昭仁憲孝皇帝，廟號高宗。

孝宗趙昚即位後立志光復中原，收復河山，先為岳飛平反，再肅清秦檜餘黨，然後命令老將張浚北伐中原，但雙方互有勝負，金無法越過長江，宋也沒能渡過黃河。有人評說：高宗朝有恢復之臣，無恢復之君；孝宗朝有恢復之君，而無恢復之臣。高宗有岳飛、韓世忠等大將，但不思北伐；孝宗一意北伐，但手中無大將，北伐之志終究難伸，天命如此，宋朝該當受辱。

一一六四年孝宗和大金國金世宗完顏雍簽訂了「隆興和議」，宋金為叔侄之國，大金為叔、宋為侄，宋不再向金稱臣；宋朝每年給大金的「歲貢」改稱「歲幣」並減少數量；宋朝交還所攻占的土地，恢復原有疆界。

沒有戰事的干擾，高宗也放手不太干預的情況下，孝宗專心理政，百姓富裕，五穀豐登，太平安樂，南宋出現難得的「乾淳之治」（乾道、淳熙，孝宗的年號）的小康局面。

一一八七年太上皇高宗死，孝宗極為哀傷，為之服喪三年。服喪期間讓太子趙惇參預政事，一一八九年禪讓帝位予太子，太子即位，是為宋光宗。守孝三年期滿後，孝宗退位，自稱壽皇，不問政事。一一九四年駕崩，年六十七歲，在位二十六年，後居太上皇五年，諡號哲文神武成孝皇帝，廟號孝宗。

孝宗退位後，光宗即帝位，歷史上評價光宗是宋朝皇帝中比較平庸的一位。登基時四十二歲，體弱多病，也沒有安邦治國之才，聽取奸臣讒言，罷免辛棄疾等主戰派大臣，並讓皇后李鳳娘干政，自己對朝政的掌握力不斷下降。

由於皇后李鳳娘的挑撥，光宗素來與孝宗不和，長期不去探望孝宗。一一九四年孝宗生病，光宗不去探望也不讓別人探望，最後朝臣拒絕見光宗，集體前往朝見孝宗，光宗才被迫妥協。

孝宗病逝時，光宗不服喪，喪禮需要身為長子的光宗主持，光宗也不主持，大臣們都極為不滿，有人懷疑他得了精神疾病，瘋了。

宋朝抑武重文，講究倫理，對孝義禮節非常重視，此舉引發大臣的反彈。由樞密使趙汝愚聯合韓侂胄等諸大臣，請出隆慈太皇太后垂簾聽政，命殿帥郭杲和步帥閻仲帶兵控制皇宮，以兵諫逼迫光宗退位。

光宗退位，大臣擁立尚未成為太子的趙擴受禪接帝位，是為宋寧宗，將光宗軟禁在壽康宮，一二〇〇年憂鬱而終，年五十三歲，在位五年餘，困居太上皇六年，謚號憲仁聖哲慈孝皇帝，廟號光宗。

寧宗繼位後，趙汝愚升任右丞相，引進包含朱熹在內的一批飽學之士，整頓朝綱。韓侂胄為宋寧宗韓皇后的叔父，自恃扶持有功，和趙汝愚不和，開始爭權。韓侂胄利用台諫控制言路，最後勝出，打壓趙汝愚人馬，並且將他所提倡的理學稱為偽學，流放了趙汝愚、朱熹、彭龜年等數十人，趙汝愚死於流放途中，對理學家造成了打擊，是為「慶元黨禁」，從此韓侂胄獨攬大權。

在對金國的態度上韓侂胄是主戰派，趁金朝內訌，向寧宗建議北伐。寧宗也因為不滿受金屈辱，支持韓侂胄發動了「開禧北伐」。但用兵不當最終失敗，南宋和金朝簽訂了比「隆興和議」更為屈辱的「嘉定和議」，付出慘重代價。

金人是以殺韓侂胄為談和條件才同意簽嘉定和議的，一二〇七年在寧宗與楊皇后授意下，史彌遠派人殺了韓侂胄，將韓侂胄首級交給金國，並主持與金人的談和，後來史彌遠升任宰相，掌握南宋的實權。

一二二四年宋寧宗趙擴死，年五十六歲，在位三十年餘，謚號仁文哲武恭孝皇帝，廟號寧宗。《宋史》並沒有記載寧宗去世是身患何病，而野史《東南紀聞》則記載寧宗病重，史彌遠急於擁立理宗即位，於是奉上金丹百粒，寧宗服用後不久就去世。

宋寧宗先後有九個兒子，但都在未成年時就夭折，早先曾以養子趙詢為太子，但也早死，之後立養子趙竑為太子。但是因為趙竑曾表示出對史彌遠專權不滿，宋寧宗死後，史彌遠矯詔立趙昀為皇帝。

趙昀原名趙與莒，宋太祖次子燕懿王趙德昭九世孫，是宋寧宗的遠房堂侄。寧宗駕崩後，史彌遠矯詔立趙與莒為帝，是為宋理宗，改名趙昀。

趙昀和趙匡胤隔了九代，血緣疏遠，出身在平民之家，家境並不好，所以也沒有受什麼好的教育。本來也沒有什麼機會晉位皇帝，純粹是朝臣爭利下偶然機會登上帝位。宋理宗是史彌遠一手擁立的，登基後史彌遠繼續專權，直到一二三三年史彌遠死後，理宗才開始正式親政。

理宗親政時面臨了國家重大的財政危機，宋朝開始發明了紙幣，但控制不當，發行量超過三億貫，通貨膨脹，物價飛漲。朝廷於是停止發行新幣，回收部分舊幣，並動用庫存黃金十萬兩、白銀數百萬兩平抑物價。但稍晚蒙古入侵，軍費陡升，不得不再次大量發行貨幣以緩解財政壓力，最終經濟瀕於破產。

理宗親政後的另一件大事是推崇理學，一二七七年追封朱熹為信國公，之後將朱熹和理學大師周敦頤、程顥、程頤、張載都先後入祀孔廟，此後程朱理學成為中國文化思想主流。

理宗在位期間最大的事，也是動搖國本的大事，就是聯蒙滅金。理宗即位時，蒙古已經崛起，對西方多次遠征，遠到伊朗和東歐。當時金國橫在蒙古和宋朝之間，蒙古邀請宋朝聯合夾攻大金國。理宗為了報靖康之恥的仇，更想成就大事以名留青史，不顧唇亡齒寒的道理，與蒙古組成聯軍，於一二三四年初攻克蔡州，金哀宗自殺，大金國滅亡，完成了宋朝的歷史性任務。但失去了中間的緩衝

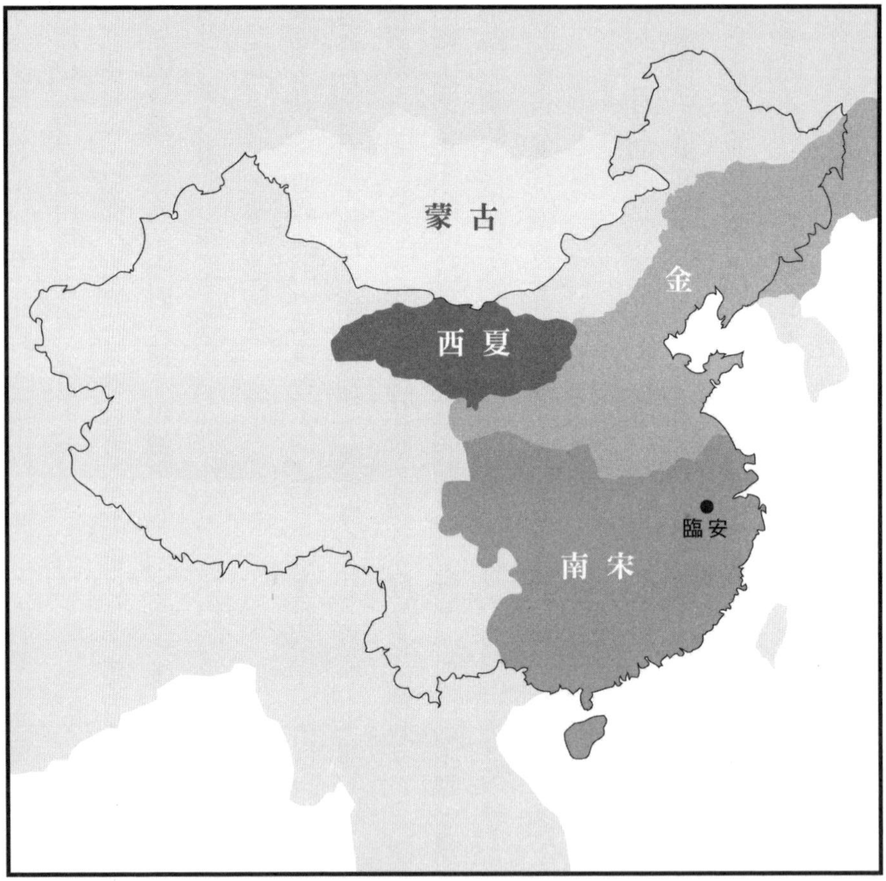

南宋、大金、西夏、蒙古地理位置關係圖

帶，此後直接面對實力強大的蒙古，也引來亡國大患。

按照蒙宋協議，蒙古分得蔡州城破前已經占領的河南南部地區諸州，但蒙古因內部因素主力撤回北方，在河南留下空曠的大片土地。理宗認為機會難得，發兵進入河南，但後方糧草供應不上，占領了荒蕪之地反而成了負擔。就在青黃不接之際，蒙古騎兵回頭帶來一場屠殺，宋軍死傷數以萬計，器械裝備也被蒙古軍收了去，不止是財富上的掠奪，許多軍事科技因而流入蒙古人之手，回頭用來打宋朝。

這次的慘敗讓理宗心灰意冷，無力再戰，埋頭進入了淫亂享樂的自暴自棄階段。一二六四年理宗逝世，年六十歲，在位四十年餘，是南宋在位期間最長的皇帝，謚號建道備德大功復興烈文仁武聖明安孝皇帝，廟號理宗。

理宗無子，傳位給侄子趙禥，是為宋度宗。趙禥是理宗弟弟榮王趙與芮的兒子，母親是榮王的小妾，懷孕時被正房夫人逼服打胎藥，但沒有打掉，最後還是出生了。因為先天中了藥毒，天生體弱，手足發軟，七歲才會說話，智力低於正常水平。理宗的左丞相吳潛曾建議另立新儲，為理宗放逐，趙禥被立為太子。理宗雖請大儒教導，但並無成效。

度宗趙禥即位時，金國已經滅亡，蒙古的軍隊正厲兵秣馬，準備大舉南下。度宗被奸臣賈似道迷惑，一無作為。賈似道專權，極力排斥有能力作戰的將領，南宋接連丟失了很多戰略要地，滅亡只是時間問題。

度宗性好漁色，《宋史》記載他荒淫無度，曾有一夜與三十名嬪妃共度的記錄。他不理政事，大權交給奸臣賈似道，蒙古大軍進攻襄樊，賈似道隱匿不報，也不派兵增援，以至襄樊被圍攻了超過一年，形勢十分危急。如此君臣，如此腐朽的統治，加速了南宋的滅亡。

一二七四年，度宗去世，史書概括他的死因為「酒色過度」。死時三十五歲，在位九年餘，謚號端文明武景孝皇帝，廟號度宗。他去世後兩年，南宋即遭滅亡，他年僅六歲的兒子宋恭宗趙㬎就成了亡國之君，其實真正該為宋朝滅亡負責的是度宗趙禥和理宗趙昀。

度宗駕崩，丞相賈似道扶持年僅三歲的趙㬎登基，是為宋恭帝。趙㬎為度宗第六個兒子，祖母謝太皇太后、母親全太后垂簾聽政，但軍國大權依然在賈似道之手。

當時元軍已控制中國北方和西南，在取得南下最重要通道襄陽城的控制權之後，渡過長江向南宋都城臨安進發。謝太皇太后一面在全國通令勤王，一面向元軍乞和。勢如破竹的元軍擊破各地防線，相繼降服了長江中游各州。一二七五年，賈似道率領十三萬大軍與元軍對戰，在蕪湖大敗，元軍占領了江東大半的領土。謝太皇太后和宋恭帝在輿論壓力下貶逐賈似道，不過為時已晚，宋朝亡國在即。

一二七六年元軍兵臨臨安。南宋朝廷遣陸秀夫求和稱侄不成，謝太皇太后抱著五歲的小皇帝宋恭帝趙㬎出城投降，臨安的南宋朝廷結束，趙㬎被元朝封為瀛國公。

趙㬎投降後，元朝大將命令他北上入覲，一路徙居元大都、上都、烏斯藏、甘州等地，是中國歷史上遊歷最遠的一位漢人皇帝。元世祖忽必烈想要保全宋朝的宗室，一二八八年詔瀛國公趙㬎入吐蕃習梵書、西蕃文字。之後趙㬎在薩迦寺出家，取藏文法名「卻季仁欽」，以講經譯書度日，成為一代名僧。最後在一三二三年元英宗碩德八剌因為懷疑他藉講經惑眾，諷動江南人心，將瀛國公趙㬎賜死，死時年五十二歲，結束了四十七年的俘虜生活，在位年餘，尊號孝恭懿聖皇帝，廟號宋恭帝。

一二七六年元軍攻克臨安時，宋恭帝趙㬎和謝太皇太后相繼被俘。宋度宗趙禥的第五子，宋恭帝的哥哥趙昰，以及他的母親楊淑妃和弟弟趙昺由國舅楊亮節等護衛，逃往福建，在陸秀夫、江萬載的扶持下，趙昰即皇帝位，是為宋端宗，定行都於福州，改年號景炎，行宮為平山閣。雖然大臣陸秀夫等堅持抗元，力圖恢復宋朝，但在元軍的緊追不捨下，端宗只能由大將張世傑護衛登船入海，東逃西躲，疲於奔命。

一二七八年端宗被元將追逐避入廣州對開海面，不料座船傾覆，端宗遇溺被左右救起，因此染病。因元軍追兵逼近，又不得不浮海逃往碙洲（今香港大嶼山）。小皇帝屢受顛簸，又驚病交加，在碙洲去世，年僅八歲，在位二年，謚號裕文昭武愍孝皇帝，廟號端宗。

宋端宗死後，宋軍軍心渙散，無心戀戰。當時陸秀夫在碙洲梅蔚（今香港大嶼山梅窩），改碙洲為翔龍縣，擁立端宗的弟弟趙昺為皇帝，改元祥興，仍奉端宗母楊淑妃為太后，並逃往厓山避難。

元朝命大將張弘範持續追趕，進攻厓山。宋軍水師在張世傑的指揮下進行頑抗，在厓門海域裡與元朝軍隊交戰，宋軍全軍覆沒。一二七九年三月十九日，丞相陸秀夫見無法脫逃，背著趙昺跳海殉國，楊太后亦投海而死，宋朝正式宣告終結。

趙昺死時未滿八歲，在位一年不到，無謚號無廟號，史稱宋少帝。

整體而言，南宋是個悲情的王朝。從建國開始便是從北方逃亡而來，一路躲避金朝的追殺。聯合蒙古人滅了金朝，再被蒙古人追殺，一直被追到海上，最後一位皇帝落海而死。

建立南宋的宋高宗趙構本來有機會一搏，但靖康之難的陰影一直存在他心中，不敢正眼看大金國。殺了抗金主力大將岳飛，簽下恥辱的和約，苟且偷生。宋孝宗趙昚志在反金，但有心無力。光宗趙惇平庸無能，據傳有精神疾病，被迫內禪。寧宗趙擴信任韓侂胄，趁金朝內訌向北用兵，結果戰敗，議和簽約的條件越來越差，付出慘痛代價。寧宗之後即位的理宗趙昀，充滿了復國報仇的理想，眼看大金不行了，做出聯合蒙古滅大金國的決策。金國是被滅了，但唇亡齒寒，整個國家直接暴露在更凶猛

皇帝	終年	在位	直接死因	死亡背景因素
宋高宗　趙構	80.4	35.4年	病死	
宋孝宗　趙昚	66.6	26.6年	病死	
宋光宗　趙惇	53.0	5.4年	病死	被大臣逼迫禪位給兒子，憂鬱而終
宋寧宗　趙擴	55.9	30.2年	病死	疑似服用丹藥而亡
宋理宗　趙昀	59.8	40.2年	病死	
宋度宗　趙禥	34.3	9.4年	病死	酒色過度
宋恭帝　趙㬎	51.6	1.5年	被殺	亡國後被元帝賜死
宋端宗　趙昰	8.8	1.9年	其他	逃亡途中落海驚病交加而死
宋少帝　趙昺	7.1	0.9年	其他	逃亡兵敗，由陸秀夫背負跳海而亡

表11.2：南宋皇帝死因

的蒙古前線，種下亡國的敗因。而好色的度宗趙禥被奸臣賈似道操弄，面對蒙古進攻一無作為，雖然大宋是滅在他的後人手上，其實真正搞垮大宋的責任是應該算在他頭上的。之後的恭帝、端宗、少帝只不過是坐在龍椅上看著王朝垮掉，承擔了亡國之君的名義而已，分別在五歲和八歲什麼事都不懂的年齡，或流亡、或死難，只因身在帝王家。

從年齡來看，扣掉兩位逃亡中被擁立的小皇帝不算，南宋的皇帝壽命還不錯，除了因酒色過度的度宗趙禥之外，都活過五十年以上。但前六位皇帝中有三位無子（高宗、寧宗、理宗），傳給養子，有人懷疑宋朝皇室有遺傳性的疾病使其子嗣不盛。

九位皇帝中兩位被殺（恭帝被俘後在蒙古被殺、少帝被陸秀夫背著投海），其他七位中有三位或憂鬱而終（光宗）、或驚嚇而死（端宗）、或服丹藥早亡（寧宗），都不得善終。度宗荒淫無度，不理政事，以享樂而言算是好命，但卻早逝。另外孝宗因高宗死極為哀傷，服喪三年後內禪退位；理宗聯合蒙古滅了金國，被蒙古回殺一場，心灰意冷自暴自棄，死得也不安逸。真正可算壽終正寢自然死亡的就只有高宗了，但即使高宗也不安穩。從靖康之亂後十年逃亡才完成建炎南渡，一直生活在靖康之恥的陰影下，不敢抗金，殺了岳飛等大將，換來屈辱的和約，最後也是主動退位禪讓給養子孝宗，還要為岳飛平反。雖然活了八十一歲，相信也是不舒服的。終南宋一朝，沒有一個皇帝的日子是令人羨慕的。

或許只有在臨安投降後被押至金國的恭帝趙㬎，入吐蕃學習梵書、西蕃文字，之後出家為僧，專注於把漢文佛典譯成藏文，四處講經，潛心研究佛學，在藏佛界留有名聲。雖然最後還是被賜死，但或許反而是唯一能在後大半生涯中安詳平靜的度過的人吧。當然，這也是或許，到底跋涉萬里，終生不能返國，被故鄉的人們遺忘，這應該不會是一般人心目中的理想，更不會是生在帝王家、曾坐過龍椅的人所想望的結局。不知道他自己有沒有想過，如果他不是生在帝王家，過的會是怎麼樣的生活？

小結

宋分兩朝，南宋加北宋合計三百二十年（九六〇年到一二七九年），在中國歷史上算是長的，也曾是世界上最富有的王朝。money.com曾公布歷史上全球最有錢的人的名單，宋神宗趙頊以所擁有的國家財富名列第三，其值無法估計，二〇一七年Finance Word彙總的資料中，宋神宗的資產價值排名史上第二。

但宋朝其實是一個飽經憂患的朝代，人們一般印象中都是長期受到外族的欺凌。早年被大遼所擾，晚期受大金所困，最後亡在蒙古人手中，平安的日子沒有幾天。由於五代十國中手握重兵的大將篡國如兒戲（包含太祖趙匡胤的天下都是擁兵奪來的），太祖取得帝位後便採取抑武重文、強幹弱枝的國策，將兵力集中在朝廷之手，並用文官領軍。南北宋一朝兩代果然沒有發生內部權臣奪位軍事政變的戲碼，但在面對外國勢力時，因應能力卻顯得不足。

真宗趙恆和大遼簽下澶淵之盟，以歲賜換取和平，經歷了一段和平歲月。徽宗趙佶聯合金國滅了遼國，看似取得輝煌的成就，卻暴露了自身戰力不足的弱點，最後導致靖康之難，徽欽二帝連帶宗室大臣被虜，北宋亡。

高宗趙構逃到應天府建立南宋，此後幾代皇帝都在大金國的威脅陰影下度日，不敢戰，甚至不惜殺了有能力的戰將以求和。文官領兵，兵將不協力，造反固然不易，但戰力也相對不足。岳飛自行招訓兵員，兵將同心相合，戰力強大，阻止了金國侵略的腳步。但兵將同心有了篡奪皇權的實力，寧可殺了能戰之將，也不願承擔被篡位的風險，仍然以議和換取生存的空間。

到了理宗趙昀時代，沒有能吸取前朝教訓，再次聯手蒙古滅了金國，中間的緩衝地帶消失，直接面對蒙古鐵騎，終被蒙古所滅。已經退居在南方，沒有地方可退，最後掉到海裡，終結了宋朝。

有人批評王安石變法所形成的黨爭耗掉國家實力，是導致宋朝滅亡的原因，實際上抑武重文、強幹弱枝的政策影響更大。宋朝長久以來一直面對著冗員、冗官、冗費的問題。從太祖趙匡胤開始便稱「可利百代者唯養兵也，方凶年饑歲，有叛民而無叛兵」，地方饑荒會有叛民，招募為兵有了飯吃就不會叛亂了。而且募得的兵為終生制，養四十年實際能用的不過二十年。而且「一人充軍，數口之家得以全活」。北宋一直活在戰爭的陰影下，軍費支出占稅收的十分之八，花了那麼多錢養的兵，卻無法打仗護衛國家。南宋的王安石變法旨在彌補國庫，但在黨爭之下反被指控要為亡國負責。

另外怕官員權力太大，宋朝以增設官員來分權，大家互相制衡，最後大權掌握在皇帝手裡。而開科取士凡中進士者就要派任官職，每年數百人進入仕途卻沒有多少人退休，其結果造成冗官充斥，政治效率下降。而冗員冗官的結果造成冗費，即使宋朝經濟發展得很好，最後也入不敷出，拖垮了國家。

但宋朝也有其光輝的一面，在重文輕武的國家政策下，文化得到高度的發展，唐詩宋詞是中華文化的代表，繪畫書法達到高度的水準，程朱理學（程顥、程頤、朱熹）將儒學推向另一個高峰，開科取士讓一般官員普遍都具有一定的文化素養。科技發展也是輝煌蓬勃，除了三大發明（印刷術、指南針、火藥）影響後世乃至全世界之外，天文曆法、地質地理、醫學藥理、數學、建築工程、航海技術都有劃時代的進步。另外在商業和農業方面，也都有長足的進步，這些也支撐了宋朝的經濟發展，讓宋朝一度成為全世界最富有的國家。

高度文化發展敵不過北方遊牧民族的鐵蹄，大遼、大金之後的蒙古人更為凶猛，人們即將面臨的是一個什麼樣的王朝？

第十二章　大遼、大金

宋朝為蒙古所滅，但和宋、蒙糾纏夾雜在一起的，還有兩個國家，那便是大遼和大金。當然宋的周邊還有其他國家，包含西夏、大理、高句麗、交趾、吐蕃等。但在正史二十四史中，有《遼史》和《金史》，其他國家則大多列記於《宋史》的列傳的外國中，所以我們將遼和金納入討論和統計。

從五代的後晉高祖石敬瑭割讓燕雲十六州給大遼之後，就打開了大遼進入中原的門戶。宋朝建立後，和大遼展開了不斷的糾纏，戰戰和和、反反覆覆。宋太宗趙光義攻大遼，結果中箭受傷最後發病死亡，宋真宗趙恆和遼聖宗耶律隆緒簽下「澶淵之盟」休兵，和平了一段時間。宋徽宗趙佶野心勃勃的聯合大金滅了大遼，結果大金滅了大遼之後繼續攻宋，徽宗二帝被俘至大金國，造成靖康之難。

宋高宗趙構建炎南渡後採取妥協精神，和大金議和，不惜殺了抗金大將岳飛和韓世忠等人。宋寧宗趙擴在韓侂冑主導下和大金開戰，戰敗議和。宋理宗趙昀為了名留青史兼報靖康之仇，再聯合蒙古滅了大金。但唇亡齒寒，大金被滅了之後，宋朝得直接面對更強大的蒙古，最後終被蒙古消滅。本章將介紹這兩個和宋朝糾纏不休的王國。

大遼

大遼是由契丹人所建立的國家。契丹源於鮮卑，是古代蒙古族一個分支東胡族的後裔，在南北朝的北魏道武帝拓跋珪時期首次被注意到，當時聚居在遼水上游一帶。六四八年唐太宗在契丹人領地設置松漠都督府管理當地，六六〇年唐高宗時當地的首領脫離唐朝自立，之後時而歸附、時而叛離。唐朝晚期契丹迭剌部的首領耶律阿保機崛起征服契丹各部，於九〇七年即可汗位。耶律阿保機慢慢發展，逐步占領了因回鶻汗國內亂而成為真空地帶的嶺北草原，九一六年耶律阿保機建立「大契丹國」。國家名稱曾在「大契丹」和「大遼」之間更換過兩次，史料上多以「大遼」來稱呼。

耶律阿保機建國後，繼續攻伐其周圍的民族或政權，一生幾乎都在爭戰中度過，先後滅渤海國、室韋以及奚等勢力，耶律阿保機一直有南征中原的意圖，然而攻滅渤海國後的隔年，在回師途中病倒，於九二六年逝世。去世時年五十五歲，立國後在位十年餘，諡號大聖大明神烈天皇帝，廟號太祖。

耶律阿保機原來立了長子耶律倍（契丹名耶律圖欲）為太子，並封為東丹國王。耶律阿保機死後，他的皇后述律平臨朝稱制，裁決軍國大事。述律平不喜歡耶律倍，以次子耶律德光為天下兵馬大元帥，總攬朝政。但族人有意見，述律平使出手段殺了支持耶律倍的擁護者多達數百人，穩下局面。九二七年耶律德光在太后述律平的支持下即位，是為遼太宗。耶律德光即位後，將耶律倍遣送回東丹國，並嚴加看管，逐步削減其權力，九三〇年耶律倍逃往後唐，耶律德光坐穩了皇帝的位子。

耶律倍在後唐受到後唐明宗李嗣源的禮遇，之後李嗣源的養子李從珂殺了明宗的兒子後唐閔帝李從厚奪得帝位。耶律倍不認同李從珂篡位，密告遼太宗耶律德光，指稱後唐發生內亂可以趁機出兵。李從珂篡位後，要削減河東節度使石敬瑭的兵權，石敬瑭叛變，並向契丹求援。石敬瑭以割讓燕雲十六州為代價，並自稱「兒皇帝」請到耶律德光出兵，滅了後唐，建立後晉，後唐亡國後耶律倍被石敬瑭殺了。

取得燕雲十六州後，耶律德光採取漢遼分治的政策，設南面官和北面官分別管理漢人和契丹人，並改幽州為南京、雲州為西京（遼朝將領土分為五道，各設一京，上京、中京、東京、南京和西京），將燕雲十六州建設成契丹進一步南下的基地。

九四四年後晉出帝石重貴即位後，拒絕向耶律德光稱臣，耶律德光於是率軍南下攻後晉。九四七年攻入後晉首都東京汴梁，石重貴降，後晉滅亡。耶律德光隨即以中原皇帝的儀仗進入東京汴梁，接受百官朝賀，下詔將國號「大契丹國」改為「大遼」。

但大遼官兵在中原四出劫掠，充為軍餉（稱打草穀），民眾反抗不斷，耶律德光被迫離開東京汴梁，引軍北返，途中得熱疾，死在欒城縣。耶律德光死時四十五歲，在位十九年餘，謚號孝武惠文皇帝，廟號太宗。

太宗耶律德光在伐後晉北歸途中逝世，耶律倍的兒子耶律阮發兵奪取南京析津府，並在隨軍將領擁戴下自立為皇帝。在上京的蕭太后述律平不認可其帝位，派兵攻打耶律阮，結果失敗。最後在大臣耶律屋質的調停下，蕭太后承認了耶律阮的皇帝身分，是為遼世宗。耶律屋質出身皇室，是耶律阿保機的侄兒，當時官居惕隱（執掌皇族政教），一生歷經遼太祖、遼太宗、遼世宗、遼穆宗、遼景宗五朝，是大遼的重臣。

耶律阮是耶律阿保機長子耶律倍的兒子，阿保機死後，耶律倍在皇位爭奪中失利，憤而渡海投奔後唐，耶律阮則留在契丹國內。其叔父太宗耶律德光非常喜愛他，視如己出，耶律阮也跟隨耶律德光南征北討，立下不少戰功。耶律德光死後，經過一番爭鬥取得帝位。

耶律阮就帝位後，任用賢臣耶律屋質，進行一系列改革，將南面官和北面官合併，成立南北樞密院，後來合併為一個樞密院。這些改革使大遼從部落聯盟形式進入中央集權。

耶律阮即位後，仍有支持述律平太后的貴族出來謀反，都被平定，耶律阮只處理了首謀分子，放過從屬，但這種寬大的心胸卻為他留下後患。明王耶律安端（遼太祖耶律阿保機的弟弟）也曾參與謀反，但沒有被處理。耶律安端的兒子耶律察割假意和父親鬧翻，投奔太宗耶律阮，被耶律阮收為近臣，對其非常信任。大臣耶律屋質察覺有異，向耶律阮提出警告，耶律阮為了表示對耶律察割的信任，直接告訴耶律察割，並加以安撫。這些動作迫使耶律察割加速謀反的行動。

九五一年北漢郭威弒主自立，建立後周。後周與大遼分庭抗禮，並發兵攻打臣服於大遼的太原劉崇，劉崇派人向大遼求救。遼世宗耶律阮率兵親征後周，但國內有不同意見，結果出征途中大遼發生內亂，耶律阮在新州火神淀被耶律察割勾結皇室子弟耶律盆都謀害，是為「火神淀之亂」。耶律阮死時年僅三十三歲，在位四年餘，謚號孝和莊憲皇帝，廟號世宗。

動亂之中，耶律屋質逃出，召集了王室大臣和禁衛軍首領，找來遼太宗耶律德光的長子壽安王耶律璟，會合了陸續從耶律察割叛軍中來歸的諸將，率兵包圍了耶律察割駐地，殺了耶律察割。叛亂平息後，耶律璟被擁立為帝，是為遼穆宗。

遼穆宗耶律璟喜好酗酒打獵，長時期不理朝政，是中國歷史上有名的昏君和暴君。為了避免重蹈遼世宗耶律阮的覆轍，耶律璟收回各位王爺的兵權，還刻意疏遠以前的大臣，提拔重用親信。權力穩定後開始遊樂，不顧朝政。典型的一天生活方式是下午起床打獵，晚上飲酒作樂，至晨方歇，睡至中午，起床用餐後繼續打獵。有時整月不上朝，被人稱之為「睡王」。喝醉之後依興趣濫行封賞，光是酒後封的丞相就有十幾位。而且穆宗好殺人，經常親自動手，尤其是身邊近侍，稍不如意就動手殺了，近侍都得隨時擔心不知何時會喪命。九六九年在遊獵途中有近侍六人遭耶律璟斥責，恐懼之下，趁他熟睡之際將他殺死，死時三十八歲，在位十七年餘，謚號孝安敬正皇帝，廟號穆宗。

穆宗耶律璟死後，侄兒耶律賢繼位，是為遼景宗。耶律賢是世宗耶律阮的次子，火神淀之亂耶律阮長子耶律吼阿不被殺，穆宗耶律璟將他收養在皇宮中。他身邊有一群當初跟隨耶律阮的大臣，一直在圖謀奪回政權。穆宗耶律璟在遊獵途中被殺，耶律賢立刻集結親信趕往現場，之後在契丹和漢族大臣的擁戴下就皇帝位。

耶律賢在位期間，任用耶律屋質和高勳等含遼人和漢人在內的賢臣良將，與民休息，虛心納諫，整理吏治，寬減刑法。復設登聞鼓院，讓百姓有申冤之地，對百姓加以安撫。內部政治穩定，農牧業興旺，使遼朝重新走向強盛，被稱為中興之主。

他在位期間，宋太宗趙光義曾試圖收復燕雲十六州，於九七九年出兵攻遼。耶律賢派大將耶律休哥迎戰，雙方在高梁河激戰，大敗宋軍，趙光義中箭狼狽而回，之後因傷而逝。從此遼軍連連出兵攻掠宋遼邊境地區，衝突不斷，互有勝負。

九八二年耶律賢於出狩時死於雲州焦山行宮，死時三十五歲，在位十三年餘，謚號孝成康靖皇帝，廟號景宗，遺詔梁王耶律隆緒即位，是為遼聖宗。

耶律隆緒是耶律賢的長子，自幼喜歡漢文化。十二歲時登基，由大臣韓德威和耶律斜軫輔佐，母后蕭太后臨朝聽政。蕭太后執政期間，興修水利，休養生息，整頓吏治，使大遼百姓富裕，國力富足。九八三年將國號從「大遼」改為「大契丹」。一〇〇九年蕭太后病重身亡，耶律隆緒親政。

遼聖宗耶律隆緒在位期間，加速契丹族社會改革，重用漢族官吏，改革法制，整頓綱紀，打擊貪官，獎勵清廉，並模仿唐朝體制開科取士，引進人才，成為大遼的鼎盛時期。耶律隆緒四處征討，三次攻打南宋，兩次攻打高麗，拓寬疆域，屢敗宋軍，最重要的成就是和宋朝簽訂「澶淵之盟」，不但增加了國家收入，還和宋朝建立了近百年的和平往來，對大遼的漢化帶來積極效果。《遼史》贊曰：「遼之諸帝，在位長久，令名無窮，其唯聖宗乎！」一〇三一年病死，終年六十歲，在位四十八年餘，謚號為文武大孝宣皇帝，廟號聖宗。

遼聖宗耶律隆緒死後，長子耶律宗真繼位，是為遼興宗。依據《遼史》記載，耶律宗真是耶律隆緒的長子，即位時十五歲，母后順聖元妃蕭耨斤自立為皇太后攝政。蕭太后專權，大量起用娘家的人，以及在聖宗時代被裁示永不錄用的貪官汙吏。甚至誣陷遼聖宗耶律隆緒第二任皇后齊天皇后蕭菩薩哥謀反，趁耶律宗真不在的時候將她賜死，太后和皇帝之間的關係陷入緊張。

一〇三四年蕭太后圖謀廢掉興宗，改立次子耶律重元（又名耶律宗元），但耶律重元顧全大義告訴了興宗，興宗先發制人，殺了太后身邊的親信，將太后押到慶州加以軟禁。耶律宗真開始親政，感念之下，立耶律重元為皇太弟，允諾死後傳位給他。

耶律宗真在位期間，奸佞當權，政治腐敗，遼朝國勢已日益衰落。他多次發動對西夏的戰爭，並強要宋朝增加歲貢，連年戰爭，百姓困苦。晚年迷信佛教，窮奢極欲。一〇五五年遼興宗耶律宗真在行宮去世，年四十歲，在位二十四年餘，謚號神聖孝章皇帝，廟號興宗。

遼興宗耶律宗真原允諾死後傳位給皇太弟耶律重元，但在臨死之前卻反悔了，下詔由自己的兒子耶律洪基繼承了大統，是為遼道宗，另行封賞耶律重元高官厚爵以資安撫。遼道宗耶律洪基繼位後，又立即加封耶律重元為皇太叔，暗示耶律洪基死後皇位將由叔叔耶律重元繼位，以侄傳叔。

耶律重元受耶律宗真和耶律洪基兩代的重視，本已滿足。但是他有個野心勃勃的兒子楚王耶律涅魯古，鼓動父親奪回本來可能屬於自己的皇位。一〇六三年皇太叔耶律重元謀反作亂，耶律洪基派耶律仁先和耶律乙辛平亂，耶律重元兵敗自殺，死時稱涅魯古害我。耶律乙辛因平叛有功得到重用，自此掌握大權。一〇六六年遼道宗再把國號由「大契丹」改為「大遼」。

耶律乙辛早有異志，先誣陷皇后蕭觀音與伶官趙惟一通姦賜死了皇后，又派人暗殺了太子耶律濬和太子妃，還要進一步謀殺皇孫耶律延禧，幸而耶律洪基察覺，帶了皇孫一同出巡秋獵才免遭毒手。一〇八一年耶律洪基廢黜耶律乙辛及其黨羽。一〇八三年耶律乙辛企圖出逃到宋朝避難，未及成行便事泄被誅。

道宗耶律洪基在位時間頗長，與大宋交好，安居樂業，不好征伐。晚年還特意交代孫子耶律延禧，務必處理好與大宋的關係。但他好畋獵，整日遊獵無度，不理政務。地主官僚兼併土地，百姓痛苦不堪，怨聲載道，國勢更形衰落。耶律洪基並沒有改革圖新的企圖，朝政被耶律乙辛操控。耶律乙辛專擅弄權，最後被耶律洪基所殺。道宗晚年篤信佛教，大修佛寺、佛塔，腐朽奢侈，政治敗壞。大遼的腐朽統治引起了各族人民的不滿，其間被遼統治者壓迫的女真族開始興起，最後滅了大遼。

一一〇一年耶律洪基去世，年六十九歲，在位四十五年餘，謚號仁聖大孝文皇帝，廟號道宗。史書對他的評價是：「徒勤小惠，蔑計大本，尚足與論治哉？」

耶律洪基的皇太子和太子妃都被殺，孫子耶律延禧繼位，自稱天祚帝，取上天賜福的意思。天祚帝登基後，荒淫無道，不理朝政，信用蕭奉先、蕭得里底等佞臣，朝廷上下烏煙瘴氣，內部矛盾蓄勢待發。《遼史》記載：「降臻天祚，既丁末運，又觖人望，崇信姦回，自椓國本，群下離心。」

一一一二年天祚帝耶律延禧到春州遊獵，召集附近的女真族酋長來朝，宴席中令女真各酋長跳舞，完顏部首領完顏阿骨打不從，天祚帝不以為意。但從此完顏阿骨打與大遼之間不和，不再奉詔。

一一一四年完顏阿骨打收服女真各部後起兵反遼。天祚帝輕敵，派去鎮壓阿骨打的軍隊全部戰敗。一一一五年完顏阿骨打在皇帝寨稱帝建國，國號「大金」。同年天祚帝率軍親征，但不是女真的對手，屢嘗敗績，同時大遼內部也發生多起叛亂，國勢日衰。一一一六年女真占領東京遼陽府和瀋州，一一一七年攻春州，遼軍不戰自敗。

此時宋徽宗看到滅遼的機會，突然聯合金國一起攻打大遼，一一二〇年金攻克大遼上京臨潢府，天祚帝帶著財寶躲進夾山，之後金兵一路壓著遼軍打。大遼內部又發生了因為爭奪皇位而爆發內亂，一一二二年內亂之中，天祚帝殺了自己的長子耶律敖盧斡，更多的大遼軍民因不安而投靠金朝，中京大定府也失守，大遼五京已失三京。一一二四年天祚帝在失去了大遼大部分土地的情況下退出漠外，西京大同府落入金國手中。一一二五年天祚帝在應州被金人完顏婁室等所俘，解送金國上京，被降為海濱王，大遼亡國。

但在宋金聯合攻遼的過程中，金國發現到宋朝的無能，一一二七年金國在滅了大遼之後出兵攻打北宋，製造了「靖康之難」，將宋徽宗和宋欽宗及一堆皇室、宗親、大臣帶到金朝的首都中都之中，滅了北宋。據南宋知名話本（類似小說）《大宋宣和遺事》的記載，遼天祚帝耶律延禧曾和宋徽宗趙佶被關押在一處，有短暫的會面。天祚帝計畫逃跑，徵詢宋徽宗的意見，宋徽宗期期以為不可。之後金朝皇帝完顏亮命天祚帝和宋欽宗參加馬球賽事。天祚帝自恃善騎術，縱馬欲逃出重圍，結果被亂箭射死。宋欽宗則因不善馬術，從馬上摔下被亂馬踐踏致死，但《遼史》則記載天祚帝為病死。

不論何種原因，遼天祚帝耶律延禧死於一一二八年，年五十三歲，在位二十四年，無謚號，無廟號，尊號天祚皇帝。

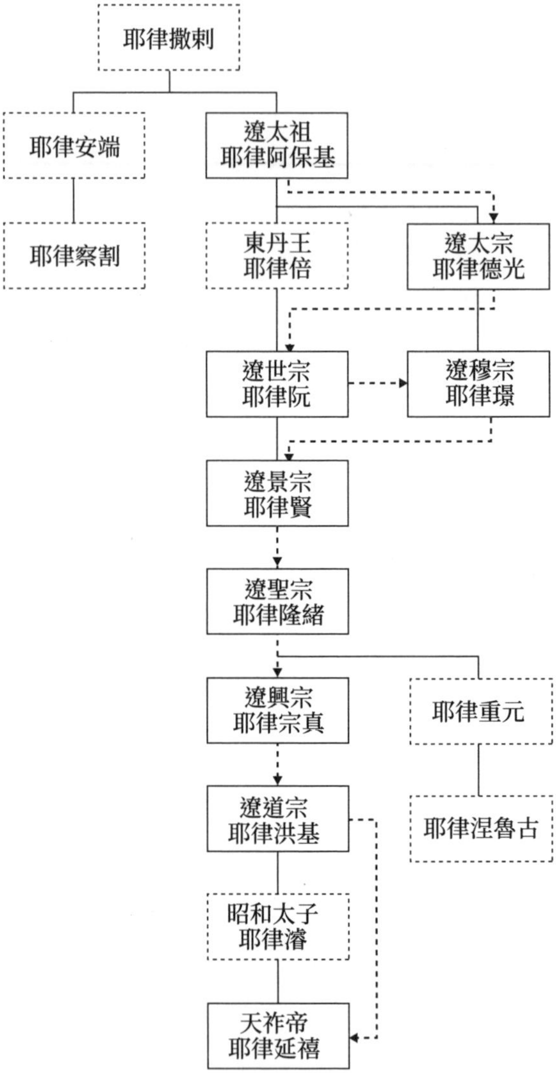
耶律撒剌
耶律安端
遼太祖
耶律阿保基
耶律察割
東丹王
耶律倍
遼太宗
耶律德光
遼世宗
耶律阮
遼穆宗
耶律璟
遼景宗
耶律賢
遼聖宗
耶律隆緒
遼興宗
耶律宗真
耶律重元
遼道宗
耶律洪基
耶律涅魯古
昭和太子
耶律濬
天祚帝
耶律延禧

大遼皇帝世系圖

皇帝	終年	在位	直接死因	死亡背景因素
遼太祖　耶律阿保機	54.2	10.5年	病死	
遼太宗　耶律德光	44.5	19.4年	病死	
遼世宗　耶律阮	32.7	4.4年	被殺	近臣耶律察割為奪帝位謀殺
遼穆宗　耶律璟	37.5	17.4年	被殺	被近侍所殺
遼景宗　耶律賢	34.1	13.6年	病死	
遼聖宗　耶律隆緒	59.5	48.7年	病死	
遼興宗　耶律宗真	39.4	24.2年	病死	
遼道宗　耶律洪基	68.5	45.5年	病死	
遼天祚帝　耶律延禧	53.1	24.1年	被殺	疑趁馬球賽欲逃亡被殺

表12.1：大遼皇帝死因

大遼是由契丹人建立的國家，從九一六年耶律阿保機建國到一一二五年天祚帝被俘亡國，國祚二百一十年歷經九帝，二百一十年的時間並不算短。

九位皇帝就年齡而言，活得都算夠長，最少的也有三十四、五歲，最長的可以活到七、八十歲，沒有歷代各朝中短命皇帝的情況。在位期間也都夠長，除了世宗耶律阮被侍者所殺僅在位四年，其餘都超過十年以上，更有二十年到四十年以上的，應該有充分的時間實現自己的理想與心願，而且幾乎都是自己掌政，很少變成他人的傀儡。

遼太祖耶律阿保機建國時國名「大契丹國」，一〇六六年遼道宗把國號改為「大遼」。在位最長的遼聖宗耶律隆緒再改「大遼」為「大契丹」，和宋朝簽定「澶淵之盟」，將大遼帶到國勢的高峰，在位第二長的遼道宗耶律洪基再把國號由「大契丹」改為「大遼」，卻昏庸奢侈，政治腐敗，種下亡國的種子。

大遼九位皇帝三位橫死，遼穆宗耶律璟被近侍所殺，是自己種因自己收果，天祚帝耶律延禧亡國致死，因爭奪皇位被殺的只有一位世宗耶律阮，當然還有一位奪位不成被殺的耶律重元，整體而言較之他朝，皇位傳承還算平順。

耶律洪基的兒子，被立為太子的耶律濬被耶律乙辛暗害，只得傳位孫子耶律延禧，結果在耶律延禧手中終結了大遼，是命中注定？還是造化弄人？如果太子耶律濬沒有死，繼位為帝，大遼的結果會不一樣嗎？歷史永遠留給人們無限的想像空間。

大金

大金國是由東北地區的女真族所建立，女真一詞最早見於唐初，人民以漁獵為生。唐朝時又稱為靺鞨，原來臣屬於渤海國。大遼攻滅渤海國後，收編南方的女真族，其漢化程度較高，稱為熟女真，北方保留原有生活習性的稱為生女真。

大遼晚期朝政混亂，天祚帝昏庸無能，不斷向女真族索求貢品，欺壓女真百姓。一一一二年天祚帝赴春州，召女真各族的酋長聚會，晚宴中要求女真各酋長跳舞，完顏部首領完顏阿骨打認為受到屈辱不從，並從此叛遼。完顏阿骨打隨後統一女真族各部，成為女真各部落的聯盟長，並在一一一四年向大遼宣戰，隨後在寧江和出河店之戰兩度擊敗遼軍。一一一五年完顏阿骨打在「皇帝寨」（後來的上京會寧府）稱帝建國，國號「大金」，是為金太祖。大遼天祚帝至此才意識到問題的嚴重性，下令親征，但還是被大金擊敗。

金太祖完顏阿骨打建國後，以大遼五個京城為目標，兵分兩路展開滅遼之戰。天祚帝曾嘗試冊封完顏阿骨打為東懷國皇帝以圖安撫，但完顏阿骨打不接受，繼續攻打大遼。期間北宋也和金國達成協議，建立聯盟共同伐遼。

一一一六年到一一二二年間金軍逐次攻下了大遼五京中的東京、上京、中京和西京，剩下南京析津府依協議本當由北宋攻取，但北宋派出童貫等人多次出擊，卻被遼軍擊潰，拿不下來，最後還是由金國攻下，大遼亡國。北宋將原來給遼的歲幣改奉給金，金則將燕雲十六州部分城市交給北宋，然而北宋最後只獲得金軍洗劫後的一堆空城。

一一二三年完顏阿骨打在返回金國上京會寧府途中病逝，死時五十六歲，在位八年餘，謚號應乾興運昭德定功仁明莊孝大聖武元皇帝，廟號太祖。作為金朝的開國皇帝，《金史》的評價是：「太祖英謨睿略，豁達大度，知人善任，人樂為用。」「兵無留行，底定大業，傳之子孫。嗚呼，雄哉！」

金太祖完顏阿骨打去世，依例兄終弟及，由其弟完顏晟（原名完顏吳乞買）繼位，是為金太宗。完顏晟是完顏阿骨打的四弟，和哥哥阿骨打情同手足，他有勇有謀，能親手搏熊刺虎。

完顏阿骨打在位期間對宋朝是採取友善的態度，但完顏晟的態度則不同，他發動了消滅宋朝的大業。一一二五年太宗完顏晟發兵攻宋，金軍由完顏斜也為都元帥，兵分東、西兩路，逼進北宋首都汴京。宋將李綱頑強抵抗，金兵一時不能得逞，雙方訂「宣和協議」。一一二六年金太宗再次命完顏宗望、完顏宗翰兩路軍大舉南侵，汴京城陷，宋欽宗投降，北宋亡。一一二七年金太宗下詔廢徽、欽二帝，貶為庶人，俘虜二帝北上，並帶回掠奪來的大量財寶和皇室大臣宮女等三千餘人，次年囚禁徽欽二帝於五國城。

太宗在位時期創建了各種典章制度，他推行以漢治漢，錄用漢人為官，為金國奠下真正的王朝基業。晚年改兄終弟及的舊制為父死子繼，為封建做準備。他原本有意立自己的兒子為繼承人，但是遭到金太祖的幾個兒子和金朝貴族的強烈反對，妥協之後，立了太祖孫子完顏亶為繼承人。

一一三五年完顏晟病死，年六十一歲，在位十一年餘，謚號體元應運世德昭功哲惠仁聖文烈皇帝，廟號太宗。

金太宗去世後完顏亶即位，是為金熙宗。當時輔佐熙宗的一些開國功臣（稱衍慶功臣，因為金朝將開國功臣畫像置於金中都的太廟衍慶宮）中分為主戰派與主和派。金熙宗於一一三七年聽從主和派完顏撻懶的建議，開始和宋高宗以及投降派的丞相秦檜議和，歸還河南、陝西地給南宋。但不久主戰派又占上風，一一四〇年熙宗令完顏宗弼（又名金兀朮，太祖完顏阿骨打第四子）率軍奪回河南、陝西地。隔年還再度南征南宋，但被岳飛與劉錡擊敗。岳家軍逼近汴京，迫於情勢，熙宗也只能接受與南宋和談。金宋兩國在岳飛被殺後簽訂紹興和議，至此雙方邊界大致底定，和平相處了一段時間。

金熙宗自幼受漢文化薰陶，登基後和完顏宗弼等人推動漢制改革，並且重用漢人，金朝官制逐步漢化，基本上仿照唐朝制度建立以尚書省為中心的三省制。

宋金議和以後，完顏宗翰、完顏宗幹、完顏宗弼等衍慶功臣相繼秉政，熙宗臨朝大多以他們的意見為主。一一四八年完顏宗弼去世後，熙宗才有機會親政，但悼平皇后裴滿氏又很強悍，干預政事。熙宗的兩個年幼兒子相繼去世，帝位失嗣，熙宗徹底崩潰，開始嗜酒如命，不理朝政，甚至濫殺無辜。一一四九年熙宗弟族完顏元、完顏阿愣等人因受海陵王完顏亮誣告而被殺害，金熙宗因此被孤立。一一五〇年金熙宗被右丞相海陵王完顏亮所殺，死時年三十一歲，在位近十五年，謚號弘基纘武莊靖孝成皇帝，廟號熙宗。

完顏亮殺了金熙宗完顏亶，篡位自行稱帝。完顏亮是金太祖阿骨打的孫子，太祖庶長子遼王完顏宗幹第二個兒子，為人荒淫無道、殘暴嗜殺。《金史》說完顏亮「為人僄急，多猜忌，殘忍任數」。當初熙宗以太祖的嫡孫身分嗣位時，完顏亮認為自己是太祖長子完顏宗幹的兒子，也是太祖的孫子，所以對皇位心懷覬覦。但他善於偽裝，野心深藏不露，在熙宗面前處處順承旨意。

完顏亮的刻意討好博得了熙宗的信任與好感，一一四七年拜他為平章政事，之後又升為右丞相，再兼任都元帥，集軍政大權於一身。完顏亮於一一四九年找到機會發動變亂，率一干黨羽入熙宗寢宮殺了熙宗及其親信多人，自立為帝。

完顏亮上台後，將熙宗的後代，以及一些可能反對他的大臣盡皆誅戮，並將他們的妻子、女兒們強行納入宮中，這些人裡面許多是他的堂姐妹、叔母、舅母、外甥女、侄女以及弟媳、小姨子等等，《金史》記載：「命諸從姐妹皆分屬諸妃，出入禁中，與為淫亂。」

一一五三年完顏亮遷都燕京（今北京），把金朝的政治中心遷至華北，逐步漢化，使北京自此逐漸成為中國的政治中心，延續至今日。

一一六一年完顏亮出兵伐宋，以追求統一中國的心願。但是東京留守曹國公完顏雍殺副留守高存福，被擁立為帝，是為金世宗。南下攻宋的完顏亮則中了南宋江淮參軍虞允文的埋伏，兵敗退軍，軍心大亂。部下完顏元宜得知完顏雍已自立為帝，於是發動士兵殺了完顏亮。完顏亮死時年四十歲，在位近十二年，死後追貶為海陵王，或稱金廢帝。

完顏雍也是金太祖完顏阿骨打的孫子，父親完顏宗輔是太祖第五子。完顏亮領兵南下時令他為東京留守，並留下副留守高存福監視他，定遠大將軍完顏福壽殺了高存福，擁立完顏雍為帝。中都留守阿瑣等起而響應金世宗，金世宗決定遷赴中都。

金世宗即位後，先著手平定契丹起義，然後對南宋採取強硬態度，擊退了南宋孝宗趙昚的北伐攻勢，和南宋簽署了「隆興和議」，開啟了雙方四十餘年的和平局面。金世宗還出兵震懾西夏、高麗，使這兩國臣服於金朝。

金世宗在內政管理上，勵精圖治，革除弊政，利用科舉、學校等制度爭取漢人的支持，還派官員去漢人起義頻繁的地方招撫百姓，只要棄兵歸農就赦免他們造反的罪名。他同時致力於保留女真人舊習、語言，要求所有皇子必須有女真語的命字、官員必須通曉女真語。他個人生活儉樸，金朝國庫充盈，農民富裕，天下小康，金國的國力迅速提升，實現了「大定盛世」的繁榮鼎盛局面，後世稱其為「小堯舜」。

一一九四年世宗病逝，年六十六歲，在位二十七年餘，諡號光天興運文德武功聖明仁孝皇帝，廟號世宗。

由於世宗的太子完顏允恭早逝，金世宗立完顏允恭的兒子完顏璟為太孫，世宗死後即位，是為金章宗。章宗接位時金朝立國已七十五年，但「禮樂刑政因遼、宋舊制，雜亂無貫，章宗即位，乃更定修正，為一代法」。

章宗生長於金世宗執政的「大定盛世」，自幼受祖父薰陶，對儒家文化多所涉獵。他喜好文學，崇尚儒雅，寫得一筆好字，堪與宋徽宗相比擬。大金的文化水準在他帶領下陡然提升，名士層出不窮，官員大臣都有一定的涵養。他即位後延續祖父的仁政，努力推行全面漢化，不斷完善各種政治、經濟制度，實現了女真族的徹底封建化。

但文事發展的同時，國家武備能力卻日益低下。一一九六年原來從屬金朝的塔塔兒部叛離，改為歸順蒙古。南宋權臣韓侂冑見金朝開始走下坡，在一二〇六年大舉出兵攻金，結果宋軍大敗，宋寧宗殺韓侂冑向金求和，一二〇八年簽定「嘉定和議」，宋尊金為伯，向金朝納「犒軍錢」三百萬兩並增加歲幣，金朝歸還南宋失地，維持紹興和議時的局面。

章宗寵幸李師兒，起用李氏外戚，經童出身的胥持國攀附李家獲得重用，外戚重臣相互勾結，干政營利，使章宗後期的政風逐漸下滑。作為太平天子的章宗也奢用漸廣，在位期間黃河三次大決堤，又逢中原地區水旱蝗災頻頻發生，國力開始衰退。在位後期蒙古帝國崛起，成為了日後金朝覆滅的隱患。

一二〇八年金章宗病死，年四十一歲，在位二十年，謚號憲天光運仁文義武神聖英孝皇帝，廟號章宗。

章宗的六個兒子都在三歲前夭折，由叔父衛王完顏永濟繼位。金章宗死前，賈妃、范妃已懷有身孕，雖傳位給完顏永濟，但要求將來賈妃、范妃若生出兒子，就立為儲君。衛王完顏永濟自是滿口答應，但即位後立即毒殺了李元妃、賈妃，又強令范妃墮胎，並削髮為尼，再立自己的兒子胙王完顏從恪為皇太子。

原本從屬於大金帝國的蒙古國成吉思汗，聽聞大金皇帝由完顏永濟繼位，大為鄙夷，從此不再向金帝國朝貢，並發兵進攻臣屬於金國的西夏，西夏不敵，向金帝國請援，完顏永濟坐視不救，西夏帝國於是轉向蒙古帝國稱臣。

平定西夏後，一二一一年成吉思汗開始攻打金國。你來我往之後，一度包圍金西京大同府，同時契丹人耶律留哥又起兵反金，依附蒙古擊敗金兵，金國的處境更加不妙。

完顏永濟為人優柔寡斷，沒有安邦治國之才，不善於用人，忠奸不分，最終導致殺身之禍。一二一三年蒙古軍再次逼近中都，右副元帥胡沙虎起兵叛亂，殺了完顏永濟，迎立完顏珣為帝，是為金宣宗。

完顏永濟死後，金宣宗完顏珣在胡沙虎要求下，將完顏永濟降封為東海郡侯，一二一六年恢復完顏永濟的衛王爵位，並賜謚為「紹」，因此後世稱之為衛紹王，《金史》中有衛紹王本紀。死時年四十六歲，在位四年餘，無謚號，無廟號。

完顏永濟死後，完顏珣在眾人擁立下即帝位，是為金宣宗。完顏珣是金世宗完顏雍的長孫，也是衛紹王的侄兒，父親完顏允恭是世宗長子。

一二一三年宣宗才登基，蒙古大軍就分三路攻金，幾乎攻破所有河北郡縣，金朝只有中都、真定、大名等十一城池未曾失守。一二一四年宣宗遣使向蒙古軍求和，成吉思汗得到金朝優厚的奉獻之後退軍。宣宗不顧眾大臣反對，決意遷都南逃。

這一舉動極大的動搖了人心，朝中將領和地主土豪紛紛叛金降蒙。成吉思汗認清了金朝的腐敗無能，一二一五年蒙古軍再次出兵，終於攻陷中都。

眼看大金國力衰弱，宋寧宗趙擴開始停止對金國的朝貢。金宣宗完顏珣自忖實力不如蒙古，但對付宋朝卻綽綽有餘，一二一七年發動侵宋戰爭。初期進展順利，但蒙古軍在後蠢蠢欲動，西夏也開始聯合蒙古在邊境地帶對金國發起進攻，山東地區也有漢人武裝勢力擾亂，烽火燎原，狼煙遍地，金國形成四面受敵。

宣宗想和宋朝和談，卻遭宋拒絕，惱羞成怒，加強了對宋的攻擊，但卻大敗而回，金國實際掌握的土地屈指可數。一二二四年完顏珣憂鬱之下病死，年六十一歲，在位十年餘，謚號繼天興統述道勤仁英武聖孝皇帝，廟號宣宗。臨終遺詔，立太子完顏守緒繼位。

完顏守緒是金宣宗的第三子，宣宗死後繼位，是為金哀宗，在金國的後期是比較有作為的皇帝。即位後鼓勵農業生產，停止侵宋戰爭，與西夏修好，進行內部改革，剷除奸佞，重用抗蒙名將，收復了不少土地，使金朝呈現出一片全新的景象。

但面對強大的蒙古，完顏守緒所能做的已經不多了。一二二七年蒙古滅了西夏後全力伐金，一二三二年三峰山之戰金軍主力被蒙軍消滅，金國滅亡已成不可逆之勢。一二三三年哀宗想要和宋聯手抵抗蒙古大軍，宋朝不同意，反而與蒙古大軍聯手攻金國。一二三四年蒙宋聯軍攻破蔡州，完顏守緒不願做亡國之君，便下詔把皇位傳給統帥完顏承麟。

完顏承麟是金太祖完顏阿骨打五弟完顏杲的後代，為金朝大將，驍勇善戰，才略兼備，深受完顏守緒的器重。完顏守緒離京出逃時，一直守護在左右，下旨傳位時，完顏承麟推辭不受。但完顏守緒苦苦哀求，表示將江山社稷託付給完顏承麟也是迫不得已。哀宗身體肥胖，不能策馬出征。萬一城陷必難突圍。考慮到他身手矯健，而且有將才謀略，如果有幸逃脫的話，可延續國祚，完顏承麟只好答應繼位。

隔天傳位大典剛開始不久，宋蒙聯軍便已攻進城內，完顏守緒倉皇逃往幽蘭軒自縊身亡。剛即位的完顏承麟緊急率兵出門迎敵，展開巷戰，唯不敵宋蒙聯軍，死於亂軍之中。一個時辰內兩位皇帝先後去世，大金國亡。

完顏守緒死時年三十六歲，在位十年，諡號莊皇帝，廟號哀宗。完顏承麟死時年三十二歲，在位不到一天，無諡號無廟號，史稱金末帝。

皇帝	終年	在位	直接死因	死亡背景因素
金太祖　完顏阿骨打	55.2	8.6年	病死	
金太宗　完顏晟	61.0	11.4年	病死	
金熙宗　完顏亶	30.4	14.9年	被殺	被完顏亮弒君奪位
金廢帝　完顏亮	39.8	11.9年	被殺	南下攻宋時兵變被殺
金世宗　完顏雍	65.9	27.3年	病死	
金章宗　完顏璟	40.4	20.0年	病死	
衛紹王　完顏永濟	45.2	4.7年	被殺	副帥胡沙虎叛變殺之
金宣宗　完顏珣	60.8	10.3年	病死	四面受敵憂鬱致死
金哀宗　完顏守緒	35.4	10.1年	自殺	亡國前傳位後自殺
金末帝　完顏承麟	31.6	1天	被殺	接位後兵敗死於亂軍

表12.2：大金皇帝死因

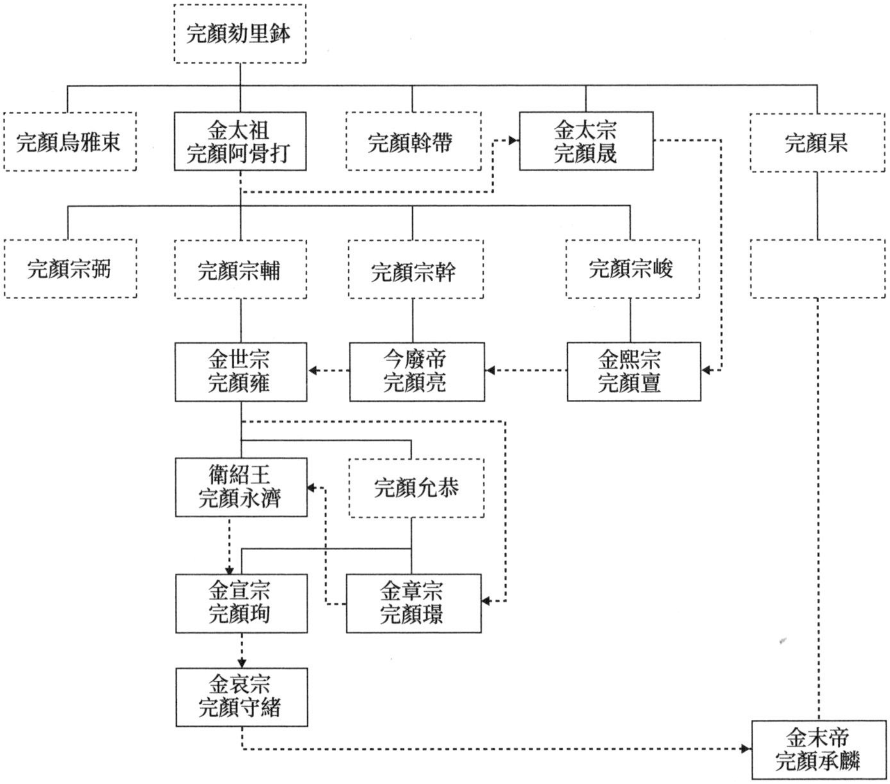
完顏劾里鉢
完顏烏雅束
金太祖
完顏阿骨打
完顏斡帶
金太宗
完顏晟
完顏杲
完顏宗弼
完顏宗輔
完顏宗幹
完顏宗峻
金世宗
完顏雍
今廢帝
完顏亮
金熙宗
完顏亶
衛紹王
完顏永濟
完顏允恭
金宣宗
完顏珣
金章宗
完顏璟
金哀宗
完顏守緒
金末帝
完顏承麟

大金皇帝世系圖

女真人原為大遼的藩屬，從一一一五年金太祖完顏阿骨打建國到一二三四年金末帝死於亂軍，總共一百一十九年，經十任皇帝。就數字看年齡都不差，最少都有三十歲以上，沒有短命皇帝，六十歲以上的有三位，平均四十七歲，高於所有皇帝的平均數。在位時間除了末帝和衛紹王之外都有十年以上，開國皇帝金太祖不到十年，但那是稱帝之後，從起兵開始也超過十年了，每一位皇帝也應該都有充分的時間實現自己的理想。比較遺憾的有四位皇帝（包含衛紹王）被殺、一位自殺，橫死者占一半，加上宣宗憂鬱致死，大金朝皇帝的命運也算悽慘。

當然最令人嘆息的是末帝完顏承麟，哀宗完顏守緒不願做亡國之君，完顏承麟硬著頭皮接下皇位，在位不到一天（有人估計僅一個時辰），兵敗死於亂軍之中，完全沒有享受到一絲皇帝的威嚴和享受，卻背負了亡國之君的頭銜。如果沒有細讀歷史，把大金亡國的責任加在他頭上，那才是冤枉到不行。

小結

中國的北方，尤其長城之外，一直被中原漢族視為蠻夷之地，有許多少數民族在其中活動，當自命中央政府的中原政權有亂時，便趁機崛起，入侵中原，契丹大遼和女真大金是其中影響中原王朝最大的兩個。後晉高祖石敬瑭送掉了燕雲十六州，給這些被視為異族的偏僻勢力開啟了大門，造成宋朝的衰亡，也給中原帶來了混亂。

但隨著這些民族的南下牧馬，經過交手、交易、交流，也開始了漢化的進程。大量引用漢人為官、仿唐宋制度建立官制、舉行科舉提拔人才、提倡儒學，好幾位皇帝能詩、能畫、寫得一手好字，不再是傳統中原人眼中的野蠻民族，而是促進華夏民族融合的一大動力。

大遼滅於大金之手，在滅國後族人逃散，漫布各地，逐漸被漢人同化。女真亡於蒙古之手，一部分漢化融入當地，一部分退到東北地區活動，是為後來的海西女真，最後發展成滿清一朝的先祖。

其實除了金和蒙古兩族之外，宋朝周邊還有許多地方政權，包含西夏、大理、高句麗、交趾和吐蕃等。各民族以追尋自身的最大利益為原則，除互相攻伐之外，也不時入侵宋朝。自許中原正統的宋朝，長期受到這些力量的騷擾，但受制於重文輕武、強幹弱枝的國策，在和他們抗衡時顯得衰弱無力，長期陷於挨打的局面。其間偶有具抵抗異族侵略實力的大將，卻遭畏首畏尾的君主和官僚體制打壓，無法施展甚至喪命。

宋朝在幾位自以為聰明的昏君主導下，先聯合金國滅了大遼，再和蒙古聯手滅了金國，但宋朝並沒有討到便宜，自以為得計，沒想到卻迎來了一個更為野蠻、更為凶猛的北方塞外民族，那就是元朝蒙古帝國，為南宋寫下終局。

第十三章　大元

元朝是蒙古人所建立的王朝，正式名稱為「大元」。蒙古的相關資料最早出現在唐朝，可追溯到匈奴和東胡，在現今的東北地區到內蒙古一帶活動，以漁獵為生。蒙古帝國的崛起一般都從成吉思汗鐵木真講起。

十二世紀時蒙古草原上散居著許多部落，包含乞顏部、塔塔兒部、蔑兒乞部、汪古部、克烈部、乃蠻部等，每一部之下又包含許多家族分支。鐵木真的父親是乞顏部的酋長也速該，乞顏部主要包含孛兒只斤氏、主兒乞氏、泰赤烏等家族。一一七〇年也速該帶鐵木真去另一個部落弘吉剌部相親，返回部落途中遭到塔塔兒部人殺害，鐵木真也被乞顏部族的泰赤烏氏首領塔里忽台驅趕，開始流浪的生活。

在經歷過許多磨難後，鐵木真投靠了當時草原上實力最雄厚的克烈部落統領汪罕（一作王罕或王汗）。在汪罕的庇護下，鐵木真收攏了原部族離散的族人，並在汪罕和結義兄弟札達蘭部的札木合的幫助下，擊敗了三姓蔑兒乞部首領脫黑脫阿、忽都父子，救出了妻子孛兒帖。此時孛兒帖已有身孕，不久生下長子朮赤，被懷疑是脫黑脫阿的後代，但鐵木真一直待其如親生兒子。鐵木真的勢力慢慢擴大，一一八二年被推舉成為蒙古乞顏部的可汗。

一一九〇年札達蘭部首領札木合眼見鐵木真不斷壯大，糾集了十三個部落向鐵木真發起進攻。結果札木合獲勝，但札木合戰勝後處理俘虜的手段（全部殺而烹之，史稱「七十鍋慘案」），讓和他一起作戰的盟友以及他的部下感到心寒，轉而投靠鐵木真，鐵木真軍力得以迅速恢復和壯大。一一九六年大金丞相完顏襄聯合汪罕和鐵木真出兵進攻塔塔兒部獲勝，鐵木真被金朝封為部落官。

一二〇一年札木合被十一個部落推為「古兒汗」，再次聯手出兵攻打鐵木真。鐵木真則聯合汪罕抗敵，結果鐵木真獲勝。戰勝後依父親遺命，將凡是身高超過車輪的塔塔兒男子統統都殺光，手法殘忍震驚蒙古諸部族。

一二〇三年，汪罕將鐵木真收為義子，導致汪罕親生兒子桑昆和鐵木真之間的嫌隙，札木合趁勢鼓動桑昆聯合汪罕夾擊鐵木真。鐵木真大敗逃往班朱尼河，再北上貝爾湖，所剩不過二千餘人。但在整頓兵馬後，回頭突擊汪罕，汪罕和桑昆兵敗逃亡被殺，鐵木真恢復了實力並就此坐大。此後三年間鐵木真分別擊敗了蒙古草原西邊的太陽汗、蔑兒乞和乃蠻等部，札木合也被自己的手下捕捉解送鐵木真，鐵木真逐漸統一了蒙古各部。一二〇六年蒙古貴族在斡難河源頭召開大會，推舉鐵木真為蒙古帝國大汗（大蒙古國皇帝），上尊號「成吉思汗」，建立了蒙古帝國。

稱汗後的鐵木真開始了對外的戰爭，一二〇五年到一二〇九年間三次攻西夏，西夏臣服；再滅了森林部落、降伏葛邏祿。一二一〇年開始攻伐大金國，一二一二年原在大金朝任職的遼人耶律留哥反叛大金國投向蒙古，攻下大金首都東京。蒙古大軍繼續攻擊勢如破竹，金兵一路敗退，一二一四年金宣宗逃離中都，黃河以北陸續落入蒙古軍手中。

一二一七年中亞的花剌子模王國搶劫了蒙古的商隊，成吉思汗派出使者協商，卻遭到無禮的對待，成吉思汗盛怒之下轉攻花剌子模，金朝暫時得到喘息。一二一八年成吉思汗先滅西遼，平定西域，開始一路向西，最後滅了花剌子模，一直打到申河（今印度河）邊上。之後回馬再攻西夏，一二二四年西夏求和，蒙古軍暫退。

一二二六年成吉思汗指責西夏國主違背和約，再次親征西夏，隔年在征途中去世。其死因至今眾說紛紜，有人說中西夏人的毒箭、有人說被西夏進貢的妃子謀刺、有人說墜馬而亡，也有傳言認為是被他的第三子窩闊台為爭王位而毒殺，《元史》僅記載：「秋七月壬午，不豫。己丑，崩於薩里川哈老徒之行宮。」

成吉思汗去世三天後，西夏京都被攻破，諸將遵照成吉思汗遺命，將西夏末帝李晛殺死，西夏滅亡，幾乎要屠城，幸賴蒙古軍將領察罕的努力勸阻才得以部分保存。

鐵木真死時六十六歲，在位二十一年餘，尊號成吉思汗，諡號聖武皇帝，廟號太祖。鐵木真所建立的國家名稱是「蒙古國」，元朝尚未建國。蒙古的第五任皇帝元世祖忽必烈在一二六七年才將國號由「蒙古國」改為「大元」，並追贈元太祖的諡號，後世慣稱鐵木真為元太祖。

鐵木真有四個兒子，朮赤、察合台、窩闊台和拖雷，被稱為「黃金家族」，鐵木真立下規矩，只有他們和他們的後人才擁有資格繼承汗國的汗位。蒙古帝國的皇位繼承採取王室貴族推舉的制度，由忽里勒台選汗大會推舉，而不是由前任指定接班人，但在任者可以培養特定人接班。依據蒙古多年傳承的「幼子守灶」傳統，鐵木真死前指定四子拖雷監國，一二二九年鐵木真死後兩年，三子窩闊台被眾人推舉為大蒙古國大汗。也有人說鐵木真死前便屬意窩闊台接位，並曾向家屬透露，所以眾人才推舉他為大汗。鐵木真雖然最鍾愛幼子拖雷，但認為窩闊台更具備開創事業的能力，所以選擇窩闊台繼位。

窩闊台能征善戰，足智多謀，早年便隨父親鐵木真出征漠北諸部、攻大金、滅西夏。即位後繼承父親的遺志，繼續擴張領土。和南宋聯手攻大金，一二三二年蒙古大將速不台進圍汴京，隔年攻下汴京，金哀宗逃至蔡州。一二三四年蒙宋聯軍攻破蔡州，大金滅亡。

之後因為領土劃分問題蒙古與南宋起衝突，蒙古大軍屢次侵入南宋。一二三五年窩闊台命朮赤的次子拔都、自己的兒子貴由、拖雷的長子蒙哥和大將速不台等第二代蒙古王子發起蒙古第二次西征，由拔都領軍，史稱拔都西征，也是繼成吉思汗之後的第二次蒙古西征。大軍一路攻克了匈牙利、摩爾達維亞、波蘭、立陶宛大公國、南斯拉夫地區、保加利亞第二帝國、拉什卡等歐洲各國，將蒙古帝國的版圖擴張到華北、中亞和東歐，創造了空前的大帝國。

窩闊台「有寬宏之量，忠恕之心」，在位期間任用契丹人耶律楚材為中書令，採用漢法，並且開科取士，重用中原文人，以儒家思想治國，奠定了元朝發展的基礎。但在建功立業，特別是滅金之後，窩闊台開始「專事娛樂，沉湎於遊獵飲酒」。尤其晚年發生「簡天下室女」和「驚婚」事件，使其威望大受影響。

據《續資治通鑑》記載，一二三七年窩闊台在侍臣脫歡（一作托驩）的建議下擴充後宮，命手下大臣廣徵美女，凡未婚女子都列入徵選範圍，是為「簡（檢）天下室女」，後被耶律楚材勸阻。但消息已傳出，蒙古部落各家族慌忙中急著將未出嫁的女子趕快許配出去，是為「驚婚」。窩闊台知道後大怒，下詔將七歲以上的女子全部抓來，即使已出嫁也要召回，拘集了約四千名少女，並指使部下兵將當眾蹂躪，之後並送往後宮、或賞給下人、或令入為娼，事件發生使元朝大失民心。

滅金之後，窩闊台不再親征，改派第二代子侄輩和手下大將出兵攻伐。他則在酗酒和親近美姬中過日子，射獵飲樂，荒怠朝政。一二四一年窩闊台因行獵後酗酒而中風，不久便死於行殿之中，死時年五十六歲，在位十二年餘，諡號英文皇帝，廟號太宗。

以蒙古制度，大汗必須由忽里勒台選汗大會經眾人推舉後產生。窩闊台去世時，幾位具爭奪帝位資格的第二代人選都還在歐洲前線。窩闊台死訊傳來，紛紛趕回蒙古，準備參加忽里勒台會議，以謀爭奪帝位，歐洲各國的壓力頓時得到緩解，喘過氣來。

在忽里勒台會議大家推舉的人選主要有兩個考慮，一是戰功，一是先皇的遺願。窩闊台死前最中意的繼承人是三子窩出，但窩出在攻打宋朝時戰死，窩闊台的遺願是將汗位傳給窩出的長子失烈門。但窩闊台的昭慈皇后脫列哥那打算立長子貴由為大汗，召丞相耶律楚材和眾臣商議，但意見分裂，最後以「皇孫年幼，長子未歸，何不請母后稱制？」解決，耶律楚材反對無效，從此不上朝。太后脫列哥那專權，更加強了立貴由為大汗的意志，但實力最大、戰功最著的拔都與貴由不和，一直不肯參加選汗大會。隨後成吉思汗幼弟鐵木哥斡赤斤也領兵來爭位，帝國面臨汗位爭奪戰的混亂局面。

一二四六年頗具威望的拖雷遺孀唆魯禾帖尼率諸子參加忽里勒台大會，並支持擁立貴由登基，貴由於是成為大蒙古國大汗。原先成吉思汗去世時，拖雷戰功比窩闊台大，也更孚人望。但由於成吉思汗屬意窩闊台，拖雷於是讓位支持窩闊台。又傳說窩闊台一度病重，拖雷服用巫師作法所得靈水，願代窩闊台死，因為這些事件讓拖雷在蒙古人心中甚具威望，由他的遺孀出面，貴由終得以順利就帝位。

貴由繼承汗位之後，朝中大權還是在脫列哥那太后手中，直到太后病逝，貴由才親政。他執政之後，不勤於朝政，濫法賞賜，終日沉浸在酒色之中，使得蒙古帝國「法度不一，內外離心」的衰敗局面也越演越烈。

貴由因為不滿拔都對自己繼位的反對，親率大軍西征拔都，一二四八年在行軍途中去世，時年四十二歲，在位不滿兩年，謚號簡平皇帝，廟號定宗。

貴由死後皇后斡兀立海迷失立窩出的長子失烈門為監國，等待召開忽里勒台大會。一二五〇年忽里勒台大會在拔都的駐地召開，推舉拖雷長子蒙哥為大汗，但窩闊台、察合台兩家拒不承認。一二五一年拖雷遺孀唆魯禾帖尼再度出面召開忽里勒台大會，在拔都和兀良哈台（成吉思汗手下大將速不台的長子）的大力支持下，拖雷系的蒙哥出線，繼承汗位，大汗的傳承由窩闊台家族轉到拖雷家族。但也因此造成皇室家族不和，為後來蒙古國的分裂埋下伏筆。

蒙哥即位後推行中央集權，在漢地、中亞與伊朗等直轄地設置行中書省，分遣拖雷系諸王分守各地，以他的弟弟忽必烈總領漠南漢地大總督以管理漢地。忽必烈統治漢地期間任用了大批漢族幕僚和儒士，鞏固了華北地區。

蒙哥即位後，先派人鎮壓拒絕承認其汗位的窩闊台系諸王，然後出兵滅了大理。一二五三年蒙哥命令弟弟旭烈兀率大軍十萬西征，是為蒙古的第三次西征，也是最後一次西征。旭烈兀的西征軍從漠北草原出發後所向披靡，一二五六年先攻滅波斯南部的盧爾人政權，以及位於波斯西部的木剌夷國、一二五八年滅亡巴格達的阿拔斯王朝，一二六〇年滅亡敘利亞的阿尤布王朝，並派兵攻占了小亞細亞大部分地區。此時傳來蒙哥死亡的消息，旭烈兀引兵東返。

一二五八年時蒙哥率領弟弟忽必烈和大將兀良合台大舉進攻南宋。原本是由忽必烈主導攻勢，但忽必烈在經略漠南進攻南宋的時候顯露了自立為王的野心，蒙哥發現後改為三路分兵，以牽制忽必烈。忽必烈進攻中原，兀良合台從廣西向湖南包抄，蒙哥帶領的是主力軍，進攻的重點是四川。原本一路順遂的攻勢卻在釣魚城遭到阻擋，久攻不下。有人勸蒙哥繞路東進，據傳他礙於面子非要拿下釣魚城不可，結果被守城的宋將王堅發射石炮擊中，死在釣魚城。關於蒙哥的死亡原因，也是眾說紛紜，有人說是被石炮擊中、有人說是炮風所及、有人說是箭弩射死，也有其他說法，包含病死、憂憤致死、落水而死等，但沒有定論，主流說法是戰死。蒙哥死時年五十一歲，在位八年餘，諡號桓肅皇帝，廟

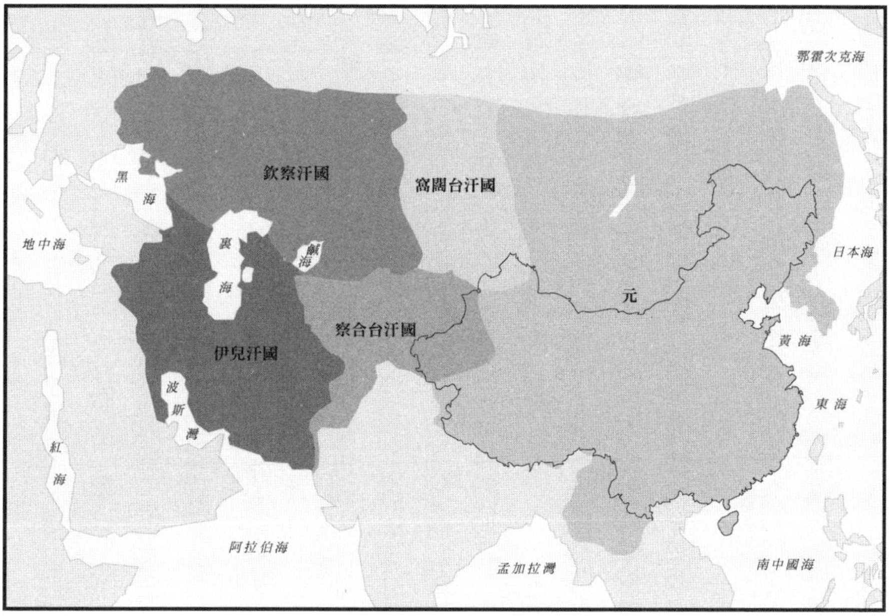
鄂霍次克海
欽察汗國
窩闊台汗國
黑
海
地中海
裏
海
鹹
海
日本海
元
察合台汗國
伊兒汗國
黃海
波
斯
灣
東海
紅
海
阿拉伯海
孟加拉灣
南中國海

元朝地圖

號憲宗。

蒙哥死後，忽必烈的異母弟弟末哥向忽必烈傳達訊息，並請忽必烈北歸參與忽里勒台大會，以便爭取汗位繼承權。但忽必烈認為伐宋大局未定，不宜撤軍，繼攻南宋。接著忽必烈的正妻察必派使者密報，七弟阿里不哥（拖雷的最幼子）已經在整兵布局力爭皇位，催促忽必烈早日北還。忽必烈先突然增加了對宋朝的壓力，迫使宋朝求和，隨即同意議和率軍北返。

忽必烈返回蒙古後，一二六〇年在部分宗室和大臣的擁立下在自己的領土開平稱帝。同年阿里不哥也在蒙古本土被部分宗王和大臣擁立為大蒙古國大汗。天無二日，兄弟間發動了戰爭以爭奪汗位。雙方戰爭持續了四年，最後忽必烈勝出，正式取得大蒙古國大汗地位，占領了蒙古、中原（長城以南）、東北、吐蕃、雲南、朝鮮半島，以及西域和西伯利亞的大部分地區。

阿里不哥是拖雷的幼子，蒙哥大汗在位時，阿里不哥因受命駐守大蒙古國首都哈拉和林。他素來反對忽必烈的漢化政策，雙方關係勢同水火，蒙哥死後爭奪汗位互不相讓，刀兵相見。由於位在首都，得到大部分王公貴族的支持，包含四大汗國中的欽察、察合台、窩闊台三大汗國。阿里不哥戰敗後，三個汗國宣布獨立，不承認忽必烈的蒙古大汗地位，蒙古分裂為四大塊，忽必烈及其子孫雖然依舊保留大汗的稱號，實際上已變成中國領土的皇帝。阿里不哥戰敗後被殺，死時四十七歲，在位四年餘。《元史》中阿里不哥被記在列傳中，沒有承認他皇帝的地位，也沒有謚號和廟號，真是成者為王敗者為寇，但不能掩蓋他曾任大汗的事實。

蒙哥大汗去世的消息傳到歐洲時，他的弟弟旭烈兀正在埃及前線，於是引兵東返。東返途中得到忽必烈和阿里不哥爭位的消息，便留在西亞，自據一方，並宣布支持忽必烈，後來被忽必烈封為「伊兒汗」，建立了西亞的伊兒汗國。

在成吉思汗時，四個兒子（黃金家族）各有封國領地，但都遵從成吉思汗號令。到了忽必烈打敗阿里不哥後，各自獨立，蒙古帝國分裂成四大汗國，不再聽從忽必烈的號令。但一般稱蒙古帝國廣袤的領土，都泛指各汗國的總合。

忽必烈即帝位後，仿照唐宋的政治制度，設立中書省管政事、樞密院管軍事、宣政院管理宗教事宜，以及御史台為監察機關，大量起用漢人為官，高度漢化。但有許多部落的領導者不認同，成為後來分裂爭端的導火線。

一二七一年十二月忽必烈發布「建國號詔」，取《易經》「大哉乾元」之義，以「大元」為國號，他也從蒙古國皇帝（大汗）變為大元皇帝，元朝正式建立。

順便一提，元朝是第一個正式在國號中冠上「大」字的王朝。在此之前我們會稱「大漢」、「大唐」、「大宋」等的前綴詞「大」都是用來形容該朝的旺盛或偉大，並不是正式的國名。從元朝之後才將「大」字納入正式國名中，之後還有明朝和清朝在國名中也有大字，稱「大明」和「大清」。另外和宋朝並立的大遼和大金國家名字前也有「大」字，但他們並沒有真正統治全部中原地區，算和不算，就見仁見智了。

元朝建立後，忽必烈繼續未完成的滅宋統一中原大業，又花了幾年時間才滅了南宋。一二七六年攻陷南宋首都臨安，陸秀夫等人逃離臨安，先後扶持宋端宗、宋少帝建立海上流亡政權，一二七九年厓山之戰，陸秀夫背著八歲的小皇帝趙昺跳海而死，華夏大地再次統一，但是是統一在被視為異族的蒙古人元朝手中，元朝取代宋朝成為中原新的統治者。

忽必烈晚年遭到喪妻和喪子之痛，悲傷不已，身體變差，加上過度飲酒，飽受肥胖與痛風之苦，在一二九四年去世，年七十九歲，在位近三十四年，其中蒙古國皇帝十二年、元朝皇帝二十二年，諡號聖德神功文武皇帝，廟號世祖。

忽必烈算是元朝的正式建立者，在占領中原的過程中推動漢化，逐步演進，把一個漠北草原遊牧民族帶向文明，在中國歷史上占有重要地位。明朝官修正史《元史》中對忽必烈的評價是：「世祖度量弘廣，知人善任使，信用儒術，用能以夏變夷，立經陳紀，所以為一代之制者，規模宏遠矣。」

忽必烈在世時立下了「旁支不能繼大位」的規定，排除了其他四大汗國入主中原的機會。他先立次子真金為太子，但真金在忽必烈之前就死了，被視為接班人的真金兒子答剌麻八剌也沒等到忽必烈去世，最後要在真金太子的後代中找繼承人。真金太子的長子甘麻剌封為晉王，出鎮漠北，決定要繼續鎮撫北方，無意返國爭奪皇位。於是真金的第三子鐵穆耳得以在母親闊闊真和大臣伯顏等人的支持下即位，是為元成宗。

鐵穆耳即位後停下對外戰爭，包含對日本和安南的征伐，致力於整頓國內軍政。在位期間基本維持守成局面，減免江南部分地區賦稅，新編律令，限制諸王勢力等措施，社會得到暫時的平緩。但他濫增賞賜，使國庫資財匱乏，所發行的中統鈔迅速貶值。晚年患病，將朝政交給皇后卜魯罕和色目人大臣，朝政日漸衰敗。元朝將人民分為四等，蒙古人、色目人、漢人和南人，色目人指非蒙、非漢的其他人種，主要包含回回人、阿拉伯人、波斯人等中亞和西亞民族，地位居於蒙古人之下、漢人和南人之上。

鐵穆耳在位期間比較重大的事跡是分裂出去的蒙古四大汗國重歸帳下。西北各國在彼此攻伐時，不時向元朝請求援助，元朝也積極介入他們之間的紛爭。最後在一三〇三年元朝和西北諸王達成和議，西北諸王承認元朝的宗主地位，並同意設驛路，開關塞。從一二六〇年忽必烈與阿里不哥爭位以來，元朝西北邊境的戰火終於歸於平息，雖然不能改變分裂而治的格局，但至少元朝的宗主國地位，以及他是成吉思汗合法傳人的資格，得到四大汗國的正式承認。

一三〇七年二月鐵穆耳因病去世，年四十二歲，在位近十三年，謚號欽明廣孝皇帝，廟號成宗。

成宗鐵穆耳死時他唯一的兒子德壽太子已於兩年前去世，成宗也沒有指定接班人，暫時由卜魯罕皇后攝政。卜魯罕皇后和左丞相阿忽台準備擁立成宗鐵穆耳的堂弟安西王阿難答，先命其輔政。阿難答雖是黃金家族的宗王，但從小被父親交給一名穆斯林人養大，他信奉伊斯蘭教，他的部下也大多是穆斯林。

成宗有兩個哥哥，二哥答剌麻八剌早死，留有三個兒子：阿木哥、海山和愛育黎拔力八達，成宗非常讚賞其中的海山和愛育黎拔力八達。或許成宗心中存有以按遊牧民族「兄死妻嫂」的收繼婚風俗，將身為寡婦的二嫂答己納為妃子，二哥的兒子就變成自己的兒子，順便解決了繼承人的問題。但還來不及實現他就死了，不過最後皇位還是落在他們兩人的頭上。

海山是忽必烈當初立的皇太子真金的次子答剌麻八剌的次子，統軍北邊，多立戰功。他在元成宗統合北方四大汗的過程中做出了重要貢獻，封為懷寧王。成宗病死時，他遠在青海駐防。他弟弟愛育黎拔力八達率先回到京城大都奔喪，控制了朝廷。當時諸王都力勸他登皇帝位，但他考慮懷寧王海山握有重兵，故先以監國之名掌握政權，並派使者奉玉璽北迎海山。

一三〇七年五月海山率領三萬精兵到達上都，在愛育黎拔力八達和右丞相哈剌哈孫的支持下登上帝位，是為元武宗。海山即位後，換掉成宗時代的大臣，封愛育黎拔力八達為皇太子（實際是皇太弟，蒙古一律稱皇太子），並允諾在死後傳位給他。阿難答被捕，最後為海山所殺，化解了元朝可能產生一個穆斯林君王，甚至整個國家穆斯林化的危機。

海山即位後尊重儒學，遣使闕里以太牢之禮祭祀孔子，且加號「大成至聖文宣王」，宮廷內外開始學習漢文化經典。他還下令對在外征戍的戰士特別體恤，凡雜役繁重州郡的役卒減省差役和稅賦，允許民間冶鐵，以恢復和發展生產，國內得到一定程度的安定。但他的性格喜怒無常，又耽於享樂，奢侈揮霍，大賞諸王、宗族。又大興土木建築中都，導致財政困難。濫發紙鈔和銅錢，幣值大貶，財政困難，百姓大受其害。

海山即位未幾便沉溺淫樂，酗酒過度，身染重病，一三一一年一月病死於大都，死時三十歲，在位三年餘，諡號仁惠宣孝皇帝，廟號武宗。海山去世，依原定計畫由皇太子（皇太弟）愛育黎拔力八達繼位，是為元仁宗。

仁宗是一位具有雄心的皇帝。繼位後勵精圖治革除前朝弊政，停用至大銀鈔，減裁冗員，整頓朝政。減緩了前朝的物價上漲和財政困難的窘境，人民生活得以改善。在他治下元朝的國力達到鼎盛，一般認為和他繼續推動「以儒治國」有關。

仁宗自幼師從名儒李孟，熟讀漢籍，傾心釋典。仁宗非常熟悉儒家學說和中國歷史，長於鑑賞中國書法與繪畫。仁宗還下令將大量的漢文典籍翻譯成蒙古文並刊行天下，令蒙古人、色目人研讀。一三一三年十二月恢復科舉，並以朱熹集注的《四書章句集注》為考試者指定用書，漢人科舉考試增考五經，從此四書五經成為中原士子必讀的教材，也建立了程朱理學的正統國學地位。

仁宗任內武事不多，曾平定因邊界問題而和元朝有糾紛的察合台後代也先不花。仁宗是接哥哥武宗海山的棒就皇帝位，依照原先的約定，死後應該交棒給武宗海山的兒子，但最後悔約，把武宗的兒子和世㻋派到雲南，立了自己的兒子碩德八剌為太子，破壞了叔侄相傳的誓約。這個作法導致後來元朝長達二十年的政治混亂及宮廷鬥爭。

一三二〇年三月仁宗愛育黎拔力八達在大都病逝，年三十五歲，在位近九年，諡號聖文欽孝皇帝，廟號仁宗。仁宗死後兒子碩德八剌繼位，是為元英宗。

英宗從小在父親影響下受到儒學的薰陶，登基後也有意延續父親仁宗「以儒治國」的政策，但即位時十八歲，權力受到太皇太后答己和權臣鐵木迭兒的很大限制。一三二二年太皇太后和鐵木迭兒相繼去世，英宗親政。

英宗任內主要政績是在文治方面，他頒布了《大元通制》法典、修編政書《大元聖政國朝典章》，為後世留下重要的元朝施政參考資料。英宗也進行了部分改革，裁減冗官、監督官員不法行為、減輕人民的差役負擔等，使得元朝國勢大有起色。但這些改革卻傷及蒙古保守貴族的利益，其中一大部分是權臣鐵木迭兒黨的殘餘勢力。

鐵木迭兒有一名義子叫鐵失，被英宗任命為御史大夫。鐵木迭兒死後，他的兒子八思吉思因貪瀆被英宗處死，英宗並責備鐵失沒有盡到御史大夫的責任，鐵失聯合了在英宗改革下被傷到利害的權貴，發動政變，一三二三年九月趁英宗避暑回京時在半路殺了英宗。英宗死時二十二歲，在位三年餘，諡號睿聖文孝皇帝，廟號英宗。

元英宗碩德八剌死時沒有子嗣。元世祖忽必烈立下過「旁支不能繼大位」的規定，鐵失沒有血緣關係不能繼大位。英宗唯一的弟弟兀都思不花也早死，於是找到忽必烈的一個後代也孫鐵木兒，眾人推舉他接了皇位，登基後改元為泰定。

也孫鐵木兒的父親是甘麻剌，是元世祖忽必烈的長子真金太子的兒子，論輩分也孫鐵木兒是碩德八剌的叔父輩。真金早死，忽必烈傳位給真金的兒子元成宗鐵穆耳。鐵失下手殺英宗碩德八剌之前就先告知了也孫鐵木兒，要立他為皇帝，但也孫鐵木兒登基後還是以叛亂罪殺了鐵失。

也孫鐵木兒在位期間中原地區天災不斷，包含水災、旱災、大雪、地震、蝗災等，在位近五年，大型災變多達九次，廣西、四川、湖南、雲南等少數民族地區經常爆發反抗元朝統治的暴亂，他軟硬兼施的平息了這些暴亂，但對漢人開始嚴加管理，下令禁止漢人收藏和攜帶兵器。

一三二五年他改革全國的行政區劃，將全國劃分為十八個道，管轄範圍只剩中原各地，管不到其他汗國。由於國庫收入少於支出，開始刪減國家支出。他禁止和尚和道士購買民間土地，以防僧院的財富太多。

一三二八年八月他在上都病逝，年三十五歲，在位近五年，無諡號無廟號，後世以他的年號稱其為泰定帝。泰定帝也孫鐵木兒為什麼沒有諡號和廟號呢？因為他的兒子繼位之後一個月便被殺了，來不及定諡號，後繼的皇帝也沒有人要為他上諡號和廟號。

泰定帝早年立兒子阿速吉八為太子，但他死後丞相倒剌沙專權自用，遲遲不讓九歲的太子即位。兩個月後，知樞密院事燕帖木兒在大都擁立武宗之子圖帖睦爾即位，改元「天曆」，是為元文宗。丞相倒剌沙隨即在上都擁立太子阿速吉八為皇帝，作為倒剌沙的傀儡，改元「天順」。天上出現兩個太陽，於是爆發了「兩都之戰」。最後大都的圖帖睦爾獲勝，阿速吉八死於亂軍之中，倒剌沙也被殺。阿速吉八死時九歲，在位四十二天，無諡號無廟號，後世以他的年號稱其為天順帝。

圖帖睦爾獲勝後即位，在燕帖木兒的建議下，主動讓位給自己的兄長周王和世㻋，圖帖睦爾第一次登帝位僅一百六十九天。燕帖木兒在元仁宗時期曾擔任當時鎮守朔方的太子海山（元武宗）侍衛十餘年，極受寵愛。元武宗即帝位後，官拜正奉大夫、同知宣徽院事。泰定帝也孫鐵木兒死時，燕帖木兒握有大都護衛大權，眼見丞相倒剌沙專權，為感念海山的恩寵，便在大都發動政變，擁立元文宗圖帖睦爾。

和世㻋為元武宗海山的長子，海山即帝位時，弟弟愛育黎拔力八達幫助他奪位，有擁立之功，武宗死後傳位給愛育黎拔力八達，是為元仁宗。依約定仁宗死後應將帝位回傳給武宗一系，但仁宗並沒有實現當初的承諾，反而早早的立了自己的兒子碩德八剌為皇太子，同時將武宗的長子和世瑓派到雲南戍守邊疆。和世瑓不服，南下途中與武宗舊部聯合，起兵反抗。但被仁宗派兵擊敗，逃往漠北，得到察合台王國的支持，和世瑓在漠北立足。繞了好大一圈，在燕帖木兒支持下，帝位重回武宗海山一脈，並建議圖帖睦爾讓位給哥哥和世瑓。

一三二九年二月二十七日和世瑓接受弟弟的禪讓，先在漠北草原的和寧即位，是為元明宗。四月三日，文宗圖帖睦爾派人將皇帝寶璽獻給明宗，並邀請明宗到大都即位，圖帖睦爾被和世瑓立為皇太子。或許這時和世瑓還在回憶當年仁宗愛育黎拔力八達率先回到京城大都奔喪，控制了朝廷後虛位等待哥哥海山回來接位的場景，一心感謝圖帖睦爾要重演這一場好戲。和世瑓接下寶璽後充分展現了企圖心，在返京途中就表現出大有作為的姿態。他立刻開始行使皇帝權力，將自己的親信安插進省、台、院，並兩度發表施政訓諭，強調制度規範，顯示出一代明君的架式，這種架式足以讓圖帖睦爾和身為權臣的燕帖木兒對這位新君產生忌憚。但和世瑓可能忘了當年海山是帶了三萬精兵回都接任的，而他的身邊只有不到兩千人的侍衛。

八月二十五日明宗和世瑓抵達中都王忽察都，次日皇太子圖帖睦爾入見，兩兄弟會面，明宗設宴款待諸人，連飲數日。沒想到某日清晨和世瑓的皇后八不沙入帳探視，和世瑓已經七竅流血被毒死。

關於和世瑓的死，有人說是圖帖睦爾下的手，有人說是燕帖木兒下的手。是誰下的手已經不重要，和世瑓還沒有回到大都坐上正式的龍椅，從接帝位到死亡僅一百八十四天，死時二十九歲，諡號翼獻景孝皇帝，廟號明宗。

明宗死後，文宗圖帖睦爾以皇太子身分再次登上帝位，第二次執政，但大勢並不在他這一邊。天曆年間連續兩次重大的變故，致使宗室大臣人心離散。兩都戰後遭處置的官員貴族逾百，上都官員大多被削去官職不復任用。明宗和世㻋被殺，朝中正直官員有人稱疾不出。各地時有諸王、官員，甚至西域名僧發動叛亂，其中有些還直接以為明宗還寃為號召，天下動盪不安，歷時經年才得以平靜。

文宗一朝丞相燕帖木兒自恃有功，玩弄朝廷，政治腐敗，國勢衰落。由於政治和經濟環境的限制，文宗第二次即位後企圖以振興文治來粉飾太平。他以建立奎章閣學士院和修撰《經世大典》的名義，將當時的名儒都籠絡在自己身邊，以收攬漢人民心。文宗也確實具有漢文化的底蘊，他的書法「落筆過人，得唐太宗晉祠碑風，遂益超詣」，他的畫作「意匠、經營、格法，雖積學專工，所莫能及」。但這些對元朝的命運起不了太大的振興作用。

一三三二年九月圖帖睦爾在上都病逝，年二十九歲，在位三年餘（兩任合計），謚號聖明元孝皇帝，廟號文宗。

文宗圖帖睦爾看起來是比較夠意思的，或許也多少帶著愧意，《庚申外史》記載他死前下詔讓明宗和世㻋的兒子繼承皇位。但可能也不是他的最初本意，文宗即位後就流放了哥哥明宗的長子妥懽貼睦爾，指他並非明宗親生兒子，先發配到高麗，再到廣西，然後立了自己的長子阿剌忒納答剌為皇太子。沒想到才一個月太子就死了，接著次子古納答剌也身染重病。這對信仰藏傳佛教、相信因果報應的文宗夫婦來說，無疑是一記當頭棒喝，認為謀奪和世㻋的皇位受到懲罰，才在死前下詔將帝位轉回明宗一系。

但把持朝政的燕帖木兒為了繼續專權，就請求文宗的皇后卜答失里改立她的兒子古納答剌為帝，卜答失里予以拒絕。當時明宗的長子妥懽貼睦爾遠在廣西，次子懿璘質班留在京城。而且懿璘質班深得文宗寵愛，受封為鄜王，於是卜答失里皇后擁立年僅七歲的懿璘質班登上皇位，是為元寧宗，由卜答失里皇后臨朝稱制，成了元朝的實際統治者。

但年紀輕輕的寧宗懿璘質班即位六十二天就病死了，死時七歲，諡號沖聖嗣孝皇帝，廟號寧宗。

文宗圖帖睦爾死前還做了另一件大事，就是將自己染病的次子古納答剌交給權臣燕帖木兒當養子，改名燕帖古思，並做法事祈求平安。寧宗懿璘質班死後，燕帖木兒便力推自己的養子燕帖古思接位。但卜答失里皇后說什麼也不願意自己的後代再捲入帝位爭端的漩渦，堅決不肯。最後的決定是立被文宗圖帖睦爾放逐的妥懽帖睦爾為帝。

一三三二年在外流放兩年多的妥懽帖睦爾終於回到大都，但燕帖木兒還是不放心，以太史上言不利為由，干擾妥懽帖睦爾接位，直到一三三三年燕帖木兒去世後，在權臣伯顏的支持下，妥懽帖睦爾才得以登帝位，是為元惠宗。中間有半年的空窗期，正好給燕帖木兒上下其手，弄權謀國。

妥懽帖睦爾登基後，是一個「深居宮中，每事無所專焉」的傀儡皇帝，權臣伯顏繼燕帖木兒而起，以右丞相的身分專擅朝政。燕帖木兒家族的殘餘勢力企圖和伯顏爭權，發動政變，但為伯顏撲滅，自此伯顏專權。而伯顏是一個極端保守的蒙古貴族，掌權後推動一系列仇視漢人的政策，嚴格限制漢人為官、禁止漢人學習蒙古文字、禁止漢人舉辦文化活動、停止科舉考試等，社會矛盾加劇，大失民心。全國各地不斷爆發農民起義，白蓮教興起。

伯顏還試圖發動政變推翻妥懽帖睦爾，改立燕帖古思為帝，但反被妥懽帖睦爾和伯顏的侄兒脫脫聯手擺平，罷黜伯顏，妥懽帖睦爾開始親政。親政的第一件事是為父親明宗和世㻋報仇，下令毀了太廟中的文宗室，殺了太皇太后卜答失里，流放燕帖古思，告祭父親，追上諡號。

妥懽帖睦爾傾向推動漢化，親政初期勤於政事，任用脫脫等人採取系列改革措施，以挽救元朝的統治危機。包括頒行法典《至正條格》完善法制、加強廉政、選拔人才。他還頒行《農桑輯要》，企圖振興民生經濟，並恢復科舉、推行儒治。脫脫在他的任命下開始修編遼、金、宋三朝的史書，國勢一度回光返照，漢族儒生也為之振奮。

但這些並不能從根本上解決長久以來累積的社會問題，蒙漢不和，蒙古人入主中原後內鬥不斷，逐漸腐化，不再是當年鐵馬金戈的戰士。一三四五年派官員（奉使宣撫）巡察各地，但各級官僚貪贓枉法，剝削人民，甚至流傳「奉使來時，驚天動地；奉使去時，烏天黑地。官吏歡天喜地，百姓啼天哭地」等歌謠，可見當時的黑暗，人民求治無望。

更麻煩的是一三四四年以後，天災不斷，黃河決口、饑荒頻仍、瘟疫爆發，人民流離失所，大量死亡，小規模農民起義頻繁發生，就連大都也受到影響。一三五一年劉福通等紅巾軍引爆元末農民起義，各省相繼呼應，一發不可收拾。

一三五四年張士誠崛起，在高郵建立大周政權。妥懽帖睦爾命脫脫率領包含蒙古、漢軍、西域、吐蕃、高麗在內的百萬之眾出擊平亂。張士誠死守高郵，元朝後方朝廷卻發生了動亂，妥懽帖睦爾聽信讒言，削減脫脫兵權，導致百萬大軍各自四散，元軍從此再也無力組織起來鎮壓起義了。脫脫遭到流放，途中死於雲南。

脫脫死後，妥懽帖睦爾失去倚仗，心灰意冷，開始墮落怠忽政事，沉湎享樂，朝中大亂，宮廷內鬥不止，半壁江山陷於起義軍之手。一三六八年一月朱元璋在應天府稱帝，建立大明王朝，此時元軍還在內鬥之中。七月明軍攻抵直沽，妥懽帖睦爾率太子、后妃等人逃離大都，八月明軍攻陷大都，妥懽帖睦爾移師位於漠北的上都，元朝在中原的統治結束。歷史上稱妥懽帖睦爾回歸上都為北元的開始，也是中原元朝的滅亡。

妥懽帖睦爾到達上都後「晝夜焦勞，召見省臣或至夜分」、「詢恢復之計」，頗有重新振作的態勢。但時不我予，在明軍步步緊逼之下，元軍無力還手。一三六九年明軍將領常遇春逼近上都，元惠宗和太子等人逃往應昌，四天後明軍拿下上都。一三七〇年初惠宗病重，授皇太子愛猷識理達臘總理軍國諸事，四月駕崩於應昌，年五十一歲，加上北元時期在位近三十七年（元朝皇帝三十四年、北元皇帝二年），廟號惠宗。明太祖朱元璋以其「知順天命，退避而去」，在稱帝之後上諡號為順帝。

元惠宗死前便已授皇太子愛猷識理達臘總理軍國諸事，死後便由愛猷識理達臘即位，是為元昭宗。其實他的接位也有一段拉扯的過程。

愛猷識理達臘在一三五三年被立為太子，脫脫死後孛羅帖木兒崛起專權，但孛羅帖木兒對愛猷識理達臘並不友善，二者互相視為政敵，孛羅帖木兒並挑撥惠宗和愛猷識理達臘的關係，父子之間一度陷入緊張局面。一三六四年孛羅帖木兒帶兵闖入大都，愛猷識理答臘被迫流亡到王保保（擴廓帖木兒）的控制區太原，召集各省軍閥準備反攻孛羅。惠宗也對孛羅專權產生不滿，派人將其殺死，召回愛猷識理達臘，死後便由他繼位，但他接手的也是一個搖搖欲墜的朝廷。

一三六八年愛猷識理達臘還是太子時，惠宗率皇室離開大都到上都、大都淪陷；一三六九年惠宗率皇室離開上都到應昌、上都淪陷；一三七〇年惠宗死，明軍攻陷應昌，愛猷識理達臘逃往和林，兒子和眾妃被俘，五萬元軍向明軍投降；一三七二年明軍攻下甘肅地區；同年好不容易在王保保的指揮下，北元對於明朝贏得了一些局部勝利。但已無補於事，北元的滅亡已經只是時間的問題。一三七八年五月愛猷識理達臘病逝，年四十歲，在位八年，無諡號，廟號昭宗。

昭宗死後，他的弟弟脫古思帖木兒接位，是北元的最後一位皇帝，史稱元末帝或元後主，也有人用他的年號天元來稱他為天元帝。

一三六八年惠宗逃離大都時，除了他帶領的北元之外，還有另兩支元朝的勢力存在，一個是元朝梁

皇帝	終年	在位	直接死因	死亡背景因素
元太祖　鐵木真	65.3	21.4年	不詳	攻西夏時去世
元太宗　窩闊台	55.1	12.3年	其他	酗酒中風
元定宗　貴由	41.8	1.6年	其他	行軍途中去世
元憲宗　蒙哥	50.6	8.1年	其他	攻南宋時戰死於釣魚城
元世祖　忽必烈	78.5	33.8年	病死	
阿里不哥	47.0	4.2年	被殺	與忽必烈爭帝位戰敗，之後被殺
元成宗　鐵穆耳	41.3	12.8年	病死	
元武宗　海山	29.5	3.6年	病死	
元仁宗　愛育黎拔力八達	34.9	8.9年	病死	
元英宗　碩德八剌	21.5	3.4年	被殺	貴族權益受損謀害
泰定帝　也孫鐵木兒	34.7	4.9年	病死	
天順帝　阿剌吉八	8.4	42天	被殺	與圖帖睦爾爭皇位死於亂軍之中
元文宗　圖帖睦爾	28.6	3.5年	病死	
元明宗　和世瓎	28.7	184天	被毒死	回大都就帝位途中被毒殺
元寧宗　懿璘質班	6.6	62天	病死	
元惠宗　妥懽帖睦爾	50	36.9年	病死	退出中原回歸漠北
元昭宗　愛猷識理達臘	39	8.0年	病死	
元末帝　脫古思帖木兒	46.7	10.5年	被殺	亡國逃亡途中被殺

表13.1：元朝皇帝死因

王孛羅直接管轄之下的雲南還有十餘萬軍隊，另一個是北元朝末代丞相納哈出擁二十餘萬眾據守遼東。一三八一年明軍進攻雲南，一三八二年破大理城，拿下雲南。一三八七年明軍第五次北伐，攻占東北地區，遼東勢力瓦解。一三八八年明軍將領藍玉在捕魚兒海（今貝爾湖）大敗北元軍，俘虜了脫古思帖木兒次子地保奴（額勒伯克）及妃子等宗室五十餘人。脫古思帖木兒和長子天保奴逃走，但被元世祖忽必烈弟弟阿里不哥的後裔也速迭兒所殺。

脫古思帖木兒死時年四十七歲，在位十年餘，諡號兀思哈勒可汗，無廟號。他的諡號是蒙古後世所追贈，故稱可汗而不稱帝或宗，沒有漢式的諡號。脫古思帖木兒死時，長子天保奴也一起被殺，次子地保奴被明朝流放琉球，沒有人繼承北元的皇位，北元亡。忽必烈所建立的元朝正式畫下句點，蒙古殘存各部各自為政，又回到了你爭我奪的紛亂局面。

元朝的整個發展歷程可以分為三個階段，成吉思汗鐵木真統一蒙古諸部，於一二〇六年建立蒙古帝國，一二七一年元世祖忽必烈發布《建國號詔》建立大元朝，統治華夏地區，一三六八年元惠宗妥懽帖睦爾退出中原，回到漠北，蒙古人對中原的統治結束，北元開始。一三八八年北元末帝脫古思帖木兒死，北元滅，元朝終結。

從鐵木真到蒙哥是屬於蒙古帝國年代，以元字開頭的廟號都是元朝建立之後追封的。但他們和以往一般開國皇帝追贈先人帝號不太一樣，他們都是真刀真槍打下天下，並在世時便稱帝為汗的。三次西征建立了橫跨歐亞大陸的蒙古帝國，這個時期也是蒙古的全盛時期，領土東達日本海與高麗、北達貝加爾湖、南與南宋對峙、西達東歐、黑海與伊拉克地區，估計領土有三千四百五十多萬平方公里，西藏地區正式納入中華版圖也是在這個時代。

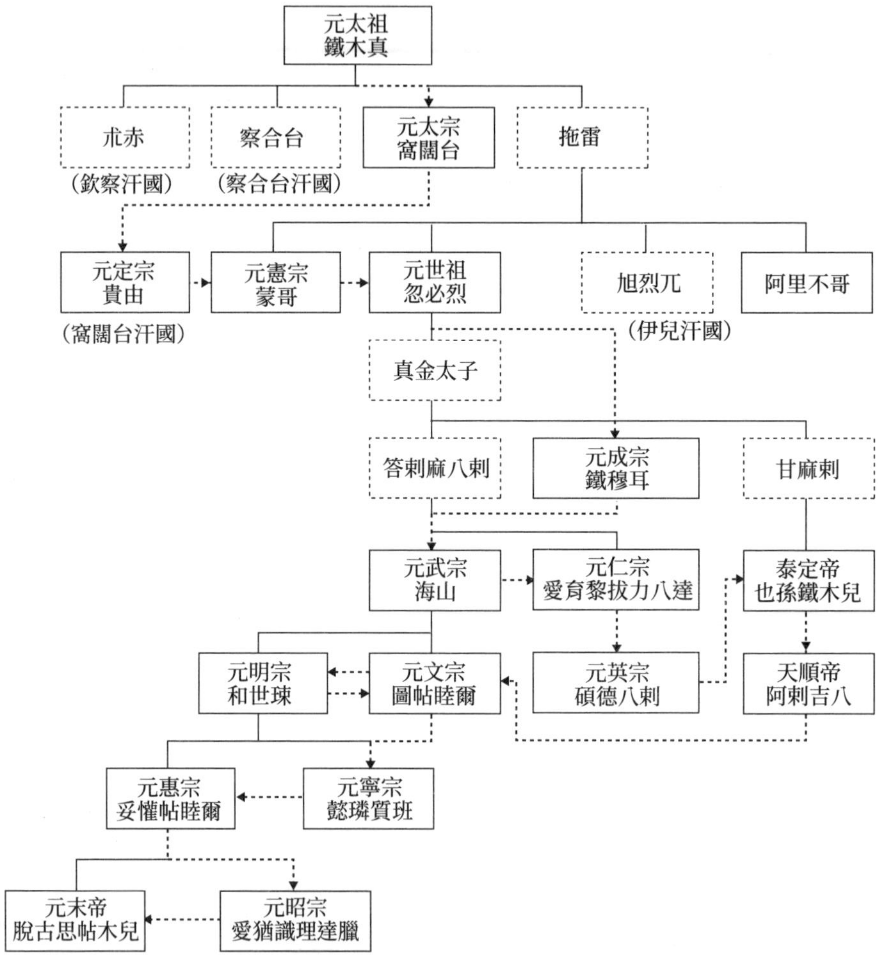
元太祖
鐵木真
朮赤
（欽察汗國）
察合台
（察合台汗國）
元太宗
窩闊台
拖雷
元定宗
貴由
（窩闊台汗國）
元憲宗
蒙哥
元世祖
忽必烈
旭烈兀
（伊兒汗國）
阿里不哥
真金太子
答剌麻八剌
元成宗
鐵穆耳
甘麻剌
元武宗
海山
元仁宗
愛育黎拔力八達
泰定帝
也孫鐵木兒
元明宗
和世瑓
元文宗
圖帖睦爾
元英宗
碩德八剌
天順帝
阿剌吉八
元惠宗
妥懽帖睦爾
元寧宗
懿璘質班
元末帝
脫古思帖木兒
元昭宗
愛猶識理達臘

元朝皇帝世系圖

忽必烈滅南宋建立元朝，統一了中原地區，但內部紛爭將元帝國分裂為四大汗國。忽必烈的汗國除了管理中原之外，也擁有蒙古傳統領土的主權，其他汗國則僅在表面上尊忽必烈為共主，但實際上已開始各行其是，不再遵從忽必烈的號令。

蒙古人戰鬥能力強，治國能力弱，外鬥內行，內鬥不行，馬上得天下，卻無法馬上治天下。內部紛爭不斷，爭奪帝位內耗不止；漢化反漢化之間反反覆覆，敵視並壓抑漢人；橫徵暴斂，經濟疲弱；加上天災不斷，民生凋敝，終於引發大規模的農民起義，最後被趕出關外，回到漠北，進入北元時期。

北元已是強弩之末，想要偏安而不得，最後被明朝消滅。原來至少在形式上號令蒙古帝國的中央政權不再，回到草原民族各自相互紛爭的時代。蒙古並未消失，但接手中原政權的明朝不再視剩下的蒙古人為一個相競爭的朝廷，而視為一個會偶發衝突的邊患。

為了簡化，我們把三個時期一併處理。從蒙古帝國立國到北元滅亡共一百八十二年，歷經十八位君主，九位病死、五位被殺（含被毒死）、一位死因不詳、三位列為其他。被殺的五位中，四位死於內部權力爭奪，一位因亡國被殺。死因不詳和列為其他的四位中有三位死因都和戰爭有關，蒙古帝國最具戰鬥力的鐵木真和蒙哥都是戰死的，貴由也是在征途中去世（但是是征伐蒙古自己人，反對他即位的拔都），可見打天下是不容易的。最令人感嘆的是蒙哥的死造成了蒙古帝國擴張的中斷，第三次西征結束，歐洲得到喘息的機會，否則天下局勢會有什麼樣的發展，實難逆料。蒙哥親臨第一線指揮，死於戰事，此後蒙古皇帝不再親征。

十七位君王死亡年齡和在位期間分布甚廣，扣除兩位不到十歲的小皇帝，年齡從二十一歲到七十九歲，在位期間從一年、二年、三年到三十二年、三十五年、三十六年。短命皇帝主要來自內部鬥爭，而內部鬥爭也是造成元朝（從忽必烈到妥懽帖睦爾）僅九十八年而亡的主要原因。看看元朝皇帝世系圖，可謂百轉千迴，真是亂得可以。

總結蒙古帝國經驗，皇帝是辛苦的、危險的，元朝晚期文宗的皇后卜答失里甚至說什麼也不讓自己的兒子和皇位沾上關係，可見一斑。當然不怕苦、不怕死，繼續爭奪帝位的也不乏其人。

元朝在華夏歷史上還有一個很大的爭議。從中原漢人的立場，蒙古是北方少數民族，人們眼中的「異族」，他們入主中原是和前面朝代一樣的改朝換代，還是要視為中原被異族統治？在某些人眼中，在元朝統治期間，從黃帝傳下來的華夏民族是亡國了。蒙古人是殖民者，並沒有把漢人在內的中原各民族當作自己的子民，只是搶劫燒殺、奪取財富的對象。大多數時間都不願漢化，把人民分為四等（國人、色目人、漢人和南人），能搶就搶、能吃就吃，吃不下了，退回漠北再過遊牧的生活。元朝之下的漢人是亡國奴，在異族的統治下辛苦過日子，而明朝的建立則是驅除韃虜，恢復中華，這也是明太祖朱元彰號召群雄趕走蒙古人建立明朝的口號。

其實華夏史上有不少異族入侵事件，五胡十六國、五代十國很多是邊疆少數民族建立的皇朝，但大都在漢化後融入漢民族。華夏歷史上有「胡虜無百年之運」的說法，如果入侵的異族能融入漢族，才有可以長期立足的基礎，但漢化後就不再算是胡人了。如果不能融入漢族，就只有像蒙古人一樣退回自己原有的土地。依據正史，元朝是被編入二十四史中的，故本書也將他們視為中原王朝的一支，納入我國皇帝之死的統計中。

成吉思汗建立了包含四大汗國在內的大蒙古國，在成吉思汗的領導下一心對外，全力拓展，成為全球首屈一指的超大型帝國，像是一塊巨石，碾壓四方。忽必烈建立元朝，卻一槌把蒙古帝國敲裂成為四塊（四大汗國），元朝僅據其一。元朝的滅亡再徹底敲碎蒙古帝國，留下一地的大大小小碎石沙礫（分裂成許多小汗國），流入歷史的灰燼中，留給人們無限的嘆息，中原再次統一在漢族之下。

第十四章 大明

明朝的建國者朱元璋，從一介和尚到成為開國皇帝，是一位傳奇人物。朱元璋祖上為江蘇人士，出生在安徽，自幼家貧，沒有讀書，曾為地主放牛。在童年玩伴中便表現出領袖特質，其中許多玩伴後來成為他打天下的夥伴。一三四四年淮北大旱引發饑荒，朱元璋的父母和哥哥都死了，他到皇覺寺出家當和尚。但沒多久因為寺方的收租收入不穩，主持和尚遣散了僧眾，朱元璋成為遊方和尚，雲遊四方。

時值元朝末期，天下大亂，群雄並起，估計擁兵自重占地為王的勢力超過十餘起。在南方主要有長江中游的陳友諒、蘇浙地區的張士誠、四川的明玉珍等，北方則以韓林兒、劉福通所立的大宋為主，另外還有幾股元朝的殘存勢力。

一三四八年朱元璋在好友湯和的勸說下投入郭子興的紅巾軍，逐步擢升，獲得郭子興的賞識，還將養女馬氏嫁給了朱元璋。朱元璋之後接收了郭子興的部隊，開始攻滅江南各股勢力，一三六〇年和一三六三年兩次大戰取得決定性的勝利，消滅了陳友諒的勢力，一三六四年自立為吳王。一三六八年一月朱元璋在應天府（今南京）稱帝，建國號「大明」，年號洪武，是為明太祖。

朱元璋稱帝時，天下還沒有完全平定，他繼續派兵收伏各方勢力。一三六八年攻陷元朝大都，元惠宗妥懽帖睦爾退出中原回到漠北，結束元朝在中原的統治，進入北元時期。一三七一年消滅四川明玉珍、一三八一年消滅據守雲南的元朝殘部、一三八八年攻入漠北，北元亡，元朝終結，至此天下大定。

朱元璋平定天下之後，大封諸將公侯，部分甚至在死後獲得封王。但朱元璋疑心很重，擔心諸將擁兵自重，即位後用各種藉口大殺功臣，連文臣都不能幸免，株連被殺的功臣及其家屬共計達三萬餘人，包含提拔他的老丈人郭子興一族，心地之狠頗受後世批評。

朱元璋隨後進行了政治結構的調整，加強中央集權，罷中書省，改用內閣大學士。大學士僅具諮議性質，沒有決策權，我國自秦漢以來實施了一千六百餘年的宰相制度自此廢除，相權與君權合而為一。又設巡檢司和錦衣衛，以加強對人民和官吏的監督，其中錦衣衛直屬皇帝，是皇帝的耳目，被賦予生殺大權，成為一支特權情報部隊。他還調整兵制，在中央設兵部，在全國各地設五軍都督府，管理各軍衛，以統制各軍。五個軍都督府不能調動軍隊，只有兵部才能調動軍隊，但兵部無統兵權，二者相互制衡，避免將帥擁兵自重，最後權力集中在皇帝手中。

在對外關係方面，朱元璋稱帝後，派使臣持國書去日本、高麗、安南、占城（越南中部地區）四國，宣告元朝已經滅亡，請各國改奉明朝為正朔，稱臣朝貢。日本不服，而且趁中國未定之際劫掠沿海各地，被朱元璋消滅的各地方勢力中，也有人逃往海上占據島嶼為患。朱元璋於是下海禁令，閉關鎖國，並撤銷負責對外貿易的泉州、明州、廣州三市舶司，中原和東南亞各國的文化貿易交流中斷。

朱元璋在生活上自我節約，工作勤奮，崇尚簡樸，重農抑商，對官民百姓諸多約束，甚至對行動舉止、服裝飾物、娛樂內容都有規定，不能逾越。對天災的處理上除了救災濟貧之外，更加強人民的抗災自救能力。他並沒有積極的開發工商業提升經濟，只消極的保護經濟弱者，致力維持王朝安穩，在各種政策之下建立了基本的社會經濟基礎。

一三九八年六月朱元璋病死，享壽七十歲，在位三十年餘，謚號開天行道肇紀立極大聖至神仁文義武俊德成功高皇帝，廟號太祖，和孝慈高皇后馬氏一起安葬於南京紫金山明孝陵。

身為開國皇帝，尤其是從異族手中奪回政權，重建漢家王朝，在歷史上具有一定地位，但濫殺功臣則受到不少批評。清朝史學家趙翼批評他：「藉諸功臣以取天下，及天下既定，即盡取天下之人而殺之，其殘忍實千古所未有。」

朱元璋生前曾立長子朱標為太子，但朱標早逝，朱元璋改立朱標的兒子朱允炆為皇太孫。朱元璋共有二十六子十六女，跳過其他兒子直接立孫子為接班人，為後來引發的宮廷事變埋下種子。

朱元璋死後，朱允炆繼位，改元建文，是為明惠宗。但惠宗是死後多年、多代才追封的廟號，一般多以年號來稱他為建文帝。建文帝自幼熟讀儒家經書，受到父親朱標的影響，親近學者，性情溫文儒雅，以寬大著稱。在皇太孫時期便建議朱元璋修法，將法令中過於嚴苛的部分加以修改，寬省刑罰，深得人心。取年號建文，對照太祖的洪武，以文替武顯示其以儒家仁愛治國的理念。

朱元璋在位時，為鞏固皇權大封宗室為藩王，大多數兒子都有封地。各藩王擁有私人護衛軍隊，而且都高建文帝一輩，在封地掌握兵權，對建文帝來說是個隱憂，徵詢眾人意見後建文帝開始削藩。在廢黜了幾位王室之後，諸王中年齡最長、軍功最多、武力最強大的燕王朱棣以靖難為名起兵叛變。經過四年纏鬥，朱棣攻入京師應天府。建文帝在皇宮舉火，皇后死難，建文帝和太子朱文奎則不知所蹤。

建文帝的下落是個至今未解的謎題，雖然朱棣對外宣稱建文帝死於宮中，並為其發喪，但始終沒人看見他的屍體。皇后死於宮中火災，屍骨可見，但就是找不到建文帝的遺體，於是出現各種傳說。清朝張廷玉編寫的《明史》中記載：「宮中火起，帝不知所終。燕王遣中使出帝后屍於火中，越八日壬申葬之。」又補記：「或云帝由地道出亡。」谷應泰編寫的《明史紀事本末》稱他離宮後出家為僧，之後好幾處都傳出有出家僧人自稱或疑似皇帝者的蹤跡出現。

其實朱棣自己也沒把握，建文帝時期負責皇家法事的主管（主錄僧）溥洽被懷疑掩護建文帝逃亡，或至少是知情的，被朱棣關押十餘年逼供無所得，直到老年才放出去。甚至有人懷疑朱棣派遣鄭和下西洋的目的之一，便是在海外追查建文帝的不落。

如果以朱棣宣稱建文帝死於宮中的說法為準，靖難之役建文帝死時二十五歲，在位四年。當年由明太祖朱元璋指定輔佐建文帝的駙馬都尉梅殷為建文帝上謚號孝愍皇帝，廟號神宗，但不被朱棣承認。南明的弘光帝朱由崧也曾上謚號嗣天章道誠懿淵功觀文揚武克仁篤孝讓皇帝，廟號惠宗，清朝乾隆帝追謚他為恭閔惠皇帝，故後世也稱建文帝為明惠宗或明惠帝。

朱棣入京後，捕殺大批忠於建文帝的官員，自行稱帝，改年號永樂，是為明成祖。朱棣是明太祖高皇帝朱元璋的皇四子，十歲時受封燕王。一三八〇年就藩北平府，曾多次參與軍事活動，頗有戰功。朱元璋長子太子朱標、次子朱樉、三子朱棡皆早於朱元璋去世，朱元璋死後四子朱棣不僅在軍事實力上最強，而且在家族尊序上也是諸王之首。建文帝朱允炆接位，朱棣自然不服，但這是朱元璋的意思，朱棣也沒辦法。到了建文帝開始削藩，朱棣就反了，攻入京城，奪位稱帝。

成祖在位期間，改善明朝政治制度，發展經濟，開拓疆域，遷都燕京，是為北京，金陵（南京）作為陪都，北京自此成為中國的政治中心一直延續至今。對外關係方面，他北征蒙古，南平安南，也有成績。

成祖最重要的政績之一，便是派遣鄭和七次大規模的遠洋航海，率領二百四十多艘海船、二萬七千四百名船員的龐大船隊遠航，跨越了東亞地區、印度次大陸、阿拉伯半島，以及東非各地，是當時世界上規模最大的遠洋航海項目，總航程達到七萬多海里，相當於繞地球圓周三次還有多。鄭和小名三保（或作三寶），至今東南亞地區主要在印尼和馬來西亞仍有多所三保廟被保留，其事蹟以三保太監下西洋而留傳於後世。

鄭和下西洋的目的，依《明史．鄭和傳》中記載的說法是「成祖疑惠帝亡海外，欲蹤跡之；且欲耀兵異域，示中國富強」，一般認為是到海外察訪建文帝的下落為主，宣揚國威為次。特別是貿易不在鄭和下西洋的目標中，因為明朝的經濟是以農業為主，自給自足，並沒有對外貿易的需求。而鄭和船隊在海外的財貨往來是以官方的朝貢為主，往往「厚往薄來」，並不計較實質利潤，但也促進了與各地的經濟交流。

為了彌補或掩蓋奪權的事蹟，成祖大力推動經濟發展，以軍事屯田制度確保軍餉的供給，鼓勵墾荒，教民耕作以提高生產力，對各種天災給予及時的救助。基本上他在位期間「賦入盈羨」，是明朝的高峰，史稱「永樂盛世」。

另外，他為了壓抑流言，加強太祖以來的專制統治，強化錦衣衛並成立東廠，殘酷鎮壓忠於建文帝的大臣，不顧祖制重用宦官，也促成明朝中葉後宦官攬權的禍根。為了穩定北方邊境，對付蒙古勢力，成祖五次率軍親征漠北，降服韃靼，戰勝瓦剌，但軍耗過大，賦役徵派繁重，致使國內部分地區發生了農民流亡和起義事件。

一四二四年第五次北征班師回京，途中成祖朱棣病重，崩逝於榆木川。死時年六十五歲、在位二十二年餘，諡號體天弘道高明廣運聖武神功純仁至孝文皇帝，廟號太宗。一五三八年明世宗朱厚熜改諡為啟天弘道高明肇運聖武神功純仁至孝文皇帝，改上廟號為成祖，後世多以明成祖稱之。

成祖朱棣生前立了他的長子朱高熾為太子，死後繼位，是為明仁宗。朱高熾的太子之位可說是備受考驗。朱高熾是朱棣的嫡長子，生性端重沉靜，言行適度，喜好讀書。明太祖朱元璋很重視孫子們的教育，曾把皇太子、秦王、晉王、燕王、周王等五位嫡子的兒子都留在都城南京，和他的庶子一起接受教育，一起學習訓練。朱高熾表現良好，深受朱元璋喜愛。但他身體肥胖，行動不便，並不為一生嗜武的朱棣喜愛。

朱棣起兵靖難南下，命朱高熾留守北京。朱高熾團結部下，以萬人兵力成功地阻擋了建文帝的大將李景隆的五十萬大軍，保住了北京城，對靖難之役來說是一大功勞。但因為身體的關係，幾乎都沒有隨軍出征，在朱棣五次北伐期間都以太子身分監國留守京城。相對的朱棣的次子朱高煦則隨父親出征，作戰勇猛，在武將中威信很高，多立戰功，深受父親朱棣喜愛。

成祖朱棣曾多次考慮改立次子朱高煦為太子，但朱高熾坐鎮京城表現得體，也受到大臣們的愛戴。再加上他是太祖朱元璋欽點的燕世子，而朱高熾的兒子朱瞻基也受到朱棣的欣賞，最後朱棣還是指定由朱高熾接位。有趣的是朱高熾是祖父朱元璋欽點的，而朱高熾的兒子朱瞻基也深得祖父朱棣的喜愛，被認為也是朱高熾獲選的原因之一。

仁宗即位改元洪熙，開始了一系列的改革，停止對外征伐、停止寶船下西洋、停止皇家珠寶採辦、裁汰冗官、減免賦稅、開放山澤供農民漁獵、賑濟災民、省刑輕罰，讓人民休生養息，生產力高度發展。另外仁宗崇尚儒學，褒獎忠孝，儒家思想得到充分發展，明朝進入了一個穩定、強盛的時期，也是史稱「仁宣之治」的開端。仁指仁宗朱高熾，宣指他的繼位者宣宗朱瞻基，仁宣之治是父子二人聯手建立的太平歲月。

仁宗在一四二五年病重去世，年四十七歲，諡號敬天體道純誠至德弘文欽武章聖達孝昭皇帝，廟號仁宗。仁宗朱高熾在位時間僅十個月，但在太子時就開始監國，真正治國時間更長。從儲君到即位累積了良好名聲，才得到歷史上不多的「仁宗」廟號。《明史》稱明仁宗「在位一載，用人行政，善不勝書。使天假之年，涵濡休養，德化之盛，豈不與文、景比隆哉」。

仁宗病逝，太子朱瞻基繼位，是為明宣宗，年號宣德。宣宗在位期間主動從交阯撤兵，將重點放在治理內政方面。基本上用宣宗時代的重臣、延續宣宗的政策，對朝廷官員實行精簡和裁冗措施；減輕民困的措施，減免稅糧、復業流民、賑災救荒等。各種政策讓經濟民生獲得長足的發展，和他的父親仁宗兩代合稱「仁宣之治」。一四三四年底朱瞻基病重，隔年正月去世，年三十六歲，在位九年餘，諡號憲天崇道英明神聖欽文昭武寬仁純孝章皇帝，廟號宣宗。

宣宗死後太子朱祁鎮繼位，是為明英宗。即位時年僅七歲，由太皇太后張氏輔政，內閣由三朝元老三楊（楊士奇、楊榮和楊溥）主持，仁宣之治得以延續。一四四二年太皇太后去世，三楊以年老淡出政壇，朱祁鎮親政，宦官王振開始攬權。

一四四九年瓦剌大舉南侵，年少氣盛的英宗在宦官王振的慫恿下，率五十萬大軍親征。九月在土木堡被瓦剌太師也先所敗，明軍死者數十萬，英宗被俘虜，王振被英宗的護衛將軍樊忠殺死，史稱「土木堡之變」。也先挾持英宗南下進攻北京，大臣中有人建議遷都南京以避瓦剌風頭，但想到宋朝南遷的命運沒有共識而作罷。孝恭孫皇后先命英宗的弟弟郕王朱祁鈺監國，再與眾大臣商議，決定另立新君。當時英宗太子年僅兩歲，皇太后與眾大臣於是擁立朱祁鈺為帝，是為明代宗，改元景泰，又稱景泰帝，尊英宗為太上皇，英宗被也先帶回漠北。

代宗朱祁鈺即位後，在兵部尚書于謙的領導下守住北京，瓦剌倡議和談，準備送還英宗，代宗沒有同意。一四五〇年鴻臚寺卿楊善變賣家產，孤身前往瓦剌，在沒有得到代宗的同意下，說服了瓦剌太師也先，將英宗迎回燕京。英宗在漠北原本被視為談判籌碼，受到一定程度的禮遇，但代宗已立，英宗失去價值，在關押一年後被瓦剌放回。

英宗回朝後被代宗軟禁，令錦衣衛嚴加看管。代宗還廢了原立為太子的英宗長子朱見深，改封為沂王，另立自己的兒子朱見濟為儲君，但沒多久朱見濟就去世了。一四五七年二月手握禁宮兵權的武清侯石亨趁代宗病重不能上朝，聯合太監曹吉祥等人率死士攻入南宮，擁立英宗復位，是為「奪門之變」。代宗被移駕於西內，旋即被廢為郕王，不久後去世，死因不明，其實當時他已病重，但也有人懷疑他是被害。

代宗朱祁鈺死時二十九歲，在位七年餘，英宗恨他曾經拘禁自己，死後被諡為郕戾王，英宗的兒子朱見深（明憲宗）即位後上諡號「恭仁康定景皇帝」，廟號代宗。代宗朱祁鈺被太后和眾大臣推上皇位時，英宗被俘、瓦剌圍城，其實是一個兵荒馬亂的時期。他重用兵部尚書于謙，否決南遷提議，力挫瓦剌解京城之圍，對國家算是有功。他提拔賢臣、廢黜奸小、整肅朝政，保朝廷安定，深受人民愛戴。但在處理英宗回朝的問題上不夠寬厚，也受後世批評。

英宗經由奪門之變取回政權，第二次登上帝位，改元天順。大學士李賢私下告訴英宗，他弟弟代宗其實已經重病，而且諸子都早死，擁立朱祁鈺的孝恭孫皇后仍在世上，皇位遲早會回到英宗一系，奪不奪門都一樣。並指稱奪門只是小人們的一齣戲，目的是求自己的升官發財，於是奪門之變擁立有功的大臣遭到貶抑，甚至不少人被殺。

英宗勤於理政，任用賢臣，政治尚算清明。他的主要德政之一是在病危時遺言，取消了自明太祖以來的宮妃殉葬制度，頗獲後世讚譽。一四六四年二月朱祁鎮駕崩，年三十七歲，兩次在位共二十一年餘（十四年加七年），諡號法天立道仁明誠敬昭文憲武至德廣孝睿皇帝，廟號英宗。

英宗死後太子朱見深繼位，是為明憲宗，改元成化。憲宗寬仁英明，即位之初就為于謙平冤昭雪，並為叔叔朱祁鈺上謚號，肯定他們當年保衛京師的功勞，完全不因當初朱祁鈺曾經廢了他太子之位而記恨在心。

文治上憲宗體諒民情，蠲賦省刑，任用賢臣，考察官吏，勵精圖治，善政史不絕書，使明朝達到盛世。武備上也積極任事，他多次親自檢閱士兵騎射，巡查禁軍，整飭軍備，任用諸多能臣處理軍務，修建邊牆，從不斷南下入侵盤踞河套的韃靼部手中收復了河套地區，儼然為一代明君。

憲宗精於書畫，曾為張三豐畫像，神采生動，有親筆御製「一團和氣」和「歲朝佳兆」等畫流傳後世。還派人編寫了《文華大訓》一書，親自題序，教導太子人倫治國之道，垂訓子孫。

憲宗朱見深當年被廢太子位的時候，太后為了保護他，派了一名宮女萬貞兒去照顧年僅兩歲的他。萬貞兒年齡較朱見深大了十七歲，二人相依為命度過朱見深一生中最悲慘的歲月，日久生情，在朱見深即皇帝位後，封為皇貴妃，權傾後宮。憲宗在位晚年好方術，沉溺後宮，寵信萬貴妃，生活奢靡，取國庫填內帑並擴置皇莊。同時又任用太監汪直、梁芳等奸佞，增設西廠以監督官民，西廠濫權為禍，舞弊橫行，權勢竟在東廠和錦衣衛之上，雖然後來被憲宗裁撤，但朝廷政風已壞，英明不復。

一四八七年春萬貴妃去世，憲宗過於悲痛得病，同年八月駕崩，年四十歲，在位二十三年餘，謚號繼天凝道誠明仁敬崇文肅武宏德聖孝純皇帝，廟號憲宗。

憲宗死後太子朱祐樘繼位，是為明孝宗。朱祐樘是明憲宗朱見深的三子，皇長子夭折，次子朱祐極曾被立為太子，但也早亡，故由三子接位。傳說中憲宗的萬貴妃為掌後宮大權，曾阻止憲宗接近後宮嬪妃，偶有懷孕也被逼墮胎，朱祐樘生下後被藏了起來才得以存活。但憲宗是大明皇朝除開國皇帝朱元璋之外，子嗣最多的皇帝，計有十四子六女，一般認為傳言並不可信，但孝宗早年確實沒有得到皇子的待遇，生活困苦。

孝宗在位初期勵精圖治，他整肅朝綱，改革弊政，罷逐奸佞，重用賢士，在民生方面減輕賦稅、停徵傜役、興修水利、發展農業、繁榮經濟，史稱「弘治中興」。但和大多數皇帝一樣，過了執政中期，享受群眾的掌聲，開始荒怠政務。他迷上了佛事，修造武當山神像，為各寺觀修齋設醮，內庫開銷劇增，孝宗開始命戶部將太倉的銀子納入內庫，國庫捉襟見肘，眾臣屢勸不聽，朝政開始衰敗。

一五〇五年五月孝宗偶染風寒，誤服藥物，鼻血不止而死。死時年三十五歲，在位近十八年，諡號建天明道誠純中正聖文神武至仁大德敬皇帝，廟號孝宗。年紀輕輕病死，也引起懷疑，但沒有什麼人要爭帝位，一般認為是早年生活艱苦，身體不是很好，最後則是因誤診用藥而亡。

孝宗死後，嫡子朱厚照繼位，是為明武宗，改元正德，民間流傳故事多稱他為正德皇帝。正德皇帝流傳的故事甚多，民間戲曲「遊龍戲鳳」講的就是他的故事。

正德皇帝的歷史評價非常紛歧，一方面說他處事剛毅果斷，批答奏章，決定國家重大事件；另一方面說他執政期間荒淫無道，國力衰微，一生貪杯、尚武、無賴，喜好玩樂。近世綜合評論正德帝雖嬉遊玩樂，但也沒有誤了什麼大事，而且抵禦邊寇有功，避免朝廷亡亂，功大於過。

正德帝朱厚照是孝宗朱祐樘的長子，朱祐樘幼年經過一些苦難，對朱厚照有些溺愛，讓他養成比較任性的性格，有自己的想法，不喜歡受拘束。孝宗朱祐樘曾經批評朱厚照，「東宮聰明，但年尚幼，好逸樂。」正德帝即位後不到半年，大臣就多次建議他不要花太多時間「飼鷹走犬、酒色遊觀、日御經筵、便儇邪僻」。接下來更為離譜，建豹房淫樂、養男寵、出宮遊嬉、長居宮外、自封為大將、自命為各宗教的大師，這些作為頗受後世批評。也有許多大臣勸諫，他雖然沒有全部接受，但也沒有因為被批評而廢黜或誅殺這些善言相勸的大臣。

正德帝愛好武事，「奮然欲以武功自雄」，一五一七年自封為「鎮國公總督軍務威武大將軍總兵官朱壽」，領兵親征宣府擊潰蒙古韃靼小王子，得勝後自己加封太師，稱「應州大捷」，據記錄不過斬殺敵軍五十二人，重傷數百。一五一九年寧王朱宸濠在封藩江西叛亂，在已被當地軍官平定後，正德帝仍率兵南下平亂，接受寧王投降。在位期間還有幾起民變，也都被正德帝派兵平息。

一五二〇年南征寧王之後北返，途中遊戲落水，因此患病。一五二一年病逝，年僅三十歲，在位近十六年，諡號承天達道英肅睿哲昭德顯功弘文思孝毅皇帝，廟號武宗。

明武宗朱厚照駕崩無嗣，內閣首輔楊廷和擁立宗室旁支的朱厚熜入繼大統，是為明世宗，改元嘉靖。嘉靖皇帝是憲宗朱見深的孫子，孝宗朱祐樘的侄兒，明武宗朱厚照的堂弟，算是旁支的兄終弟及，父親朱祐杬是孝宗的弟弟。

世宗朱厚熜前期進行改革，銳意圖治，頗有作為，他下令革除先朝蠹政，又嚴以馭下，特別是對身邊近侍要求甚嚴，使他們不敢亂來。先後裁撤錦衣衛十七萬餘人，殺了前朝遺留的一眾奸臣，天下翕然稱治，時稱「嘉靖中興」。

世宗上位後的一個重大爭議事件是他要為他的父親興獻王朱祐杬追封帝號，被朝臣認為與傳統不合，他不但強力堅持，還處決了許多反對的大臣，最後依他的意志執行，追封朱祐杬為興獻帝，史稱「大禮儀事件」。大禮儀事件在世宗的高壓下強行通過，世宗所贏得的不止是為父親爭取到封號，更讓世宗的皇權得到確立，從此獨斷專行，充分發揮皇帝的權勢。

世宗迷信方士，尊崇道教，追求長生不老之術，濫用夫役與國家財政大事興建，不斷修設齋醮，造成巨大的浪費。世宗好房中術，方士陶仲文與佞臣顧可學、盛端明等進獻媚藥得以倖進。他為人暴躁凶殘，廣徵處女並施虐行，險些在壬寅事變中死於宮女之手。晚年不問政事，放手奸臣嚴嵩、嚴世蕃父子專權二十年，殘害忠良。一五五五年陝西、山西、河南、甘肅等地又發生空前大地震，災禍遍及九十七州，死亡逾八十萬人，救災提供了奸臣上下其手的機會，對明朝的國力和財政造成重大影響，最後導致國庫虧空，幾至入不敷出。在位期間面臨「北虜南倭」問題，北虜指長城北方蒙古韃靼俺答汗寇邊，南倭則指倭寇侵略中國東南沿海，幸賴戚繼光、俞大猷等人率軍平定。但軍費不貲，國家負擔更為困難。

一五六六年十二月朱厚熜病逝，年五十九歲，在位四十五年，諡號欽天履道英毅聖神宣文廣武洪仁大孝肅皇帝，廟號世宗。

世宗去世後，太子朱載坖繼位，是為明穆宗，改元隆慶，又稱隆慶帝。穆宗即位後，開始改正父親朱厚熜的弊政，因忤逆世宗以言獲罪的大臣被召回任用，已死亡的則加以撫恤並錄用其後，方士交付有司論罪，停止道教儀式。

穆宗重用徐階、李春芳、高拱等賢臣，解決困擾朝局多年的「北虜南倭」問題，北邊與蒙古議和，結束與蒙古長達二百年的戰爭，南方則經由名將胡宗憲、戚繼光與俞大猷的努力，解決了倭寇問題，並宣布解除自明宣宗以來的海禁，允許民間進行海外交易，史稱隆慶開關。

但他晚期寵信太監滕祥等人，揮霍無度，縱情聲色，荒廢朝政。將朝政交給內閣輔臣，自己居後宮享樂，廣修宮苑，犬馬歌舞。坊間傳聞明穆宗特別貪戀女色，宮中用品大多有男歡女愛的雕刻和彩繪。長期服用春藥，身體變差，明代沈德符編撰的《萬曆野獲編》稱其「陽物晝夜不仆，遂不能視朝」。一五七二年駕崩，年三十六歲，在位五年餘，諡號契天隆道淵懿寬仁顯文光武純德弘孝莊皇帝，廟號穆宗。

穆宗朱載坖去世後，三子朱翊鈞繼位，是為明神宗。朱翊鈞兩位兄長早亡，因而得以繼位，登基時年九歲，由母親李太后聽政，改元萬曆。即位之初，內閣紛爭傾軋，張居正與宦官馮保合謀驅逐高拱取得首輔的位置。在太后主導下將內務大事交由馮保，朝政和軍務則由張居正主持。張居正大權獨握，展開了一條鞭法等改革措施，清丈田畝，改革賦稅，整飭軍備，考察官吏，改善了社會經濟的發展，人民生活有所提高，史稱「萬曆中興」。

張居正改革初期頗具成效，但在一五七七年父親去世按官制應守孝三年，張居正在神宗的支持下提出「奪情」予以留任，一時間遭到多方抨擊。最終反對意見被壓制，但張居正也遭到大多數官員的敵視，落得貪權不孝的罵名。此後張居正性格變得偏執，晚年執政風格越發操切。

張居正權勢之大，連神宗都有所忌憚，因為他還兼負對皇帝教育的責任。一五八〇年神宗因和太監孫海、客用出遊，行為輕浮不檢，李太后知道後嚴加責罰，並以霍光罷黜昌邑王的典故威脅神宗，張居正代筆寫下罪己詔，言詞犀利，神宗讀書時念錯字也遭張居正厲聲斥喝，讓神宗不樂。

一五八二年張居正去世，神宗開始親政，勵精圖治，虛心納諫，減免賦稅，關心民瘼，「足以稱道，儼然如一代賢君。」不久有人上書彈劾馮保，牽連張居正，揭發他結黨營私、奢侈淫逸、欺君皇上等情節，且大多有憑有據。於是開始長達兩年的清算張居正運動，張家被抄沒，諸子皆亡，幾乎連累其母。神宗並起用因得罪張居正而遭到處分的官員，一時風向大變，張居正由功高蓋國的內閣首輔，成為禍國殃民的罪人。破壞了張居正原來在神宗心目中高明嚴師和完全信任的所倚重臣的形象，事件對神宗帶來重大衝擊。

神宗執政的萬曆年間諸事繁多，包含西方傳教士來華，較知名的有利瑪竇、湯若望等人，引進西方科學知識，中國士大夫有人開始學習西方科技和文化。一五九六年英國女王伊莉莎白一世也曾致函明神宗，但未能送達。努爾哈赤的崛起也在此期間，最後造成了明朝的滅亡。

諸事中影響最大的當屬「國本之爭」。太子者，國之根本也，國本之爭是神宗萬曆帝為了立太子和朝臣之間的爭執，長達十五年之久。神宗長子朱常洛為宮女王氏所生，不受神宗喜愛。神宗有意立愛妃鄭貴妃所生的三子朱常洵為太子，太后與眾大臣都極力反對，使立太子之事拖延多年，並引發許多爭端，甚至朝臣以集體辭官來要脅，最後神宗在壓力下妥協，立朱常洛為太子，但其間遭到處置和罷黜的官員不在少數。更嚴重的是此後神宗不再上朝，怠政長達三十餘年，明朝由盛轉衰。

萬曆怠政的原因各家說法紛紜，有人說是神宗對冊立太子一事受制於官僚體系，無法自主的沉默抗意，有人主張是張居政死去後頓失心中所恃導致心灰意冷，也有人認為神宗的身體不佳是怠政的真正原因，或許是各種原因的綜合。不論是何種原因，皇帝三十年不上朝，只在萬曆四十三年（一六一五年）到金鑾殿亮過一次相，朝政極度混亂。

神宗不上朝，但也不是沒做事，例如怠政期間的萬曆三次大規模征戰（平定蒙古叛亂、平定日本入侵朝鮮、平定貴州土司叛亂），都是由神宗主導，算是英明的決策，但其他事就不盡理想了。長年不上朝，出現了「人滯於官、曹署多空」的情況，最嚴重時「六部只剩五人、都察院甚至空署」，朝政阻滯。一五九六年萬曆帝派出宦官充任礦監稅使，掠奪商民。只要是被認為地下有礦苗的，就拆屋開礦，如果沒有挖掘到礦苗，就指控附近的商家「盜礦」，必須負責賠償，礦監所到之處，民窮財盡，天怒人怨。除了礦稅之外還有鹽稅、珠稅，民不聊生，天下不反才怪。

一六一八年後金努爾哈赤以「七大恨」告祭天下，正式與明朝決裂，率兵南下，攻克撫順，朝野慌亂，神宗不以為意。隔年開原、鐵嶺淪陷，京師震驚。神宗多方布置，但吝於撥付資源，待損兵折將情勢嚴重，才開內帑撥銀解荒，情勢稍穩。

一六二〇年神宗皇帝駕崩，結束了令人爭議的一生，死時五十七歲，在位四十八年餘，謚號範天合道哲肅敦簡光文章武安仁止孝顯皇帝，廟號神宗。一般認為萬曆怠政造成的混亂，是明朝衰弱導致最後滅亡的源頭。

神宗死後長子朱常洛即位，是為明光宗。為解決神宗留下的問題，他即位後先從大內銀庫調撥二百萬兩銀子，發給遼東經略熊廷弼和九邊巡撫按官犒賞將士，並撥給運費五千兩白銀，沿途支用。明光宗還專門強調，銀子解到後，立刻派人下發，不得入庫或挪為它用，邊境稍安。隨即下令取消全國內的礦監、稅使，禁止任何形式的擾民斂財。然後再令禮部和吏部補充官員，將因國本爭議和礦稅問題獲罪的官員復職，紓緩民怨與官缺。

但光宗在位時間並不長，而且死得蹊蹺。當年神宗因國本之爭與朝臣意見不合，受到李太后等的壓力，才立朱常洛為太子。立為太子後一六〇一年有人指使刺客以木梃謀刺太子，是為「梃擊案」；又有兩次「妖書案」（一五九八年和一六〇三年），都指向鄭貴妃想要替他的兒子福王朱常洵奪取儲君之位。

到光宗即位後，鄭貴妃為了向光宗示好，獻上八名美女，陪光宗嬉戲遊樂，結果光宗因縱欲過度病倒，太監崔文昇再進以瀉藥而狂瀉不止，後因服用鴻臚寺右丞李可灼的紅丸而猝死駕崩，史稱「紅丸案」，一般認為是被毒死，最後以崔文昇和李可灼用藥不當罰遣外地結案。

光宗朱常洛死時年三十九歲，在位三十九天，謚號崇天契道英睿恭純憲文景武淵仁懿孝貞皇帝，廟號光宗。

明光宗死後，兒子朱由校即位，是為明熹宗，改元天啟。光宗朱常洛在國本之爭中不受神宗萬曆皇帝所喜愛，一直在能不能接位的爭議中過日子，本身是泥菩薩過江自身難保，對子嗣的教育也似有若無。朱由校繼位時年僅十四歲，沒受到應有的教育，也沒有被立為太子監國的經驗，依賴有人輔政。

但朱由校的生母王恭妃受到朱常洛寵妃李選侍的排擠，最後致死，並將朱由校交給李選侍撫養。本來光宗朱常洛要立李選侍為皇后，但還來不及冊封就因紅丸案去世。

熹宗朱由校即位時，李選侍看他年幼可欺，打算垂簾聽政，直接住進乾清宮賴著不走，甚至要求所有的奏章要由她過目。兵科右給事中楊漣和御史左光斗等結合眾臣上疏力爭，李選侍被迫搬出乾清宮，移往仁壽殿，是為「移宮事件」。梃擊案、紅丸案和移宮案合稱明末三大案，加上兩次妖書案，都是針對朱由校的繼位事件而來，而多次支持朱由校渡過難關的是背後隱藏的東林黨勢力。

東林黨並不是一個有組織的實質政黨，而是一群有理想的學者，講學之餘談論國事針砭時政。最早是以徐階為主的江南官僚集團，而後以顧憲成講學的東林書院為核心，故稱東林黨。東林黨以程朱理學為研究議題，非議王陽明心學，自認是傳統儒家的正統學脈。內中有些是在朝為官的人，所提出改革建議多切中時弊，頗受重視。原本是一個志趣相投人士鬆散的組合，但到最後因為和魏忠賢的閹黨相互鬥爭，被打成一個逆黨。

楊漣和左光斗擁立熹宗朱由校繼位有功，於是掌握朝政，並提拔多位志同道合的士子（廣泛的東林黨），排擠到其他非東林學派人士。熹宗執政後因為乳母客氏進言，重用宦官魏忠賢。魏忠賢本為街頭混混，混不下去後自宮投入皇宮做太監，與熹宗乳母客氏對食。因客氏關係，接近當時還是皇孫時的朱由校，極力討好，甚得其歡心。移宮案後升為禮監秉筆太監，掌握到所有奏章，因而壟斷朝政。

熹宗醉心木匠工藝，頗為精到，經常沉溺其中。魏忠賢善於利用熹宗專心在木作的時候拿奏章請他批閱，熹宗隨口回答「朕已悉矣！汝輩好為之」，魏忠賢逐漸專權。遭東林黨排擠的其他派系紛紛投向魏忠賢，組成閹黨，與東林黨人開始爭權奪利。最後魏忠賢得勢，大力剷除所謂東林黨人士，知名的東林六君子和竹林七賢盡皆慘死，明朝的忠臣士子重創大損，朝政落入閹黨之手，貪贓枉法天下大亂。

明朝大亂之時，女真首領努爾哈赤發展壯大，趁機攻占瀋陽，奪取遼東地區，聲勢高漲。一六二二年明軍在遼東兵敗，退守山海關，遼東盡失。守將王化貞、熊廷弼下獄論死。熹宗並放任魏忠賢坐大，只顧打擊東林黨人，無力對外，明朝覆亡在即。

一六二七年熹宗因嬉戲落水，從此得病，八月間駕崩，死時年二十二歲，在位七年，謚號達天闡道敦孝篤友章文襄武靖穆莊勤哲皇帝，廟號熹宗。

明熹宗朱由校死後，由他的異母弟朱由檢繼位，是為明思宗，改元崇禎。對，他就是明朝的亡國之君崇禎皇帝。

朱由檢是明光宗朱常洛的第五子，母親劉氏因故獲罪，被當時還是太子的光宗下令杖殺，先後由兩位庶母撫養長大。顯然他並不得明光宗的歡心，幼年的生活在他心中留下陰影，養成多疑的性格。朱由校的幾個兒子都沒有來得及長大，死後兄終弟及，便由朱由檢接位。

思宗崇禎皇帝是一個非常認真的皇帝，一生操勞，夜以繼日的批閱奏章，節儉自律，不近女色。《明史》說他：「且性多疑而任察，好剛而尚氣。任察則苛刻寡恩，尚氣則急遽失措。」他接手的是一個風雨飄搖的王國，朝中有宦官專權黨爭不斷，外有女真崛起強敵環伺，國內天災頻起民不聊生，各地農民起義中原動亂。

思宗即位後的第一件大事就是消滅閹黨，先剷除了魏忠賢的羽翼，然後藉有人上書彈劾魏忠賢，列舉十大罪狀，逼魏忠賢辭職以避禍，發配至鳳陽看守皇室祖墳，途中自殺身死。崇禎帝下令清查閹黨，數百人或處死、或發配、或終身禁錮。同時平反冤獄，重新起用被魏忠賢陷害罷黜的官員。任命袁崇煥為兵部尚書，賜尚方寶劍，令他收復遼東，一時人心大振，出現中興氣象。

但國內天災不斷，實際上從萬曆年間中國北方便開始大旱，一直從天啟年間延續到崇禎年間，衍生水澇、蝗災，陝西大饑，百姓死亡過半。天災激起民變，各地紛紛叛亂，地方起義不下十餘股。其中李自成與張獻忠為最大的兩支，招撫流亡的貧苦農民，四處騷亂。一六四四年正月初一李自成在西安稱帝，國號大順，張獻忠在四川稱帝，建大西國。思宗一方面派兵平亂，一方面還要應付北邊女真皇太極的騷擾，兩面作戰，軍費大漲，國庫入不敷出，欠糧欠餉，軍中多有怨言。思宗求治心切，生性多疑，剛愎自用，想以重典治世，稍有疑慮，動不動就殺人，任內被誅殺高官有總督七人、巡撫十一人，連內閣首輔也不能幸免有二人被殺，而其他各級文官武將更是多不勝數。其中尤以殺袁崇煥被認為是自毀長城，終至無力抵抗內外亂局。

袁崇煥駐守遼東前線，有效的阻止了女真的攻勢，但最終被崇禎皇帝屈殺。一般認為是女真攻明的統帥皇太極施反間計，讓思宗冤殺袁崇煥，也有人指出袁崇煥擅殺毛文龍才是讓思宗不安心，非殺袁崇煥不可的真正理由。思宗一度想和皇太極議和，暗中要兵部尚書陳新甲和皇太極接觸，和議接近完成。但是被滿腦子倫理道德、忠君愛國的大臣大義凜然的阻止，陳新甲被崇禎諉過遭到處死，議和之路被斷。

此時流寇騷亂已經十多年，從北京向南，從南京向北，縱橫數千里，足跡所及，白骨滿地，田地荒蕪，人煙斷絕。思宗有意南遷圖存，但同樣遭到大臣反對，坐困愁城，無計可施。李自成稱帝後，率五十萬大軍征北京，思宗急召平西伯吳三桂入衛京師，還來不及等到援軍，三月十八日李自成攻破北京，三月十九日思宗崇禎皇帝在煤山自縊身亡。

李自成攻入京城時，思宗曾鳴鐘召集百官，卻不見任何一人前來，思宗說：「諸臣誤朕也，國君死社稷，二百七十七年之天下，一旦棄之，皆為奸臣所誤，以至於此。」遺書中也一再稱諸臣誤朕，到死都認為：「朕非亡國之君，臣乃亡國之臣。」但他好像忘了他殺了多少幫他禦敵的大將。袁崇煥的死亡是被大家認為替明朝的覆亡敲下了警鐘，內閣首輔、總督、巡撫被殺，最後呼救無人。

思宗在接位初期明快的處理了魏忠賢的閹黨，但後來仍然進用宦官督軍，解決了魏忠賢個人，卻沒有從制度上改革。最後李自成進攻北京時，打開城門迎接闖王的就是這些宦官。明朝的衰弱不是從思宗開始，但明朝亡在他的手中卻也擺脫不了應有的責任。

朱由檢死時三十三歲，在位十六年，南明為他上廟號思宗，後改毅宗、威宗，南明弘光帝上諡號紹天繹道剛明恪儉揆文奮武敦仁懋孝烈皇帝。清朝追諡欽天守道敏毅敦儉弘文襄武體仁致孝端皇帝，廟號懷宗，後去廟號，改諡為莊烈愍皇帝。

思宗自殺身死，正統的明朝滅亡，雖然還有幾位皇室成員在南方成立政權延續明朝（南明），但一般史書多把崇禎皇帝的死亡視為明朝的終結，《明史》本紀也只記到莊烈愍皇帝朱由檢而止。《明史》為清朝所編，故稱莊烈愍皇帝，但一般史書多以明思宗或崇禎皇帝稱之。

大順軍李自成攻破北京，崇禎皇帝自殺後，明朝宗室與官員在中國南方相繼成立了幾個政權，仍用大明國號，以延續國祚，史稱南明或後明。

明朝原本定都金陵應天府，明成祖朱棣靖難之變取得大位後，將首都遷到燕京，稱北京，而金陵則保留了陪都的地位改稱南京，設有政府行政機關，派駐官員。一六四四年崇禎皇帝朱由檢死後，在鳳陽總督馬士英和江北四鎮的擁立下，崇禎的堂弟福王朱由崧在南京稱帝，年號弘光，謀求北伐恢復中原。一六四五年清軍攻破揚州，俘虜弘光帝，送到北京被殺害，政權僅維持一年，沒有能成氣候。

弘光帝死後，明太祖朱元璋十世孫魯王朱以海（朱元璋第十子朱檀的後代）在浙江紹興自稱監國；

另有明太祖朱元璋九世孫唐王朱聿鍵在福州稱帝，年號隆武。這兩個南明主要勢力互不承認，彼此相攻以爭正統。一六四六年，浙江和福建都被清軍攻下，隆武帝朱聿鍵被俘身亡，魯王朱以海則逃往舟山，取消監國，後病故於金門。

隆武帝死後，明神宗的孫子，明思宗朱由檢的另一位堂弟桂王朱由榔自稱監國，次年稱帝，年號永曆。但另一方面隆武帝的弟弟朱聿鐭也在廣州稱帝，年號紹武。紹武、永曆二帝也為爭正統開戰，結果紹武軍敗，剩餘殘部退居廣西一隅。一六四七年清軍攻陷廣州，紹武帝兵敗殉國，南明只剩永曆帝一支，成為反清各路軍的精神領袖和天下共主，得到台灣的鄭成功等勢力的支持，和清朝持續抗爭。

一六五九年清軍攻陷昆明，永曆帝流亡至緬甸東吁王朝。一六六一年被緬甸國王莽白送往昆明，交給已投降清朝的平西王吳三桂，被吳三桂所殺。在永曆帝死後，鄭成功領軍的台灣鄭氏王朝仍沿用永曆年號，直到一六八三年清朝攻占台灣、鄭克塽降清，明朝才正式畫下句點，完全退出歷史舞台。

南明四個皇帝都沒有列入正史，加上一個監國而未稱帝的朱以海，都記錄在《南明史》中。《南明史》有兩版本，一九四四年錢海岳編的南明史未及完成，二〇一一年北京大學歷史系教授顧誠另行出版了《南明史》詳細記載了自崇禎皇帝死後，南明各皇帝的事跡，其他如《永曆實錄》、《明季南略》等也有南明諸帝的相關資料。

明朝自太祖朱元璋於一三六八年建國到一六四四年思宗崇禎皇帝朱由檢自殺殉國，國祚二百七十六年，歷十七任十六位皇帝（明英宗兩次登帝位），如果把南明算進去，則有三百一十五年二十位皇帝，時間不算短，留下的歷史文化資產也非常豐富。

明成祖永樂帝朱棣時代的鄭和下西洋為全球創舉，擁有當代最大的船舶（排水量）、最大規模的船

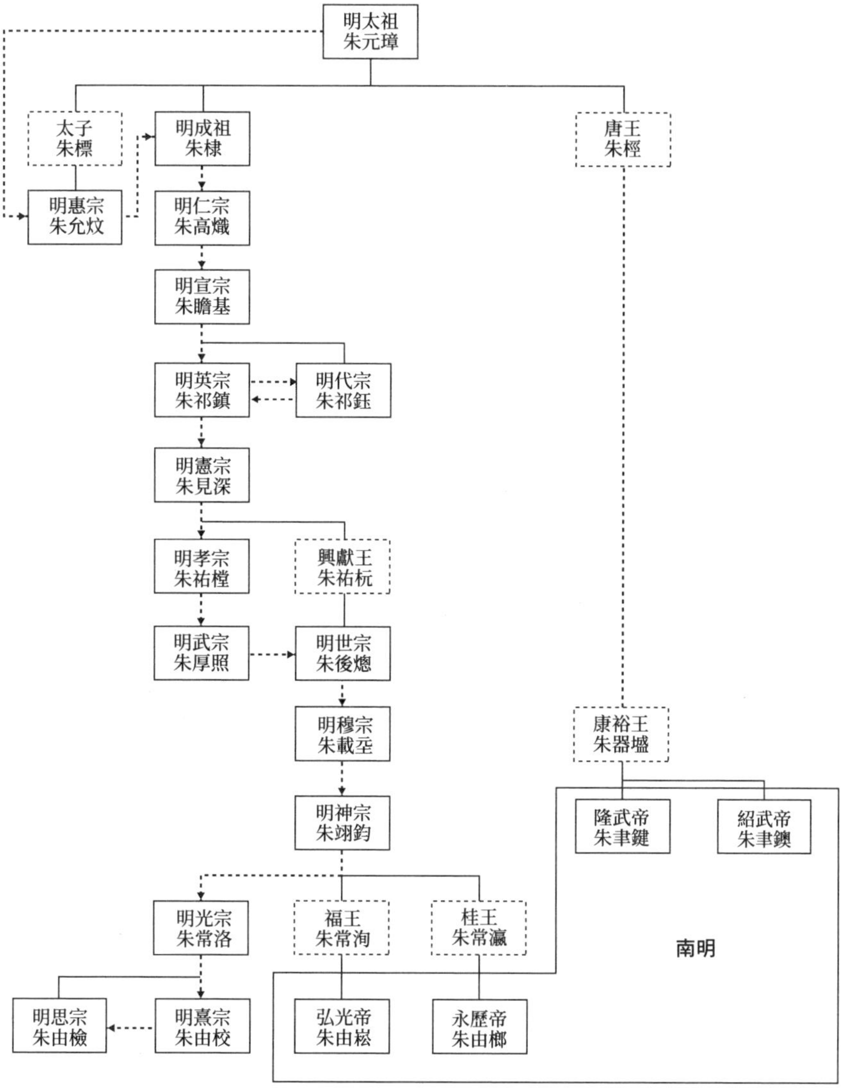
明太祖
朱元璋
太子
朱標
明成祖
朱棣
唐王
朱桱
明惠宗
朱允炆
明仁宗
朱高熾
明宣宗
朱瞻基
明英宗
朱祁鎮
明代宗
朱祁鈺
明憲宗
朱見深
明孝宗
朱祐樘
興獻王
朱祐杬
明武宗
朱厚照
明世宗
朱後熜
明穆宗
朱載垕
康裕王
朱器墭
明神宗
朱翊鈞
隆武帝
朱聿鍵
紹武帝
朱聿鐭
明光宗
朱常洛
福王
朱常洵
桂王
朱常瀛
南明
明思宗
朱由檢
明熹宗
朱由校
弘光帝
朱由崧
永曆帝
朱由榔

明朝皇帝世系圖

隊（船艦數目）、最多的隨船人員（水手和官員）、跑了最遠的航程（航行距離）、到過最多的地方（國家），比之歐美其他相當的航海家早了百年以上，並且規模更大。雖然鄭和出航不以貿易為目標，但也帶動了實質的經濟交流，更大的成就是宣揚華夏天威。

永樂十五年（一四一六年）鄭和第五次下西洋時，亞洲和非洲有十七個國家派遣使節隨船隊來華朝貢，出現了「諸蕃臣充斥於廷」的盛況。西方史學家在評論鄭和下西洋時，除了盛讚其功業之外，尤其佩服以中國當時的實力，完全有能力在各地建立殖民政權，掠奪財富。但明朝並沒有花一絲心血在這個方向，這和後來的西洋艦隊相比，實為難能可貴。

航海技術的發達，自然帶動貿易的興盛，除了陸地的絲路之外，明朝也開拓了海上貿易網，建立了全球化的最早雛形。明朝早期曾下令海禁，經隆慶開關逐步開放海上對外貿易，澳門在海禁時期便是海上走私的主要地區，後來福建成為明朝對外貿易的重要樞紐。中國出口生絲、絲織品、棉布、瓷器等，換來大量的白銀給付。有人統計十六世紀到十七世紀中葉，中國獲得了七千噸到一萬噸的白銀，占當時全世界白銀總產量的近三分之一，市場機制長足進步，經濟民生蓬勃發展。明朝的中國被視為全世界最先進的國家，據統計一六〇〇年萬曆年間達到全世界最高的國民生產毛額（GDP），生產量占世界經濟總量的二九．二%。

另外明朝也開啟了東西方文化的交流，不只限於北方少數民族的漢化，和歐洲的往來更帶動了國內科技的發展。透過教會人士來華傳教，將天文、曆法、數學、哲學等基礎科學傳入中國，是為西學東漸。重要成就之一是利瑪竇協助繪製了多幅世界地圖，影響最廣的是萬曆年間刊印的《坤輿萬國全圖》，打開了國人的視野，突破傳統的天圓地方觀念，對世界有全新的認識。同時傳教士也把中華經典名著翻譯成拉丁文，將中華文化向歐洲傳播。

皇帝	終年	在位	直接死因	死亡背景因素
明太祖　朱元璋	69.7	30.4年	病死	
明惠宗　朱允炆	24.6	4.0年	不詳	朱棣攻入宮中時失蹤
明成祖　朱棣	64.3	22.1年	病死	
明仁宗　朱高熾	46.8	0.8年	病死	
明宣宗　朱瞻基	35.9	9.7年	病死	
明英宗　朱祁鎮	36.2	21.7年	病死	
明代宗　朱祁鈺	28.5	7.4年	不詳	被英宗奪位復辟廢去帝位後關押，疑似被害
明憲宗　朱見深	39.8	23.6年	病死	
明孝宗　朱祐堂	34.9	17.8年	病死	誤服藥物
明武宗　朱厚照	29.6	15.9年	病死	
明世宗　朱厚熜	59.4	45.7年	病死	
明穆宗　朱載坖	35.3	5.5年	病死	縱慾過度體衰致病
明神宗　朱翊鈞	57.0	48.1年	病死	
明光宗　朱常洛	38.1	39天	病死	用藥不當中毒而死
明熹宗　朱由校	21.8	7.0年	病死	嬉戲落水得病
明思宗　朱由檢	33.2	16.6年	自殺	亡國自縊而死
弘光帝　朱由崧	37.8	1.0年	被殺	兵敗被殺
隆武帝　朱聿鍵	44.4	1.1年	被殺	兵敗被殺
紹武帝　朱聿鐭	41.6	40天	被殺	兵敗被殺
永曆帝　朱由榔	38.6	15.4年	被殺	戰敗逃入緬甸，被送給吳三桂後殺害

表14.1：明朝皇帝死因

這些偉大的成就，卻在明朝中葉以後被內亂消弭。早期的明成祖永樂帝朱棣搶了侄兒建文帝朱允炆的皇位之外，明英宗朱祁鎮被瓦剌俘虜，釋回後被弟弟景泰帝朱祁鈺關押，然後奪門之變英宗搶回帝位；東廠西廠爭權奪利陷害大臣、閹黨和東林黨互鬥士子遭殃；嚴嵩、魏忠賢專權，禍亂朝綱；張居正改革被抵制，無以為繼；大禮儀事件、國本事件君臣對立，皇帝的意志受到官僚體系掣肘；而萬曆怠政被認為是明朝由盛轉衰的轉捩點。福王朱常洵覬覦明光宗朱常洛帝位，鬧出明末三大案（梃擊案、紅丸案和移宮案），帝位紛爭不斷；最後崇禎皇帝剛愎自用，殘害忠良，自毀長城，終至國破家亡。連南明的四位皇帝都彼此你爭我奪、互不相讓，最後被滿清消滅，無以為繼。

就帳面數字來看，二十位皇帝年齡高低都有，平均四十．九歲，略高於所有皇帝的平均數，也不算短壽。在位期間僅一年左右以下的有五位（含隆武帝朱聿鍵），其他長短不一，也都有一陣子可以發揮。二十位皇帝中病死的有十三位，崇禎皇帝是自殺，除了南明的四位末代皇帝之外，好像沒有其他皇帝被殺。但兩位死因不詳的和一位中毒而亡的都有他殺嫌疑，建文帝朱允炆的下落更是千古疑案，沒有表面看來那麼單純。

帝位之爭也此落彼起，糾紛不斷。除了明成祖朱棣搶了侄兒建文帝朱允炆的皇位、英宗朱祁鎮和弟弟代宗朱祁鈺的皇位替換之外，還有仁宗朱高熾太子之位在廢立之間來回；憲宗朱見深的太子之位被廢，在英宗奪回政權之後才恢復；孝宗朱祐樘生下來以後被藏起來才得以存活；福王朱常洵覬覦光宗朱常洛帝位，鬧出明末三大案，帝位紛爭不斷；崇禎皇帝朱由檢的幼年也不適意，親生母親遭父親下令杖殺，先後由兩位庶母撫養，因哥哥熹宗朱由校無子，才得以兄終弟及得位，幼年的陰影造成他猜忌的性格，鬧得國破家亡，還怪罪是臣下害他。到了末期南明時代，在大清的壓力之下，魯王朱以海和唐王朱聿鍵（隆武帝）還要搶地盤、紹武帝和永曆帝還要爭正統，彼此互攻，大明怎能不亡？

明朝雖然是亡於闖王李自成，但李自成旋起旋滅，最後進入中華歷史傳承的是女真人建立的大清帝國。又是北方少數民族入主中原，它是中華歷史上的最後一個專制政權，為「皇帝」的稱號畫下句點，為民國打開序幕。

第十五章　大清

我國歷史上最後一個以皇帝領導國家的專制王朝是大清朝。大清是由滿洲人建立的王朝，滿人源自女真。「女真」一詞最早出現在唐朝初期，曾經是朝鮮和大遼的附庸。宋朝晚期完顏部首領完顏阿骨打建立「大金」，和宋朝聯手滅了大遼，最後被蒙古成吉思汗和宋朝聯手滅掉。大金滅亡後，金人大多漢化融入當地，一部分退到東北地區活動，是為後來的海西女真。清朝的統治者為起源於明朝建州女真的愛新覺羅氏，創始者則是愛新覺羅・努爾哈赤。

十五世紀初期，位於東北亞的女真族大致分成三部分，包含建州女真、海西女真和野人女真，其中以建州女真最為強大。愛新覺羅氏為建州女真一部，隸屬明朝建州衛管轄，幾個世代都擔任建州左衛都指揮使。

一五七四年，努爾哈赤的外祖父建州右衛王杲反明，進兵遼陽和瀋陽，被遼東總兵李成梁擊敗，次年在北京遭明神宗處決。王杲的兒子阿台、阿海逃脫至古勒寨。一五八三年李成梁率兵攻打古勒寨，建州左衛都指揮覺安昌是阿台的岳父，他和兒子塔克世潛入古勒寨打算勸降阿台。建州女真另一個部落的圖倫城主尼堪外蘭卻趁機攻破了古勒寨，亂軍之中覺安昌和兒子塔克世被殺。覺安昌是努爾哈赤的祖父，努爾哈赤質問明朝的遼東都司為何殺了忠於明朝的祖父和父親，明朝官員承認誤殺，送還覺昌安和塔克世的遺體，並賜予努爾哈赤敕書三十道，戰馬十匹，讓他襲任祖父的職位，擔任建州左衛都指揮使。

努爾哈赤將怒火轉向尼堪外蘭，要求明朝處置他，明朝不但沒答應，還加封尼堪外蘭為「滿洲國主」，尼堪外蘭要求努爾哈赤歸順他，努爾哈赤部下也被要脅殺了努爾哈赤投向尼堪外蘭。四面楚歌的情況下，努爾哈赤以祖上留下的十三副盔甲，率領數十人起兵，聯合其他部族打敗了尼堪外蘭，最後收服了尼堪外蘭的部眾，開啟了漫長的爭戰生涯。

努爾哈赤的大伯祖德世庫擔心努爾哈赤的起兵會招惹明朝，對其家族不利，於是帶領眾親族預謀殺害努爾哈赤，努爾哈赤被迫和家族展開對抗，同時開始收服女真諸部。經過五年的戰鬥，一五八七年努爾哈赤統一了建州女真部族，兵力也從起兵時的數十人，擴大到一萬五千餘眾。於是在建州老營的廢址上建佛阿拉山城（位於遼寧撫順滿族自治區內），並宣布制定國政、法令，自稱「女真國聰睿貝勒」。

一五九二年日本軍閥豐臣秀吉領兵入侵朝鮮，朝鮮向宗主國明朝求援，明朝於是派援兵入朝鮮。努爾哈赤趁明朝向朝鮮用兵的空檔，開始收服女真其他部族，花了二十年的時間，併吞了海西女真，再逐次征服東海女真、黑龍江女真等部落，除了遠在松花江以北的野人女真之外，基本上統一了女真。一六一五年努爾哈赤整頓兵馬，建立了八旗制度，並派子侄分別掌理各旗，把原來女真諸部的鬆散力量凝聚在八旗之下，八旗制一直沿用到清朝。一六一六年努爾哈赤在赫圖阿拉（今遼寧撫順地區）稱天命汗建國，國號「大金」，正式與明朝分庭抗禮。為了和完顏氏建立的金朝區別，史稱其為「後金」，是為大清的前身。

一六一八年努爾哈赤提出「七大恨」告祭天地，以為父復仇的名義誓師伐明，和明朝正式決裂。明朝不以為意，結果努爾哈赤攻下撫順，劫掠了大小屯堡五百餘座，俘虜人畜三十萬，毀撫順城後班師，聲勢大漲。

撫順失守，明朝震驚，萬曆皇帝派出四路大軍，打算消滅努爾哈赤，但在一六一九年的薩爾滸之戰中，努爾哈赤擊敗了楊鎬指揮的明軍、朝鮮與葉赫聯軍，對明朝取得決定性的勝利。

接下來幾年，努爾哈赤率領的大金軍隊攻城略地，一路南下，接連拿下開原、鐵嶺、瀋陽、奉集、遼陽、廣寧、義州等重鎮，並在一六二五年將京城遷往瀋陽。戰鬥過程中，明朝在遼東的二十位總兵中有十五人陣亡，邊事岌岌可危。

一六二六年努爾哈赤再率二十萬大軍西渡遼河，進攻寧遠。結果遭到寧遠守將袁崇煥的阻擋，努爾哈赤含恨退兵。八月努爾哈赤在返回瀋陽的途中病逝，年六十七歲，在位十年。努爾哈赤的死亡原因，有傳說是在寧遠大戰中為明軍的紅衣大炮所傷致病，但目前學界大多認為努爾哈赤是死於疾病，病因是赤疽病。

努爾哈赤建立的國號是「大金」，當時大清還未正式成立。他的兒子皇太極建立大清後，追贈其廟號太祖，後世稱他為清太祖，被視為大清的創立者和第一代君主。從明朝開始，皇帝死後追封的謚號越來越長，經常多達十幾個字，多用溢美之詞，已無法從謚號中看出其生平評價，而且會一改再改（努爾哈赤的謚號改過三次共有四個），以下就不再引述各皇帝的謚號，有興趣的讀者可自行查閱。

努爾哈赤死前沒有指定繼承人，但立了四大貝勒，依年齡長幼分別是大貝勒代善、二貝勒阿敏、三貝勒莽古爾泰和四貝勒皇太極。阿敏是努爾哈赤同母弟弟舒爾哈齊的兒子，其他三人都是努爾哈赤的兒子。蒙古爵位分為八個等級，貝勒屬第三級，僅次於親王和郡王，是當時具備繼承皇位的人選。在傳說中一些未經證實的鉤心鬥角之後，皇太極透過以八旗旗主為主的議政會議，在大貝勒代善父子及薩哈廉的支持下被立為新君。

皇太極繼承大汗位置後，與其他三位親王一同主持朝政，被稱為四大貝勒時期，繼續征服天下的行動。一六二七年皇太極率兵第一次親征明朝，仍不能過寧遠袁崇煥這一關，一六二八年征朝鮮獲勝。一六二九年用計除掉袁崇煥。一六三二年親征蒙古，同年廢除與三大貝勒並坐的舊制，皇太極自此開始獨坐南面，另三大貝勒側坐。

皇太極在一六三四年將瀋陽改名為盛京，一六三五年派多爾袞打敗蒙古察哈爾林丹汗，林丹汗遁逃至大草灘，他的妻兒歸降大金，獻上元朝「傳國玉璽」。漠南蒙古各部向後金臣服，為皇太極上尊號博格達汗，皇太極將女真改名為滿洲。多爾袞因戰功賜墨爾根代青稱號，晉固山貝勒，成為正白旗旗主。

一六三六年獲得「傳國玉璽」的皇太極改國號為「大清」，改年號為崇德，皇太極成為大清的第一位皇帝，後金的第二位大汗，追封其父努爾哈赤為清太祖。一六三七年，皇太極率軍親征朝鮮，朝鮮向後金臣服，從此朝鮮成為滿清的藩屬，朝鮮的親明派勢力徹底被剷除。

解除後顧之憂後，大清開始專心進攻明朝。一六三九年清軍大兵入關，一六四一年在松錦戰線大敗明軍，活捉兵部尚書、薊遼總督洪承疇，虜獲無數，大大打擊了明軍的士氣。洪承疇被送至盛京，幾經說服最後降清。明朝的關外精銳盡失，寧錦防線（寧遠至錦州）一度面臨崩潰。然而就在清朝入關的關鍵時刻，皇太極最心愛的宸妃病危，皇太極得到消息快馬趕回盛京，仍來不及見到愛妃最後一面，自此心力交瘁，身體變差。

一六四三年皇太極崩，《清實錄》記為「八月庚午，是夜亥刻，上無疾，端坐而崩」。年五十一歲，任後金大汗九年、清朝皇帝七年，廟號太宗。

皇太極早年設定先滅朝鮮、後平蒙古、再伐中原滅明的戰略，眼看即將成功，但天不假年，在攻滅明朝前夕去世。他一生戰功彪炳之外，對政治制度的建立也多所著墨。他仿明朝內閣制度設內國史院、內秘書院、內弘文院，以削弱議政大臣的權力，鞏固君主地位，建立了清朝內閣的雛形。擴大並改善蒙古八旗，再以歸順大清或被俘投降的漢人建立了漢軍八旗，同時設立理藩院管轄蒙古等地事務，為清朝入關執政打下基礎，功不可沒。《清史稿》評價他：「允文允武，內修政事，外勤討伐，用兵如神，所向有功。」

皇太極去世時，皇太極的長子豪格和皇太極的異母弟多爾袞實力最強，也對帝位之爭勢在必得，形成角力。八旗旗主各有支持，細算之下近乎勢均力敵。在議政大王會議中，鑲藍旗旗主濟爾哈朗以關鍵少數的地位提出妥協方案，各方擁立皇太極的第九子，年僅五歲的福臨為帝，由多爾袞和濟爾哈朗攝政。福臨登基，是為清世祖，年號順治，清朝以後多以年號來稱呼皇帝，又稱順治帝。

豪格和多爾袞二人各退一步，但在這場爭鬥中二人結下了很深的心結，延宕了清朝入關消滅明王朝的腳步，等清王朝處理好內部矛盾的時候，明王朝卻被李自成給滅掉了。

一六四四年明朝內亂，李自成在西安稱帝建立大順，率兵攻入北京，崇禎皇帝明思宗朱由檢自縊身死，明朝滅亡。北京危急時，崇禎皇帝曾飛檄令山海關總督吳三桂入京保衛首都，但吳三桂「遷延不急行，簡閱步騎」，還沒到達北京，李自成就攻破了京城，吳三桂退回山海關。李自成以吳家親人作為人質招降吳三桂，吳三桂正在猶豫中突然收到愛妾陳圓圓被李自成大將劉宗敏擄去的消息，憤而反目，於是李自成帶兵攻吳三桂。吳三桂的口號是「大丈夫不能自保其室何生為？」清初詩人吳偉業則描寫為「衝冠一怒為紅顏」，吳三桂投向清軍。

當時順治帝福臨已經即位，多爾袞攝政掌握實權，繼續向明朝進攻，兵臨山海關。吳三桂於是向多爾袞尋求協助，多爾袞因而得以輕易入關，吳三桂從此背上引異族入關的罵名。多爾袞和吳三桂聯手在一片石擊潰李自成大軍，李自成將北京劫掠一空後，離京退回陝北。六月五日清朝大軍進入北京城，北京已無明兵明將，多爾袞約束三軍，北京居民迎來滿清王朝入主。

多爾袞傳捷報回盛京，並在十月十九日迎接順治帝入北京，成為滿清第一個在北京坐上龍椅的皇帝，封多爾袞為「叔父攝政王」，最後又再晉升為「皇父攝政王」，在稱謂上凌駕了小皇帝。

滿清入關替代大明王朝入繼中華正統，但天下並未平定。除了陝西的李自成之外，還有據四川稱帝的張獻忠，以及明朝宗室成立的南明王朝各部。一六四五年李自成被清兵擊敗，或死或逃，各家說法不一。弟弟李自敬被擁立為帝，接手大順，沒多久就被清軍所滅。一六四七年濟爾哈朗被多爾袞取消攝政頭銜，同年豪格帶兵消滅了張獻忠，天下大部歸入大清手中，只剩南明還在負嵎頑抗，清廷持續出兵收拾殘局，直到康熙年間才完全剿滅。

一六五〇年多爾袞在狩獵途中意外死亡，依帝禮下葬，追尊為皇帝，廟號成宗。一六五一年福臨親政，皇叔濟爾哈朗掌握實權。濟爾哈朗隨即指控多爾袞僭越皇權，剝奪所有追尊地位和頭銜，剩餘勢力也遭到清除。多爾袞死後追贈為皇帝，生前沒坐過帝位，不納入本書皇帝死亡統計。

一六五一年，順治帝福臨邀請藏傳佛教格魯派領袖第五世達賴喇嘛訪問北京，為將西藏納入大清版圖暖身。北邊和俄羅斯偶有衝突，清廷也占上風，黑龍江流域哥薩克地帶歸入清朝版圖。清朝皇帝自順治帝開始將所統轄的範圍以「中國」自稱，認為中國是天下的中心，加上四周異族便是整個天下，並且在對外條約和外交文件中記載滿清皇朝為「中國」。

順治帝是位開明的皇帝，勇於接受新興事務，來自神聖羅馬帝國的耶穌會教士湯若望成為他的私人顧問和好友，不僅在天文學和科技問題上向他請教，在處理國事和宗教事務時都會徵詢他的意見。順治帝在位期間，鼓勵漢人入仕，取消了許多多爾袞攝政期間排斥中原人士的制度，並削弱滿洲貴族的權力，引發滿清貴族的不滿。

一六六〇年九月順治帝愛妃皇貴妃董鄂氏病逝，順治帝悲痛欲絕，沮喪數月。一六六一年二月順治帝感染天花，崩於紫禁城內的養心殿，年僅二十三歲，在位十七年餘，廟號世祖。

由於清廷沒有明確宣布順治帝的死因，引發流言四起。坊間傳言福臨其實沒死，而是因為對愛妃之死過於悲痛，他退位隱居佛教寺院，出家為僧，許多小說故事以此為基調加以編撰，但據考證結果應確實是死於天花，並且有妃子和侍衛陪葬。

在當時的醫療水準，天花是沒有藥石可醫的，而且會傳染。漢人一旦感染就被迫搬出城市，蒙人也加以隔離靠天給命。或許這是朝廷沒有公布死因的理由，但至少是在選接班人的主要考慮因素之一。順治帝在得知染上天花後，接受湯若望的建議，以年幼的三子玄燁曾得過天花並得以復原，具有免疫力，被獲選立為皇太子。順治帝死後，八歲的玄燁即位，改年號為康熙，由索尼、遏必隆、蘇克薩哈與鰲拜四大臣輔政。

雖有四名輔政大臣，但實際上是鰲拜專權。他結黨營私，日益驕橫，甚至淩駕康熙的意旨，先後殺死戶部尚書蘇納海、直隸總督朱昌祚、巡撫王登聯，並構陷同為輔政大臣的蘇克薩哈，迫使康熙將蘇克薩哈賜死。康熙驚怒之餘，設計擒拿了鰲拜，關押至死，之後開始親政。親政時不過十五歲，到一七二二年他去世為止在位六十一年，為中國歷史上在位最長的皇帝，他也充分利用這些歲月建立了不世功業。

一六七三年得到孝莊皇太后的支持，在眾臣不看好的情況下開始削藩，歷時八年平定了平西王吳三桂、靖南王耿精忠、平南王尚可喜的三藩之亂。一六八三年收復台灣，滅了明鄭勢力，一六八九年和

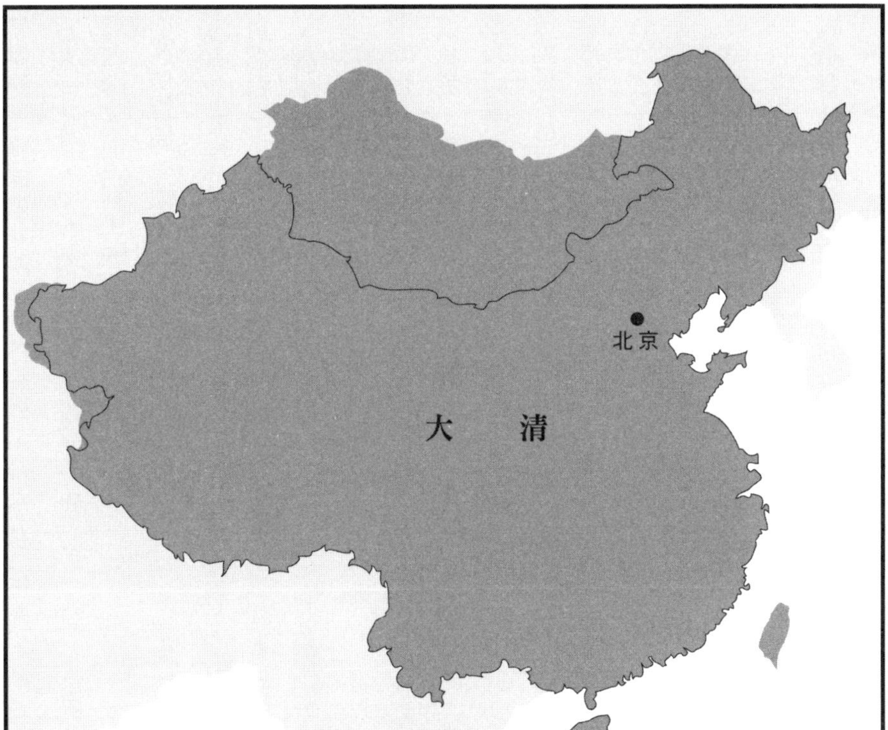

清朝地圖

俄國簽定《尼布楚條約》確保東北地區的控制權，一六九〇年至一六九七年三次征準噶爾部噶爾丹獲勝底定新疆，一六九一年在多倫諾爾與蒙古各部貴族進行的會盟收服蒙古，以上這些作為基本上奠定了清朝的疆域，並大部分沿留到民國時期。

康熙皇帝文治武功皆備，他崇尚儒學，尤鍾程朱理學，多次舉辦博學鴻儒科取士，創建南書房召大臣侍讀，還組織編輯並出版了《康熙字典》、《古今圖書集成》、《康熙皇輿全覽圖》等大部頭圖書。他十分重視自然科學，對西方文化感到興趣，具有相當高的普科素養，親自向來華傳教士學習代數、幾何、天文、醫學等方面的知識，還在南懷仁的協助下製造火炮。派人編製的《康熙皇輿全覽圖》採用了最先進的量測科學技術，精確度堪比當時歐洲的水準。

康熙帝在位期間推動「滿漢一體」，致力於緩和階級矛盾，打破狹隘的民族主義界線。採取輕傜薄賦與民生息的農業政策，重視農耕，發展經濟，改革稅收，疏通漕運。中國社會出現「天下初安，四海承平」相對穩定的局面，為康雍乾盛世打下了堅實基礎。

晚年的康熙帝沉浸於自己的豐功偉業之中，加之體力漸差，開始倦於政務。而他一心標榜的仁政演變成放寬對官吏的要求，吏治出現廢弛的徵兆，而廢太子事件造成的奪嫡之爭也一度引發政局不穩。一七二二年康熙病逝，年六十九歲，在位六十一年餘，是中國歷朝在位最久的皇帝，廟號聖祖。

康熙帝一共有二十四個兒子，唯一的嫡子胤礽早年被立為皇太子，但不太成器，漸失寵愛。史書記載：一六九〇年康熙親征噶爾丹，龍體欠安，「太子侍疾無憂色，上不懌，遣太子先還」，是父子關係改變的開始。一七〇八年，大阿哥胤禔向康熙告發胤礽與匪類結黨圖謀不軌，胤礽太子位被廢。之後康熙感覺太子胤礽有被大阿哥胤禔陷害的可能，隔年恢復了他太子的資格。在復位觀察後，還是覺得胤礽並不是可以託付帝國的儲君人選，一七一二年再次廢太子，從此不立太子。各皇子發現有機會爭奪皇位，乃展開九子奪嫡的戲碼，引發朝政不安。

奪嫡陣營幾經轉折，最後剩胤禛的四爺黨和胤禩的八爺黨對峙。爭鬥過程看來曲折迴轉，但其實康熙早已運籌帷幄，將遺詔置於乾清宮正大光明匾額之後，死後由步軍衙門統領隆科多取出當眾宣讀，由四皇子胤禛繼帝位。但八爺黨心有不甘，散布謠言，指控四子矯詔奪位。

事由出在康熙第十四子胤禵雖和胤禛是同母兄弟，但在黨爭中卻站在八爺黨一方。康熙令胤禵以大將軍王身分領兵北伐，其出征行程儀式比照康熙親征，且執皇帝所屬的正黃旗，頗有接班架式。而康熙死時宣詔的隆科多是胤禛養母的弟弟，胤禛稱之為「舅舅隆科多」，被八爺黨質疑二人聯手竄改聖諭，將傳位「十四子」改為傳位「于四子」，竊取帝位。但後來公開的康熙遺詔中並沒有前述字樣，而且漢字的「十四子」可以改為「于四子」，但康熙遺詔是以漢文、滿文和蒙文三種文字並存，沒有竄改的可能。也有人質疑，如果整份遺詔是在事前就被四爺黨竄改好了備用呢？可能又是另一個千古謎題。

胤禛即位後改年號為雍正，是康雍乾盛世的中繼者。胤禛誠信佛教，深謀遠慮，性格剛毅，處事果斷。他即位後首先整頓朝政，革除康熙年間官員貪腐的惡習，其中和他爭奪帝位失敗的兄弟也在處置之列。他還建立了密摺制度，以加強對官民的監督與控制。另外他以貪腐荒悖罪名處置了助他登上帝位的隆科多和年羹堯，當初一個掌管京城禁軍控制朝局、一個手握重兵在外牽制皇十四弟，被視為雍正能夠登基的重要助力。尤其年羹堯平定青海叛亂，是穩定雍正帝位的最重要力量。有流言稱二人握有雍正奪位的秘密而被滅口，但徵諸史料，二人都是因為本身作為失當而遭到懲處，但也留下雍正皇帝為人苛刻、不講情面的印記。

雍正在位期間清理錢糧，推行攤丁入地，將稅制從以人為基礎改為較公平的以財產為基礎，擴大墾田，廢除賤籍，官紳一體當差一體納糧，促進了國家生產發展。將火耗歸公（碎銀加火鑄成銀錠時的折耗，亦稱耗羨），設置養廉銀，在他的整頓之下，官場風氣得到改善，國家財力大幅增加，對康雍乾盛世的持續起了關鍵性作用，為乾隆創建大清全盛之勢，提供了極為有利的條件。

在軍事方面，雍正創設了軍機處以統一軍事指揮，排除旗主議政，將軍權集中在皇帝手中，成為常設機構，但不定員額。他派兵平定青海、安定西藏，廢除原來統治少數民族的土司，派任流官（改土歸流），以穩定邊境。

雍正帝除了無情的處置兄弟和隆科多、年羹堯二人之外，文字獄也是受到後世批評的事件，其中較知名的有湖南秀才曾靜批評雍正的案子，以及查嗣庭試題案和徐駿詩文案，都因文字中有「譏訕悖亂之言」而致罪，頗受士子非議。

雍正帝勤政愛民，批閱奏章夜以繼日，睡眠時間經常僅約四個小時。有人統計他一生批閱奏章的文字超過一千萬字，雖常有人勸他不要太勞累，但他習以為常，並不聽勸，導致後來身體變差。晚年服用丹藥以求治病延年無效，間接造成中毒。一七三五年去世，年五十七歲，在位近十三年，廟號世宗。

雍正死後傳位給四子弘曆，改年號為乾隆。由於雍正歷經奪嫡的混亂局面，在接班的安排上就比較謹慎。雍正即位的第二年（一七二三年）就親自書寫了傳位詔書，比照康熙將之密封後藏在乾清宮正大光明匾額之後。詔書指定四子弘曆為繼承人。一般認為弘曆是康熙欽點的接班人，也有人說是雍正預謀安排讓康熙有機會認識弘曆並討取他的歡心，好讓康熙傳位給自己。雍正早早就定了弘曆為接班人，並為他排除了其他競爭者，弘曆也得以順利接班。

弘曆十二歲時，被祖父康熙帝接到宮中養育，親授書課，並找人專門培育，文事武功都得到長進。

一七三三年弘曆被封為和碩寶親王，開始參與軍國要務，表現得當受到肯定。

乾隆帝在雍正所立的基礎上繼續在四川和貴州實施改土歸流，並先後平定新疆、蒙古，在西藏駐軍，制定《欽定西藏章程》，規範了各屆喇嘛轉世用「金瓶掣籤」決定繼承人的制度。在內政方面以寬猛相濟理念治國，多次普遍減免全國稅收，累計蠲免賦銀二億兩白銀，約相當於五年全國財賦的總收入。

他留下的重要政績之一是一七七三年下令編纂《四庫全書》，歷時九年成書，收錄了從先秦到清乾隆前期的眾多古籍，也收存了西洋傳教士參與撰述的著作，包括數學、天文、儀器及機械等方面，是當時世界上最為龐大的百科全書，至今仍是研究歷史的重要參考。《四庫全書》包含了二十四部史書，從《史記》到《明史》，從此二十四史被定位為中原華夏的正史。

乾隆在位期間六次下江南，安撫百姓，檢閱軍隊，視察水利，當然也留下不少民間傳說和故事。他任內加開科舉，強化少數民族地區和中原的聯繫，增進各民族間交往，促進民族融合，整體社會經濟得以有效發展。

清朝歷經「三祖三宗」（太祖努爾哈赤、世祖順治、聖祖康熙和太宗皇太極、世宗雍正、高宗乾隆）六代的經營，到乾隆時期達到鼎盛。乾隆末年時中國人口突破三億大關，約占當時世界人口的三分之一。領土東起大海，西達蔥嶺，南達曾母暗沙，北跨外興安嶺，西北到巴爾喀什湖，東北到庫頁島，總面積達到一千三百一十萬平方公里，實際控制的領土面積為歷代之最。乾隆皇帝時期和康熙、雍正二朝合稱「康雍乾盛世」。

同時，乾隆為了打擊朋黨以及加強對漢人的思想控制，大興文字獄，其規模更勝他的爸爸雍正皇帝。在編撰《四庫全書》時，下令收集民間藏書，但也同時修纂其對滿清不利內容，更大量焚毀被視為有違逆傾向的書籍，以箝制漢人反清思想的傳播，扭曲或毀滅了許多史料，有人稱為文化浩劫。

乾隆皇帝自幼聰穎，通五種語言，頗具藝術才能，熱中書畫詩文。喜愛到處題字，名山古蹟園林勝景，到處揮毫題字，墨蹟之多，罕與倫比。現存許多古畫冊上都有他題字用印的痕跡，留下歷史記錄，但也有人批評他破壞了作品原有的藝術價值。數量更多的是他的詩作，被留下記錄的有四萬多首，以一人之力幾乎抵過整個唐朝全盛時期詩量總合，當然在質上是完全無法相比的。

乾隆晚年開始自滿於其成就，親自撰寫《十全武功記》，記錄十次征戰的成果，自詡為「十全老人」，其內容不無誇大之嫌。沉醉在自我感覺良好的境界，乾隆對世界局勢的發展則全然漠不關心。他執政期間英國開始了工業革命，生產力大增，擊敗西班牙艦隊，建立日不落帝國；美國獨立，華盛頓發表獨立宣言，快速崛起；法國大革命影響擴及全歐；俄羅斯伊莉莎白女皇頒布建立莫斯科大學的詔書，新型態深造教育體系開始建立。而在乾隆領導下的古老東方大清王朝還沉浸在自己的盛世浮華中，大夢不醒。

一七九三年英國派遣特使喬治・馬戛爾尼到中國尋求駐節，乾隆對這位新海洋霸權的代表，擺出宗主國對蠻夷進貢的架式，要求行「三跪九叩」禮，馬戛爾尼自然不從，最後妥協以「單膝下跪」覲見乾隆。馬戛爾尼送給乾隆的蒸汽機、迫擊炮、天文望遠鏡和天地運行儀等先進科技設備，被乾隆君臣視為玩具，收藏起來沒有給予應有的重視。乾隆也拒絕了英國希望派駐公使和開放通商的要求，不但自絕於世界貿易潮流之外，更種下了後續的外國勢力挾武力入侵的種子。

馬戛爾尼回國報告中指出中國在工業和科技方面的落後，根本沒有現代化的軍事工業，完全不堪英國一擊。隨行的英國代團副隊長喬治・斯當東的兒子小斯當東在後來一八四〇年英國議會討論對大清發動戰爭時，強烈主張動武，他說：中國聽不懂自由貿易的語言，只能靠火炮來和他們溝通，並指出中國的武力完全不是英國的對手。隨後便是鴉片戰爭敲醒了睡夢中東方老人，敲開中國貿易大門。

乾隆二十五歲登基時許過願，如果能在位六十年，即當傳位兒子，不敢超過聖祖康熙帝在位六十一年的記錄。一七九五年八十五歲的乾隆將皇位傳予十五子顒琰，改年號為嘉慶，自居太上皇，但仍主持軍國大事，嘉慶帝則朝夕敬聆太上皇聖訓。

大清朝到乾隆年間國勢達到鼎盛，可謂日正中天，但當乾隆將帝位交到嘉慶手中時，太陽開始越過中線西斜，逐漸向夕陽餘暉移動。乾隆交出帝位之後，還做了四年的太上皇，於一七九九年病逝，年八十八歲，當了六十年的皇帝和四年的太上皇，是中國史上最長壽的皇帝，也是實際執政最久的皇帝，廟號高宗。

顒琰得以繼承帝位對乾隆來說是不得已的選擇，乾隆有十七位皇子十位公主，顒琰為十五子，原名永琰。乾隆早年先後立了兩位皇太子（秘密立儲），但兩人都在立為太子後不久便死亡，之後便一直沒有再立儲君。到了晚年，乾隆迫於年齡壓力要立太子的時候，可選擇的人選卻不多，或早夭、或過繼給他人，只剩四個候選人。其他三子都各有各的問題，十五子永琰沒有什麼太大的不當表現，而且也算是認真謹慎，所以獲選，最後接位。乾隆在坐滿六十年皇帝寶座後內禪給顒琰，先當了四年的皇太子兼皇帝，乾隆去世後親政。

嘉慶親政後的第一件大事便是處理掉乾隆時代的權臣和珅。和珅精明能幹善於逢迎，頗獲乾隆信任，也利用乾隆的信任大發利市，成為我國歷史上排名第一的貪官。嘉慶身為太子到虛位皇帝期間都看在眼裡，但有乾隆的庇護也無可奈何。嘉慶接帝位後想調老師安徽巡撫朱珪回京，被和珅向乾隆咬耳朵所阻，從此結怨更深。到嘉慶親政辦完乾隆的喪事後，第一個處理的就是和珅，以二十條大罪下令抄家，抄得身家值白銀八億兩，當時清廷每年的稅收不過數千萬兩，查抄和珅所得相當於國家十五年歲入，故有「和珅跌倒，嘉慶吃飽」之說。

嘉慶帝接手的乾隆盛世，其實已經是外強中乾。乾隆好大喜功，晚年尤其大肆揮霍，六次下江南所費不貲，太上皇期間還辦千叟宴等大擺排場，加上寵信和珅等貪官，吏治敗壞，貪賄成風，財政漸漸入不敷出。乾隆年間中國人口超過三億，以當時種植土地面積和農耕技術要養活這樣的人口並不容易，一旦發生天災人禍，就會造成饑荒。嘉慶多次減免地方稅捐，但朝廷本身負擔沉重，加上八旗子弟不事生產，完全靠朝廷供養，不思進取；官員待遇菲薄，大多靠貪汙中飽維持生活。嘉慶雖然處置了和珅，但並沒有從制度上和根本上解決問題，在位期間仍有多起貪瀆事件，雖然都加以懲治，但仍難以遏止朝廷全面性的腐化。

人民被官員欺壓日子難過，白蓮教、天理教趁機崛起，大肆招攬人心，各地民變頻生，嘉慶皇帝派兵清剿，花了九年時間才得以平定。這是內亂，是沒有受過正規軍事訓練的土匪。相較於清朝上一次內戰是百年前康熙平定兵強馬壯的三藩，總共也只花了八年。緣於八旗入京已超過百年，養尊處優，馬上得天下的身手早已不再。嘉慶曾經下旨意試圖推動「京旗移墾」，要旗人到關外開荒，以補關內糧食不足，八旗子弟群起反對，嘉慶扛不住壓力只好叫停，滿清貴族更加腐化。

嘉慶遵從乾隆帝的對外政策，限制外人通商，禁止西洋人在內地居住，拒絕了英國提出的建立外交關係、開闢通商口岸的要求，沿襲傳統的閉關鎖國觀念，使他對外來事物採取盲目排斥態度。一八一六年英國派大使阿美士德來華，結果因為禮節問題（不肯行三跪九叩之禮）被驅逐出國。

清朝早年曾禁止販售和吸食鴉片，一八〇〇年（嘉慶五年）開始，英國東印度公司將鴉片以走私的方式大量輸入中國，造成進出口貿易的優勢逆轉，英國從入超變成出超，大賺鴉片錢。除了白銀流出和助長營私舞弊，侵蝕了清朝的整個官僚體系之外，更嚴重的是傷害了國民健康，而嘉慶帝對之束手無策，鴉片開始在中國氾濫，終至不可收拾，最後成為壓垮大清帝國的一股力量。

嘉慶帝沒有康熙的雄才大略、沒有雍正的堅強意志、沒有乾隆的天生好命，本人崇尚節約、品格端方、為政勤勉、生活儉樸、待人寬厚，被視為一位認真努力的好皇帝。但謹小慎微，受到傳統禮教觀念束縛，不能大破大立進行體制改革，做的事不少，收到的效果不多，被評為沒有顯著的政績可言。而且時運不濟，當政期間正好趕上歐洲工業革命，生產力大增之餘開始尋求海外市場，目標之一便是有廣大人口和消費實力的中國。在通商被拒的情況下，以軍火工業支持的船堅炮利成為敲門磚，我們這位循規蹈矩、守成為主的嘉慶皇帝，完全無力抗衡，被歷史定位為「嘉道」中落（嘉慶和道光），留下清朝走向衰亡的伏筆。

終嘉慶一朝，雖「宵旰勤勞，曾無一日稍紓聖慮」，但各種問題始終無法得到好的解決。一八二〇年嘉慶帝依傳統到木蘭圍場舉行秋獵，在到達熱河避暑山莊的次日便病死了，可能原因是併發心血管病或腦中風而猝死，也有傳言遭雷擊而死，或說遭雷擊落馬而死，史書不記未能證實，被視為病死。嘉慶死時年六十歲，在位二十四年餘，廟號仁宗。

嘉慶帝死後由皇長子旻寧繼位，改年號為道光。道光帝接手的可不是天下太平的世界，清朝幾代衰弱的後遺症開始爆發，引子是第一次鴉片戰爭。我國從明朝開始海禁鎖國，康熙時曾開放四州地方允許百姓對外貿易，設立了四個海關管理對外貿易並徵收關稅。但在乾隆時又限縮為廣州一地，英國多次派使臣交涉未果，一八四〇年道光年間英國遠征軍炮擊清朝，最後清朝失敗，簽訂南京條約，以中國付出鉅額賠償、開放五口通商作收。中國紙老虎的面具就此揭破，終至被各國侵略，最後導致清朝的敗亡。

嘉慶原本留下的就是千瘡百孔的局面，財政入不敷出困擾了幾代，到了道光一朝，耗用更大。記錄上政府支用最大項目為軍費和整治河道工程，但更大的問題是貪腐。鴉片戰爭的軍費加上賠償就兩千萬兩。戰後各省更藉整軍備戰之名大肆擴充軍備，並虛報開銷，修河道同樣是耗費金錢，更是百官貪汙的天賜良機。這些花費大半被中飽私囊，進了貪官的口袋，花大把銀子建的軍備不堪外國一擊，修的河堤也無法承受連年水患，道光皇帝除了無奈之外，也是束手無策。

一般評價，用平庸來形容道光是抬舉了他，眾多官員眼見他無能擺明了欺負他，他也只能徒呼負負。從傳說中的一個小例子可以說明道光皇帝的無能。嘉慶皇帝時清朝國勢便已衰弱，道光幼時生活並不優渥，接了帝位更是以節儉自持，宴請大臣時的菜單遠不如大臣平日所用。有一次道光帝突然想吃片兒湯（類似麵疙瘩），叫御膳房做。御膳房上了一道奏摺請旨撥款添置膳房一所，專供此物，經費約白銀數千兩。道光看了奏摺不由大罵：「前門外某飯館製此最佳，一碗值四十文耳，可令內監往購之。」內務府卻回報飯館關門了，買不到。一般皇帝會怎麼辦？買不到提頭來見，會買不到嗎？但道光帝卻只能恨得牙癢癢，自己吞下，從此再也不提片兒湯的事，治下無能為百官所欺可見一斑。

作為一個比平庸還差一級的皇帝，不了解中國與西方列強的差距，持續執行閉關自守的政策，對朝政的各種問題沒有治方，社會弊端積重難返。鴉片戰爭失敗簽訂喪權辱國的《南京條約》後，道光帝苟安姑息，得過且過，沒有任何向西方學習、振興王朝的舉措。百般折磨下，道光帝年紀輕輕便呈現出老態龍鍾之貌。

道光為人至孝，一八四九年皇太后病逝，道光痛不欲生，親自守孝，住草廬、蓋草薦、睡草枕、喝稀飯，在北方寒冷天氣之中，道光堅持了沒幾天就一病不起。死時六十八歲，在位二十九年餘，廟號宣宗。

道光皇帝死前遵守傳統採取秘密立儲，當乾清宮正大光明匾額後面的秘匣被打開時，內有兩道諭旨

「立皇四子奕詝為皇太子」、「封皇六子奕訢為親王」。道光皇帝有九子，但可能成為皇儲的候選人主要有兩位：四子奕詝和六子奕訢，論才智是奕訢占先，但據說奕詝的老師杜受田教導奕詝以仁孝表現（表演？）來博取道光的歡心，最後取得帝位。為了平衡，或為了安撫，在傳位給奕詝時同時封奕訢為親王，並綁定君臣關係。

道光死後奕詝接位，改年號為咸豐，他是大清最後一位掌握實際權力的皇帝。經過嘉道中落，咸豐接手的是一個更為殘破的政局。剛即位時也有心振作，勤於政事，他廣開言路、明詔求賢，先處置了前朝佞臣穆彰阿和耆英，大手筆地對朝政進行改革。他重用肅順，在他老師杜受田的建議下起用林則徐、姚瑩等漢臣，箝制滿人勢力，看來頗想有一番作為。

但此時的清朝已是病體沉痾積重難返，國內太平天國作亂，一八五一年占領永安建國，終咸豐一生未能平定。國外部分則有一八六〇年的第二次鴉片戰爭，英法聯軍攻入北京，火燒圓明園，咸豐帝率領皇后、貴妃等人以北狩為名逃往承德避暑山莊。又有俄國乘亂逼迫黑龍江將軍奕山簽定《瑷琿條約》，割讓黑龍江以北、外興安嶺以南原屬清朝的領土約六十萬平方公里，雖然咸豐帝拒絕承認該條約，但實質上該等領土已不歸清朝管轄，是中國史上喪失領土最大的一個條約。

面對天大的變局，清廷屢戰屢敗，咸豐手中無可用之兵，將北京善後事宜交給弟弟恭親王奕訢，自己逃往熱河，最後簽定北京條約，賠款、割地、准許通商和傳教，喪權辱國，中國淪落為半殖民地，大清從此一蹶不振。

咸豐帝生平有三大嗜好：戲曲、美酒和女人。即位時才二十歲出頭，正是精力最旺盛的時候，登基之初更廣選美女入宮，皇后慈禧便是此時入宮的，此後平步青雲，一手掌握了清末的朝局。咸豐在熱河避難時心情鬱悶，只能飲酒、聽戲、找女人，苦中作樂排遣心情，惶惶不可終日，更嚴重的是染上吸食鴉片的惡習，身子被掏空，終至不可收拾。一八六一年病逝，年三十一歲，在位十一年餘，廟號文宗。

咸豐死後，長子載淳繼位，改年號為同治。載淳即位時年僅五歲，咸豐帝死前遺命有包含肅順在內的八位顧命大臣。但慈禧皇后和恭親王奕訢聯手發動政變，顧命八大臣或死或貶，大權落入慈禧之手。在同治繼位後，和另一名皇后慈安共同垂簾聽政，帶著大清走向落幕。慈安是咸豐的正室，地位高於慈禧，但慈禧是同治的生母，兩人共治，關係還算和諧。慈安太后並不熱中於權勢，奏摺大多由慈禧批閱，因此朝政大多出於慈禧。

同治運氣算是不錯，第二次鴉片戰爭後英國得到了自己想要的東西，不再有太多騷擾，清朝得以專心於內政。慈禧在議政王奕訢的輔佐下，整飭吏治，重用漢臣，依靠曾國藩、左宗棠、李鴻章等漢人將領，在列強支持下，先後鎮壓了太平天國、捻軍、苗民、回民等動亂，大清王朝的危機暫時得到緩解。

同一時間清朝也開始推動洋務，設立總理各國事務衙門處理涉外事宜、選派人員出國留學、建廠開礦修築鐵路、購買洋槍大炮建立現代化軍隊、在洋人的協助下建立軍事工業等，頗有一番作為，史稱為「同治中興」。但只重視短期表面效果、缺乏完整配套、加上受到傳統文化思想的約束，有許多地方和西洋思潮格格不入，門戶派閥介入，成效有限。

一八七二年同治大婚，隔年親政，但親政後僅一年多便去世了。其實依清朝前例，順治和康熙幼年即位，都是在十四歲時親政，慈禧硬是押後了三年。在同治親政一年多的時間，似乎只做了一個重大決策，便是重修圓明園。

圓明園是位於北京的清朝皇家林園，在第二次鴉片戰爭中遭到破壞。慈禧想要在退位後到圓明園安享晚年，同治也希望慈禧離開皇宮，讓自己有發揮的空間，便全力支持，但滿清的國力已經無法再負荷這麼大的建設。慈禧親自核定的圖樣中應修殿宇不下三千間，材料、施工均採高規格，工程耗大所費不貲，估計約需白銀數千萬兩。清朝幾代經戰爭洗禮，軍費賠償壓力令國家財政不及恢復，各種洋務又要花大把銀子。眾多大臣極力反對重修圓明園，遭到慈禧和同治皇帝的貶斥，但是在迫不得已下還是縮減了修繕的工程。

一八七五年同治帝崩於皇宮養心殿，年十九歲，在位十三年餘，廟號穆宗。正史記載同治是死於天花，但一般人都認為他是死於梅毒。傳說中同治最心愛的是他的孝哲毅皇后阿魯特氏，但慈禧偏愛淑慎皇貴妃富察氏。同治皇帝不敢頂撞慈禧太后，就乾脆一個人獨居乾清宮，不寵幸任何一位后妃。年輕精力旺盛的同治於是透過太監安排出宮召妓，染上了花柳病。但御醫不敢明告慈禧，以天花來醫治，最後不治身亡。

同治死時才十九歲，沒有子嗣，慈禧找了同治皇帝的堂弟、咸豐皇帝的侄子載湉來接替皇位。載湉父醇親王奕譞是道光皇帝的第七子，咸豐皇帝的弟弟。載湉的母親葉赫那拉氏是慈禧太后的妹妹，但最主要的是他年齡夠小，可以滿足慈禧想要繼續聽政的目標。載湉即位時只有四歲，改年號為光緒，慈禧和慈安再度臨朝稱制，光緒帝成為慈禧御案上的擺設玩偶。

光緒離開母親進入皇宮後，在孤獨的環境中長大，慈禧找來狀元郎翁同龢教導他，繁瑣的宮中禮節和慈禧經常不斷的嚴辭訓斥，讓光緒在缺乏母愛、沒有歡樂的情況下度過童年，致使他從小就心情抑鬱，精神不快，身體積弱，難以抵擋疾病的侵襲，留下了難以治癒的病根。

一八八一年慈安太后去世，慈禧獨攬大權。一八八七年光緒十七歲依慣例開始親政，但慈禧在眾大臣的奏請下再訓政兩年，才在表面上將政權交給光緒，但朝廷大員都是慈禧任用的，一應政事悉聽慈禧裁決，光緒幾乎自始至終都是傀儡。

光緒在位期間發生了幾件翻天覆地的大事，徹底改變了中國的命運。一八八二年中法戰爭爆發，結果以中國勝利但讓利給法國，中國西南成為法國勢力範圍，留下了笑柄。一八八五年台灣行省建立，劉銘傳為第一任台灣巡撫。一八九四年中日甲午戰爭爆發，清朝花了大把銀子、耗時多年所建立的現代化軍隊正式投入戰場，結果全面慘敗，簽定喪權辱國的馬關條約，割地（遼東半島、台灣、澎湖）、賠款（二億白銀）、給予日本最惠國待遇、開放更多通商口岸，大清帝國從此一蹶不振。

甲午戰爭失敗的原因是多面向，引進洋槍大炮但沒有學到全盤訓練與後勤技術、新科技的外表下隱藏著落後的傳統文化思想、權力鬥爭排擠內部分化，而最為人詬病的是慈禧將軍費挪用修建頤和園，以致軍備維修、彈藥補給嚴重不足。

戰後光緒痛定思痛，在康有為、梁啟超等人的支持下，於一八九八年四月二十三日頒布《明定國是詔》，宣布變法，博採西學，推行新政。但新政損害當朝權貴的既得利益，更威脅到慈禧的權威，八月六日慈禧結合守舊勢力加以鎮壓，變法運動以失敗告終，總共一百零三天，又稱「百日維新」。變法失敗後，康有為、梁啟超逃往海外，譚嗣同等「戊戌六君子」遇害，光緒皇帝也遭到囚禁，政治生涯畫下句點，從此度過了十年沒有人身自由的生活。

一九〇〇年在清政府的默許下，義和團以扶清滅洋為口號殺傳教士、燒教堂，引起八國聯軍攻入北京，慈禧太后、光緒皇帝和親貴大臣倉皇逃離京城，最後簽下被認為是中國史上賠款數目最龐大、喪權辱國最嚴重的《辛丑條約》。

度過屈辱的一生，一九〇八年十一月十四日，光緒皇帝駕崩於被囚禁的瀛台。光緒皇帝的死因史冊記載是病死，也有厚厚的病歷資料佐證。但經現代科學的驗證，應該是被毒死的，而有動機、有能力對光緒下毒的，當然就是慈禧了。其實在光緒死亡的當時，就充滿了蹊蹺。光緒死的第二天慈禧就過世了，有人宣稱死的前一天慈禧派太監給光緒皇帝送一份食盒，當晚光緒就駕崩了。一般認為慈禧擔心她死後如果光緒皇帝復位，會否定她的作為甚至清算她，所以在知道自己不行的時候，一定要在死前處理掉光緒，於是派太監毒死了光緒。雖然正史不記，但其他野史中不乏各種資料，提供了許多線索。光緒死時年三十八歲，在位近三十四年，廟號德宗。

光緒帝無子，在死前已由慈禧安排醇親王載灃長子溥儀繼任，成為清朝的末代皇帝，也是中國歷史上的最後一位皇帝，年號為宣統。載灃是光緒帝的異母弟弟，溥儀接位時年僅二歲九個月，父親載灃為攝政王。但載灃個性懦弱，實際政事由光緒帝的皇后隆裕太后掌握。

當時清朝處於內政腐敗、外交困難的局面，隆裕太后雖然想透過君主立憲來救亡圖存，但還是無法挽回敗亡的命運。一九一一年辛亥革命爆發，各行省紛紛宣布獨立，脫離清政府管轄，一九一二年一月一日中華民國南京臨時政府成立，清政府實際管轄和控制的只剩北京周邊地區。隆裕皇太后派袁世凱率領北洋陸軍抵抗革命軍。但革命黨與袁世凱協商，如果袁世凱能成功逼使溥儀退位和結束君主制，建立共和，就讓他成為中華民國大總統。袁世凱於是威逼隆裕皇太后，迫使溥儀退位。一九一二年二月十二日隆裕太后頒布《宣統帝退位詔書》，溥儀正式退位，清朝滅亡，中國四千年的封建專制帝國體制至此結束，亞洲第一個民主共和國中華民國接管華夏中原大地。

溥儀退位時，依照袁世凱和革命軍的協議，由國民政府給予優惠禮遇，溥儀保留了皇帝尊號，可以繼續住在紫禁城，由國民政府官方奉養與保護。當時溥儀七歲，清朝亡了，但他的人生還有很長的一段路要走。

一九一七年，溥儀在張勳和一群清朝遺老的支持下，曾短暫復辟，沿用大清國號，第二次登上帝位，但僅十二天就失敗了，溥儀第二次退位。一九二四年西北軍閥馮玉祥發動北京政變，帶領軍隊占領紫禁城，溥儀被趕出了從小居住的皇宮，輾轉到天津日本租借區暫住。一九二八年國民軍孫殿英盜取清朝陵墓財寶，破壞皇族遺體，溥儀向國民軍抗議，但國民軍沒有追究處理，加上日本人在溥儀身上下足工夫，溥儀心態開始轉而偏向日本。一九三一年九一八事變後，日本邀請溥儀到他祖先的龍興之地滿洲，允諾協助他重新建國。一九三二年日本扶持的滿洲國成立，溥儀出任滿洲國執政。一九三四年滿洲國改為帝制，溥儀成為滿洲國皇帝，第三次登上帝位，但從頭到尾他都是日本的傀儡，只是用他的名義以號召民眾，完全沒有實權，他也倍感壓抑。一九四五年日本戰敗，滿洲國被蘇聯推翻，溥儀第三次遜位。

溥儀準備逃亡日本時，被蘇聯軍方逮捕，送到伯力囚禁，囚禁期間曾經以證人身分出席遠東國際軍事法庭的審訊。一九五〇年被蘇聯轉交中華人民共和國，送往撫順戰犯管理所接受為期十年的勞動改造和思想教育。一九五九年中華人民共和國最高人民法院發出特赦令，釋放溥儀，溥儀從此成為中華人民共和國公民。

一九六〇年三月溥儀被分配到中國科學院北京植物園任職植物護理員和售票員，一九六四年溥儀加入政協全國委員會，擔任文化歷史資料研究委員會專員。一九六七年十月十七日，溥儀因腎臟癌在北京協和醫院病逝，終年六十二歲，身為亡國之君（大清）無謚號、無廟號，無子女，曾收堂侄毓嵒為嗣子。三度登上皇帝的位置，卻沒有發布任何一個政令，溥儀結束了不由自主、無可奈何的一生，大清帝國皇朝歷史的最後一頁就此揭過。

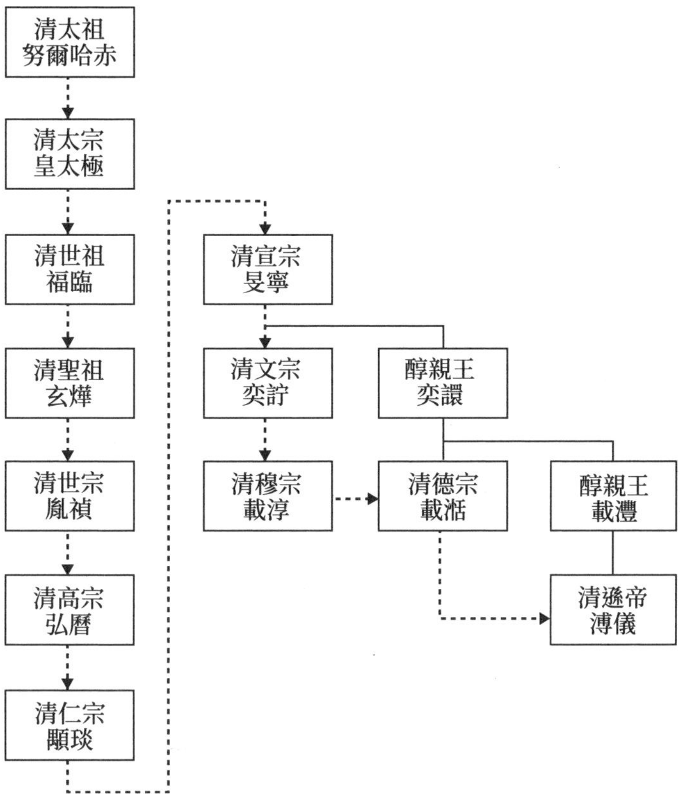
清太祖
努爾哈赤
清太宗
皇太極
清世祖
福臨
清聖祖
玄燁
清世宗
胤禛
清高宗
弘曆
清仁宗
顒琰
清宣宗
旻寧
清文宗
奕詝
醇親王
奕譞
清穆宗
載淳
清德宗
載湉
醇親王
載灃
清遜帝
溥儀

大清皇帝世系圖

皇帝	終年	在位	死因	死亡背景因素
清太祖　愛新覺羅・努爾哈赤	67.4	10.6	病死	攻寧遠不下，退兵死於途中
清太宗　愛新覺羅・皇太極	50.9	17.0	病死	
清世祖　愛新覺羅・福臨	22.9	17.3	病死	天花
清聖祖　愛新覺羅・玄燁	68.7	61.9	病死	
清世宗　愛新覺羅・胤禛	56.9	12.8	病死	
清高宗　愛新覺羅・弘曆	87.4	60.4	病死	
清仁宗　愛新覺羅・顒琰	59.9	24.6	病死	
清宣宗　愛新覺羅・旻寧	67.5	29.5	病死	
清文宗　愛新覺羅・奕詝	30.1	11.5	病死	
清穆宗　愛新覺羅・載淳	18.7	13.2	病死	梅毒被當天花醫治
清德宗　愛新覺羅・載湉	37.3	33.7	被毒死	慈禧死前下毒殺死
清遜帝　愛新覺羅・溥儀	61.7	3.2	病死	

表15.1：大清皇帝死因

清朝自太祖努爾哈赤一六一六年建立後金國，到一九一一年溥儀被迫退位，共計二百九十五年，歷十二帝。其中死亡時年齡不到五十歲的有四位，包含兩位得天花的短命皇帝，其他活得還都算長，還有中國最長壽的皇帝乾隆帝弘曆，以及在位最久的皇帝康熙帝玄燁，弘曆還兼執政最長的皇帝。十二位皇帝平均年齡五十二．五歲和在位期間二十四．六年在歷朝歷代中都算是最佳記錄。除了光緒皇帝是被慈禧太后毒死的之外，其他都沒有他殺死亡。努爾哈赤在攻寧遠時被火炮所傷導致死亡，較難堪的只有一位同治皇帝載淳死於梅毒，歷代最怕看到的帝位爭奪戰也只在康熙傳位雍正時發生過一次，少了帝位爭奪戰的殺伐之氣，沒有皇帝因奪位被殺。

十二位皇帝對半分，前六位英明有為，打下了大清的天下，更奠下了深厚的根基。後一半從嘉慶開始，花銷前人留下的資本，一個不如一個，直到最後亡國。尤其從同治帝載淳開始，大權掌握在慈禧手中，被歷史認定是大清王朝的掘墓人，慈禧死後不到三年大清滅亡，更為四千多年中國的封建專制皇帝制度畫下句點。

清朝是中國最後一個封建王朝，把君主專制發展到了頂峰，自雍正以後，帝位傳承大致平順，可歸因於朝廷對皇帝教育的重視，先期諸皇將歷朝歷代的興亡研究透徹，並訂下相關規則，從而防止了許多變亂。有清一朝幾乎沒有外戚干政的問題，慈禧太后掌權是一個極端的例外，但僅僅這一個例外就造成了清朝的滅亡。

相較之下，元朝同樣是北方異族入主中原，但不到一百年就被迫退回了大漠，清朝則扎扎實實統治了中原近三百年。主要因素是清朝皇帝能記取歷史教訓，對漢人的態度和元朝截然不同。元朝以武力得天下，動不動就屠城，宋臣不降就殺，漢化反漢化之間反反覆覆，敵視並壓抑漢人，最後引發大規模的農民起義，被趕出關外。

清朝則不然，一開始就重用漢人，打天下的將領中就有不少漢人。明朝將領被俘不降就先養著，沒事遊說一下：要堅持忠君愛國，不妨看看袁崇煥的下場，明朝的皇帝值得你那麼死心塌地的對待嗎？你要保護的是明朝的皇帝？還是要保護天下的百姓？祖大壽、洪承疇等就投降了，還幫著清朝打天下。

打下天下之後，除了早期短暫的留頭留髮之爭外，基本上大多數皇帝都致力於滿漢融合，重用漢人，高度漢化。尤其在蒙古八旗貴族入關後生活奢靡、戰鬥力下降，晚清時期能打仗的幾乎都是漢人，李鴻章、曾國藩、左宗棠、張之洞等，靠著他們支撐了滿清晚期近百年的國勢。一般百姓也早就接受了滿清統治，沒有把他們視為外國人，辛亥革命中華民國建立，基本上是接收了清朝的江山領土，以推翻專制為主要訴求，較少有復國之類的言論。國民革命成功後建立新的中華，而不是回復明朝或漢朝故國。

講到江山領土，其實在中國的每個朝代領土是一直在變動的，即使同一個王朝也時有不同，而所轄疆域和實際能控制的領土也未必一樣。就以清朝為例，乾隆皇帝時代消滅準噶爾將新疆納入中國領土，但回部多次反覆，直到一八七五年左宗棠才真正底定，將新疆建為行省。咸豐年間黑龍江將軍奕山和俄羅斯帝國簽定璦琿條約，失去了對黑龍江以北約六十萬平方公里的領土，烏蘇里江以東四十萬平方公里土地由中俄共管。璦琿條約未經當時的清政府批准，後來在中俄《北京條約》確認。《中華民國憲法》第四條：中華民國領土，依其固有之疆域，非經國民大會之決議，不得變更之。其固有疆域之範圍，便是當初民國建立時接收滿清的領土。

滿清一朝遇上了千古未有的變局，工業革命帶來世界局勢的劇烈動盪，民主思潮風起雲湧席捲全球。其實滿清入關後的前幾任皇帝還能以開放胸襟接受西方科技，包含順治、康熙、雍正等。但到了乾隆晚年過於自滿，視新興帝國英國為化外之民，只因禮數上的問題拒人於千之里之外。我自天朝上國物品豐足，不求與外國交易。國外進貢的最新科技產品被視為奇技淫巧，放在倉庫裡任其腐壞不屑一顧。錯過了和世界同步進化的機會，最終在船堅炮利的壓力下迎來巨變。

兩次鴉片戰爭和甲午戰爭徹底打碎了滿清帝國的信心，敲醒了東方大國沉睡中的夢境，開始迎接西方科技。但在傳統和現代化的衝突下、在門戶之見和權利鬥爭的干擾下，只學到表面工夫，沒學到精髓，大清皇朝就此殞落，但也給國民革命帶來契機，中華民國成立，在華夏大地展開了全新的篇章。

第十六章　皇帝之死

在本書的一開始（楔子），依據正史（二十六部史書）將我國從秦始皇建立秦帝國到滿清末帝溥儀遜位，劃分為十三個時代、三十三個王朝，彙整如表16．1。

這十三個時代、三十三個王朝歷時二千一百三十二年（公元前二二一年到公元一九一二年），在正統帝王家族宗室內有二百五十六人曾經坐過皇帝的龍椅（被後世追封的皇帝，以及非王室的異姓短暫稱帝的不算），君臨天下。以下就依據本書所整理的資料，對這些皇帝的生死做一番檢視，看看皇帝的生活是否如一般人認為的那麼風光亮麗、那麼令人羨慕。

平均年齡與在位時間

以十三個時期或三十三個國家朝代為基礎，本書統計了歷朝歷代各國皇帝的平均年齡和平均在位時間，整理如表16．2。其中新朝其實是夾在西漢和東漢之間，但為了呈現資料的方便性，將其移到東漢的後面，以便對西漢和東漢合併呈現漢朝整體的統計資料。

時代	包含國家或王朝	註記
秦		
漢	西漢、東漢①	
新		時序上新朝介於西東漢之間
三國	曹魏、蜀漢、東吳	
晉	西晉、東晉①	
南北朝	五胡十六國 北魏、東魏、西魏、北齊、北周 劉宋、南齊、南梁、西梁、南陳	
隋		
唐		
五代十國	後梁、後唐、後晉、後漢、後周	
宋＋	北宋、南宋①、遼、金	
大元		
大明		
大清		
①西漢、東漢、西晉、東晉、北宋、南宋可視為個別時代分開計算，則有16個時期		

表16.1：歷朝歷代國家列表

朝代		皇帝人數	平均年齡	在位期間	皇帝人數	平均年齡	在位期間
秦		3	36.6	4.7	3	36.6	4.7
漢	西漢	15	37.9	13.9	31	33.3	13.1
	東漢	16	28.7	12.5			
	新	1	68.0	14.7	1	68.0	14.7
三國	曹魏	5	37.7	9.2	11	42.9	12.7
	蜀漢	2	63.0	21.4			
	東吳	4	39.3	12.8			
晉	西晉	5	41.5	9.8	16	35.5	9.5
	東晉	11	32.7	9.4			
南朝	劉宋	10	26.7	5.9	34	36.0	6.0
	南齊	7	31.8	3.4			
	南梁	9	44.7	6.4			
	西梁	3	45.0	11.0			
	南陳	5	44.6	6.2			
北朝	北魏	15	26.4	10.0	30	25.5	8.0
	東魏	1	27.6	17.0			
	西魏	3	30.9	7.3			
	北齊	6	22.9	4.4			
	北周	5	21.0	5.2			
隋		5	35.3	7.8	5	35.3	7.8
唐		24	44.2	12.1	24	44.2	12.1
五代	後梁	3	40.9	5.5	14	42.4	3.8
	後唐	4	44.9	3.6			
	後晉	2	55.2	4.9			
	後漢	2	37.0	2.0			
	後周	3	35.6	3.0			
宋	北宋	9	46.9	18.6	18	46.7	17.7
	南宋	9	46.4	16.8			
大遼		9	47.1	23.1	9	47.1	23.1
大金		10	46.6	11.9	10	46.4	11.9
大元		18	39.3	9.7	18	39.3	9.7
大明		20	40.9	14.7	20	40.9	14.7
大清		12	52.5	24.6	12	52.5	24.6

表16.2：歷朝歷代皇帝平均年齡與在位時間

先看年齡，全部二百五十六位皇帝扣掉缺失值（資料不詳的）十二位，二百四十四位皇帝的平均年齡是三十九．一歲。最長命的清高宗乾隆皇帝弘曆，活了八十八（八十七．四）歲，最短命的是漢殤帝劉隆，死時未滿一歲。

就個別朝代或國家而言，歷朝歷代皇帝平均年齡超過六十歲的有兩個朝代：新朝和蜀漢，但這兩個王朝的樣本數都不多（新朝一位，蜀漢二位），不具統計上的意義；超過五十歲的有兩個朝代：五代十國的後晉和大清朝；四十歲到五十歲之間的有十二個朝代；三十歲到四十歲之間的有十一個朝代。平均年齡不到三十歲的有六個，分別是東漢、南朝劉宋、北朝北魏、北朝東魏、北朝北齊和北朝北周，這六個朝代的帝位傳承也是相對不穩定，南北朝中的北朝五個王朝就有四個，也反應了北朝的混亂。

分成三十三個國家或王朝會造成單位樣本數偏低的問題，可以從集合了某些國家成為一個時期的十六個時期（表16．1中的十三個時期中南北朝分別計算、再加上大金和大遼）來看。最長的還是新朝王莽一個人的六十八歲，也是唯一在六十歲以上的。其次是清朝的五十二．五歲，其他都在五十歲以下。四十歲到四十九．九歲的有七個，三十歲到三十九．九歲的有六個，三十歲以下的有一個，南北朝的北朝，五個國家、三十位皇帝只有二十五．五歲。看起來分裂王朝比統一王朝的皇帝平均壽命要短一些。

平均年齡的高低受到許多因素的影響，例如樣本數和極端值，本文只呈現資料，恐怕沒有能力進一步深入探討。但感覺上普遍年齡都不高，檢視資料後發現有許多短命皇帝，會拉低平均數。在有資料的二百四十四位皇帝中，有十九位死時的年齡不足十五歲，如果將他們視為不具行為能力，雖然坐了龍椅，但大多是別人在當家作主，沒有實際執政的作為，可以挪出另外看待。扣除這十九位，剩下二百二十五位有行為能力的皇帝其平均年齡是四十一．五歲，比全部皇帝的三十九．一歲多了二．四歲，可視為實質皇帝的平均年齡。

再看在位期間，二百四十四位皇帝平均在位時間是十一．六年，從三十三個朝代和國家的平均數而言，超過二十年的有三個王朝，分別是大清朝的二十四．六年、大遼的二十三．一年和蜀漢的二十一．四年。其他王朝的皇帝在位期間平均數大多落在十年到二十年中間，不到十年的有十三個王朝，其中有七個王朝的皇帝平均在位時間不到五年，分別是秦、南朝的南齊、北朝的北齊，和五代的後唐、後梁、後漢和後周，可謂短命王朝，其中五代最慘，五個國家中有四個國家皇帝的平均在位期間不到五年。

不論從皇帝平均壽命或是在位時間，清朝都是其中的佼佼者，平均壽命五十二．五歲、平均在位時間二十四．六年，是皇位世代交替中最穩定的。其次是和宋朝同時存在的大遼，皇帝平均年齡四十七．一歲、在位時間二十三．一年，也算是績優生，可惜被宋金夾攻而敗亡。平均數在統計上受到太多因素的影響，包含樣本數、極端值，故僅供參考。

再看個別皇帝的死亡年齡和在位時間，死亡年齡代表的是這些皇帝活了多久。活到八十歲以上的皇帝有四位、七十歲到八十歲的有二位，換言之，活過古來稀歲月的有六位。在維基百科的中國皇帝壽命列表中則有十六位超過七十歲（https://zh.wikipedia.org/wiki/中國皇帝壽命列表），但大都是以虛歲計算。其中還有五代十國中十國的前蜀高祖王建、五胡十六國的後燕成武帝慕容垂和南燕獻武帝慕容德、金朝的傀儡政權偽齊劉豫和西夏仁宗李仁孝，這五位不在本書所列舉的二百五十六位皇帝之中。扣除這五位，將在本書討論範圍內的十一位高壽皇帝列表如表16．3，以實歲計有五位不到七十歲，但若以虛歲計都超過七十歲。

皇帝	壽命	出生日期	逝世日期
清高宗　弘曆	87.43歲	1711年9月25日	1799年2月7日
南梁武帝　蕭衍	*85.00歲	464年	549年
唐武則天　武曌	81.88歲	624年2月17日	705歲12月16日
宋高宗　趙構	80.35歲	1107年7月24日	1187年11月9日
元世祖　忽必烈	78.46歲	1215年9月23日	1294年2月18日
唐玄宗　李隆基	76.59歲	685年9月8日	762年5月3日
東吳大帝　孫權	*69.93歲	182年	252年5月21日
明太祖　朱元璋	69.70歲	1328年6月24日	1398年6月24日
漢武帝　劉徹	*69.50歲	前156年	前87年3月29日
唐高祖　李淵	69.20歲	566年4月7日	635年6月25日
遼道宗　耶律洪基	68.46歲	1032年9月14日	1101年2月12日
註記有星號（*）者資料不全，只有年的資料以中間值7月1日為推估值			

表16.3：活得最久的皇帝

除了年齡之外，本書也檢視了歷朝歷代皇帝的當政在位時間，二百五十六位皇帝平均在位時間是十一．九年，在位超過六十年的有兩位，最長的是清聖祖康熙帝玄燁六十一．九年，其次是清高宗乾隆帝弘曆六十．四年。其實乾隆帝是因為曾經承諾任期不超過康熙，所以在滿六十年的時候禪位給兒子清仁宗嘉慶帝顒琰，自居太上皇。禪位之後還活了四年才去世，而且在太上皇期間一樣主持朝政，嘉慶帝則在一旁敬聆太上皇聖訓，所以乾隆帝是實際上執政期間最長的皇帝。排名在其後的還有一位漢武帝劉徹在位五十三．九年，總計在位超過四十年的有十二位，列如表16．4。

在位三十年到四十年的有九位、二十年到三十年的有三十一位、十年到二十年的有六十二位、十年到五年的有三十七位、五年以下的最多有一百零五位，其中有三十七位不到一年。最短的是金末帝完顏承麟，蒙古和南宋聯軍進攻首都蔡州之際，在金哀宗完顏守緒的

皇帝	在位期間	上任時間	卸任時間
清聖祖　玄燁（康熙）	61.9	1661年2月5日	1722年12月20日
清高宗　弘曆（乾隆）	60.4	1735年10月18日	1796年2月9日
漢武帝　劉徹	53.9	前141年3月9日	前87年3月29日
遼聖宗　耶律隆緒	48.7	982年10月14日	1031年6月25日
明神宗　朱翊鈞	48.1	1572年7月5日	1620年8月18日
梁武帝　蕭衍	47.4	502年5月1日	549年9月13日
明世宗　朱厚熜	45.7	1521年5月27日	1567年1月23日
遼道宗　耶律洪基	45.5	1055年8月28日	1101年2月12日
唐玄宗　李隆基	43.9	712年9月8日	756年8月1日
宋仁宗　趙禎	41.1	1022年3月23日	1063年4月30日
安樂鄉公　劉禪	40.6	223年6月10日	263年12月23日
宋理宗　趙昀	40.2	1224年9月17日	1264年11月16日

表16.4：在位時間超過四十年的皇帝

懇求下接了帝位，本來是希望完顏承麟能夠逃出去，以延續大金國。但事與願違，完顏承麟沒有逃出去，在舉行傳位大典的同時城門被攻破，完顏承麟戰死，當皇帝不到一個時辰。

大多數皇帝都執行工作到生命的最後一天，在皇帝任內死亡，可謂鞠躬盡瘁，死而後已，死在皇帝位置上；但也有些例外。例外情況一種是像清高宗乾隆帝弘曆或唐太宗李隆基這樣的禪位居太上皇，生前就交出了皇帝的位置。另一種是被篡或被廢後沒有直接被殺，還活了一段時間。先看太上皇，我國歷史上有正式記錄的曾經出現過十六位的太上皇，有的是自動禪位、有的是被迫讓位，各有原因，整理資料如表16．5。

十六位太上皇中有七位屬被迫讓位，其他九人是自願。十六位中唐朝六位、宋朝四位，這兩個朝代特別突出，幾占三分之二，不知是不是有習慣性。有四位皇帝退位之後還伸手管理國政，分別是北魏獻文帝拓跋弘、北齊武成

皇帝	禪位原因	意願	禪位後活
北魏獻文帝拓跋弘	不滿馮太后長期攝政專權	自動	5年
北齊武成帝高湛	應天象彗星出現讓位	自動	3年
北齊後主高緯	遭北周攻打無力應付	自動	0年
北周宣帝宇文贇	放縱嬉遊	自動	1年
隋煬帝楊廣	李淵兵變擁立皇孫楊侑	被迫	1年
唐高祖李淵	玄武門李世民殺兄掌權	被迫	9年
唐睿宗李旦	不堪李隆基和太平公主的爭端	自動	4年
唐玄宗李隆基	安史之亂逃亡，兒子自立為帝	被迫	6年
唐順宗李誦	宦官俱文珍勾結官僚與藩鎮逼退	被迫	1年
唐僖宗李儇	李克用攻下長安時出逃，朱玫立李熅為帝，遙尊李儇為太上皇	被迫	後復位
唐昭宗李曄	劉季述逼李曄禪讓帝位給太子李裕	被迫	後復位
宋徽宗趙佶	無力應付金兵入侵	自動	9年
宋高宗趙構	對金朝疲於應付倦勤	自動	25年
宋孝宗趙昚	父親高宗死亡悲傷過度	自動	5年
宋光宗趙惇	昏庸亂政被群臣逼迫退位	被迫	6年
清高宗弘曆	承諾任期不超過清聖祖康熙	自動	3年

表16.5：歷朝歷代太上皇

帝高湛、北周靜帝宇文闡和清高宗弘曆，其他大多過退休生活、閒閒無事到終。比較特別的是北齊後主高緯遭北周攻打，無力應付，傳位給兒子齊幼主高恆，兵敗後和兒子一起被殺。

作為太上皇，內禪大多將皇帝的位置交給自己的兒子，只有一位例外，宋高宗趙構無子，禪位給養子趙昚，也是帝位從宋太宗趙光義一支轉回宋太祖趙匡胤一支的起點。相關事跡本書前面都提到過，可以查閱。

皇帝死因統計

本書的重點為皇帝之死，最關心的是皇帝死亡的原因。依據本書資料，將皇帝死亡原因分為病死、被殺、自殺、其他四大類，還有八位皇帝的死因不明。病死還可細分為一般正常死亡（沒有特殊因素）、抑鬱而終、縱欲過度、丹藥中毒和不在上述原因中歸為其他；被殺還可細分為一般被殺、被毒死，都是死於非命，只是用的手段不同。各類型死亡因素的分類統計如表16．6。

依據史書的記載，病死的有一百三十九位，占全部二百五十六位皇帝的五四．三〇％，勉強過半數。但有些史書中記載為病死，實際背後另有原因。在一百三十九位病死的皇帝中，沒有其他原因，也沒什麼疑慮，可視為正常自然死亡的，計有一百零五位，有三十四位的病死另有隱情。換言之，正常自然死亡只占全部二百五十六位皇帝的四一．〇二％，亦即是非正常死亡占了全部皇帝的近六成。

在正常死亡名單中，還有三位死時年齡不到十歲（漢殤帝劉隆、漢沖帝劉炳和元寧宗懿璘質班），以皇帝所受到的照顧而言，如此短命，恐怕也很難以自然死亡來論斷，但查不到相關資料，只能照列。整體而言，非正常死亡的數字是遠高於正常死亡，印證了筆者撰寫本書的初步懷疑：皇帝是一個

原因	分類	小計	合計
病死	正常死亡	105	139
	抑鬱而終	9	
	縱欲過度	8	
	丹藥中毒	4	
	其他	13	
被殺	被殺	75	91
	被毒死	16	
自殺			6
原因不詳			8
其他			12
總計			256

表16.6：歷朝歷代皇帝死因統計

高度不安的危險職業。

來看一下病死中的非正常死亡。抑鬱而終的有九位，是因為心情壓抑致病，最後病死。例如唐高祖李淵被兒子李世民在玄武門之變後被逼禪位，以及唐玄宗李隆基因安史之亂逃往蜀地，兒子李亨自立為帝，後雖迎李隆基回到京城，兩位都被兒子奉為太上皇，但不得干預政事。對這兩位原本雄才大略的君主而言，可稱寂涼，抑鬱而終，雖非他殺，但死得也不算安詳。其他還有漢惠帝劉盈受到母后呂雉壓抑、三國曹魏的開國君主曹丕一生受到宗室長輩的壓抑、晉元帝司馬睿受到琅邪王氏壓抑、晉簡文帝司馬昱受權臣桓溫壓迫、唐文宗李昂被宦官操控、宋光宗趙惇被大臣逼迫禪位給兒子、金宣宗完顏珣四面受敵無力解決憂鬱致死，這九位皇帝記錄上都是病死，但死的時候恐怕心情不是很好，也不很自然。

縱欲過度的八位是史書有記錄，且直接間接把死因推往縱欲過度的。傳統上皇帝後宮佳麗三千，美女長伴算是君王的基本配備，但淫樂過度傷了身子以致死亡，應該也非所願。八位史書有相關記載的是漢成帝劉驁、漢桓帝劉志、漢靈帝劉宏、魏明帝曹叡、宋度宗趙禥、明穆宗朱載坖、北齊武成帝高湛和北周宣帝宇文贇。這幾位死亡時的年齡都不大，除了漢成帝劉驁四十四．五歲之外，其他都不到四十歲，周宣帝宇文贇才二十一歲，二、三十歲就縱欲過度而死，雖然記為病死，但也非善終。

還有四位皇帝想追求長生不死，迷信方術和丹藥，結果反倒中毒而亡，其中唐宣宗李忱四十九．二歲，年歲較長，其他的是唐武宗李炎、唐穆宗李恆、晉哀帝司馬丕，都在三十歲左右，如果不是迷信丹藥，應該可以活得更長一些吧。其中唐朝占三個，唐武宗李炎和唐宣宗李忱還被列為晚唐較有作為的名主，死於丹藥實為可惜，可見方術害人不淺。

列為其他的有十三位，其中有四位和戰爭有間接關係，包含蜀漢昭烈帝劉備、明成祖朱棣、魏明元帝拓跋嗣和魏孝文帝元宏，或死於出征途中、或死於征戰之後，其中不乏開國之君，反映的是開疆拓土不易。其實和戰爭有關的死亡不止這些，此處所列是記為病死但間接死於戰爭的，還有其他直接在戰爭中死亡的則列為被殺。

有四位誤服藥物，一位是宋寧宗趙擴，疑似服用史彌遠進奉的丹藥而亡。一位是紅丸案的主角明光宗朱常洛，在位三十九天而亡，有人懷疑是太后下毒，但最後以誤服藥物結案，計為非正常病死。如果也記入被毒死（被殺），則被殺的皇帝還要加一。明孝宗朱祐樘記錄是因偶染風寒，誤服藥物，鼻血不止而死。還有一位清穆宗同治皇帝載淳，因召妓得花柳病，御醫不敢明白告知慈禧太后，以天花來醫治，最後不治。以皇帝身邊御醫環繞、細心照顧，這幾位都算是死得冤枉。

還有一位齊文宣帝高洋，酗酒嗜殺精神耗弱體衰致死，也列為病死，但顯然不能列入正常死亡。最慘的則是宋徽宗趙佶，被俘至金國受盡屈辱而死，遭到長期囚禁，身死異域，在淒涼的情況下病逝。

他的兒子宋欽宗趙桓應遼帝的命令出賽馬球，摔落被亂馬踩死，列為其他因素死亡，境遇更為悲慘。

病死中非自然死亡的還有四位，分別是唐代宗李豫一生坎坷死於憂患、唐德宗李适因太子突患病，悲傷過度而死、宋太宗趙光義攻遼時中箭，在一段時日後箭傷復發病死，以及明熹宗朱由校嬉戲落水得病而死，都不算是壽終正寢的自然死亡。

在皇帝的死亡原因中，最悲慘的是身為皇帝而被殺害，在本書所列的二百五十六位皇帝中，有九十一位被殺，其中包含十六位被毒死，都算是他殺死亡，只是手段不同而已。九十一位他殺死亡的皇帝中，有九位死於外敵之手，例如秦王子嬰在項羽攻入咸陽時被殺、新朝王莽被綠林軍所殺、西晉的最後二位皇帝懷帝司馬熾和愍帝司馬鄴被趙漢皇帝劉聰俘虜後分別被毒死和殺害、北齊最後兩位皇帝高緯和高恆被北周武帝宇文邕所殺、南宋末代皇帝趙㬎亡國後被金國俘虜到大金，苟活了四十七年後還是被賜死、大遼天祚帝耶律延禧同樣被俘至金逃亡時被殺、金朝末代皇帝完顏承麟接位後當天被元軍攻入京城戰死，其中有好幾位是各朝的末代皇帝，亡國後被敵人所殺。

或許有人會好奇，三十三個朝代或國家輪替，怎麼會只有九位皇帝被外敵所殺？因為第一：亡國皇帝不一定被殺，第二：殺他的不一定是外敵，死於自己人之手的更多。有許多皇帝被手下權臣篡位後殺掉，例如南北朝劉宋的末代皇帝劉準被手下大將蕭道成篡位後殺死，北魏孝武帝元修被權臣宇文泰所殺。我們先來看看歷朝歷代三十三位末代皇帝的死亡情形。

亡國當下死亡的有十五位，占三十三個王朝的四二．四二%，其中被外敵攻入殺掉的有九位，含三位自殺，另外六位則是被權臣篡位後殺死，權臣原是自己的手下大將，所以不算是外敵。三位自殺的末代皇帝，分別是後梁末帝朱友貞、後唐末帝李從珂和明朝思宗（崇禎皇帝）朱由檢。其中朱友貞被

朝代		末代皇帝	亡於何人	結局
秦		秦王子嬰	投降劉邦，被項羽所殺	亡國身死（1）
漢	西漢	劉嬰	被權臣王莽篡位，被劉玄所殺	亡國後活14年
	新	王莽	被外敵劉玄派兵攻滅殺害	亡國身死（2）
	東漢	獻帝劉協	被權臣曹丕篡位	亡國後活14年
三國	曹魏	元帝曹奐	被權臣司馬炎篡位	亡國後活36年
	蜀漢	後主劉禪	被外敵曹魏大軍攻入投降	亡國後活8年
	東吳	末帝孫晧	被外敵西晉大軍攻入投降	亡國後活4年
晉	西晉	愍帝司馬鄴	被趙漢大軍攻入投降	亡國後活2年
	東晉	恭帝司馬德文	被權臣劉裕篡位	亡國後活1年
南朝	劉宋	順帝劉準	被權臣蕭道成篡位	亡國身死（3）
	南齊	和帝蕭寶融	被權臣蕭衍篡位	亡國身死（4）
	南梁	敬帝蕭方智	被權臣陳霸先篡位	亡國後活1年
	西梁	莒國公蕭琮	投降隋朝	亡國後活10年
	南陳	後主陳叔寶	投降隋朝大軍	亡國後活16年
北朝	北魏	孝武帝元修	被權臣宇文泰所殺	亡國身死（5）
	東魏	孝敬帝元善見	被權臣高洋篡位	亡國後活2年
	西魏	恭帝元廓	被權臣宇文覺篡位	亡國身死（6）
	北齊	幼主高恆	被外敵北周大軍攻入投降	亡國身死（7）
	北周	靜帝宇文闡	被權臣楊堅篡位	亡國身死（8）
隋		恭帝楊侑	被權臣李淵篡位	亡國後活1年
唐		哀宗李柷	被權臣朱全忠篡位	亡國後活1年
五代	後梁	末帝朱友貞	被外敵後唐大軍攻入自殺	亡國身死（9）
	後唐	末帝李從珂	被外敵後晉大軍攻入自殺	亡國身死（10）
	後晉	出帝石重貴	被外敵遼大軍攻入投降	亡國後活28年
	後漢	隱帝劉承祐	被權臣叛軍郭威率兵攻入被殺	亡國身死（11）
	後周	恭帝柴宗訓	被權臣趙匡胤篡位	亡國後活8年

宋	北宋	欽宗趙桓	被外敵金兵大軍攻入被俘	亡國後活29年
	南宋	少帝趙昺	被外敵元兵大軍攻入落海而死	亡國身死（12）
遼		末帝耶律延禧	被外敵金兵大軍攻入被俘	亡國後活3年
金		末帝完顏承麟	被外敵宋蒙聯軍攻入戰死	亡國身死（13）
元		末帝脫古思帖木兒	被外敵明朝大軍攻入逃亡被殺	亡國身死（14）
明		思宗朱由檢	被外敵李自成率兵攻入自殺	亡國身死（15）
清		遜帝溥儀	被國民革命軍推翻退位	亡國後活55年
括號中數為亡國當下身死的編號				

表16.7：歷朝歷代末代皇帝終局情況

李存勗打敗後囑咐部下將他們殺死，視同自殺。他們算是有氣魄的，不願做亡國奴，值得敬佩。

其他末代皇帝或者投降、或者禪位，有的投降或禪位後活得還不錯，最知名的當然是蜀漢後主劉禪和南陳後主陳叔寶，還有東漢獻帝劉協，都受到篡他位置的皇帝的優遇，劉禪甚至留下此間樂不思蜀的名句。有的皇帝則沒有那那麼好命，在禪位後不久被殺。有些雖然活得較長但也不見得好，北宋徽欽二帝最為悲慘，被俘到遼國京城，受盡屈辱而死。

在被殺的九十二位皇帝中，除了被外敵所殺的九位之外，被權臣所殺的最多，有三十八位，還有一位元英宗碩德八剌被權臣鐵木迭兒的義子鐵失所殺，如果加上他就有三十九位。在南北朝和五代十國這種現象特別普遍，手握重兵的權臣篡位後殺了被篡的皇帝，建立自己的國家。

除了外敵和權臣之外，殺現任皇帝的另一個大戶是親人，計有二十一位皇帝是被自己的親人所殺。至親之間包含母殺子（漢前少帝劉恭、魏獻文帝拓跋弘、魏孝明帝元詡、清光緒帝載湉）、子殺父（劉宋太初帝劉劭、魏道武帝拓跋珪、隋文帝楊堅、梁太宗朱全忠）、兄殺弟（劉宋孝武帝劉駿）、弟殺兄（宋太宗趙光義），唐中宗李顯則是被韋皇后與女兒安樂公主聯手毒死。除了上述至親（二等親以內）之外，其他三等親之內為奪帝位骨肉相殘的戲碼層出不窮。

另外還有十一位是被近臣所殺的，較知名的唐朝有三位皇帝（唐順宗李誦、唐憲宗李純、唐敬宗李湛）被宦官所殺、南朝南齊東昏侯蕭寶卷被弟弟蕭鸞進攻時逃走，也是被宦官所殺、南朝劉宋前廢帝劉子業被親信壽寂之所殺、南朝南宋後廢帝劉昱被親信楊玉夫所殺、魏太武帝拓跋燾和兒子南安王拓跋余被親信宗愛所殺、後唐莊宗李存勗因伶人出身的禁軍將領郭從謙叛亂攻入禁宮中流矢而亡、遼穆宗耶律景好殺人，近侍惶惶不安先下手殺了他、金廢帝完顏亮被部下所殺。這些之外還有一位晉孝武帝司馬曜開玩笑要廢了寵妃張貴人，結果被張貴人所殺，雖不是近臣，卻是比近臣還近的寵妃。

二百五十六位皇帝除了病死和被殺（含被毒死）之外，還有六位自殺、八位死因不明、和不在上述原因之內的其他十二位。自殺有六位，除了亡國時自殺的三位（後梁末帝朱友貞、後唐末帝李從珂和明思宗朱由檢）之外，後梁廢帝朱友珪被弟弟朱友貞率兵攻入禁宮時，命親信殺了自己和貴妃張氏，也算是自殺。金哀宗完顏守緒在元軍攻入京城前傳位給末代皇帝完顏承麟，元軍攻入後自殺身死。還有一位南梁的蕭莊，被王琳擁立為帝，後來投奔北齊，被北齊封為梁王，並允諾幫他復興梁朝，但沒能實現，最後自殺身死。

其他不歸入上述原因（非病死、非他殺、非自殺）的還有二十位皇帝，其中有八位死因不明，十二位列為其他死因。八位死因不明的有南陳廢帝陳伯宗、隋恭帝楊侑、唐朝殤皇帝李重茂、後周恭帝柴宗訓、宋太祖趙匡胤、明建文帝朱允炆、明代宗朱祁鈺和元太祖成吉思汗鐵木真。都是已經當上皇帝的人，卻死因不明，顯然有文章。史書上大多沒有記錄死亡原因，只寫何時死亡，但這些在野史中都有懷疑，只是無法證實，故以死因不明結案。其中尤以明朝建文帝朱允炆的去世和宋太祖趙匡胤的金匱之盟，被疑為皇位傳承的三大疑案（另外一個是雍正奪嫡案），至今仍廣為人們討論。

其他原因中最誇張的死法是南北朝時期南梁武帝蕭衍，一代開國之君最後被餓死。原北魏大將侯景投奔南梁，逐漸掌權，拘禁了蕭衍，想要脅他讓位，但蕭衍不配合，侯景不給他糧食被活活餓死。最慘的死法則是宋欽宗趙桓，俘至金國，受命出賽馬球，落馬致死。

還有五位的死亡和戰爭有關，一代戰將元獻宗蒙哥攻南宋時死於釣魚城下，是直接死在戰場的皇帝。南宋末年元軍攻入南京臨安俘宋恭帝趙㬎之後，趙昰被擁立為帝，但繼續逃往海外，逃亡途中落海，救起後驚病交加而死，他的弟弟宋少帝趙昺則在逃亡途中由丞相陸秀夫背負跳海而亡。其他還有漢高祖劉邦因伐英步受傷、元定宗貴由因為不滿拔都對自己繼位的反對，親率大軍西征拔都，征途中去世，也和戰爭有關，但比較間接。

還有三位因悲傷或驚嚇去世的，南唐明宗李嗣源在立儲疑慮下兒子李重榮引兵入宮被殺，悲痛過世；五代後漢高祖劉知遠因為長子突逝，遭打擊重病悲痛過世；唐肅宗李亨重病中，宦官李輔國強行入皇帝寢宮擄走張皇后，驚嚇過度而死。另外的兩位一位是南北朝北齊孝昭帝高演墮馬重傷而死，元太宗窩闊台酗酒中風而死，算是比較另類。

看完所有皇帝的死因，在二百五十六位皇帝中，非正常自然死亡有一百五十一位，占全部皇帝的五八．九八％，皇帝的日子顯然不如一般人想像的光彩如意。

皇帝幸福指數

除了生死之外，皇帝生涯中還有一個可以進一步討論的議題是傀儡皇帝。許多末代皇帝被篡位前，便被權臣架空，成為權臣的傀儡。事實上還不止，更多的少年皇帝即位由太后臨朝稱制，皇權其實掌握在外戚手中。唐代許多宦官掌握了禁衛軍，威脅到皇帝，也能操控朝政。還有些在登基的前期被權臣、宦官或外戚操控，在權臣或太后死後才得以親政，也做了一段時間的傀儡。

依據本書的內容，在二百五十六位皇帝中，能在帝位上近乎完全自主，不受他人約束、掌握或影響的，只有一百一十七位，只占所有二百五十六位皇帝的四五．七％，不到一半，看來皇帝的位置，號稱君臨天下，但並不都是像人們想像中的那麼能隨心所欲。

而完全是別人傀儡，自己幾乎毫無置喙餘地的有一百一十三位。以漢朝兩代（西漢及東漢）為例，在西漢有呂雉、霍光、竇太后、王政君，每一個人就吃定了二到三位皇帝；在東漢竇太后、鄧太后、閻皇后、梁太后、何太后又操弄了近十位皇帝，加上漢獻帝先後被董卓和曹操視為傀儡。篡了東漢的曹魏，五位皇帝中有三位是司馬家的傀儡。東晉的桓溫也控制了四代皇帝；南朝後梁的侯景立了、廢了三位皇帝，當然也都是傀儡；北朝的北魏到東西魏，爾朱榮、爾朱兆、爾朱世隆，加上高歡和宇文泰，掌控的皇帝也有九位之多。

唐朝先有武則天、後有李國輔、程元振、俱文珍、王守澄、田令孜等多位宦官立帝、廢帝不下十人。北宋好一點，只有宋哲宗趙煦幼年即位有高太皇太后聽政，高太皇太后死後才親政，南宋就不行了，先後有韓侂冑、史彌遠、賈似道的專權，又受制於大金和元朝的壓迫，想攻金無將可用，想抗元有心無力，做了皇帝卻充滿無力感。

元朝也有好幾位皇后或太后主政，包含脫列哥那太后、卜魯罕皇后、答己太皇太后、卜答失里皇后，再有權臣倒刺沙、燕帖木兒、伯顏等專權。連被視為皇帝意志力最強的大清朝，也先有多爾袞、鰲拜專權，後有慈禧太后和隆裕太后干政，最後弄垮大清朝。這些還是舉其大者，其他各朝各代也有零星故事。

不在一一七全權和一一三位全無權之外，界於其間的二十六位，有的是在政務推行上受到他人牽制，有的是等太后或權臣去世後才重新掌政，也有的是晚年耽於享樂受人蒙蔽擅權。

本書嘗試設計一個皇帝的「幸福指標」，綜合考慮死亡年齡、死亡因素和對朝政的掌握程度，算算看有多少位皇帝三個因素上都是正面的，那就是活得夠長、死得自然、在位期間朝權完全是自己掌握。

二百五十六位皇帝中正常死亡有一百零五位，接著要在其中找出活得夠長、不是傀儡的皇帝。就活得夠長而言，全部二百五十六皇帝中，扣除資料不詳的十二位，以及九位十五歲以前死亡的短命皇帝，有實質行為能力皇帝的平均數是四十一・七歲，本書放寬到以四十歲為基線，在一百零五位正常死亡皇帝中，死時年齡超過四十歲的剩下六十四位。這六十四位中再進一步檢視他們的執政生涯，找出不是傀儡、自己掌握權力的皇帝，就只剩下四十二位了。這四十二位幸福皇帝列表如表16・8：

如果放寬年齡標準到三十歲以上，還可以再增加

40~50歲（10）	50~60歲（17）	60歲~70歲（11）	70歲以上（4）
漢文帝　劉恆	晉武帝　司馬炎	漢武帝　劉徹	武周大帝　武曌
漢景帝　劉啟	南宋武帝　劉裕	漢光武帝　劉秀	宋高宗　趙構
漢明帝　劉莊	齊高帝　蕭道成	蜀漢安樂公　劉禪	元世祖　忽必烈
東吳末帝　孫晧	齊武帝　蕭賾	東吳大帝　孫權	清高宗　弘曆
北齊明帝　蕭鸞	陳武帝　陳霸先	晉出帝　石重貴	
後周太祖　郭威	陳宣帝　陳頊	金太宗　完顏晟	
南陳文帝　陳蒨	陳後主　陳叔寶	金世宗　完顏雍	
遼太宗　耶律德光	唐太宗　李世民	明太祖　朱元璋	
金章宗　完顏璟	唐睿宗　李旦	明太宗　朱棣	
明仁宗　朱高熾	晉高祖　石敬瑭	清太祖　努爾哈赤	
	宋真宗　趙恆	清宣宗　旻寧	
	宋仁宗　趙禎		
	遼太祖　耶律阿保機		
	金太祖　完顏阿骨打		
	清太宗　皇太極		
	清世宗　胤禛		
	清仁宗　顒琰		

表16.8：歷朝歷代滿足幸福指標條件的皇帝

十一位皇帝；如果放寬到二十歲以上，還可以再增加四位。以最寬鬆的標準（二十歲以上）共有五十八位，占全部二百五十六位皇帝的二二・六六％，也就是有不到四分之一皇帝能夠有最基本的做人待遇：活得有尊嚴有權、死得太平安逸，在位期間不受人操控。當然放寬到四十歲以下對皇帝而言，顯然標準太低了。如果加上活得夠長，能夠稱為幸福的四十二位皇帝，就只有全部二百五十六位皇帝的一六・四一％了，換言之，八成以上的皇帝生涯是稱不上幸福的。

上表中的四十二位皇帝裡面還有些值得一提的。首先有三位亡國之君，分別是蜀漢安樂公劉禪、東吳末帝孫皓和陳後主陳叔寶。三位都在亡國後還活了好幾年才病逝。就資料來看，分別在六十四歲、四十二歲和五十一歲病死，執政期間國內沒有人掣肘完全自主。其中的劉禪先期雖有孔明主導國政，但完全沒有欺壓或控制劉禪的意味，在幸福指標上，三人都符合選擇幸福皇帝的標準。但身為亡國之君，亡國後的生活雖受禮遇，恐怕也不能視為幸福，理應扣除。但是，感嘆一聲，或許依他們自己的標準，劉禪和陳叔寶可能還覺得過得也還不錯呢。

還有一位宋高宗趙構，從靖康之亂後十年逃亡才完成建炎南渡，一生活在靖康之恥的陰影下，不敢抗金，殺了岳飛等大將，換來屈辱的和約，最後也是主動退位禪讓給養子孝宗，還要為岳飛平反。雖然活了八十一歲，相信也是不舒服的。另外一位後晉高祖石敬瑭，將燕雲十六州送給契丹的那位兒皇帝。雖然滅了後唐稱帝，在王朝內部沒有人可以掣肘他，但一生受到契丹的壓抑，對比自己年紀還小的契丹主自稱兒子，心情也是憂憤。死後也不是兒子繼位，而是交給養子石重貴，看來和幸福也有段距離。如果再扣掉這五位，真正可稱幸福皇帝的不過三十七位，占所有二百五十六位皇帝的一四・四五％，比例就更低了。

觀察這份名單，似乎還有許多我們心目中的明君聖主不在其中。例如創造「皇帝」這個名詞的千古一帝秦始皇嬴政就不在其中。原因是嬴政十三歲即位，由呂不韋輔政，又有外戚爭權，到二十二歲才親政，所以在位期間並不是完全掌握在自己手裡。還有漢朝的開國君主劉邦也不在內，是因為他受到戰傷導致死亡，不能算是自然正常死亡。

其他還有蜀漢昭烈帝劉備，伐吳兵敗來不及回到皇宮死在白帝城；南梁開國皇帝蕭衍是被餓死的；隋朝開國皇帝隋文帝楊堅被兒子弒父奪位；唐朝開國皇帝唐高祖李淵和創造開元之治的唐玄宗李隆基都被尊為太上皇抑鬱而終；後梁太宗朱全忠被兒子朱友珪所殺；宋太祖趙匡胤和宋太宗趙光義都是死得不好，一個被弟弟殺了奪位，一個和劉備一樣戰敗受傷致死；元太祖成吉思汗鐵木真攻西夏時去世、元太宗窩闊台因酗酒中風而死、元憲宗蒙哥戰死，都不算善終；清聖祖康熙皇帝玄燁則在登基早期受制於鰲拜等輔命大臣，後來計殺鰲拜才展開鴻圖中業。

如果勉強把這些皇帝的不利因素去除（早年受壓抑、晚年不得意，或死得不太平），加入表16・8的名單，也不過再增加十二人，總計五十人左右，仍不超過所有皇帝的二〇%。可以說，大多數的皇帝，並不如人們想像中的風光富貴、唯我獨尊、隨心所欲吧。

一般人只看到身為皇帝風光的表面，只要有機會，就努力的向皇帝這個位置靠近，想辦法爭取到手。隋朝末年宇文化及在明知不可為的情況下，還要勉強稱帝，並說出「人生固當死，豈不一日為帝乎」的感嘆，最後被竇建德攻滅殺害。

但也有人早早看破，唐朝時睿宗李旦兩次被武則天立廢，第二次復位時，要立長子李成器為太子，但李成器堅辭，於是改立三子李隆基為太子。元朝文宗圖帖睦爾時把持朝政的燕帖木兒要立皇后卜答失里的兒子古納答剌為帝，但卜答失里皇后說什麼也不願意自己的後代再捲入帝位爭端的漩渦，堅決不肯，最後改立妥懽帖睦爾為帝。但是還有更多的人，生在帝王之家，命定要接皇位，或因緣際會被別人立為皇帝，連選擇的餘地都沒有。例如南北朝末期宇文泰廢了元欽並加以殺害，改立元欽四弟齊王元廓為帝，元廓目睹哥哥的遭遇，其實並不想當皇帝，但在宇文泰的壓力下沒有選擇的自由，當了皇帝，作為宇文泰的傀儡，還應要求改回鮮卑姓氏，稱拓跋廓，最後還是被廢被殺。隋朝被王世充立為皇帝後篡位殺死的楊侗，在死前也向佛像祈禱：「願生生世世不要再生在帝王之家」。

有沒有生在帝王家、被選為接班人，或許是前世命中注定；接帝位時是盛世還是亂世、有無外患或天災人禍是為運勢；接位後有沒有賢臣良將可以輔佐、有沒有外戚和重臣干政，那是機遇。一命二運三機遇，許多時候，皇帝的生涯不見得是可以掌握在自己手裡的。

後記

年輕時曾聽過一首歌，〈古月照今塵〉，作詞是知名音樂人譚健常，他的夫人小軒作曲，由華僑歌手文章主唱。很喜歡它的旋律，但對歌詞含義則是懵懵懂懂，尤其是歌名〈古月照今塵〉，古時的月亮照著今天的大地，是不是有些時光錯置？

細細體會、慢慢琢磨，今天看到的這一輪明月，千萬年來也照著同一片大地，看過多少滄海桑田、多少人情冷暖。在那個為賦新詞強說愁的年齡，自以為有所體會，還覺得有些禪意。但坦白說，還是七分懵懂。

在寫作本書，收集整理資料的過程，有一天突然這首歌曲湧上心頭。借用兩句歌詞，修改兩句歌詞，表達對本書的體會：

二十六部史，多少血和淚　（原文：一部春秋史，千年孤臣淚）

勝敗難長久，興亡在轉瞬間

尤其是後兩句，更動人心扉，久久不能自已。

再聽這首歌，頓時有了畫面，一個個人物、一幕幕場景從眼前滑過，有了不同的體會。同樣一輪明月，我們看看它曾經照映過的畫面。

它曾經照著：秦王掃六合，廢封建設郡縣、書同文車同軌，華夏大一統
照著：始皇帝終，趙高弄權，殺扶蘇、殺胡亥，秦三代而亡，未能萬世
照著：陳勝吳廣揭竿起義，劉邦釋囚落草反秦，各國復起、秦失其鹿
照著：楚漢相爭、鴻門宴、火燒咸陽、一代豪雄烏江邊自刎，漢得其志
照著：王莽恭謙下士的戲偽時刻、劉嬰被逼禪位的淒涼場景
照著：更始帝率綠林軍滅新莽、光武帝中興漢室
照著：桓靈二帝荒悖無道、黃巾反、天下亂，董卓帶兵入京，獨斷朝廷
照著：三國爭雄、赤壁鏖兵、孫劉聯盟、曹操挾天子以令諸侯
照著：曹丕篡漢建大魏、大權旁落司馬氏，篡魏收三國，中原歸晉
照著：八王之亂，引外夷勢力助拳，匈奴劉聰滅了西晉，衣冠南渡
照著：草莽英雄劉裕出頭，打破世家門閥與皇室共治，篡滅司馬氏
照著：五胡亂華、十六國爭霸、走馬燈式的輪轉
照著：南北朝相對抗、政權起起落落，血淚夾雜著胡漢大融合
照著：隋文帝復統中原，隋煬帝避居江南、喪命失江山
照著：李淵晉陽起兵建立大唐、李世民玄武門殺兄奪皇權
照著：則天女皇由后變帝建武周，臨終回歸李唐天下，立無字碑

照著：馬嵬坡前楊貴妃的怨魂、太極宮裡唐明皇的孤寂寡歡
照著：安史之亂動搖國本、京城陷落、皇帝出逃，朱全忠篡位滅唐
照著：五代十國此起彼落、燕雲十六州被兒皇帝送給大遼
照著：趙匡胤黃袍加身建大宋，杯酒釋兵權、燭影斧聲暗藏金匱之盟
照著：靖康之難徽欽二帝偕王室親貴三千餘人被虜赴大金，魂斷異國
照著：建炎南渡苟延殘喘的南宋、盡忠不能報國屈死的岳飛
照著：宋聯大金滅大遼、再聯蒙古滅大金，最後亡於蒙古之手
照著：陸秀夫背著小皇帝趙昺跳海殉國、趙㬎在大漠譯經宣佛法
照著：成吉思汗起兵、打遍歐亞無敵手，創造空前大帝國
照著：黃金家族入關建立大元，漢化未成退出中原，敗亡於漠北
照著：朱元璋遊方和尚當皇帝建立大明、華夏重回漢家天下
照著：永樂帝奪位、建文帝下落成謎、三保太監七下西洋
照著：萬曆怠政大明由盛轉衰、努爾哈赤七大恨興兵
照著：李自成攻破北京、崇禎帝擊鼓召官無人應、煤山自縊
照著：吳三桂引清兵入關、多爾袞率大清國入主中原
照著：康熙皇帝平三藩、收台灣、拓北疆，開啟康雍乾盛世
照著：滿清鎖國閉關，洋人挾船堅炮利入侵，割地、賠款、開放通商
照著：百日維新失敗，慈禧太后毒死光緒皇帝、弄垮大清帝國
照著：武昌起義、溥儀退位、中華民國成立，帝制終

那一輪明月曾經照過這些畫面，以及這些畫面背後的眾多不世出人才，英雄豪傑，帝王將相、風流才子。明君良將開疆拓土、任賢用能、輕徭薄賦、振衰起弊，帶來各朝盛世。但又有多少帝王身為傀儡有志難伸，又有多少皇帝在天下太平、功成名就之後開始享受人生、荒怠政務、輕信佞臣，朝風日下走向衰敗。再伴隨著無止境的皇位爭奪、骨肉相殘、宦官外戚干政、黨同伐異、世家大族起起落落。夾雜著連綿不斷的天災加人禍，苦難中的黎民百姓，一部血淚交織的中華兩千年旅程，正是寫不盡的幽幽滄桑史。

〈古月照今塵〉歌詞全文如下：

一部春秋史　千年孤臣淚
成敗難長久　興亡在轉瞬間
總在茶餘後　供於後人說
多少辛酸　話因果

百戰舊河山　古來功難全
江山幾局殘　荒城重拾何年
文章寫不盡　幽幽滄桑史
悲歡歲月　盡無情

長江長千里　黃河水不停
江山依舊人事已非　只剩古月照今塵
莫負古聖賢　效歷朝英雄
再造一個輝煌的漢疆和唐土

長江黃河孕育了中華民族數千年的生命和文化，如今正是江山依舊人事已非。還有多少人記得歷代歷朝、列祖列宗，一路奮鬥才有今天的我們？

中華歷史百轉千迴，起伏跌宕，先人的血汗沖積出博大精深的中華文化。鑑古知今，歷史會不斷的重複上演。回溯過去，有助於看清當下，看清當下，是為了開創未來。

歷史記載了血脈的傳承，華夏子民眾生的先祖也都曾寄身於中華歷史的長河中。歷經戰亂動盪，能擁有完整家譜的世族可能不多。不妨上網查一下貴府家族姓氏源流，您的先祖中是否有哪一位也曾扮演過扭轉世局、開創天下的英雄，或是主角、或是推手？如果沒有，或即使曾有過，是不是還有人願意寫記錄、做典範？當那輪古月照著今天的大地時，是否有人能如歌詞所期望般的奮起，不要辜負古來先聖先賢、效法歷朝歷代的英雄，籌謀海晏河清，再造一個漢唐盛世？

INK PUBLISHING 從前 39

皇帝之死
——從皇帝的生死看中國歷代王朝的興衰起落

作　　者　張緯良
總 編 輯　初安民
責任編輯　林家鵬
美術編輯　黃昶憲
校　　對　張緯良　呂佳真　林家鵬

發 行 人　張書銘
出　　版　INK 印刻文學生活雜誌出版股份有限公司
新北市中和區建一路249號8樓
電話：02-22281626
傳真：02-22281598
e-mail：ink.book@msa.hinet.net
網　　址　舒讀網http://www.inksudu.com.tw

法律顧問　巨鼎博達法律事務所
施竣中律師
總 代 理　成陽出版股份有限公司
電話：03-3589000（代表號）
傳真：03-3556521
郵政劃撥　19785090　印刻文學生活雜誌出版股份有限公司
印　　刷　海王印刷事業股份有限公司

港澳總經銷　泛華發行代理有限公司
地　　址　香港新界將軍澳工業邨駿昌街7號2樓
電　　話　852-27982220
傳　　真　852-27965471
網　　址　www.gccd.com.hk

出版日期　2023年 3 月　初版
ISBN　978-986-387-618-2
定　價　450 元

國家圖書館出版品預行編目資料

皇帝之死
—從皇帝的生死看中國歷代王朝的興衰起落
／張緯良著 --初版,
新北市中和區：INK印刻文學,
2023. 3 面；公分.（從前；39）
ISBN 978-986-387-618-2（平裝）
1.CST: 帝王 2.CST: 傳記 3.CST: 中國
782.27　111017461

舒讀網